Şeytanın Kızı

Pegasus Yayınları: 1819
Bestseller Roman: 774

ŞEYTANIN KIZI
GRACE MONROE
Özgün Adı: Dark Angels

Yayın Koordinatörü: Yusuf Tan
Editör: Rumeysa Nur Ercan
Düzelti: Halûk Kürşad Kopuzlu
Sayfa Tasarım: Meral Gök

Baskı-Cilt: Alioğlu Matbaacılık
Sertifika No: 11946
Orta Mah. Fatin Rüştü Sok. No: 1/3-A
Bayrampaşa/İstanbul
Tel: 0212 612 95 59

1. Baskı: İstanbul, Aralık 2017
ISBN: 978-605-299-376-7

Bu roman tamamen kurgudur. İçinde yer verilen isimler, karakterler ve olaylar yalnızca yazarın hayal gücünün eseridir. Yaşayan ya da mevta olan gerçek kişiler, olaylar ya da mekânlarla arasındaki bütün benzerlikler tamamen tesadüfidir.

Yayıncı Sertifika No: 12177

Pegasus Yayıncılık Tic. San. Ltd. Şti.
Gümüşsuyu Mah. Osmanlı Sk. Alara Han
No: 11/9 Taksim / İSTANBUL
Tel: 0212 244 23 50 (pbx) Faks: 0212 244 23 46
www.pegasusyayinlari.com / info@pegasusyayinlari.com
pegasusyayinlari pegasusyayinevi pegasusyayinlari

GRACE MONROE

Şeytanın Kızı

İngilizceden çeviren:

Barış Sever

PEGASUS YAYINLARI

Ailem için…
Maria

Gerçekten müteşekkir olduğum Paul için…
Linda

GİRİŞ

Edinburgh

Örtüleri kavrarken parmaklarının arasına giren pamuklu çarşaflar pürüzsüz ve tazelik hissi veriyor. Parmaklarının eklem yerleri ise kanı çekilmiş gibi bembeyaz ve çarşaflarla tam bir tezatlık oluşturuyor. Halsiz bir şekilde maskeye doğru uzanırken koltuk altından aşağı yavaş yavaş ter süzülüyor. İstediği şeyi alıyor fakat gaz ve hava insaflı bir şekilde etki göstermeden önce keskin lastik kokusu onu neredeyse kendinden geçiriyor.

"Cehenneme ne kadar çabuk gidersen huzura o kadar çabuk kavuşursun."

Kadın, bu bitkinlik ifade eden özdeyişi kulak tırmalayıcı bir sesle söylüyor.

Genç kız, teselliyi başka bir yerde aramak zorunda kalacak. Burada hor görülmekten başka bir şeyle karşılaşmayacak. Buraya getirildiğinden beri saatlerdir yaptığı gibi başını kaldırıp etrafına bakıyor. Panel duvarlar ince dudaklı atalarının eski, sigara dumanıyla kirletilmiş yağlı boya tablolarıyla süslü: Bu tablolardaki insanlar da ona yardım edemez.

Genç kız, başını tekrar şişkin yastıklara gömüyor ve siyah bukleleri terli alnına yapışıyor. Bir başka acı dalgası daha çarpıyor vücuduna ve onu cehennemin derinliklerine doğru itiyor. Acıya neredeyse kucak açıyor: Kalbindeki acıyı o kadar uzun zamandır yok saymış ki somut bir fiziksel ızdırap her şeye rağmen hâlâ hayatta olduğunu hatırlamasına yardım ediyor.

Sol bileğindeki kelepçe etini iyiden iyiye kesiyor. Önceki kaçma girişimleri yüzünden cildi kızarık ve kabarık. Yeniden kaçış planı yapacak isteği de yok artık. Gönülsüzce de olsa o antika, pirinç karyolaya sağlam bir şekilde zincirlendiğini kabul ediyor. Özgür olma ihtiyacı ve arzusu sönüp gidiyor. Gücü tükeniyor ve kaderine teslim oluyor.

Doğum yapmanın böyle bir etkisi var.

Ağzından tek bir kelime çıkıyor: "Su." Hemen peşinden, "Lütfen," diye ekliyor sonradan aklına gelmiş gibi.

"Nazik olmanın planlarımı değiştireceğini mi düşünüyorsun gerçekten?" Hemşire bir yanıt bekliyor. Herhangi bir karşılık gelmiyor. Hemen önündeki yatakta bir hayat mücadelesi veriliyor ve güç, gereksiz sözler için harcanmamalı. "Düşündüğümden daha aptal olmalısın."

Genç kız dudaklarını ıslatmaya çalışıyor. Boynundaki damarda nabzı gözle görünür şekilde atıyor. Ağzında âdeta paslı demir tadı var. Zihni bir düşünceden diğerine atlıyor: Korkunun tadı ona okul kapısının yakınındaki kırık dökük demir yolunu hatırlatıyor.

Gözleri ağzındaki tadı gidermek için deli gibi su arıyor. O, yaşadığı her durumda minnet duyabileceği bir şey bulmaya çalışan bir kız. O esnada da bir sonraki adımda başına gelecekleri hayal edemediği için minnet duyuyor ve zihni sudan başka bir şey düşünemeyecek kadar çöktüğü için şükrediyor.

Elinden pek bir şey gelmiyor. Bu bebeğin kendi planları var: Genç kızın rızası olsa da olmasa da doğacak. Kendi kaderinden endişe duymadan dünyaya gelecek.

Hemşire ona sessizlik lütfetmeyecek. "Orada öyle uzanıp derdine yanma. Ikınmaya başla ve o küçük piçi çıkar içinden."

Hemşire önemli bir işi varmış gibi seri adımlarla hareket ederken kazımayı andıran hafif bir ses yankılanıyor odada: Yürüyen kadının baldırları birbirine sürtünürken taytından çıkan bu ses, saatinkini bastırıyor. Genç kız herhangi bir saatin yardımı olmasa da zamanının azaldığını biliyor.

Su içemiyor olabilir ama temiz havaya ihtiyacı var.

"Pencereyi aç."

Kendi ses tonunu hor görüyor: Tiz ve çaresiz. Hemşire bu defa denileni yapıyor. Genç kız kırmızı kadifeden ağır perdeler açılıp oda harika bir güneş ışığıyla aydınlanırken acıyla gözlerini yumuyor. George dönemi giyotin pencerelere bakınca bahçedeki yapraklarla dolu ağaçları görebiliyor. Açık pencereden içeriye aşağıdaki afili cadde hayatının sesi süzülüyor ve kuşların şarkıları odayı dolduruyor. Komşular günlerini zarif bir şekilde geçiriyorlar ve bunun güzel sabah olduğuna dair fikir birliğine varıyorlar.

Acı dalgaları artık daha hızlı çarpıyor ve kasılmalar arasında kendine gelmesi giderek zorlaşıyor. Biçare bir feryat dudaklarından fırlıyor ve odanın içinde yankılanıyor. Yardım ve anlayış bekleyen çığlıkları karşılıksız kalıyor.

"Yatağını kendin yaptın. Yat içinde." Yatak ıslak, dağınık ve üzerinde kan lekeleri var. Hemşire McIntyre, odanın kirletilmemesi gerektiğine dair bir kural olduğunu biliyor fakat yine de her yer dağınık. Başka birileri bu sorunla ilgilenebilir zira o bir ebe, temizlikçi değil. Nihayetinde bunun bir önemi olmayacağı konusunda kendine moral vererek savsaklığını ve zalimliğini aklıyor. Bebekle ilgileniyor, zaten ona bu yüzden maaş veriyorlar.

Korkunun kokusu keskin. Bu koku, içinde bulunduğu zarif odanın duvarlarından fışkırıyormuş gibi buram buram geliyor. Kız yeniden çığlık atıyor. Kızın, kusma kabını odanın öbür ucuna fırlatışını Hemşire McIntyre serinkanlı bir ifadeyle izliyor. Fakat kusma kabı, Wateford kristalinden bir şamdana çarpıp şamdanı Sör Walter Scott'ın mermer büstünün burun kısmını parçalayarak yere düşürünce hafif bir endişe hissediyor: Kız için değil elbette, kırılan heykel için endişeleniyor.

Göz göze geliyorlar ve hemşire, hastasının/tutsağının kadife kahverengisi gözlerinde gördüğü nefretin derinliği karşısında geri çekiliyor. Kelepçeli kızın kıpırdayamayacak kadar acı içinde olduğunu düşünerek baş ucunda duran komodinin üzerine umursamazca bıraktığı makası, genç kızın elinde görünce irkilerek daha da geri çekiliyor.

Öfke ve düşmanlık kızın damarlarında akıp ona güç veriyor. Bakışlarını ona işkence yapan kadından ayırmıyor ve yaklaşması için kadına sessizce meydan okuyor. Kafası bir plan yapmaya, kaçabileceği bir yol düşünmeye çalışırken bedeni bir kez daha onu yüzüstü bırakıyor.

Bebeğin kafası çıkarken genç kız vücudu ikiye ayrılacakmış gibi hissediyor.

Genç kız tekrar ıkınma ihtiyacı hissedene dek başını yastıklara gömüp ağır ağır nefes alıyor. Tekrar ıkındığında bebeğin döndüğünü, son kez ıkındığında ise dünyaya geldiğini hissediyor.

Hemşire McIntyre, çiçeği burnunda anneye yaklaşacak gücü henüz kendinde bulabilmiş değil fakat kızın bacaklarının arasına doğru yaklaşırken makas kızın elinden düşüyor. Genç kız, bebeği alıp yüzüne doğru kaldırıyor. Sessizce birbirlerine bakıp birbirlerini anlıyorlar.

Hissettiği sevgiye kendini kaptıran kız, hemşirenin yaklaştığını duymuyor.

İğne sessizce tenine batana kadar da hiçbir şey fark etmiyor.

İğneyi hisseder hissetmez âdeta kalbi duruyor ve bebeği ile kendisinin perişan olduklarını biliyor.

Saat sabah 09.24'te Edinburgh'nın iyi insanları, kucağında kundağa sarılı bir bebekle seri adımlarla kusursuz dairesinden çıkan üniformalı bir hemşireden başka bir şey görmüyorlar. Hemşire McIntyre arkasına bile bakmadan kelepçelerin anahtarlarını cebine koyuyor.

Terk edildiği odada yatan kızın teninde, şırınganın girdiği noktada aşırı doz eroin etkisini gösterirken küçük bir kan damlası şekilleniyor. Daha yeni doğum yapmış, bilincini yitirmiş on üç yaşındaki kızın gösterdiği tek yaşam belirtisi bu.

Hemşirenin büyük, düztaban ayakları New Town'un kaldırımlarını arşınlıyor.

"Ölenleri düşünüp duracak zaman yok," diye mırıldanıyor bebek sızlanmaya başlayınca.

"Özellikle de hayattakiler bu kadar sabırsızken..."

BİR

Edinburgh, 16 Ağustos 2004, Pazartesi

Dışarıda yağmur yağmasının insanı şaşırtmayan iki sebebi vardı. Birincisi, orası Edinburgh'ydı. İkincisi, bütün hava durumu tahminlerinin, başlıklarını "bardaktan boşanırcasına yağacak" şeklinde kısaltabilecekleri, yazın en önemli festivallerinden olan "Fringe Sunday" sona ermişti.

Israrcı yağmur damlalarının, dairemin George dönemi pencerelerinin camını tıkırdatışı eşliğinde uyuyakalmıştım. Yağmuru seviyordum, beni rahatlatıyordu, Edinburgh'da yaşamayı seçtiğim düşünülürse işime bile geliyordu. Ama bu rahatım kısa sürdü.

Gece, sisli pazartesi sabahının ilk ışıklarıyla kaybolurken o rüyayı gördüm yine. Yatak odamın korlaşmaya yüz tutmuş ateşinde o şekillenmemiş suratı gördüm: Bildiğim ama tanımadığım bir yüzdü.

Uykudan hızla uyandım ve kör karanlığa gömülmüş odama baktım. Rüyam zihnimden hızla siliniyordu ve beni rüyamdan uyandıran şeyin ne olduğunu telefonum tekrar çalana kadar anlamamıştım. Telefonumu bulana kadar el yordamıyla aradım. Neden arandığımı biliyordum tabii. Kimse sizi gecenin köründe güzel haberler vermek için aramazdı. Arayan kişiler genelde uykunuzun ya ölüm haberiyle ya polis kapıya dayandığında ya da iş için bölünebileceğini düşünürdü. Benim durumumda üçü de sık sık olurdu. İnsanlar ağırlıklı olarak avukatların uyuyamadığını çünkü işlerindeki çelişkili durumların canlarını sıktığını düşünürdü: Can sıkıcı gerçek şuydu ki eğer benim gibi bir avukatsanız, lanet olası telefon gece gündüz fark etmeden sürekli çalar dururdu.

"Brodie McLennan'la mı görüşüyorum?"

"Evet?" dedim yatağımın yanındaki gece lambasına uzanıp ışığı açarken. Saat 01.00'di. Kalbim göğsümden fırlayacakmış gibi atıyordu: Geç saatte içtiğim kahvenin, hatırlayabildiğim müddetçe bölünmeden devam eden uykumun ve sıradaki vakanın neyle alakalı olduğuna dair pek bir ipucu vermeyen telefon konuşmasının yarattığı heyecanın etkisiydi bu.

"Ben St. Leonard Polis Merkezi'nden Komiser Munro."

Sanki gecem daha kötü geçemezmiş gibi... Munro, kâğıt işlerini doğal olamayacak kadar çok seven ve biz "küçük kızların" büyük adamların işini yapmamamız gerektiğine dair hislerini sürekli olarak ifade eden bir polisti. Onun gözünde kesinlikle küçük bir kızdım, doğa beni çocuk sahibi olmaya ve kendimi uygun biçimde parlak bir mutfak tezgâhına zincirlemeye çağırırken ben muhtemelen zavallı bir adamın ekmeğini elinden alıyordum.

"Sizin için ne yapabilirim Komiser Munro?"

"Gözaltına alınan bir kadın şüpheli var *Bayan* McLennan," diye beni bilgilendirdi sanki şaşırmam gerekiyormuş gibi. Ayrıca bana seslenirken yine "Bayan" kelimesini iyiden iyiye imalı bir ses tonuyla söylemişti sanki. Yorulmuştum ve daha şimdiden canım sıkılmıştı, nasıl tepki vermem gerekirdi? "Tanrım, gerçekten mi Komiser Munro? Biri gözaltına alındı öyle mi? Hem de polis merkezinde tutuluyor? Kulağa acayip heyecanlı geliyor. Gerçi yine de henüz evli olmadığım ve bununla ilgili yapabileceğim bir şey olmadığı için çok üzgünüm." Neyse ki Munro resmî bir tavır takınmıştı, yani onun söyleyeceklerini dinlemekten başka çarem yoktu.

"Bu kişiyi cinayetle suçlamak üzereydik fakat size durumu bildirmemizi istedi. Bu talebi oldukça netti doğrusu. Bizzat sizin isminizi verdi Bayan McLennan. Şimdi gelseniz iyi olur çünkü bu işi hızlandırmak istiyoruz."

Munro resmiyet kazanan bütün işlerin hızlıca halledilmesini isterdi. Gerçi bu ilerlemek için iyi bir şeydi fakat genelde bu isteği görmezden gelinirdi.

"Beni duydunuz değil mi Bayan McLennan? Müvekkilinizle ilgili işlemlerin olabildiğince hızlı bir şekilde halledilmesi gerekiyor." Sesinde azıcık da olsa kararsızlık vardı. "Onu bugün ilerleyen saatlerde mahkemeye çıkarmak istiyoruz. Buraya ne kadar çabuk gelebilirsiniz?"

Muhtemelen bağırıp çağıran bir tipti şu kadın. Çabucak göndermek istiyorlardı çünkü büyük ihtimalle polis merkezindeki televizyon keyiflerine engel oluyordu. Ya da belki de sarhoştu ve her yanı kusmuk kokusu sarmıştı.

"Evet, sizi duyuyorum Komiser Munro. Hadi hadi, marş marş dediniz demesine de bana hâlâ müvekkilimin adını söylemediniz."

Yatağımın kenarına oturmuş, elimde kalem ve büyük, sarı bir not defteri olduğu halde bekliyordum. Komiser Munro kararsız mı kalmıştı yoksa bana mı öyle gelmişti?

"Kadın, kırk bir yaşında, melez."

O, detayları verirken not alıyordum.

"Bir taksi şoförü, şüpheliyi merhumun bedeniyle birlikte bulmuş. Edinburgh Kraliyet Hastanesi'ne getirilen erkek kurbanın ölü olduğu resmiyet kazanmış. Söylediklerimi yazıyor musunuz Bayan McLennan?"

Aslında şöyle deyip ağzının payını vermek istiyordum: "Hayır, aklımdan yemek tarifleri ve bir polis memuruyla evlenmek geçiyor Komiser Munro." Neyse ki kendimi tutmayı başardım.

"Bayan McLennan, buraya kısa süre içinde gelecek misiniz? Bayan McLennan?"

"Bana müvekkilimin ismini verir vermez hemen geleceğim Komiser Munro."

Bu defa kararsızlığı çok belirgindi.

Şimdi geriye dönüp bakınca, *kararsızlığı keşke daha uzun sürseydi,* diyorum.

"Bu isim size tanıdık gelebilir Bayan McLennan," dedi. "Coutts. Müvekkilinizin ismi Kailash Coutts."

İKİ

Kailash Coutts, Edinburgh'nın adı çıkmış en dominant kadınıydı. Zaten bu isim her şeyi anlatıyordu. Kailash ismi Himalayalar'ın en kutsal dağlarından birinden geliyordu. Hacılar günahlarından arınmak ve kutsanmak için o dağın etrafını üç kere dönerlerdi ve oranın cennetin kapısı olduğunu düşünürlerdi. Muhtemelen başka kimseye bu kadar uygunsuz bir isim verilmemişti. O kadın cehenneme giden yol tabelası gibi birisiydi. Telefonu kapatır kapatmaz eski ahşap döşemelerin üzerinde dikilmiştim ve adrenalin bedenimi bir kova soğuk su gibi çarpmıştı.

Ev, gecenin o saatinde sıradan hanelerde olduğu gibi sessizdi fakat gece yarısı ile sabaha karşı üç arasında dehşete kapılmaya başlamıştım. Edinburgh'nın geri kalanı huzurla uyurken insanı altüst eden berbat telefonlar alırdım. Normal şartlarda nöbetçi avukatları ararlardı fakat bizim normal bir ortaklık anlaşmamız yoktu. Lothian & St. Clair Hukuk Şirketi'nde ceza davalarıyla ilgilenen tek uzman avukat bendim.

Benim çalıştığım hukuk şirketi, Robert Louis Stevenson henüz daha küçük bir çocukken kurulmuştu. Müşteri listemiz İskoçya'nın en tanıdık simalarından oluşurdu. Lothian & St. Clair Hukuk Şirketi şirket alımı ve şirket birleşmesi, iş anlaşmaları, yasal belgeler ve bu tarz işlerle uğraşan bir şirketti. Ama müşteriler taşkınlık yapmayı bırakmazdı. Şunu açıkça belirtmiştim: Suç ve bunu mahkemede temsil etmekten gelen kâr, aramızda kalmalıydı.

Nereden bakılırsa bakılsın işe yarar bir fikir değildi. Çift isim kullanmayı ve Aspen'e tatile gitmeyi yasaklamayı önersem de aynı şey olurdu. Bariz bir şeye dikkat çekmek için ödemek zorunda olduğum bedel, herkesle aynı kefeye konmak olmuştu.

Rüzgâr yaklaşık iki yıl önce tersine dönmüştü. Hali vakti yerinde olsa da olmasa da beş para etmeyen müşterilerimizin aksine bu defa içimizden birinin yardıma ihtiyacı olmuştu. Büyük ortak Roddie Buchanan'ın fotoğrafı bütün gazetelerde yayımlanmıştı. *Hak yerini buldu*, denilebilecek bir olaydı. O adamın sürekli tekrarladığı bir söz vardı: "Reklamın iyisi kötüsü olmaz." Fakat *The Sun* gazetesinin ön sayfasında, S & M tarzı bir genelevde çekilmiş çıplak bir fotoğrafını görünce, sevdiği bu sözün doğruluğunu sorgular gibi görünmüştü.

Roddie Buchanan'ın dosyasını evde, meraklı gözlerden ve yazlık stajlarını yapıp belki eski bir haberi ısıtarak ya da arkadaşlarına fotoğraf satarak boş cüzdanlarını doldurma düşüncelerine kapılabilecek öğrencilerden uzakta bir yere saklamıştım. Dosyayı açtığımda iyi tutturulmamış gazete kupürleri yere, ayağımın önüne düşüp saçılmıştı.

Gizli bir fotoğraf makinesiyle çekilmiş fotoğrafta Roderick Buchanan Efendi bir Noel hindisi gibi ellerinden ve ayaklarından bağlanmıştı. İşte o noktada geçmişim ile bugünüm birleşiyordu: Siyah deri büstiyer ve file çoraplar giymiş Kailash Coutts elinde kocaman bir şırıngayla Roddie'nin üzerinde duruyordu. Anlaşılan Roddie, futbol topu boyutuna gelene dek testislerine su enjekte etmesi için ona para ödemişti. *Bir de erkeklerin hayal gücü geniş değil derler*, diye düşünmüştüm.

The Sun gazetesinin haberi geçtiği gün Roddie ofise gelmeye tenezzül bile etmemişti. Bir önemi yoktu. Önemli birisi değildi. İş arkadaşlarım tarafından onu temsil etmem istenmiş, daha doğrusu söylenmişti. Böyle bir temsilin sınırlarının nereye varacağı bana kalmıştı. Gerçek bir şeye ihtiyacım yoktu. Tabiri caizse Roddie ile karısının önüne bir kemik atmam yeterdi.

Olayın anlatılış biçimindeki teknik bir hatayı öne sürerek *The Sun* gazetesine üç milyon sterlinlik bir dava açmıştım. İskoçya'da iftira suçlamasıyla dava edilmekten kaçınmak istiyorsanız yazdığınız her bir kelime doğru olmak zorundaydı. Aslında "KÜLOT YOK, BAYAN KIRBAÇ!!!" başlığının altına yeteneksiz biri tarafından çalakalem yazılmış bir açıklamadan ibaret olan makalede, (gösterişli Edinburgh'nın kodaman avukatlarından) Roddie Buchanan'ın (meşhur sapık S & M kraliçesi) Kailash Coutts'a, testislerinin *her ikisine* iğne yapması için para ödediği yazıyordu. Noter huzurunda Kailash'tan aslında Buchanan'ın tek testisiyle ilgilenilmesini istediğine dair yazılı ve yeminli bir beyanname almıştım.

Gazeteye önemsiz miktarda para cezası verilmişti fakat bizden, bizim için para cezasından daha önemli olan özrü, dokuzuncu sayfada yayımlanmış olsa da dilemişlerdi. Roddie artık herkese kendisine çamur atıldığını söyleyebilir ve karısı, biricik kocasının suçsuzluğunu şehirde gittiği her misafirlikte duyurabilirdi. Neticede o terbiyesiz gazete kaç testisin işe dâhil olduğu konusunda yalan söyleyebildiyse bütün hikâye de uydurulmuş olabilirdi, öyle değil mi?

Olayın hemen sonrasında mahkemeye çıkmak çok garip olmuştu. Roddie için yazılan mesajlarla karşılanmıştım en başta. Stand-up komedyenliğine soyunan herkes aylarca yargıç gibi peruk ile cübbe giyinmiş, Edinburgh'daki yasal kuruluşların yarısı bunu bedavaya, seve seve yapabilecekken Roddie'nin, testislerini tekmeletmek için parasını çarçur ettiğini söyleyip durmuşlardı.

Fakat sonunda Buchanan bir bakımdan haklı çıkmıştı: Reklamın iyisi kötüsü yoktu. Kariyerim ve aldığım ücret, roket gibi fırlamıştı. Karıştığı bu skandalı temizlediğim gerçeğini düşününce bana gönülsüzce de olsa bir teşekkür etse fena olmazdı fakat nedense ufacık bir minnet duygusu bile gösteremiyormuş gibi bir hali vardı. Bunu kişisel algılamamıştım: Sevmediği tek kişi ben değildim. Diğer kadınlara, ona kırbaçla otuz bir çekmeleri ya da testislerini bir saniyede şişirmeleri için para ödemiş olabilirdi fakat daha adil bir seksten hoşlanmazdı. Buna çok şaşırmamıştım doğrusu: Mary Buchanan'la birkaç kez yüz yüze gelmiştim.

Şimdi bu vakayla ilgilenebilmek için Roddie'nin iznini istemek zorunda kalacaktım. Daha en başta *The Sun* gazetesinin, Roddie'nin hobisiyle ilgili fotoğrafları ele geçirmesinde Kailash Coutts'un parmağı olmalıydı. Aslında o gazetenin azıcık bile önemi olmayan teknik hatasından ötürü özür dilemesi için bizimle suç ortaklığı yapmasını ondan istediğimizi biliyordu Kailash, zira Kailash'ın elinde o gazetenin basmış olduğundan çok daha iddialı düzinelerce fotoğraf olduğundan emindik. Ortada bir menfaat çatışması olduğu açıktı ve sahneden çekilmem gerektiğini düşünüyordum. Roddie Buchanan'a geçene kadar benim fikrim önemsizdi.

Manzara pek hoştu. Şimdi onun ev telefonunu arayıp ona en sevdiği fahişenin gözaltına alındığını ve benden onu temsil etmemi istediğini söylemek zorundaydım. Bu durum karısıyla arasını bozacaktı.

Dilim damağıma yapışmıştı ve onun ev numarasını ararken utanç verici derecede gergindim. Telefon açıldığı ve Mary Buchanan'ın sesini tanıdığım anda kendimi tekmelemek istemiştim. Roddie'nin bir anlaşma için İsviçre'de olduğunu unutmuştum.

Detayların bir önemi yoktu. Ne olursa olsun ona Kailash Coutts'un gözaltında olduğunu ve onu temsil etmek istemediğimi söylemek zorundaydım.

Ağzımdan tükürükler saçarak sahip olduğum kıt bilgiyi aktarırken beni dinledi Mary.

"Bu işi alacaksın," dedi küçümseyici bir ses tonuyla. "Basının bir kez daha şirketimize çamur atmasına müsaade etmeyeceğim."

Edinburghlı avukatların karılarına bulaşmak istemezdiniz. O kadar sıcak ve sevimli olurlardı ki kocaları, kendilerine plastik fetiş aksesuarları giydirip testislerine bir şeyler enjekte etmeleri için fahişelere çok iyi para öderlerdi.

"Bunu durduramam. Bu dava kamuya açık olacak. Yani gazetelere de açık olacak. Ah, eski defterleri açacaklarından hiç şüphem yok ve bu konuda yapabileceğim bir şey de yok."

"Evet, pekâlâ..." diye yanıtladı Mary Buchanan. "İşte şimdi kartları açık oynadın Brodie. Sanırım bu tavrını yakından incelememiz gerekecek. Durdurulması gereken bir şeyi durduramıyorsan bunu yapabilecek başka birisini bulmamız gerekecek."

"Bu bir tehdit mi?"

"Sadece kayıtlara geçsin diye bir gerçeği dile getiriyorum."

Kişisel nefretimin bir önemi yoktu ve bu karşılıklı konuşmadan da bir şey elde edilemezdi. Bu yüzden onunla vedalaştım ve saniyeler içinde artık yıllarca kullanılmaktan aşınmış siyah motosiklet kaskımı takıp St. Leonard Polis Merkezi'ne doğru yola çıktım.

Geceleyin hava nemliydi ve toprak kokuyordu, arduvaz çatıları da hafiften sis kaplamıştı. Komşularımın evlerindeki hiçbir pencerede ışık yanmıyordu. *Pistonlar ateşleme için hazırdır umarım*, diye dua ederek marşa basmayı denedim çünkü aksi takdirde motosiklet beni üzerinden fırlatabilirdi. Gerçi o sadece bir "motosiklet" değildi: Benim gurur kaynağımdı. 1970 model bir Ironhead Fat Boy Harley'di ve devasa 1200v ikiz motor, egzozların kükremesiyle mahallenin yarısını uyandırarak çalıştı.

Başımı kaldırıp yukarı baktım. Komşuları uyandırmak pek umurumda değildi, bir kişi hariç: Onun hiçbir zaman yeterince uyumadığı gerçeğini umursuyordum ama bunu ona açıkça söylememiştim elbette. Sonunda uyumayı başardıysa, onu uyandıran kişi olmak istemiyordum. Evimizin giriş katındaki yatak odasının gece lambası yanıyordu. Fishy hâlâ uyanık olmalıydı. Yine endişelerinin esiri olduğu, bir türlü uyuyamadığı ve sabaha kadar işi üzerine düşünüp taşındığı gecelerden biri olmalıydı. Fishy ve benim uzun bir geçmişimiz vardı: Üniversitenin hukuk fakültesindeki ilk günümüzde tanışmıştık ve o benden daha fazla ödül kazanmış tek öğrenciydi.

Dairemi ilk aldığımda tenhalığına bayılmıştım. Büyüklüğü ve ışık alması bakımından, özellikle de başkalarının kınayan bakışları ya da yorumları olmadan evimde birileri kalabileceği için hoşuma gitmişti. Elbette "erkekleri" kastediyorum, hatta geçmiş performanslarıma bakacak olursam hepi topu birkaç tanesi bir geceden fazla kalmıştı. Daha kalıcı birini bulmak üzerine romantik hayallerim, benimle yakınlaşmaya çalışan adamları kendimden uzaklaştırma huyum kadar renkliydi, gerçi genelde ezik tiplerdi. Erkeklerle anlaşamamam değildi mesele, hatta bununla alakası bile yoktu: En yakın arkadaşlarımdan bazıları aşırı testosterondan muzdaripti. Yalnızca güzel bir popo ve seks içeren taahhütsüz ilişkiler konusunda hiç de isteksiz değildim fakat bir adam bana annemin "ciddi" diye ifade ettiği şekilde yaklaşmaya başlayınca bende anında perdeler kapanır ve mecazi kilitler değiştirilirdi.

Bunu fark ettiğimde çok ama çok fazla yalnız vakit geçirdiğimi de anlamıştım zaten. Bu yüzden bir ev arkadaşı bulmanın uygun olacağını düşünmüş, üniversiteden ve sağdan soldan birçok arkadaşıma mesaj atmıştım. Richard Sturgeon ve ben öğrenciyken çok iyi anlaşıyorduk ve bana geri dönüş yaptığında çok sevinmiştim. Bana Edinburgh'da çalıştığını ve kalacak bir yere ihtiyacı olduğunu söylemişti.

Onu son zamanlarda çok az görmüştüm. Beraber bir evi paylaşıyorduk ve zaman buldukça epey eğlenmiştik fakat öyle anlar artık çok uzaktı. İkimiz de saçma sapan saatlerde çalışıyorduk ve bir de bildim bileli aramızda var olan çekişme her zamankinden daha kötü görünüyordu. Fishy'yle değil, Dedektif Richard Sturgeon'la kavga ediyordum. Fishy, yeteneklerini emniyet güçlerine katılarak çöpe atmıştı. Ne kadar iyi bir avukat olduğumu biliyordum ve benden iyi olduğunu düşündüğüm tek insanın başka bir yol seçmiş olmasına akıl sır erdiremiyordum. Uyku bozukluğu ve kilo kaybına bakınca onun işi de benimki kadar stresli görünüyordu fakat ona o kadar da acımıyordum. Sadece neden bu kariyeri tercih ettiğini anlayamıyordum, benimki sırf inattan ibaret değildi, özellikle de sürekli o ümitsiz halini görünce bütün içtenliğimle polislik dışında bir işte daha başarılı olacağını düşünüyordum. Yine de yeryüzündeki bütün kadın dergilerinin söyleyeceği üzere sürekli bir eleştirmen olarak değil, arkadaşı olarak onun yanında durmalıydım.

Aslında Fishy listeme eklemem gereken isimlerden birisiydi: sinirlerimi tepeme çıkaran ve polis merkezine doğru ilerlerken zihnimden atmam gereken biri. Komiser Munro pek de hızlı gelmediğim için sinir krizi geçiriyor olmalıydı ve Mary Buchanan ise çoktan açığımı yakalama çalışmalarına başlamıştı.

Kailash Coutts'a gelince, benden ezelden beri hoşlanmayan ve beni iflas ettirmeye çalışan bir fahişeden daha kötü ne olabilirdi ki? Üstelik şimdi benden onu bir cinayet davasında temsil etmemi istiyordu, öyle mi?

ÜÇ

Trafik yoktu, aslında bu gayet normaldi: Sıradan insanlar sabahın bu saatinde yataklarında olmalıydılar. Kaldırım taşları kaygan ve ıslaktı, bu yüzden yolda kaymamak için motosikletimin hızını azaltmam gerekliydi.

Sürüş şartları tehlikeliydi. New Town'un kalbindeki Dundas Caddesi boyunca motosikletim Harika'yla beraber ilerlerken sıralanmış güzel yapıların tadını çıkaracak zamanım yoktu.

Hanover Caddesi'nin dibindeki trafik ışıklarında durdum. Sfenks, İskoçya Ulusal Galerisi'nin tepesinden uğursuzca bakıyordu bana. Geleceğe dair öngörülerinden bahsediyorsa bile uyarılarını anlayamıyordum fakat yine de o günün, birileri için yepyeni bir fırtına getireceğini biliyordum. Bir yerlerde bir kadın, kocasının öldüğü haberini alıyordu. *Adamın çocukları var mı acaba,* diye merak ediyordum. Eğer varsa o çocuklar nasıl hissedeceklerdi? Dik yürümeleri, işe ya da okula gitmeleri ve başlarının üstünde bir çatı olması istenecekti onlardan. Suç, insanları parçalardı ve bunu her gün görüyordum; konut kredimi bu sayede ödüyordum ve geceleri yine aynı sebeple ayaktaydım. Daha fazla insanın intikam arayışına girmemesi beni şaşırtıyordu.

Yeşil yandı ve derin düşüncelerim devam etti. Genelde hep motosiklete binerken sorunlarıma çözüm düşünürdüm fakat bu defa Kailash Coutts beni paçamdan yakaladı. Şu adam ölümünü garantileyecek kadar kötü ne yapmış olabilirdi? Kailash bu şehrin kendi kendini atamış ahlaksız yöneticisiydi. Azımsanmayacak serveti erkeklerin ahlaksızlığından geliyordu fakat yine de bu serveti elde etmek ve bu kadar çok para kazanmak için her tür pisliği görmüş olmalıydı. Kailash, kalıcı olarak çözmesini gerektirecek kadar yeni ya da korkunç ne yaşamış olabilirdi acaba?

Kailash'ın ipini çektiği o adamın kim olduğunu merak ediyordum. Muhtemelen beyaz tenliydi, normal sayıda el ve ayak parmaklarına sahipti ve hiç şüphesiz benden, yani yirmi sekiz yaşından daha büyüktü. Birçok bakımdan sıradan birisi olabilirdi ve karısı ile iş arkadaşlarının onun bu gizli hayatından habersiz olduklarını hayal edebiliyordum. Yoksa haberleri var mıydı? İşim bana bir şey öğretmişti: Başka birisinin günahını, aynı haltı sen de işlemediğin sürece hiçbir zaman söyleyemezdin. Kendi işimde bizzat tecrübe ettiğim bir gerçekti bu. Edinburgh çoklu kişilik bozukluğu olanların şehriydi, şizofren Dr. Jekyll ve Mr. Hyde gibi orijinal karakterlerden ilham alınarak temelleri atılmıştı ve Kailash Coutts'un zindanında çeşitli işler çevirirken aynı anda banliyödeki evlilik hayatlarını başarıyla sürdüren, bu şekilde iki ayrı hayat yaşayan birçok erkek vardı. Kailash'ın kendisiyle ilgili iyi bir şey söyleyemezdim fakat ona baktığında ne görüyorsan onu alıyordun, en azından Roddie Buchanan skandalında böyle olmuştu.

Royal Mile'dan inip Deacon Brodie'nin Barı'nı geçerken, bulunduğu kayalığın üstüne iyice kurulmuş olan Edinburgh Kalesi sis yüzünden belli belirsiz görünüyordu. Bar duvarının üzerindeki işaret, bar sahibinin düşüşünün gerçek hikâyesini anlatıyordu ve ikiyüzlü Edinburgh sakinlerinin efsanesi devam ediyordu: "Gündüzleri saygıdeğer bir kişi, geceleri beyefendi bir soyguncu, kendi icat ettiği darağacında sallanıyor." Ben henüz bir çocukken, asılan Deacon'ın resminin önünde annemle birlikte dikilmiş ve durmak bilmeden sorular sormuştum: Adımı ondan mı almıştım? İsmimi Deacon Brodie'den mi almıştım? Ne yazık ki yine hayal kırıklığına uğramıştım çünkü annem her zaman romantizmimi baltalayıp bana ismimin on üçüncü kattaki dairemizden görünen çay fabrikasından aldığımı tekrarlardı. Fakat yine de azgın, kumarcı ve günahları için asılmış bir hırsızla bir paket çaydan daha fazla ortak yönüm olduğunu ümit ederdim.

Yüksek Mahkeme'nin dışında, beni hâlâ kendine çeken barın ters köşesinde İskoç hukukunun babası Hume'un heykeli vardı. Bir çarşafa sarınmış şekilde duran heykele bakarken, *sanatçı estetik kaygılar duyarak yapabilirdi bu heykeli*, diye düşündüm: Heykeli yapılmış adamın sarkan göğüsleri, her ne kadar onu fark eden yalnızca ben ve güvercinler olsak da yanından geçip giderken her zaman yolumdan sapmama sebep olurdu.

Hızımı artırdım ve parlamentonun önünden geçtim. St. Leonard Polis Merkezi'ne giden yol Edinburgh'nın suç tarihinin izlerini taşıyordu. Ceset hırsızı ve seri katil Burke ile Hare'in ara sokaklarda öldürdükleri insanlarla üniversitenin anatomi uzmanlarını meşgul ettikleri zamanlar geride kalmıştı. Şimdiki namına rağmen başkent, geçmişteki kötü şöhretini silemezdi. Mile'ın eteklerindeki yeni İskoçya Parlamentosu kötü şöhretini silmek için bir şey yapmamıştı: Sanki tombalayı kazanmak için taş biriktiriyormuş gibi aldığı birkaç uyduruk yapıyla beraber bir dizi mimari ve finansal felaket, bizi bütün bu işlerin Edinburgh'yı alay konusu yapacağı bir hale getirmişti.

Edinburgh'nın her bir köşesinde manzaraya yayılmış bir suçun etkisini görüyorum. Arthur's Seat'e baktım ve sabah ufkunda Salisbury Kayalıkları'nın uğursuz bir biçimde olduğundan büyük görünüşünü izledim, derken aklıma Alman gelinin, onun kenarından ölümün pençesine düşüşü geldi. Kadın ölünce sigorta parasını alan yeni kocası için o kadar da hüzünlü bir hikâye değildi. Her yer aynıydı ve her yerde bir zalimlik, kıskançlık ya da şehvet öyküsü vardı. St. Leonard Polis Merkezi, Arthur's Seat'in eteklerinde, Edinburgh'daki Old Town'un merkezindeydi ve şehrin çılgın hikâyelerine bir yenisini daha ekleme konusunda çekingen değildi. Merkezin etrafındaki caddeler genellikle hemen hemen boş olurdu. Fakat sabaha karşı oraya yaklaştığım sırada tam bir sirk gibi görünüyordu. Bu, bela anlamına geliyordu.

Not defterleri ve ses kayıt cihazlarıyla muhabirler cesedin üstüne konan sinekler gibiydiler. Her yerdeydiler. Caddede bir televizyon ekibi vardı, ıpıslak bir yağmurluk giyinmiş bir adam elindeki mikrofona doğru konuşuyordu ve sabah haberlerinde yayınlanmak üzere cızırtılı bir kamera onu çekerken yüz ifadesi ciddiydi.

Hepsi sabırsızlıkla benim gelişimi bekliyorlardı. Durup biraz makyaj yapmadığım için kendimi tekmeleyebilirdim fakat Kailash'ın vakasına daha şimdiden bu kadar ilgi gösterileceğini açıkçası tahmin etmemiştim. St. Leonard Polis Merkezi'nden birileri basını alarma geçirmek için rüşvet almış olmalıydı. Gönülsüzce park ettim motosikletimi ve onlara doğru ilerledim. Yarın milyonlarca evin televizyonunda sersem gibi ve yorgun görünmek istemiyordum ama Jo Malone gece yarısı kiti ve acil durum makyaj setim çantamda olmadığından durumu kabullenmek zorundaydım.

Kaskımı çıkardığım sırada beni ilk Jack Deans fark etti. Onu birilerine tanıtırken hep, "Ödüllü araştırmacı gazeteci Jack Deans," diye takdim etme gereği duyardım. Bu alkolik herif bana bakış attığı zamanlar yüreğimin pır pır etmesine neden olan endişe verici bir hisse kapılırdım ve bunun hâlâ geçerli olduğunu fark etmemeyi tercih ederdim. Sebebini ancak Tanrı bilir. En iyi zamanlarını geçeli on yıl olmuştu, tabii en iyi yıllarını ayık geçirdiyse. Eski bir uluslararası ragbi oyuncusu olan Deans'in boyu benden çok daha uzundu. Bakışları yavaşça aşağı inip gözlerimle buluştu. Masmaviydi gözleri ve beni bakışlarına çekmeyi başarmıştı veya belki o da uyuyamamıştı ve çok iyi odaklanamadığı için öyle görünüyordu.

Deans'in bitap düşmüş bir tür yakışıklılığı vardı. Gençlik yıllarında savaş bölgelerinde ve zalim diktatörlerin ülkelerinde çalışmıştı. Sonraki yıllarında gülünç komplo teorileriyle kendini kaybetmişti ve Laphroaig viski şişesinin dibini görmenin de kendisini pek aydınlatmadığını keşfetmişti. Bugünlerde artık içmediğini iddia ediyordu fakat içki rutinine geçici olarak ara verdiğini ispatlamaya yetecek kadar kaçamak yaptığı zamanları biliyordum. Kendimi iç dünyamdan kurtarmam lazımdı fakat Deans'e karşı insanı küçük düşüren tutkum devam ediyordu, bunu öğrenseydi unutmama asla izin vermezdi. Bana doğru yaklaştığı sırada kırlaşmış saçının bir tutamı sağ gözünü kapadı ve kendimi toparlayıp dimdik durdum (164 santimetre boyundaydım ve el yapımı, şık, Küba işi motorcu botlarım da 7 santimetrelik topuğuyla boyuma boy katıyordu).

"Brodie!" diye bağırdı Deans, viski ve sigarayla olan eski ilişkisinin etkilediği sesiyle. ("Hayır! Hayır! Hayır!" dedim kendi kendime. Sesi içki, sigara, kanser, sertleşmiş damarlar ve kullandığı diğer iğrenç şeyler yüzünden bu hale gelmişti. "*Hiç ama hiç* seksi *değil.*")

"Kailash için buradasın sanırım?"

Kadın resmen Madonna'ya dönmüştü, tanınmak için soyadına ihtiyacı yoktu. Yorgundum ve samimiyetine içerlemiştim esasen fakat yine de sıkıcı bir akşamda, pespayeliğinden şüphe duymadığım fakat oldukça iyi doldurduğu donunu çıkarıp onu yatağa atmak isterdim.

"Yorum yok," dedim kısaca.

"Bu lanet yağmurun altında neredeyse iki saattir dikiliyorum, bana bir şeyler söyle. Lütfen. Lütfen Brodie. Lütfen ama lütfen."

Yağmur, saçlarını sakalları kırlaşmış yanağına doğru yapıştırmıştı. Yağmur yağmasına rağmen hava durgundu ve onunla otuz saniye geçirdikten sonra her zaman olduğu gibi ona karşı hissettiğim tuhaf duygular kaybolmuştu, üstelik benden her türlü bilgiyi alabileceğini düşünebildiği için onu tokatlamak istiyordum. Birileri ona derhâl buraya gelmesini söylemediyse nasıl olup da neredeyse iki saattir orada beklediğini merak etmemem de beni pek etkilememişti.

Jack Deans'i görmezden geldim ve merkezin ön kapısına doğru yürümeye başladığımda beni takip etti. Jack'in geçmiş başarıları diğer gazetecilerin bakışlarındaki saygı dolu parıltıdan okunabiliyordu.

Beni izliyordu. Bana bakan gözlerinden sıkıldığını hissediyordum fakat kolumdan tutana kadar onu görmezden gelmeye devam ettim. İçgüdüsel olarak kaskımı münasip bir yerindeki dalına ve yapraklarına çarparak aşağı indirdim. Hareketim diğerlerinin gözünde ve polis merkezinin kapısındaki güvenlik kamerasında kazara olmuş gibiydi fakat ikimiz de böyle olmadığını biliyorduk. Yeni kesilmiş bir Noel ağacı gibi yere devrilmişti.

Sihirli an resmî olarak bozulmuştu.

Düşerken bileğimi yakaladı. Neredeyse devrilecektim fakat öfkeyle dengemi sağladım. O yakışıklı basın mensubunun önümden defolup gitmesini ve işime devam edebilmeyi isteyerek ona dik dik baktım. Deans'in yüzünde öfke ya da acıdan çok kendini beğenmişlik ifadesi vardı.

"Haberin yok, değil mi?" diye fısıldadı.

Dizginleri ona veremez, her zamanki dişe diş muhabbetimize başlayamazdım.

"Haberin yok, değil mi?" diye tekrarladı bu defa biraz daha yüksek sesle.

Konuşmadan önce beş saniye kadar sessiz kaldım.

"Hayır Jack, bilmiyorum. Sabahın köründe hangi işgüzar polisin telefon edip seni iğrenç mağarandan çıkardığını bilmiyorum. Bu zahmeti için ona kaç kutu sarı bira ya da Big Mac aldığını da bilmiyorum. Ayrıca bir hikâye yaratmış gibi davranıp yalnızca kopyala yapıştır yapacak ve daha fazla mini etekli fahişe fotoğrafı yayımlayacakken neden bu kadar çok adamın dışarıda gezindiğini de bilmiyorum. Fakat iddiaya girerim ki sen bana söyleyeceksin."

Ellerim belimde, kendimden hoşnut bir halde dikildim. Sakinliğini kaybedip profesyonel bir görevdeyken polis merkezinin dışında bağırmak, bir davaya başlamanın her zaman iyi bir yolu olmuştu.

Jack Deans ayağa kalktı ve dudaklarına âdeta sürünerek yayılan tebessümüyle benim gibi ellerini beline koyarak durdu. Gözlerini yüzümde gezdirdi ve bir anlığına neredeyse o bakışlarında sempati gördüğümü bile düşündüm.

"Brodie?" diye sordu sanki cevabı biliyormuşum gibi. "Brodie? Sana anlatmadılar, değil mi?"

Bu defa sessizliğimi korudum. Eğer Kailash'la ilgili haberleri varsa zaten ötmek için can atıyor olmalıydı.

Sonraki sözleri soru değil, beyandı.

"Onun kimi öldürdüğünü bilmiyorsun."

Tatmin olmuş bir gülümseme belirdi yüzünde. Bu sefer hakkını vermeliydim o piç kurusuna, bu raundu o kazanmıştı.

"Sana neden söylemediler Brodie?"

Aynı soru benim zihnimi de kurcalamaya başlıyordu.

"Yerinde olsaydım, beni kimin kurtlar sofrasına attığını öğrenirdim."

Jack Deans özel statüsünün sona geldiğini biliyordu, basın ekibi dağılıyor ve benim sabrım taşıyordu.

Atik bir hareketle beni polis merkezine doğru itti.

"Alistair MacGregor," diye fısıldadı kulağıma.

Ona cevap verecek vaktim olmadı.

Düşünecek zamanım yoktu.

Yalnızca onu yanlış duyduğumu farz edebiliyordum.

DÖRT

Kailash Coutts'un sorunu neydi? İskoç yargı sisteminden ellerini uzak tutamaz mıydı? Görüştüğü birçok adamın olduğu gibi Alistair MacGregor'ın da başka bir kimliği vardı fakat bu seferki kölelik ya da bebek bezi fantezileri içermiyordu. Hayır, bu seferki çok daha karmaşıktı. Ölen adam Alistair MacGregor olarak tanınmıyordu. Tam unvanıyla tanınırdı: Yüksek Mahkeme Başkanı Broxden Lordu Arbuthnot. Ya da daha basitleştirecek olursak: İskoçya'nın en kıdemli hukuk lordu. Komiser Munro'nun işi aceleye getirmek istemesine ve bütün İskoç basınının duyar duymaz sabahın köründe St. Leonard Polis Merkezi'nin önünde kamp kurmasına şaşırmamak gerekirdi.

Edinburgh'daki bir polis merkezinin kapısı önümde sır perdesi aralanır gibi açılırken bana hızla yaklaşan ümitsizliğin içinde debelenecek vaktim yoktu, bana yalnızca Jack Deans el uzattığına göre durum gerçekten kötü olmalıydı. Bürodaki polislerin yüzlerindeki belli belirsiz gülümsemeler geçmişteki bazı çapraz sorgularımdan ötürü pişman edebilirdi beni fakat büroya doğru yürürken gazetede çıkan haberdeki o korkunç "KAMÇI" yorumunu akıllardan nasıl çıkaracağımla ilgili daha çok endişeleniyordum. Giriş konuşmalarına gerek yoktu. Orada geçmişte gereğinden fazla vakit geçirmiştim. Nöbetçi polis Anderson elinde bir pasta olmadan yarım metre yürümenin sıkıntısı ve eforu yüzünden kızarmış yüzüyle bana doğru paytak adımlarla geliyordu. Ucuz, beyaz gömleğinin içi görünüyordu ve koca göbeğinin üstünde büzüşmüştü. Üzerindeki tek aksesuar, koltuk altındaki ter lekeleriydi. Kendi tabiriyle emeklilik yaşına gelmiş bir yaşlı kurt olarak benim gibi birçok genç "serseri"nin buralardan geçip gittiğine şahit olduğunu açık açık söylerdi. Gerçi kendisini göğsünde parlak bir şerif armasıyla hayal ettiğinden emin olduğum için buna pek aldırmazdım. Beni asıl endişelendiren şey derin derin nefes alışıydı: Ya önümde orgazm olacaktı ya da son karşılaşmamızdan beri üzerinde çalıştığı berbat bir espriyi deneyecekti. En azından ilk ihtimal eğlenceli olabilirdi.

"Sizi hücrelere götürmek *isterim* Bayan McLennan..." diye vızıldadı etraftaki dalkavukları can alıcı bitiş cümlesi için pürdikkat beklerken dramatik bir şekilde duraksayarak. "Fakat bana yalancı diyebilirsiniz."

Marx Kardeşler aniden tutuklanıp onunla Laurel ve Hardy'cilik oynamaya mı zorlanmışlardı? Tommy Cooper dondurucu kış uykusundan uyanıp kolluk kuvvetlerinde Ricky Gervais ve John Cleese'in onun sadık yardımcıları olacağı yeni bir kariyere başladığını mı duyurmuştu? Ya da işe yaramaz, ter içindeki şişko bir polis az önce beyhude bir çabayla, Kailash'ın ücret tarifesini ödemeyi teklif etse dahi üzerine bile sıçmayacak birisine ümitsizce gol atmayı mı denemişti? Sebebi ne olursa olsun St. Leonard Polis Merkezi gelecek kuşaklara miras kalacak bir esprinin neşesiyle yankılanmıştı, meslektaşlarına bu eğlenceli zannettiği acınası karşılamayı bahşettiğine göre mesaisinin geri kalanında pastırmalı sandviçler ve Irn Bru marka gazlı içecek almak için hareket etmesine gerek kalmayacaktı. Son karşılaşmamızı hayal meyal hatırlıyordum: Genç, zengin, avlanma yanlısı protestocuların dâhil olduğu bir polis saldırısı vakasıydı. Her ne kadar alınan kararda, benim kendi adıma öne sürdüğüm harika yasal noktalardan ziyade kürsüde oturanların adli sadakati etkili olsa da neticede davayı ben kazanmıştım. Talih bir gün herkese gülerdi ve o gün Komiser Anderson'ın günüydü. Genç ekibi onun cesaret gösterisinin tadını çıkarıyordu, özellikle de tanık kürsüsüne çıktıklarında benden fırça yiyenler.

Kendime müthiş üstün varlığım ve kusursuz profesyonelliğimi hatırlatarak moral verdiğim sırada karakolun aynalı cam penceresindeki yansımam gözüme çarptı. Normalde en güzel özelliğim saçlarımdı ama o anda at kılı kumaş kaplı bir kanepenin içinden fırlamış döşeme dolgusu gibi görünüyordu. Koyu kestane buklelerim, nemli gecenin ve motosiklet kaskımın da yardımıyla kıvır kıvır olmuşlardı. Yağmur ve yoldan sıçrayan su deri ceketimi sırılsıklam yapmıştı ve üzerimden çıkarmaktan başka çarem kalmamıştı. En sevdiğim, yumuşak, gri ve çok yıpranmış tişörtüm vardı üzerimde. Anneniz biraz solgun göründüğünüzü söylediğinde yatağa girerken giydiğiniz türden bir tişörttü. Maalesef bu senaryoda adamlarla dolu polis merkezinde üzerimde utanıp başlarını çevirmelerini sağlayacak bir dekolte yoktu. Kişisel olarak benden ve temsil ettiklerimden hoşlanmıyorlardı fakat bütün bunlar sahip olduğum bir çift göğsü ifşa etmemle unutulabilirdi. Komiser Anderson'ın zafer anı, bürodaki bütün polislerin kutsal ıslak tişört fantezisi tarafından çalınmıştı. *Daha kötüsü de olabilirdi*, dedim kendi kendime. Ama sonra aklıma deri pantolonumun üstündeki kemerin tokasında yazan Harley'in efsane sloganı geldi: "Sürmek İçin Doğmuş."

Hücrelere inen merdivenlerin kapısına doğru ilerleyen Komiser Anderson'ı takip ederken hakkımdaki neşeli yorumları duymazlıktan gelmeye çalışıyordum. Bana ve benim koşullarıma uygun düştüğü zamanlarda, avukatlığımdan dolayı ilgi görmeyi severdim fakat o gece beni bekleyen her neyse, kimsenin gözü ya da yorumu üzerimde olmadan karşılaşayım istiyordum. Aslında Marks & Spancer'dan takım elbise ve gömlek alabilecek kadar çok para ödeniyordu bana. Kesinlikle yasal saygınlığımı yansıtır şekilde ya da İskoçya hukuk tarihindeki en genç uzman avukat olma namımı yürütüyor gibi görünmüyordum. Uzman avukat gibi profesyonel unvanların ardına (en azından Sör Walter Scott'ın yanında) ne kadar saklanırsam saklanayım orada en düşük konumda olan bendim: Hem bir kadın hem de bir avukattım. Müvekkilime bile benden daha iyi davranılabilirdi. Tanrı bilir, Kailash benim bu halime ne mana verecekti: Meslektaşları arasından pek de güzel görünmeyen birisi tarafından ziyaret edildiğini düşünecekti muhtemelen. Kailash'ın beni nasıl yorumlayacağını merak etmemin yanı sıra aynı durumda annem ne söylerdi diye kısaca aklımdan geçirdim: Derken hissettiğim rahatsızlık, bu düşünceyi hemen aklımdan atmama neden oldu.

Komiser Anderson'la birlikte polis merkezinin derinliklerine doğru yürürken arkamda bir süvari alayı oluşturmuştum. Pek de yalnız kalmamıştık: Ofislerin yanından geçerken, içeridekiler yalandan işleri varmış gibi yaparak bize katılıyorlardı. Hepsi Kailash Coutts'la aramdaki hesaplaşmaya tanık olmak istiyordu.

Meslektaşımı öldürmekle suçlanan bir kadınla görüşürken nasıl davranmalıydım?

Aramızda üçkâğıtçılık ve güvensizlik üzerine kurulu bir hukuk olmasına rağmen bizzat beni çağırıp onu temsil etmemi isteyen bu kadına nasıl yaklaşmalıydım?

Gazeteleri çağırıp Roddie Buchanan'ı tuzağa düşürdüğünden ve beni bu süreçte neredeyse mahvedeceğinden hep şüphe ettiğim bu kadınla görüşmemde nasıl tepki vermeliydim? Her ne kadar Roddie'nin küçük ortağı olsam da İskoç hukuk kuralları gereği müştereken ve müteselsilen şirketin bütün borçlarından sorumluydum. Yani eğer bu skandal Lothian & St. Clair'i parçalasaydı alacaklılar borçların ödenmesini talep etmek için bana gelebilirlerdi. Ben ise karşılık olarak bir kuruş bile alabilmek için Roddie'yi dava etmek zorunda kalırdım. Kailash Coutts skandalı ve yayılan dedikoduların yarattığı fiyasko şirketin varlığını tehdit etmişti. Müşterilerimizi kaybediyorduk. Genel giderlerimiz arasında ağırlıklı olarak Castle Terrace'taki fahiş fiyatlardaki ofislerimiz vardı ve banka, kredi limitinden fazlasını ödememizi istemişti. Kailash Coutts'un beklenmedik bir şekilde son anda fikrini değiştirmesi bizi kurtarmıştı. Roddie'nin çift değil tek testis operasyonuyla ilgili sahte yeminli belgeyi imzalayarak, iftira meselesi için ihtiyacım olan cephaneyi vermişti.

Karışık grubumuz hücrelere doğru ilerlerken üzerime doğru bir koku hücum etti. Kusacak gibi hissettim. Kilitli çelik kapıların ardından gelen sesler bana Bedlam'ı* düşündürdü. Yakut, anahtar teslimi için bana doğru ayaklarını sürüyerek yürümeye başladı. Yakut'u bildim bileli buranın bir sembolü olarak görürdüm: Hiçbir şey tam olarak olması gerektiği gibi değildi fakat yabancıları, buradaki her şeyin bir süre daha dayanabileceğini düşündürmeye yetecek kadar yüzeysel girişim mevcuttu. Otuz tel dokuma sıklığında yapılmış siyah külotlu çorabı, kadının varisli damarlarını ve boğumlu bacaklarını örtmeye çalışmışsa da başaramamıştı. Platin sarısı saçlarında sanki bir zamanlar kuaföre uğramış fakat bu ziyaret sonucunda sertleşmiş ve bulaşık teline benzemiş gibi bir hal vardı. 1950'li yıllarda oldukça modaydı, zaten muhtemelen bir erkek onu en son o zamanlar çekici bulmuştu.

Gerçek ismi Jean'di fakat derin bir yarık gibi görünen ağzına sürdüğü parlak kırmızı ruju yüzünden ona Yakut adını yakıştırırdım. Dürüst olmak gerekirse ona "Yakut" mu yoksa "Mavi" mi desem karar veremiyordum: Mavi adı, sarkık göz kapaklarını süsleyen iki kat göz farının hakkını vermek için oldukça uygundu. Yakut kendi kusurlarından habersizdi fakat bana sanki sokakta üzerine bastığı herhangi bir şeymişim gibi bakıyordu. Belli ki onun çekicilik anlayışına uymuyordum. Sigarası ağzının kenarından sarkıyordu ve anahtarlar yanında duruyordu. Becerikli hareketlerle anahtarlığı eline aldı, yalnızca dokunarak bile hepsini birbirinden ayırt edebiliyordu. Kapıyı açtı: Daha önce hiçbir kapının gıcırdadığını fark etmemiştim fakat küçük kalabalığımız nefesini tutmuşken en ufak bir ses bile olduğundan daha abartılı geliyordu.

Üç buçuk metrelik hücrenin dışarıya doğru açılan kapısı az da olsa görüşüme engel olmuştu. Salgıladığım adrenalin bedenimde gezinip duyularımı uyarıyordu, bu yüzden etrafımda dolanan hafif ve tatlı kokuyu fark etmiştim.

---

* Londra'daki ilk akıl hastanesi olan Bethlem Kraliyet Hastanesi'ne sahip olduğu kötü şöhret nedeniyle hem tımarhane hem de gürültülü, kargaşalı yer anlamında "Bedlam" denilmeye başlanmıştır. (yay. n.)

Kailash Coutts'u ilk defa kanlı canlı karşımda gördüğümde afallamıştım.

Bazı kadınlar bir an için göz göze gelirler ve arkadaş olmamalarına rağmen birbirlerini tanırlardı. O anda birbirlerini değerlendirirler, gözleriyle baştan ayağa süzerler ve bir saniyeliğine ruhları bir olurdu. Onunla tanıştığımda arkadaş olabileceğimi düşünmüştüm. Kendi kariyerinin zirvesine çıkmış kadınlar olarak her gün konumumuzu korumak için erkeklerle savaşırdık. Neyse ki bu durum benim için mecazi anlamda geçerliydi.

Müvekkilim hakkında bana verilen detayları aklımdan geçirdim: Kadın, kırk bir yaşında, melez. Bu boş sözler onu tanımlamanın yanından bile geçmiyor, gördüğüm fotoğraflar onun hakkını vermiyordu.

Kailash Coutts Tanrı vergisi yeteneklere sahip bir kadındı ve sahip olmadığı yetenekleri ise satın almıştı. Kesinlikle nereden alışveriş yapacağını iyi biliyordu. Uzun, siyah saçları gösterişli bir şekilde omuzlarına dökülüyordu ve bana bakmak için döndüğünde bir şelale gibi dalgalandı. Onun karşısında geçirdiğim ilk saniyelerde iç sesimin Mills & Boon mu yoksa Loaded gibi mi çıktığından emin olamadım.

"Beş dakikan var," dedi sesi heyecandan boğulur gibi çıkan Komiser Anderson. "Bayan Coutts'un bugün mahkemeye çıkma ihtimali için hazırlamam gereken belgeler var."

Müvekkilime karşı gösterdiği saygı karşısında şaşırmıştım. Belki de aynı şeyle az da olsa karşılaşmadığım için biraz gücenmiştim. Onda, bende olmayan ne vardı? Kailash, Donegallı bir hemşire ile Pencaplı genç bir cerrahın evliliğinin ürünüydü. Babası önceden ayarlanmış evliliğinden kaçmıştı ve terk edilen annesi kendini boynuzlanmış yeni İrlandalı kocasının merhametine teslim etmişti. Adam cömertliğiyle bebeğe sahip çıkmayı ve bebeğin beyaz olacağını düşünerek onu kendi bebeği gibi yetiştirmeyi kabul etmişti. Kailash doğduğunda esmer teni, ten rengi testini geçememişti. Eğer ten rengi, kahverengi bir kese kâğıdından daha açık olsaydı sokağa atılmayabilir ve İrlanda'nın batı kıyılarındaki kayalıklara vuran İspanyol donanmasının genetik soya çekimi olarak görmezden gelinebilirdi. Küçük Kailash'ın talihsizliği, melez ırktan bebeklerin hayatlarının ilk günlerinde oldukça koyu tenli olmalarıydı. Kaderi yazılmıştı. Yuva kavramı, artık onun için bir dizi koruyucu aile evinden ibaretti. Hiç kimse kara gözlü bu çocuğu kendi çocuğu olarak kabul etmemişti.

Zaman değişmişti. Benim babam da annemi terk etmişti fakat onun zamanında babasız bir çocuk yetiştirmek toplumda kabul edilebilir bir şeydi. Annem kendince beni çok severdi ve her zaman yanında erkeği olsun olmasın bana en iyi olanakları sunmaya çalışırdı. Kailash'ın sürüklendiği hayatı yaşamak zorunda kalsaydım kendi ayaklarımın üzerine durabilir miydim?

Babasız bir çocuk için tam bir enayiyim. Kailash Coutts'un kara gözlerine baktığımda onu buradan çıkarmak için her şeyi yapacağıma yemin edebilirdim. Mesleki bir intiharın kıyısında olduğumun farkındaydım. Şirketimi ve bizzat beni neredeyse parçalanmanın eşiğine getirmiş olan bu kadın, şimdi de ülkenin en büyük hukuk lordunu öldürmekle suçlanıyordu. İkimizin de küçükken terk edildiğimizi düşününce onun artık en iyi arkadaşım olmasına karar vermiştim.

Komiser Anderson'a doğru yürüdüğü sırada onu kolundan yakaladım. "Sessiz kalma hakkına sahipsin," diye hatırlattım. "Bu hakkını kullan. Bu sabah duruşma olacak. Cinayet suçlamasına ne itiraz edeceğiz ne de suçu itiraf edeceğiz. Ardından adli muayene yapılacak. Bunun kaydı tutulacak, biz de bu aşamada savunmanı yapmalıyız, aksi takdirde mahkeme sessizliği aleyhimize kullanır."

"Aleyhimize mi?"

Daha şimdiden duygusal anlamda onunla bir bağ kurmuştum. Geri çekilebilirdim fakat Kailash bana gülümsediğinde bunun yakın bir zamanda olmayacağını fark ettim. Ona anlattıklarımı ve sözcüklerimde şifrelenmiş mesajı anlamış olmasını ümit ettim. Onun suçlu olduğunu duymak istemiyordum çünkü bu beni hukukçu olarak tuhaf bir pozisyona sokardı. Ona kendisini nasıl savunacağını düşünmesi için zaman tanıyordum.

Bir süre durup cinayetle suçlanan Kailash'ın uzaklaşmasını izledim ve içimden sessizce kendi babamın yokluğuna lanetler okudum. Artık ağına düşmüştüm ve Kailash Coutts'un kurtulmama izin vermeyeceğinden emindim.

BEŞ

"Kötü görünüyorsun."

"Göründüğümden daha kötü hissediyorum."

"Önemli olan iç güzelliktir derler, o yüzden neşelenmeye çalış." Lavender bana dumanı tüten bir fincan kahve uzatırken gülümsedi. O anda onu yaptığı her şey için affedebilirdim. Hatta sandalyemde oturuyor olması bile canımı sıkmamıştı: İkimiz de benim ofisimde iplerin kimin elinde olduğunu gayet iyi biliyorduk. Avukatlar belki bu işin görünen kısmıydı fakat gerçek güç sekreterlerindeydi.

Aşırı sıcak içeceğimden dikkatle bir yudum aldım ve Lavender ajandadan bugün yapılacak duruşmaları okurken ofis penceremden Edinburgh Kalesi'ni izledim.

Duruşma ajandası bir hukuk şirketinin en önemli kayıtlarını içerirdi: Kaçan bir mahkeme tarihi ya da yeri yanlış yazılmış bir duruşma kovulmaya yetecek büyüklükte bir suçtu. Böyle bir hatanın sonuçları hafife alınamazdı: Müvekkil için hapis, avukat için ise çok daha kötüsü olurdu. Eğer müvekkil mahkeme tarihinde ortaya çıkmazsa hakkında tutukluluk kararı çıkarılır, avukat mahkemeye katılmazsa mahkemeye itaatsizlik suçlamasıyla karşı karşıya kalırdı.

Duruşma ajandasını gözden geçirmek, Lavender ile benim her sabah 07.30'da uyguladığımız bir rutinimizdi. Elimizden gelseydi Kailash Coutts'unki gibi büyük bir davaya, her şeye ciddi anlamda zarar verecek olsa da gereken saygıyı duymak isterdik. Zamanımın çoğu Kailash'a gideceği için diğer işlerin aksamayacağından emin olmam gerekliydi.

"Kaç duruşma var?" diye sordum Lavender'a.

"Bir jüri heyeti, bir tane de devam eden Yüksek Mahkeme davası var. Robert Dunlop çoktan belgelerini aldı, işleri senin için halledecek ve birinci sınıfa giden stajyeri yanında oturması için gönderiyorum. Bunun yanı sıra," diye ekledi Lavender, "beş jürisiz yargılamamız var ve bunlardan ikisi Kirkcaldy'de." Sesini alçalttı ve tam olarak mırıldanmasa da listesindeki diğer maddeleri kesinlikle daha hızlı okudu.

"Dün gece Eddie'ye bilgi verdim ve dosyaları evine bıraktım."

Yüzü kızarırken ajandanın sayfalarında gezindi. Lavender'ın Eddie Gibb'e karşı duyduğu karşılıksız aşkla dalga geçecek enerjim bile yoktu. Eddie çıtayı kendisinin koyduğu başarılı bir avukattı. Eddie'nin kötü davranışlarını ben mi yoksa Lavender mı affetmeye devam ediyordu emin değildim. Fakat Lavender'ın birçok defa onu barlardan topladığını biliyordum ve onun için bir kod adı bile belirlemiştik: Eddie dokuz numaralı mahkeme salonundaydı.

Yargıçların çoğu Eddie'nin yaşadığı güçlüğü biliyor ve onu affediyordu. Sanırım hepimizin içinde bir parça Eddie vardı.

"Eddie'yi hemen herkes kadar sevdiğimi biliyorsun Lav fakat onu Kirkcaldy'de tek başına bırakarak resmen kendi topuğumuza sıkıyoruz."

"Yani Yargıç Robertson ondan nefret mi ediyor? Senden de pek hoşlandığı söylenemez Brodie."

"Burada şahıslardan bahsetmiyorum Lav... Eddie öğle yemeğinde alkol alırsa onun arkasını kim toplayacak? Aynı anda hem Edinburgh'daki işlerin başında hem de sevdiğine göz kulak olmak için Kirkcaldy'de olamazsın ki."

"Dilenciye hıyar vermişler, eğri diye beğenmemiş. Bak Brodie, diğer serbest avukatları Edinburgh'daki işlerle ilgilenmeleri için hazır tutmalıyım, böylece gözaltındakilerle ilgilenebilirsin. Dün gece beni arayıp ne kadar stresli olduğunu söylemedin, ben de bir başka 'delectus personae'* dersi istemedim. Elimden geleni yaptım ve sanırım Eddie bu işi başarabilir."

Lavender'ın kısa kesilmiş bukle bukle sarı saçları, ruh halinin aksine neşeyle sallanıyordu. Kırk üç yaşında olmasına rağmen suratında hiç kırışıklık yoktu. Yüzünü pürüzsüz tutmak için tercih ettiği yol fazla kilolarıydı ve bu ona yakışıyordu. Harika biriydi ve onu kız kardeşim gibi seviyordum. 36 bedenin yakınından bile geçmeyen vücut hatlarıyla, kanlı canlı bir Rubens fantezisi gibiydi. Erkekleri genelde ateşe doğru yürüyen güveler gibi üzerine çekerdi fakat Eddie'nin içki sevdası her ne kadar Lavender'a çok fazla güvense de hep ondan bir adım uzakta olacağı anlamına geliyordu.

Lavender, Lothian & St. Clair ekibindeki her avukat kadar bilgiliydi. Başarılı bir ceza davası yaratmanın nasıl bir şey olduğunu ve "delectus personae"nin bazı müşterilerin, yalnızca benim onları temsil etmem şartıyla şirketimizle çalıştığı anlamına geldiğini biliyordu. Sezgisel içgüdüleri dün gece tavan yapmıştı: Bir müvekkilimiz olduğunu biliyordu, tüm dikkatimi talep eden büyük bir müşteri...

Sadece henüz kim olduğundan habersizdi, ona söyleyebilecek kadar cesaretimi toplayamamıştım.

Lavender benim için vazgeçilmezdi. Kailash olayından sonra şirketin yaşadığı ciddi finansal sorunlar, benim hayatımın Lothian & St. Clair'in finansal dengesine bağlı olduğu anlamına geliyordu. Özgürlüğümü elde etmemin tek yolu şirketi yeniden finansal açıdan başarılı kılmaktı. Bunun için elimden geldiğince önüme çıkan bütün davaları almıştım fakat bir engel vardı. Ofis dışında saat kaç olursa olsun çalışmaya hazırdım ama aynı anda iki yerde olamazdım. Daha fazla eleman almak için yeterli kaynağım yoktu, bu yüzden serbest avukatlardan bir ekip oluşturmuştum. Serbest avukatlar tıpkı efendisiz kalmış Japon Roninler, yani Samuraylar

* (Lat.) Partnerlik vb. bir pozisyon için karakteri, kapasitesi ve sorumluluğu bakımından güven veren bir kişinin seçilmesi. (yay. n.)

gibiydiler. Kimseye bağlılık yemini etmeyen yalnız savaşçılardı. Onları el altında tutmak genelde Lavender'a kalırdı.

Lavender söz alarak düşüncelerimi böldü: "Yakında öğreneceğim, biliyorsun."

"Neyi?"

"Benden saklamaya çalıştığın sırrı öğreneceğim. Bu her zaman böyle oldu."

Doğruydu, Lav etraftayken kimsenin özeli olamazdı. Bunu hayatımın doğal bir parçası gibi kabullenmek zorundaydım çünkü onun bilgisayar konusundaki *hacking* yetenekleri gerektiğinde çok işimize yarıyordu.

Her şey eBay'le başlamıştı. Lavender bir şeyler alıp satmaya başlamıştı. On beş yaşındaki hırsızlardan alıp internette satıyordu. Girişimci ruhunu konuşturuyordu. Kimse ondan daha akıllı değildi ve onun bilgisayar yetenekleri, doğal merakı kendisinden üstün gelene dek gelişmişti.

Bir adam vardı (gerçi Lavender'ın başrolde olduğu her hikâye böyle başlardı) Lavender o adam hakkında daha fazla şey öğrenmek istemişti. Lavender'ın da söylemekten hoşlandığı üzere bu kara sevda ne zaman takipçiliğe dönüşmüştü? Her neyse, bu adam bilgisayarlarla ilgileniyordu, bu yüzden Lavender bilgisayar güvenliği üzerine bir kursa gitmişti: Şirket bilgisayarlarının güvenlik duvarlarını *hacker*lardan koruma üzerine bir kurstu. Güvenlik duvarı kurabilmek için önce bunları nasıl aşacağını öğrenmesi gerekiyordu ve bu duvarların ardındaki sırlar Lavender için dayanılmazdı.

O gizemli adam bir bankada çalışıyordu ve Londra Polis Teşkilatı, Lavender'ın o bankanın güvenlik sistemine dair ilgisini yanlış anlamıştı. Sonuç olarak Lavender, Londra'daki hayatını geride bırakıp Highgate Mezarlığı'ndaki bir mezar taşından çaldığı isimle kimliğini değiştirmişti: Lavender Ironside. Biz birbirimiz için yaratılmıştık. Lavender en az benim ona ihtiyacım olduğu kadar bana muhtaçtı.

Başımı kaldırıp neyin onu bu kadar meşgul ettiğine baktım.

"En azından benim odadan çıkmamı bekleyebilirdin," dedim.

"Gideceğine dair hiçbir işaret göstermiyorsun," diye sertçe yanıt verdi utanmadan evrak çantamı açarken. "Çok düzensizsin, bütün bu karalamalara bir anlam vermeye çalışmak zorunda olduğumu görmüyor musun?" Notlarımı alıp yüzüne doğru iyice yaklaştırdı.

"Kailash Coutts mu?" Gözleri küçümser bir şekilde kısıldı.

"Yeni müşteriler bulmaya çok ihtiyacımız var, biliyorum Brodie fakat bu kadar kötü durumda olduğumuzu hiç düşünmemiştim."

"Sence ben nasıl hissediyorum? Gece yarısından beri bu kadın yüzünden ayaktayım."

"O halde neden 'hayır' demedin? 'Hayır' diyemiyorsan kendini pazarlıyorsun demektir."

"Denedim ama Roddie buna izin vermedi. Ayrıca karısı da bu konuda söz sahibiydi."

"Umarım bu sözlerin sana da bana geldiği kadar acınası geliyordur," diyerek cevabı yapıştırdı.

"Bana bir baksana Lav, hayatıma bir bak."

"Bir hayatın yok ki… Kendini Kailash Coutts'un açtığı çukurdan kurtarmayı denemek için sürekli çalışıyorsun. Sürekli büyüyen bir çukur... Elimizde bir jürili ve üç jürisiz yargılamanın yanı sıra bugün Edinburgh'da meydana gelen gözaltı vakaları var fakat bütün bunlar o kadın yüzünden elimizde patlıyor. Yine."

"Süvariler de geliyor işte."

Ofis kapımın cam panelinden dışarıdaki hareketliliği görebiliyordum.

Süvari birliği gibi tek sıra halinde ilerliyorlardı.

Tommy Girvan, bir müflisin olabileceği kadar akıllı ve kurnazdı. Sınırlı bir çalışma sertifikası vardı çünkü büyük ortağı şirket hesaplarını mahvetmişti ve tıpkı benim gibi Robert da müştereken ve müteselsilen şirket borçlarından sorumluydu. O, benim için bir uyarı gibiydi. Ne zaman işten kaytarmayı ister gibi olsam Robert'ı düşünürdüm ve vücudum baştan ayağa ürperirdi. İkimiz de neden ona iş verdiğimi biliyorduk.

Danny Bishop, yüzündeki talihsizlik haricinde iyi bir adamdı. Yanağından çenesine uzanan bir yarası vardı. Efsaneye göre bir keresinde müvekkillerinden birisinin kız arkadaşıyla yatınca adam ona ya testisleri ya da yüzü diye seçenek sunmuştu. İnsanların çoğu ikinci seçeneği seçtiğini bilse de sonuç olarak testisleri de elden gitmişti.

Stajyer de gayet güzel bir takım elbise giyinmiş ve hevesli olduğu açık bir şekilde onun arkasından geliyordu fakat hepsinin, neredeyse benimle yaşıt olanların bile benim gözümde bir olduğundan habersizdi.

Bedenen ve mecazen en arkadan gelen ise David Bannatyne'ydi. Karısını terk edip genç adamları eve atmak amacıyla arabasına alma ve neticede işi arabada bitirip gün batımına doğru onun arabasıyla onsuz yola çıkışlarına şahit olma alışkanlığı edinene dek bir şirketi vardı.

Onlar günü kurtaracak olan Roninlerimdi. Kişisel sorunlarına rağmen onları mahkemeye çıkardığınızda büroda pek rastlamadığınız türden bir kabiliyetleri ortaya çıkardı.

Uygun olan yerlere oturup arkalarına yaslandılar ve beklenti dolu gözlerle bana baktılar. Ben dosyalarını verip işlerini anlatmadan önce Lavender her zaman olduğu gibi kahveleri dağıttı. İşe stajyerle başladım.

"HMA, Marjorie Pirie'ye karşı: Yüksek Mahkeme davası. Donnie Dunlop çoktan bilgilendirildi ve mahkemenin son gününde orada oldu, önemli bir iddia şahidi erken doğum yaptığı için duruşmaya haziranın beşinde devam edildi. Oldukça anlaşılır. Yalnızca avukatın sana söylediklerini yap ve müvekkillerine yargıçları kötüleme."

"Neden böyle bir şey yapayım ki?" diye karşı çıktı genç stajyer.

"Bir arkadaşım ile boşanma için başvuran bir müvekkil, karısına tedbir nafakası olarak haftalık iki yüz elli sterlin ödemesine karar veren yargıcın tam bir puşt olduğu konusunda hemfikir olmuştu."

"Sonra?"

David Bannatyne başını iki yana salladı ve kahvesini tazelemek için ayağa kalktı.

"Sen yargıca homurdanma diye bir şey duymadın mı hiç?" diye sordu David.

Kafası iyice karışan stajyer, başını iki yana salladı.

"Bu ceza gerektiren bir suçtur: Bir yargıç sana istediği her şeyi söyleyebilir fakat zekice bir karşılık verirsen oracıkta mahkemeye saygısızlıkla suçlanırsın. Mahkeme dışında da buna homurdanma denir."

"Teşekkür ederim David, seni jürili yargılamaya yönlendirdim. Bugünün yapılacaklar listesinde geçiyor fakat başlayacağını sanmıyorum. Sanırım her zamanki gibi işe yarayacak bir mazeretleri vardır. Olmazsa diye dosyanın içine son davaların listesini koydum. Andy Gilmore polis tarafından durduruldu, arabanın her tarafı CD'lerle dolu olduğu için arabayı aradılar, CD'lerin çalıntı olduklarını düşünüyorlardı. Arama sırasında kokain buldular, aslında yasa dışı bir arama yapmışlardı çünkü daha en başında onu arama yapma amacıyla durdurmak için elle tutulur bir sebepleri yoktu."

"Sağ ol Brodie, benim arabam da dağınık diyerek müzakere edeyim diye mi bu davayı benim almam gerektiğini düşündün?" Dosyayı ona uzattım ve elimden alırken dudaklarında bir gülümseme belirdi.

"Bugün ne yapıyorum?"

Danny Bishop yorgun görünüyordu. Ellili yaşlarının başındaydı ve yüzündeki yara yok olmaya yüz tutsa da zamanla yüzünün sol tarafı, sağ tarafına göre daha çabuk sarkmış ve bu ona çarpık bir gülümseme bahşetmişti.

"İki polise mukavemet, bölge mahkemesinde."

"Sağ ol."

Dönüp beklenti dolu bir ifadeyle beni izleyen Tommy Girvan'a baktım.

"Edinburgh Yüksek Mahkemesi'nde arkamı kollayacaksın, ben de gözaltındakilerle ilgileneceğim."

Bana, *hepsi bu mu*, der gibi baktı. Etrafımda kopacak fırtınayla ilgili onu uyarmam gerektiğini biliyordum fakat nedense bir türlü nasıl söyleyeceğimi bilemedim.

"İki jürisiz mahkeme oldukça anlaşılır. Savcıya gülümse ve her iki davayı da aynı mahkemeye aldırabilir misin diye bir bak. Bir tanesi asayişi bozma üzerine. Müvekkilim beni tanıkların gelmeyeceği konusunda temin etti."

Robert bana göz kırptı. "İşte böyle davaları severim."

Severdi çünkü kısa sürmesine rağmen tam gün ücreti öderdim.

"Peki, ya diğeri?" İlgiyle yanıtımı bekliyordu.

"Diğeri fuhşa teşvik davası: Maggie Jones müşterilerinden birisine arabasında oral seks yapıyor."

"Tanrı aşkına Brodie, neden bu davayı alıyoruz?"

Yüzünü ekşitti. Ben de bu davadan hoşnut değildim fakat Maggie "iyi bir müşteriydi" sözde eroin bağımlısı olduğu için bu alışkanlığı uğruna para kazanmak için her şeyi yapabilirdi. Sürekli işler her zaman iş görürdü.

"Pekâlâ, bunu nasıl savunacağımı söyle bana Brodie ama lütfen Maggie'nin yutmamış olmasını savunma olarak öne sürmemi söyleme."

Mizahımız gün boyu ya kara ya da belden aşağıydı, hatta ikisini birden tercih ederdik.

"Hayır, çok daha iyisi Rob. Tutuklamayı gerçekleştiren polis herhangi bir para alışverişi görmemiş, yani Maggie'nin ticari amaçla değil, eğlence için bunu yaptığını öne süreceğiz."

"Harika, bu noktada mahkemede bunu öne sürecek kişinin sen değil, ben olacağımı tekrar belirtmek isterim."

"Güven bana," diye araya girdi Lavender. "Brodie bugün yapacağı işlerdense gayrimeşru ilişkileri ele almayı tercih ederdi, buna emin ol."

Lavender'la göz göze geldiğimizde daha fazla bir şey söylememesi için ona baktım. Her zaman olduğu gibi beni görmezden geldi.

"Pekâlâ, sen bir şey söylemiyorsun fakat yakında zaten öğrenecekler. Brodie bütün bilgeliğiyle Roddie'nin fahişesini temsil ediyor."

"Hangisini?" diye sordu Robert. "Kailash değildir herhalde, değil mi?"

Lavender başını olumlu anlamda salladı.

Robert ayağa kalktı. Başını kaldırıp yumuşak bir ses tonuyla konuştu.

"Neden?" diye sordu mahkemeye gitmek üzere yanımızdan ayrılmadan önce.

Ben kendime aynı soruyu sormayı çoktan bırakmıştım: Yeterince dibe batmıştım zaten.

ALTI

Saat sabah 09.45 civarında Edinburgh Yüksek Mahkemesi "Paddy's Market"ı andırıyordu. Ucuz takım elbiseli ve daha da ucuz dövmeli genç adamlar adalet aradığı esnada etrafta sefalet ve yaygara hüküm sürüyordu. Aynı zamanda kredi limitini aşıp müşterilerininkinden daha pahalı takım elbiseler alan avukatlar vardı, hangisinin daha acınası olduğuna karar vermek zordu.

Kalabalığın arasında kafam dalgın bir şekilde ilerledim. Gazeteciler birbirlerini çocuk suçlular gibi itiyorlardı ve her biri bir parçamı istiyor gibi davranıyordu.

"Hey, Brodie!" Boynunu boydan boya geçen mavi bir çizgi üzerine "KES BENİ" sözcükleri sonsuza dek kazınmış dövmesini gururla gösteren genç bir adam bana seslendi. "Avukatımı değiştirmeyi düşünüyorum."

Dövmeli Çocuk basının benim için burada olduğunu biliyordu ve olayların bir parçası olmak istemişti. Onun gibi genç adamlar "iç yağında kızartma" olarak bilinirlerdi ve Edinburgh barlarında para kaynağı olarak çok değer görürlerdi. Karıştıkları suç içeren olaylar ve mahkemeler sayesinde adliyenin otoparkındaki Mercedeslerin çoğu satın alınmıştı. Onunki gibi bir davayı kaçırmak hoşuma gitmezdi fakat aklımda başka şeyler vardı. Birincisi, Jack Deans hızla bana doğru geliyordu.

"Umarım sen de benim kadar kötü hissetmiyorsundur Brodie." Sesi fazla aşınmış bir zımpara kâğıdı gibi pürüzlüydü. Kendimi berbat hissediyordum ve onun öyle ya da böyle canımı sıkacağı kesindi. Onu görmezden geldim. Bu her zaman şık bir hareketti.

"Demek Lord Arbuthnot mevta oldu," dedi Deans alaycı bir sesle. "Katilini temsil etmek nasıl hissettiriyor? Kariyer basamaklarını hızla tırmanıyorsun ha?" Duymazlıktan geldim çünkü ne Jack Deans'e ne de kendime verebileceğim bir cevabım vardı.

Deans'in yanından sıyrıldığımda bu defa onun yerini BBC İskoçya aldı. Onlar için de yapacağım bir yorum yoktu. Bir muhabirin beni şaşırtıcı bir şekilde İskoçya'nın yükselen avukatı olarak tanımladığını duydum. Bu davayla ilgilendikten sonra bu yükselişin ne kadar süre devam edeceğini söylemeye tenezzül bile etmemişti.

Mahkeme binasının önündeki halka açık alan her zamankinden çok daha kalabalıktı. İnsanlar yalnızca minik bir köşe hariç her yerde yan yana, omuz omuza, sıkış tıkış duruyorlardı. Burası yalnızca bir yer parçası değildi, bir bölgeydi. Kara Melekler'e aitti. Hemen fark edilen kılık kıyafetleri neredeyse bir pazarlama stratejisiydi. Uzun, siyah deri kabanlar… Kadınlar platin sarısı uzun ve düz saçlara sahipken erkekler saçlarını dikecek kadar kısa kestirirlerdi. Siyah şapka ve siyah ojeli kısa tırnaklar her iki cinsiyet için de zorunluydu, bir de siyah topuzlu gümüş rengi bastonları vardı. Tenleri sanki güneşte büzüşecekmiş gibi kaymak taşı beyazıydı.

Her şeyin içinde olurlardı fakat tuhaf bir biçimde hiç yakalanmazlardı ya da en azından hiçbir zaman mahkemeye getirilmezlerdi. Şehir efsanelerine göre neyle suçlanırlarsa suçlansınlar dosyalarının, "Problem yok," şeklinde not düşülerek polise geri döndürüldüğü söylenirdi. Nedense Kara Melekler aleyhinde dava açılmazdı. Tespit edilmekten nasıl kaçabildikleri meselesi baronun ortak odasında tam bir spekülasyon kaynağıydı. Ortama uyum sağlamaları kesinlikle mesele değildi.

Grubun ortasındaki liderleri Moses Tierney, asık suratlı bir şekilde bana bakıyordu. Bu çetenin dikkatlice seçilip eklenen diğer her şeyinin aksine Moses onun gerçek adıydı ve annesinin uyuşturucu bağımlısı olmadığı kısa bir dönemde dünyaya gelmişti. Annesinin ona Moses* adını vermesinin sebebi, oğlunun onun kurtarıcısı olduğunu düşünmesiymiş diye duymuştum. Tahmin edilebileceği gibi böyle olmamıştı ve annesinin ölümünden sonra Moses'ı yurda yerleştirmişlerdi. Annesinin ona tek mirası aşırı aktif bir hayal gücü ve drama yeteneğiydi. Moses Tierney'yi mahkemede hiç izlememiştim, Kara Melekler'i de daha önce gün ışığında görmemiştim fakat onun ve diğerlerinin kim olduklarını biliyordum. Moses'ın bakışlarına takılmıştı gözlerim: Soluk gri, siyah hareli gözlerinde bir kurdun bakışları vardı. Bütün bu karmaşada dikkatimi çekmeyi başarmıştı. Aniden sanki bana Kara Melekler'i takdim ediyormuş gibi hissetmiştim, onları görmemi istemişti. Çetesi için o bir mesihti ve kabul etmem gerekirdi ki bugüne dek onları beladan uzak tutmayı başarmıştı.

"Karizmatik birisi, değil mi?" Jack Deans bir kez daha yanıma sokuldu. "Neden burada olduklarını merak ediyor musun?"

Bu defa cevap olarak başımı aşağı yukarı salladım. "Sanırım hepimiz merak ediyoruz. Onları günün bu saatinde saklandıkları delikten çıkaran ne?"

Gözlerimi Kara Melekler'e dikmiştim. Onları izlediğim sırada hepsi tek vücut olmuş gibi bana baktı ve teker teker bastonlarını kaldırıp bana doğru yükselttiler. Sanki selam veriyorlardı. Hareketlerinde tehlikeli bir şey yoktu. Ardından arkalarını dönüp yavaşça uzaklaştılar.

"İşte sorunun cevabı da geldi," dedi Jack Deans. "Senin için gelmişler."

Gözlerimi önümdeki tuhaf saygı duruşundan çevirip Deans'e baktım. "Beni kızdırmak hoşuna mı gidiyor? Önce Kailash, şimdi de Moses Tierney'yle sinirlerimi tepeme çıkarıyorsun."

"Sanırım bu tuzak bir soru Brodie," diye yanıt verdi. "İçimden bir his, 'Hayır,' dememi istediğini biliyor, cesur olmamı ve hislerine dikkat etmemi falan söylüyor. Fakat diğer yandan neredeyse yüzde

* (İng.) Musa. (yay. n.)

doksan dokuzluk kısmım, sana o lanet aklını kaçırdın mı diye sormak istiyor. Elbette ki bu hoşuma gidiyor. Resmen kıvranıyorsun ve ne yaptığın hakkında hiçbir fikrin yok, en azından bir avukat olarak bundan hiç zevk almadığını söyleyebilirim. Hem bana kızdığın zamanlarda yanakların çok sevimli bir şekilde kızarıyor."

"Buradan Princes Caddesi'ne doğru taşaklarını tekmelediğimi hayal ederek yürümeye başlamadan önce ekleyeceğin başka bir şey var mı?" diye sordum.

"Ah, demek müvekkilinden bazı fikirler alıyorsun, öyle mi?" diye alay etti benimle Deans. "Hayır, işim bitti sayılır, elimdekilerle mutluyum şimdilik."

Sığınak arayışındaymışım gibi mahkemenin döner kapılarına doğru hareket ettim fakat Deans'in arkamdan, "Dün gece giydiğin kıyafetleri mahkeme kıyafetlerine tercih ederdim," dediğini duyabilecek kadar da yavaş ilerledim.

Kailash Coutts beni nezarethanede bekliyordu. Kafese koyulmuş egzotik bir hayvana benziyordu, kesinlikle oraya ait değildi. İleri geri volta atarak "kaslarını" çalıştırıyordu. Dertli mahkûmlar bunu yaparlardı fakat hislerim onun başının belada olmadığını söylüyordu. Kendi kendine söylendiği sırada kaşları çatılmış gibiydi ve yüzündeki onca botoksu düşününce bu bir başarı sayılırdı.

Gerçi yolunda olmayan bir şeyler vardı. Kailash tertemiz giyinmişti. Birileri ona yepyeni, özel tasarım bir kıyafet getirmişti. Sanıkların kendilerini takdim ediş biçimleri mahkemede kritik bir önem taşırdı. Genellikle ne kadar iyi görünürsen, cezanın hafifletilmesi ya da masum bulunma ihtimalin o kadar artardı. Fakat Kailash'ınki sıra dışı bir davaydı; kadın resmen bu teoriyi alaşağı ediyordu.

"Bunu söyleyeceğimi hiç düşünmezdim," diye söze başladım. "Ama çok şey görünüyorsun, şey..." Taktiksel olarak doğru kelimeyi bulmaya çalışıyordum.

"Zengin mi?"

Kailash cümlemi tamamlamak zorunda kalmıştı.

"Kesinlikle!" dedim başımı sallayıp bir aptal gibi onun benim fikirlerime katılacağını düşünürken. Bir avukatın fahişe müvekkiline çok zevkli göründüğünü söylediğine pek rastlanmazdı fakat Kailash etrafında olup bitenler düşünüldüğünde fazla şık görünüyordu ve mahkemenin tamamen şüpheye düşeceğinden endişe ediyordum. Katil fahişeler genelde Halle Berry gibi görünmezler ve podyumda kıvıra kıvıra yürümek için işten izin almazlardı.

Kailash karşılık olarak acımasız dürüstlüğüyle beni süzdü. Motosikletimi mahkemeye getirip park etmiştim. Üstümde deri motorcu kıyafetlerim vardı ve avukatların odasında üstümü değiştirip tayyör giymiştim. İyi kullanılmış, uygun fiyatlı, bilindik markalı mahkeme kıyafetim kötü buruşmuş olsa bile genelde işimi görüyordu. Fakat yukarıdan bakınca gömleğimin bazı düğmelerini yanlış iliklediğimi ve bunun bana tuhaf bir dağınıklık hali verdiğini gördüm. Her zamanki gibi çizgili gömleğim ütüsüzdü. Ayakkabılarıma baktığımda ise cilasında kendi yansımamı göremediğim ortadaydı. Neyse ki bazı adliyelerde bacakların çıplak olması uygun görülmese de bacaklarım pürüzsüz ve yeterince bronzdu.

"Kendine bir baksana," dedi ve ben sanki bir problem yokmuş gibi davranırken bana küçümser gibi güldü.

"Sen bir profesyonelsin," diye bilgilendirdi beni. "Önemli bir kadınsın ve sanki şey gibi giyinmişsin... Tıpkı şey gibi..." Aklından geçen kelimeyi söyleyemedi ve ben hangi tabirin sanki sözlükteki en kötü kelimeymiş gibi havada yankılanacağını merak ettim.

Kailash'ın Fransız manikürlü tırnakları kusursuz teninde gezinirken gerçek bir hakaret aramaya devam ediyordu.

Yardım etmeye çalıştım.

"Öğrenci mi? Bir öğrenci gibi görünüyorum. Bana hep bunu söylerler."

Sanki bir öğrenci asla bu kadar kötü görünemezmiş gibi işaret parmağını havada iki yana doğru sallayarak, "Hayır," dedi. Sonunda vazgeçti, onun için benim ne kadar korkunç göründüğümü tanımlayacak kadar kötü bir kelime yoktu anlaşılan, sonra da nutuk çekmeye devam etti.

"Brodie, sen eşsizsin. Kaç insan yetişme tarzından kaçabilir? Yani gerçek anlamda kaçabilir? Eğitimlisin ve nereden geldiğini düşünürsek bu nadir görülen bir şey. Saygı görüyorsun, belli bir yere kadar tabii ama bu da bir başarıdır. Bir de Brodie..." O anda sesinin yumuşadığına yemin edebilirdim fakat St. Leonard Polis Merkezi'ndeyken nasıl Google'da hakkımda araştırma yapmayı başardığı gerçeğini merak etmeye başladığımda aklım başka bir yöne kaydı. "Ne kadar inkâr etmeye kalksan da güzel bir kadınsın." İnsanın kalbiyle aynı ritimde konuşabildiği zamanlarda her şeyi satabileceğini okumuştum. Kailash bu yeteneğe sahipti ve onun hipnozuna karşı savaşmam gerekiyordu.

Sesi normale döndü. "İmajın üzerinde çalışmamız gerek."

Mahkemeye üzerinde Stella McCartney tasarımları, bir elinde Oscar, diğerinde Nobel ödülüyle Julia Roberts gibi süzüldüğümü hayal etmemek için kendimi zor tuttum. Hangi fantezinin daha güzel olduğuna karar vermek zor olduğundan gerçeğe dönmeye karar verdim.

"Hayır, Kailash. Şimdilik senin savunman üzerinde çalışacağız."

Endişe verici bir şekilde Kailash'ın aslında olanları konuşmaktan kaçınmak için elinden geleni yaptığını fark etmeye başlamıştım. Birçok müvekkilimle yaptığım ve zamanımı onları susturmaya çalışarak geçirdiğim konuşmalara daha başlamamıştık bile. Lord Arbuthnot'u öldürdüğünü duymak istemediğimi biliyordu fakat sanırım mesele bundan daha derindi. Kimse cinayet suçlamasını kabul etmezdi. Buna değmezdi çünkü tek bir cezası vardı: ömür boyu hapis. Bana suçlu olduğunu söyleseydi bu, işimi yapmamı imkânsız hale getirirdi fakat bu konuda normalde olması gerektiğinden bile daha sessizdi.

"Senin cinayet suçlamanla ilgili üç çeşit savunma yapılabilir."

Kailash sakin bir şekilde bir köşede ithal sigarasını içiyordu. Beni dinliyor olması için dua ettim. Bu lanet olası mesele, imajımı düzeltmekten çok daha önemliydi.

"İlk olarak suç işlendiği sırada başka bir yerde olduğun iddia edilebilir. Yani bu durumda katil sen olamazsın. Güvenilir bir tanık bulman bu iddiayı destekleyebilir."

Güvenilir bir şahidi var mıdır acaba, diye şöyle bir düşündüm. Alenen Kailash Coutts'la bağlantılı görünmek, sosyal ve profesyonel bakımdan intihar anlamına gelirdi. Sanki bir buz parçası sırtımdan aşağı iniyormuş gibi soğuk bir titreme sardı bedenimi. Artık ben de bu kategorideydim.

"İkinci olarak meşru müdafaa var," diye devam ettim. "Fakat bu durumda makul oranda güç kullanmana müsamaha gösterilir ve senin durumunda Yüksek Mahkeme Başkanı'nın ölmüş olduğunu düşününce bu biraz sorun olabilir."

Kailash sanki ben yaptığım işi bilmiyormuşum gibi alaycı bir ifadeyle tek kaşını kaldırıp bana baktı. İşin acı tarafı, haklı olabilirdi.

"Üçüncü ve en zor seçenek ise kazayla olduğu üzerine bir savunma. Bu senin orada olduğun anlamına gelir. Ölümün sebebi sensindir fakat kazayla olmuştur."

Kailash hiçbir şey söylemedi. Nereden geldiğini bilmediğim bir ses hoparlörden beni çağırdığında duvardaki saat 10.30'u gösteriyordu.

"Brodie McLennan, altı numaralı mahkeme salonuna."

Genç bir polis memuru nezarethanenin demir parmaklıklarını tıngırdattı.

"İşte buradasınız," dedi gördüğü şeyi dile getirerek. "Yargıç Strathclyde davayı yönetecek ve gelmenizi bekliyor."

Nefesini toplamak için geçmeme engel olacak şekilde önümde dikiliyordu. Âdeta koşar gibi hücreden çıkarken onu kenara ittim. Bana arkamdan seslendiği sırada siyah cübbem uçuşuyordu.

"Bu arada... saat ondan beri kürsüde."

Kailash'a başımı sallayıp belli belirsiz bir selam verdikten sonra durmadan koştum. Mahkeme salonunun girişine kadar da durmadım. Bu sabahki muhalifim Baggy Sutherland kapı sövesine doğru yalpaladı. Ömür boyu süren hayal kırıklıklarından kaynaklanan mahzun ve perişan bir görünüşü vardı. Mahkemelerde yeteneğini konuşturan bu adam, ayık olduğunda herhangi bir jüri üyesinin gözlerini yaşartmayı başarabilirdi. Mahkeme için giydiği siyah takım elbisesi zamanla yeşile dönmüştü. Kendi cübbemi unuttuğum zamanlarda avukat odasında yalnızca onunki olurdu. Onun cübbesini giymek İlyas peygamberin cübbesini giymek gibiydi.

"Başın belada," dedi beni durdurup cübbemden çekmeye başlayan Baggy. Hoşbeş edecek vaktim yoktu. İleri doğru atıldım fakat gitmeme izin vermedi.

"Ters giymişsin," diye neden kabaca durdurduğunu açıkladı. Elleri bu kadar titreyen bir adam için oldukça becerikli bir şekilde cübbemi çıkarıp doğru tarafına çevirdi.

"O yaşlı piçin şu anki ruh halini düşünürsek, ters giydin diye seni mahkemeye saygısızlıkla suçlardı, emin ol."

Baggy ciddiydi. Yargıç Strathclyde'ın benimle birçok problemi olmuştu, hatta boşanma sürecinde karısını savunmamdan önce bile sorunlarımız vardı. Beni mahkemeye saygısızlıkla suçlamak için her şeyi, kıyafetlerimi bile kullanabilirdi. Temyizde kazanabilirdim fakat güç hâlâ ondaydı. Onu kızdıracak bir şey yaparım diye endişeleniyordum.

İçeri girdiğimde neredeyse nefesini bile duyabiliyordum. Yargıç Strathclyde ufak tefek, çok kızgın ve vücut yapısı bir kara kurbağasına benzeyen bir adamdı. Doğruca içeri girip işimi yapmaya başlamaya niyetlenmiştim. Elbette ki onun başka planları vardı. Acı çekmemi istiyordu. Top gibi yusyuvarlak suratı, sanki kıçını yeniden biçimlendirmek isteyen koca bir köpek tarafından çiğnenmiş gibiydi ve kıpkırmızı teni tehlike işaretiydi.

Bir kişi hariç herkes benim girişimi izliyordu. Kailash dikkatlice kürsüye bakıyordu. Nezarethaneden doğruca mahkeme salonuna getirildiği için benden çok daha hızlı varmıştı.

"Bugün aramıza katılmanız ne büyük bir lütuf Bayan McLennan." Yargıç Strathclyde'ın sesi, aldığı oldukça pahalı bir eğitimin sonucunda soğuk, derin ve gür çıkıyordu.

"Bana sizi mahkemeye saygısızlıkla suçlamamam için iyi bir sebep söyleyin," dedi tükürür gibi. "Hemen!"

"Buna hiç hakkınız olmadığı gerçeğine ne dersiniz?" diye karşı çıktım. "Oldukça ciddi bir vakayla ilgili müvekkilimle konuşuyordum."

Aslında yaklaşımımın böyle olmaması gerektiğini fark etmem bir saniye sürdü.

"Hakkım yok demek ha! Hakkım yok!" Suratı mosmor olan Strathclyde patlayacakmış gibi bakıyordu.

"Hakkım yok demek!" diye devam etti. "Burası benim mahkeme salonum! Canım ne isterse yaparım! Her şeyi, hem de her şeyi! Ne istersem yapabilirim!"

Ayağa kalkıp kürsünün üzerine doğru eğildi. Bir an üzerime atlayacağını düşündüm. Kendimi savunmak için pozisyon aldım. Geçen her dakikayla beraber o gün çok daha kötüye gidiyordu ve Strathclyde bir kabadayıydı. Yalakalığa da saygı duymazdı nasılsa.

"Mahkemeye saygısızlıkla suçlayın beni," diye meydan okudum. "Ben de derhâl davayı temyize götürürüm."

Hiçbir yargıç, kararının temyize götürülmesinden hoşlanmazdı. Elimde kalemimle bana söylediği her bir kelimeyi not alıyordum. Strathclyde temyiz sürecine aşinaydı. Hâkimlerin kızgınlıkla söylenmiş sözlerinin parlamentoya giden yolda hoş karşılanmayacağını bilirdi.

Hor gören bir tavırla manikürlü elini bana doğru salladı. Kabul etmek gerekirse beklediğimden daha da rahatlamış bir şekilde mahkemenin ön kısmındaki, savcılık makamının karşısındaki yerime oturdum.

Bu dava, avukatların teknik tabiriyle hukukun bize tanıdığı her türlü çirkefliğe sahne oluyordu.

YEDİ

Savcı ve ben aynı üniversitede okumuştuk. Frank Pearson biz beraber okurken olgun bir öğrenciydi fakat aramızdaki yaş farkı arkadaşlığımız için bir sorun olmamıştı. Daima ona ayıracak zamanım olmuştu, o da asla bana ve rekabetçi huyuma dair varsayımlarda bulunmamıştı.

Mahkeme kâtibi davayı başlatırken kötücül gözlerle bana baktı. İddianameler yargıcın halka ya da basına kapalı özel odasında okunduğu için minnettardım. Görünen o ki o esnada içeride olmasına izin verilen kişiler, dışarıdakilerin yardımına gerek kalmadan başıma yeterince bela açıyorlardı zaten.

"Siz Kailash Bernadette Coutts musunuz?" diye seslenen kâtibin sesi salonun dört bir yanında yankılandı.

Şaşkınlıktan nefesim kesilmişti. Bernadette mi? Fakat ardından onun İrlandalı annesini hatırlayınca, *aslında çok daha kötüsü olabilirdi*, diye düşündüm, adaşım da olabilirdi.

Ben sabırsızlıkla sıramı beklerken kâtibin sesi yankılandı.

"Savunmanız nedir?"

İşte, beklediğim işaret buydu. Benim sahnem. Bir çırpıda ayağa kalktım.

"Ben Brodie McLennan. Bu aşamada herhangi bir savunma yapmayacak ya da açıklamada bulunmayacak olan Bayan Coutts'u temsilen buradayım."

Suçlama davalarında suçlu ya da suçsuz olduğuna dair savunma yapmaz, pozisyonunu açığa vurmaz ve bir şey söylemezdin. Bu aptal mahkemeden elimden geldiğince çabuk çıkmayı bekliyordum çünkü cinayet suçu için kefalet isteyemezdim ve arkamda bir ipucu bırakmama konusunda kararlıydım. Kailash mahkemeye kadar yeniden cezaevine gönderilebilirdi ve ben bu esnada içinde bulunduğum pozisyonu gözden geçirebilirdim. Daha şimdiden kendimi o günün akşamında köpük banyosu yaparken bu davaya devam edip etmemem gerektiğini ya da bu işten nasıl sıyrılabileceğimi düşünür halde hayal edebiliyordum. Hayallerim çok geçmeden parçalandı.

"Bayan McLennan, kürsüye yaklaşın."

Frank Pearson çoktan kürsüye gelmiş ve Yargıç Strathclyde'la derin bir konuşmaya dalmıştı bile.

"Savcılık bu davada hukuki incelemeyi şu anda medya mensuplarının gözetiminde yapmaya karar verdi."

Frank özür diler gibi kaşlarını kaldırıp bana baktı. Bunun onun fikri olmadığı açıktı: Emir, çok daha yukarılarda bir yerlerden gelmişti. Pusuya düşürülmüş gibi hissetmiştim ve Frank'in de muhtemelen aynı şekilde hissediyor olması beni az da olsa rahatlamıştı.

Oynayabileceğim çok fazla kartım yoktu.

"Müvekkilimle bunu tartışacak vaktim olmadı."

Kailash'ın hukuki inceleme sırasındaki performansı, davanın sonucu için kritik bir rol oynuyordu ve daha onunla konuşamadan bazı meselelerin ortaya atılmasını istemiyordum.

Yargıç Strathclyde düşene bir tekme de kendisi vurma konusunda hızlı davrandı.

"Umarım müvekkilinize rehberlik edeceğinizi kastetmiyorsunuz Bayan McLennan?"

İskoçya kanunlarında tanık hazırlamak yasa dışı olduğundan hemen inkâr ettim. Bu koşullarda itirazımın onaylanma ihtimali yoktu. Süratle yerime döndüm. Kailash tam aksine istifini bozmamış gibi görünüyordu. Yargıç Strathclyde'ı izliyordu ve adam, Kailash'ın bakışlarından rahatsız olmuş gibi yerinde kıpırdandı.

"Kailash? Bu adli muayeneyi durduramıyorum."

Varlığımın farkında değilmiş gibi yüz ifadesi bile değişmemişti. Transa girmiş gibi Strathclyde'a dik dik bakmaya devam etti. Bakışlarının, yargıcı rahatsız ettiğini düşünüyordum çünkü onun da Kailash'ın müşterilerinden birisi olduğunu tahmin ediyordum. İhtiyacım olan şey de buydu zaten. Belki de ona rüşvet verebileceğini ya da mahkemeyi durdurmasına yetecek şekilde utandırabileceğini düşünmüştü. Öyle bile olsa az önce cinayetle suçlandığını unutmuş olmalıydı. Sabrım taşmak üzereydi.

"Kailash!" diye seslendim cesaretimin yettiği kadar yüksek bir sesle. "Beni dinle. Savcı sana sorular sormak üzere. Fakat bu soruları cevaplamayı reddetme hakkın var."

Kalbim adrenalin ve öfke karışımı bir duyguyla atıyordu. Kailash beni dinlemiyordu ve elinde bulunan küçücük şansı da fırlatıp atmak üzereydi. Baskı yapmak zorundaydım, iş ahlakı gereği müvekkilim beni dinlemeye tenezzül etmese bile yine de ona tavsiyelerde bulunmam gerekiyordu.

"Herhangi bir soruya yanıt vermek zorunda değilsin ve normalde benim tavsiyem en güvenilir seçenek olarak yanıt vermemen yönünde olur fakat, ki bu fakat kısmı çok önemli, iyi bir savunman varsa ve bunu belirtmezsen, mahkeme bunu jüriye karşı başarısızlığın olarak yorumlayabilir. Kailash, iyi bir savunman olup olmadığını bilmiyorum. Sahne senin. Bu ne kadar cesur olduğuna bağlı." Fısıldayarak verdiğim yorumlarım bittiği sırada işleri onun değerlendirmesine bırakmaktansa bağırarak daha net tavsiyelerde bulunmam gerektiğini hissediyordum. Kailash benden çok daha sakindi.

Yine bir tepki vermedi. Duygusuz hali beni endişelendiriyordu. Nasıl tepki verecek ve ne zaman ayağa kalkacaktı? Bir psikopat gibi davranmayı mı seçecekti? Kalbi kırık, çilekeş fahişe rolüne mi bürünecekti? Ya da Strathclyde'a attığı öfkeli bakışlarını sürdürecek miydi? Benim için ne yapacağı önemliydi. Hem de çok önemliydi. Bir dava avukatı işe başlarsa kurban ve sanık kaybederdi. Bu yalnızca bir savaş, savcıyla oynanan bir oyundu. Benim kazanmayı sevdiğim bir oyun...

"Kailash, bu çok önemli. Bütün konuşmalar jüriye gitmeden önce kasete kaydedilecek."

Kolumu sertçe yakalayıp çimdikleyerek şaşırttı beni.

"Kasete kaydedilecek mi dedin?"

Başımı sallayarak onayladım ve kolumun, tırnaklarını gömdüğü kısmını kızgın bir tavırla okşadım.

"Kasete müdahale etme ihtimalleri var mı?"

"Hayır, elbette yok. Savcı tarafından alınıp saklanıyor."

"Peki, savcıya güveniyor musun? Bu sürece güveniyor musun?"

"Kailash, neler oluyor? Elbette güveniyorum. Frank Pearson'ı tanırım. İyi bir adamdır. Bu süreci de iyi bilirim. Bunun olmasını isteyen onlar zaten. Kendi prosedürlerine kendileri taş koymazlar. Korkacak bir şey yok."

"Korkacak mı?" Neredeyse tükürüklerini saçarak söylemişti. "Neden korkmam gerektiğini düşünüyorsun?"

"Kendini karşı tarafın yerine koy, onların düşüncesine göre ya onları kendine inandırırsın ya da kendini çok iyi savunamazsan tanıdığın biri aracılığıyla kaseti imha ettirmeye kalkışabilirsin ama şimdilik bunu unutabilirsin. Böyle bir şeyin imkânı yok," diye uyardım onu.

Düşünürken dudaklarını ısırıyordu. Ben de aynı kötü alışkanlığa sahiptim, böyle olması tırnaklarımı kurtarıyordu fakat ağzımın içi bir vahşet filmine benziyordu.

"Bana soru sorulurken önüme geçip durma. Onu görmek istiyorum," dedi duygusuz bir sesle.

"Kailash, bu işe yaramayacak. Onu nereden tanıdığını bilmiyorum, gerçi o kadar da büyük bir hayal gücü gerekmez bunun için fakat böyle bir şey burada buzları kırmaz. Bir okul kızı gibi giyinmiş ya da fıstık ezmesi sürülmüş kıçını bir tazıya yalatmış olsa bile bir önemi yok; sen cinayetle suçlanıyorsun. Sadece bunu hesaba katarlar."

"Çok parlak bir hayal gücün var Brodie," diye yanıtladı Kailash. "Seni kullanabilirdim."

"Beni pohpohlamakla boşuna uğraşma. Mahkeme kürsüsü ile müvekkili arasında tampon görevi görmek avukatların sıradan işlerindendir."

Dediğim doğruydu fakat bir kenara itilmem de canımı sıkmıştı. Bu işin içinde küçücük bir rolüm bile yoktu. Normalde yıldız muamelesi görürdüm ve böyle olması hoşuma giderdi. Yine de devam ettim.

"Bana özellikle bu yönde talimat verirsen seni durduramam Kailash fakat unutma ki herhangi bir soruya cevap vermeden önce bana danışma hakkın var. Sürece kendi inisiyatifimle müdahale edemem, müdahale talebi bu yüzden senden gelmeli."

Kailash çoktan yoluna devam etmeye karar vermişti. Son yorumlarımı duymamıştı bile. Fakat beni görmezden gelen tek kişiydi. Yargıç Strathclyde boncuk gözlerini bana dikmişti.

"Bayan McLennan eğer işiniz bittiyse, izninizle değerli vaktinizden çalıp işe başlayabiliriz."

Endişeli bir tavırla kol saatine baktı. Sürecin ilerleyişiyle ilgili kaygılarından ya da kendini işine adamış bir işkolik olmasından dolayı değildi telaşı: Öğle yemeğini geç vakitte yemek istemiyordu sadece. Dedikodulara göre genelde sıvı tüketiyormuş zaten, ben de onu birkaç kez kürsüden taşıdıklarını görmüştüm.

Yargıç Strathclyde sürekli terliyordu. Sebebi Kailash'ın bakışları mıydı yoksa önceki gece içtiği viski miydi bilmiyordum. Mahkeme kâtibi, kaseti yerleştirip kaydı başlattı. Kâtibin Kailash'a verdiği temel bilgileri dinlemiyordum bile. Yalnızca müvekkilimin iyi bir savunma yapması için dua ediyordum.

Normalde sanık ne kadar az konuşursa o kadar iyi olurdu fakat bu sıra dışı bir davaydı. İyi bir hikâye öne sürmemiz ve ödün vermememiz gerekliydi.

"Saat 23.30'da eve yürüyordum."

Kailash'ın berrak sesi mahkemenin sessizliğini bıçak gibi kesmişti; yankılanan diğer tek ses, kayıt cihazının vızıltısıydı.

"Tek başınaydım," diye ekledi.

Hepimiz Broxden Lordu Arbuthnot'un nasıl öldüğünü duymayı bekliyorduk.

"Sanırım bu noktada o akşamın erken saatlerinde kiminle eğlendiğimi söylememe gerek yoktur. Son zamanlarda Balmoral Hotel'deydim."

Yargıç Strathclyde, Kailash'ın bakışları karşısında rahatsız bir şekilde kıpırdandı. Canım sıkılmıştı bu işe. Sanki bir şeyler saklıyordu Kailash. Ayrıca sesinde kesinlikle ne bir duygu ne de pişmanlık vardı. Bu, jüri açısından iyi bir şey değildi. Kalabalık karşısında konuşmak insanların en büyük korkusuydu, ikincisi ise ölmek. Yani insanlar cenaze töreninde konuşma yapmaktansa cesedin kendisi olmayı tercih ederlerdi. Fakat Kailash'ın sesi sanki uyumadan önce çocuğuna bir hikâye okuyormuş gibi sakin çıkıyordu.

"Birkaç kadeh şampanya içtim. İçkimi bitirmeden önce eve dönmeye karar verdim. Şampanya kadehimi de dışarı çıkarken yanıma aldım."

Sesi sanki oldukça normal bir davranıştan bahseder gibi kontrollüydü.

"Yolun karşısına geçtim ve büyük, bronz süvari heykelini incelerken şampanyamı yudumladım. O heykel beni hep büyülemiştir. Anatomik olarak kayıp dili dışında her bir detayı doğrudur. Onu yapan sanatçı da bunu fark ettiğinde intihar etmiş..."

Konudan konuya atlıyordu. Kailash Coutts sanki bir akşam yemeğinde baş başa sohbet ediyorlarmış gibi Yargıç Strathclyde'a bakmaya devam ediyordu.

"Tuhaf," diye devam etti. "Hep dilimizin başımızı belaya soktuğunu düşünmüşümdür."

Başını daha da kaldırarak doğrudan Yargıç Strathclyde'a hitap etti.

"Öyle değil mi Lordum?"

Hiçbir zaman gelmeyecek malum yanıtı beklemeden devam etti.

"Sicil Dairesi'nin duvarında sismograf vardır. Camın ardındadır ve depremleri ölçer."

Sanki bir grup embesille konuşuyormuş gibi duraksadı ve ekledi: "Richter ölçeğinde. Edinburgh'da deprem olma ihtimali aşırı düşüktür Lordum."

Söylemek gerekirdi ki Kailash hikâyesine devam etmeden önce Yargıç Strathclyde yalnızca gözlerini kırpıştırmıştı. Kailash'ın, onun durumundaki bir insanın yapabileceği kadar o anın keyfini çıkardığından emindim fakat Kailash sadede gelmediği takdirde herkesin sabrının taşması an meselesiydi.

"Onları ilk olarak dükkânların vitrinlerinde gördüm," diye devam etti. "Genç kız ve erkeklerden oluşan yaklaşık on kişilik bir çete."

Konuşmaya başladığından beri sesi ilk kez duygusal bir şekilde çatlamıştı. Mükemmel oyunculuğuyla bir şeyler uydurmaya başladığına dair huzursuz edici bir hisse kapılmaya başlamıştım. Mesleğini düşününce buna neden şaşırıyordum ki?

"Ardından tuhaf bir davul sesi duydum." Sesi giderek yükseliyor, parmakları ve tırnaklarıyla önündeki kürsünün kenarında ritim tutuyordu. Hakkını vermeliydim: Seyirci heyecandan hop oturup hop kalkıyordu.

"Güm diye vuruyorlardı. Sanırım eski moda bastonlar kullanıyorlardı. Kaldırıma sürekli olarak vuruyorlardı." Artık nefes nefese kalmış gibi çıkıyordu sesi.

"Etrafıma toplandılar... siyah deri kabanları vardı... saçları beyazdı... ve korkunçlardı. Herhangi bir çıkış yolu yoktu. Kapana kısılmıştım. Süvari heykeli ile Sicil Dairesi arasında tuzağa düşmüştüm."

Kailash su istedi. Gözle görülür bir rahatlama çökmüştü salona. Hepimizin nefes almaya ihtiyacı vardı.

"O çocuk... liderleri..." Sesi titriyordu artık. "Bana sataşmaya başladı ve fiyat listesini istedi."

Kailash etkileyici bir şekilde başını eğdi fakat gözlerini yukarıdaki Yargıç Strathclyde'ın üzerine dikmeye devam etti. Herkesin duyabileceği bir şekilde fısıldayarak devam etti.

"Yani verdiğim hizmetlerin fiyat listesini."

Kibar olmaya çalıştığını biliyordum fakat mesleğini bu davanın dışında tutabileceğimizi ümit etmiştim. Her ne kadar Edinburgh'daki herkes Kailash Coutts'un geçimini nasıl sağladığını bilse de davranışlarının nedenine dair herhangi bir varsayım ortaya atılırsa itiraz etmeyi umuyordum. Ne de olsa en edepsiz fahişelerin bile kesinlikle masum olduğu geceler olurdu, değil mi? Bu düşünce aklımdan geçer geçmez daha kendimi bile kandıramadığımı fark ettim. Olmayacak duaya âmin dediğimi biliyordum fakat o noktada elimdeki tek şey dualarımdı. Kailash'la anlaşmamda çapraz sorgulamanın altın kuralına bağlı kalıyordum: Cevabını bilmediğin soruyu asla sorma. Bu kuralı yalnızca bir kez, Lord Arbuthnot'un onun müşterisi olup olmadığını sorduğumda ihlal etmiştim. Olmadığını söylemişti, bu yüzden o yaşlı adam Kailash'ın "hizmetlerinden" yararlanmadıysa, Kailash'ın seksüel namının bu durumla bir ilgisi olmadığını öne sürebilirdim.

"Tehditkâr bir biçimde," diye devam etti Kailash, "liderleri bastonuyla vücuduma hafifçe vurarak etrafımda dans etmeye başladı. Hayatımın tehlikede olduğundan şüphem kalmamıştı."

Nefesini toplamak için duran Kailash bir mendil çıkardı ve gözlerini silmeye başladı. Böyle işe yarar bir klişeye uygun biçimde gözyaşı numarası yaptığını görünce rahatlayıp sessizce iç çektim.

"Çantama uzandım." Sesi titredi, titreyen elini de sanki o anı yeniden yaşıyormuş gibi göğsünün üzerine koydu. "Çantamdan boş şampanya kadehini çıkardım. Çok korkmuştum. Kendimi korumak için kadehi duvara vurup parçaladım. Yalnızca o şeytani çocuğu ve onun tuhaf gözlerini görebiliyordum. Fakat ardından... olan bitenler hiç mantıklı değildi."

Gözyaşlarına boğuldu ve herkes inanır gibi göründü ama vücut dilini incelediğimde gördüm ki Kailash Coutts oldukça iyi bir oyuncu olsa da berbat bir yalancıydı. Konuştuğumuzda beden dilimiz doğruyu söylerdi. Mahkemede duyularım adrenalin yüzünden hassaslaşmıştı. Kailash konuşurken gözlerinin ufak hareketlerini izledim. Gözlerini sola doğru eğdi ve bu, en iyi ihtimalle bir şeyler sakladığı anlamına geliyordu. Sağ üste doğru baksaydı gerçekleri hatırlamaya çalışıyor, yani doğruyu söylüyor anlamına gelirdi. Bedenimiz, kurduğumuz iletişimin yüzde yetmişini bilinçsizce üstlenirdi fakat Kailash sahne sanatları okulunda bu dersi kaçırmış olmalıydı.

Bir yudum su içtikten sonra Kailash yeniden konuşmaya başladı.

"Kadeh parçasını kullanmak için değil, onları korkutmak ve kendimden uzat tutmak amacıyla elimde tuttum. Bağırarak yardım istedim fakat kimse beni duyamıyor diye düşündüm."

Kara Melekler ona saldırmak için Princes Caddesi'nin doğu ucunu, yani kalabalık bir noktasını seçmişlerdi demek. Sanırım bazıları, her ne kadar Moses Tierney ve ekibi oldukça küçük ve dar bir geçitteki süvari heykeli ile duvar arkasına saklanmış olsa da, bunu Kara Melekler'in kendilerini kanunlardan üstün görmelerine yorabilirdi.

"Kollarıyla etrafımı sardı. Çığlık atıp kırık kadehi ona doğru uzattım. O tuhaf gözlü çocuk olduğundan emindim ve çok ama çok korkmuştum. Kadehin keskin uçları tenini kestiği anda beni her kim tutuyorsa üzerinde deri bir kaban olmadığını, aslında Harris Tweed markalı bir ceket giydiğini fark ettim. Birileri sesimi duymuştu ve yardımıma koşmuştu fakat ben bu *kahramanı* kırık bir kadehle ödüllendirmiştim.

"Adam, 'Kesik kötü görünüyor mu? Kesik kötü görünüyor mu?' diye bağırmaya başladı," Kailash o gece olanları anlatırken karaya oturmuş bir balık gibi nefessiz kalmaya başladı. "Fakat kanı durmadan fışkırıyordu."

Demek Lord Arbuthnot başı belada olan bir kadını kurtarmaya çalışırken kahramanca ölmüştü. *Acaba kimi kurtarmaya çalıştığını bilseydi alelacele yanına koşar mıydı*, diye merak ettim.

"Suçlu çete kaçıp gitmiş fakat giderken el çantamı da çalmıştı... ben de Alistair MacGregor'la baş başa kalmıştım," diye lafını bitirdi.

Oturduğum sandalyede birden doğruldum. Adama ismiyle hitap etmişti. O adamı iyi tanımıyor olsa ismini bilemezdi. Lord Arbuthnot onun, İskoç Yüksek Mahkemesi'nde senatörlüğe seçilmesinden sonraki hukuki unvanıydı. Hâkimler her zaman hukuki unvanlar almazlardı fakat onun babası Lord MacGregor, İskoçya adalet sisteminin en güçlü ikinci hâkimi olarak Adalet Divanı Kâtibi unvanını almıştı.

MacGregor ailesinin hukuk geçmişi yüzyıllar öncesine dayanırdı. Fakat bu kan bağı önceki gece Princes Caddesi'nin bir kaldırımında son bulmuştu. Alistair MacGregor çocuk sahibi olamadan ölmüştü.

Kailash'ın hikâyesine kendini kaptırdığı belli olan Yargıç Strathclyde oturduğu yerden dinlemeye devam ediyordu, üstelik artık ölmüş meslektaşının böyle ölümcül tehlikesi olan bir görevi kahramanca üstlenmesinden etkilenmiş gibiydi. Her ne kadar kurtardığı kişi bir fahişe olsa da onun gibi bir adam böyle asil bir davranıştan daha üstün hangi sebep yüzünden ölebilirdi ki? Kailash gözyaşlarını sildikten sonra ekleyeceği birkaç kelimenin daha olduğuna karar vermişti.

"Onu kollarımın arasına aldım fakat kanı akmaya devam ediyordu."

Bir an duraksadı ve devam etmeden önce kayıt cihazına baktı.

"Öyle birdenbire nereden geldi bilmiyorum..."

Sanki artık hayatta olmayan adamın seçeneklerini değerlendirir gibi yeniden duraksadı. Gözlerini, içinde dönen kasetle vızıldayarak çalışan ses kayıt cihazından kaldırıp yeniden Yargıç Strathclyde'a dikti.

"Ah..." diye fısıldadı sesi giderek güçlenmeden önce.

"Tuvaletlerden gelmiş olmalı."

Kailash'ın yüzünde yavaşça bir gülümseme belirirken Yargıç Strathclyde ayağa fırladı.

"Durdur şu kaydı hemen! Durdur! Sana durdurmanı emrediyorum!" diye bağırdı şaşkınlık içindeki kâtibe.

"Evet," diye devam etti Kailash Coutts. "Aynen öyle oldu bence. Aslında bundan eminim. Lord Arbuthnot umumi tuvaletlerden gelmişti. Tuvaletlerin oradan gelmişti."

Artık ayağa kalkmış olan Yargıç Strathclyde tehditkâr bir tavırla ileri geri sallanıyordu.

"Sana durmanı emrediyorum! Konuşmayı kes artık kadın!"

Kailash ona bir kez daha baktıktan sonra vızıldamaya devam eden ses kayıt cihazına baktı ve şöyle dedi:

"Elbette. Anlatmak istediğim şeylerin hepsini söyledim. Teşekkür ederim Lordum. Teşekkür ederim."

SEKİZ

Mahkeme dağıldıktan ve Kailash nezarethaneye götürüldükten sonra elimden geldiğince hızla oradan ayrıldım. O anda ne müvekkilimle konuşmaya ihtiyacım vardı ne de bunu istiyordum fakat olanların üzerinden geçmem gerekliydi. Tek başıma tabii...

Normalde bir koşu evime varmaya çalışırdım. Bazı sabahlar, bazı öğlenler, bazı davalar beni o kadar yorardı ki önümde bir yemek tarifi kitabıyla oyalanmaktan başka bir şeye ihtiyacım olmazdı. Koşuya çıkmak genellikle iyi gelirdi, içki içmek de öyle ama bütün korkularınızı biraz et ya da bir parça çikolatayla zihninizden uzaklaştırmaktan daha tatmin edici bir his olamazdı. Fakat bugün biraz mutfakta oyalanarak unutacağım türden bir gün olmayacak gibi görünüyordu zira Kailash'ın çılgınlığı bunun icabına bakmıştı.

Strathclyde'ın bu şekilde davrandığı daha önce hiç görülmemişti: Bir şahidin kanıtlarına müdahale edebilirdi belki fakat bu kadar herkesin gözü önünde ve ifade kayıt altına alınırken yapmazdı. Yaşadığı patlama için Strathclyde'ı suçlayamazdım. Princes Caddesi'nin doğu ucundaki umumi tuvaletler, eşcinsellerin sık sık uğradıkları bir yer olarak nam salmıştı: Özellikle de iki ayrı hayat yaşayan ve eşcinsellerle topluma açık bir yerde ilişkiye girmekten hoşlanan adamların tercih ettiği bir yerdi.

Yüksek Mahkeme Başkanı gerçekten de ölmeden saniyeler önce kirli bir umumi tuvalette bir yabancıyla kendini rahatlatmış olabilir miydi? Evliydi, çocuğu yoktu fakat Alistair MacGregor ve karısı Bunny'nin, hiçbir dedikoduyu ya da sırrı kaldıramayacak bir kamusal hayatları vardı. Kanserli çocuklara yardım eden bir vakfın hamileriydiler, düzenli olarak Festival ve Kings tiyatrolarının açılış gecelerine katılırlardı. Şehirde olup biten her şeyin konuşulduğu geleneksel etkinliklerin her zaman beklenen konukları olurlardı.

Aslında Yargıç Strathclyde'ın tepkisini anlayabiliyordum. Lord Arbuthnot bir kahraman olarak ölmüştü, cinsel tercihlerinin ölümüyle ya da anısıyla ne ilgisi vardı?

Mahkemeden ayrıldığımda *Evening News* gazetesinin ilk sayıları çoktan sokaklara dağılmıştı bile. Kailash bombayı patlattığı sırada ortamda basın mensupları olmadığı için haberin en ön sayfada duyulmasını beklemiyordum fakat bunun olması da an meselesiydi. Elime bir gazete aldım ve her zamanki gibi trafiğin giderek kötüleştiği, park etmenin imkânsızlaştığı ve İnfazcılar'ın (başkentteki trafik polislerine, Dr. Who'yu akla getiren bu lakap takılmıştı) şeytani karakterlere sahip oldukları üzerine manşetler vardı. Yani bir değişiklik yoktu.

Fakat hepsi birbirine benzeyen gazeteler sağ olsun, bu uzun sürmezdi: Edinburgh çok geçmeden büyük bir şokla sarsılacaktı. Özellikle de "Aydınlanma" Cemiyeti... Normalde şehir onlar için barışçıl bir yerdi. Yumruk yumruğa kavgalar, dövüşler ve hatta cinayetler bile yeterince yaygındı fakat bunlar genelde barlarda ve berbat yerlerde takılan alt sınıfların işleriydi. Her cuma ve cumartesi gecesi bir serseri, komşusuna ya da karısına yumruk atar ve her hafta sonu Leith'teki barlarda en az bir bıçaklama vakası meydana gelirdi. Bunlar hayatın birer parçasıydı. Böyle bir dünyadan maddi durumları sayesinde sıyrılanlar için işler çok daha farklıydı. Kredi kartı sahtekârlığından ya da Harvey Nicks'ten çıktıklarında cüzdanlarını çaldırmaktan endişe duyabilirlerdi fakat Lord Arbuthnot'un başına gelenler küçük, konforlu dünyalarını parçalardı.

Kamuoyu çok geçmeden bunun sıradan bir cinayet olmadığına karar verirdi. Para, unvan, çete ve seks söz konusuydu, haliyle sağlam bir hikâye doğmayı bekliyordu ve çamurun yalnızca hayranlarına değil hepimizin üstüne sıçramasına yirmi dört saatten daha az zaman veriyordum.

Ofisimin dışına bir televizyon ekibi kamp kurduğu için basın tarafından uzun, sıkıcı konuşmalara maruz kalmayacağım Edinburgh'daki tek noktaya park ettim: Ölen kişinin evinin önüne. Ölümde bile elit sınıfa ayrıcalıklı davranılıyordu. Bu "normal" bir cinayet olsaydı basın oraya âdeta tezgâh açardı, hatta şimdiden birileri orada gelmiş, belki de merhumun acılı yakınlarını bir gazeteye, ardından da bir televizyon programına her şeyi anlatmaları için ikna etmeye çalışıyor olurdu, sanki böyle yapınca acıları dinecekmiş gibi. Para yalnızca her zaman konuşmakla kalmaz, barış ve huzur da satın alırdı, Heriot Sokağı'nda olan şey kesinlikle buydu.

Lord Arbuthnot'un evinin karşısındaki özel bahçelerin önünde manzarayı incelerken dumanı tüten espresso dolu karton bir bardak burnumun dibine sokuldu.

"Hayal görmekten vazgeç Brodie," diye mırıldandı tanıdık bir ses. "Düşman edinmek üzereyken gözlerini dört aç."

Jack Deans elinde iki bardak kahve ve bir poşet muffinle arkamdaki herkese açık olmayan özel bahçelerden gelmişti. Geçmiş tecrübelerime dayanarak, *kahvelerini Rose Caddesi'ndeki polis merkezinin kafeteryasından almış olmalı*, diye düşündüm. Beni o anda rahatsız ettiği yere gelmek için kestirme yol olarak özel Queen Caddesi Bahçeleri'ni kullanarak Heriot Sokağı'na geçmiş olmalıydı. Deans, Heriot Sokağı'na park ettiğimi biliyor olamazdı: Beni görmüş olamazdı, bahçenin yüksek çitleri sayesinde iyice yaklaşana kadar görünmezdiniz. Orada olduğumu nasıl bilmişti? Bunu ona sormak, sıradan bir kişi olarak herkese açık olmayan özel Queen Caddesi Bahçeleri'nin anahtarını nasıl ele geçirdiğini sormak kadar beyhudeydi. Kaynakları olduğunu söyleyip geçiştirirdi. Başkalarının giremeyeceği yerlere kendini sokabilen bir adamdı o. Boş yere üstüme alınmış olabilirdim gerçi, belki de beni aramıyordu, belki de burada başka kimlerin olabileceğine aldırmadan buraya gelmesi gerektiğine karar vermişti.

"Güzel ama değil mi?" Jack Deans bariz kıskanç gözleriyle Lord Arbuthnot'un George dönemi mimarisine uygun yapılmış evine bakıyordu.

"Bu evler nadiren satışa çıkar." Evi tarayan gözleri mimari detayların her birini not ediyor gibiydi.

"Dünyadaki en iyi evlerdendir," diye devam etti benimle değil de kendi kendine konuşur gibi.

"Robert Louis Stevenson on yedi numarada yaşamıştı. Buralar ya nesilden nesile geçer ya da gizlice uygun bir alıcıya satılırlar." Jack Deans'in ağzı hayal kırıklığına uğramış gibi büzüşmüştü. Gerçi buralardan ev alacak pozisyona gelebileceğinden şüpheliydim.

Onun hayaline ortak olmadım. Evi izlerken sıcak, sert espressomun tadını çıkardım. Elit bir yer olduğu kesindi fakat o cadde beni hep ürpertirdi. O evler birer yuva değildi. Kazanılmış ödüller gibi parıldıyorlardı fakat içlerinden çocuk gülüşleri ya da mutluluk sesleri geldiğinden şüpheliydim. Sahipleri evlerin dış görünüşlerine bile katkıda bulunmuyorlardı, yani para harcamak dışında. Genel olarak öğle yemeğinde hafif şeyler yiyen kadınlarla evli olan zengin adamlara aitlerdi. Merhum Lord Arbuthnot ve karısı Bunny MacGregor da farklı değillerdi. Küçük mücevherlerini parlak tutmak için bir sürü yardımcıları vardı fakat onların evinin de sokaktaki diğer evler gibi bir ruhu yoktu.

Evin ön bahçesi yoktu, kaldırımdan üç taş merdiven basamağı çıkılarak ön kapıya gelinirdi. Fakat bu durum orayı ulaşılabilir kılmıyordu. Kapının sağındaki pirinç isim levhası, Avukat Alistair MacGregor'ın orada yaşadığını ifade ediyordu. Hâkimler, İskoç Yüksek Mahkemesi'nde senatör olsalar bile avukat olarak kalırlardı. Doğrusu, oranın Lord Arbuthnot'un evi olduğunu ifşa etmek tehlikeli bir şey olabilirdi. Zor bir adamdı, sert konuşurdu, herkesin önünde adaletin yalnızca yerine getirilmesi gerektiğini değil, bunun yapıldığına şahit olunması gerektiğini de sık sık ifade ederdi. Böyle beyanlarda bulunabilen bir ses Eton adlı yatılı bir özel okul tarafından bilenmiş ve Cambridge Üniversitesi'nin Christ Koleji tarafından parlatılmış, zengin ve tumturaklı bir ses olmalıydı.

"On dokuz yaşından beri 'Aydınlanma'ya dâhildi."

Jack Deans dünyaya dönünce bu davayla ilgilenmesinin sebebini hemen anladım. Ellerimi hâlâ kahvenin sıcaklığına sahip olan küçük bardağa sardım. Bakışlarımın onu susturabileceğini ümit ederek yüzümü ona çevirdim.

"Yani?"

"Sen de mi Brodie? Bir inançsız daha..."

Bu tepkiye oldukça alışkındı.

"Okullu çocukların tartışma grupları konusunda heyecanlanayım mı yani? Bir şeyleri daha iyi bilmesi gereken insanlar için mi?" diye sordum.

"Brodie! Bu, İskoçya'yı yöneten gizli bir örgüt! Yargı teşkilatının yüzde sekseninden fazlası bu örgüte üye."

"Jack, bunların hepsini daha önce çok duydum. Hem de senden. Küçük erkek çocuklarının katıldığı küçük gruplarla ilgilenmiyorum ve büyüdükten sonra üyeliklerinin devam etmesi de umurumda değil. Sol bacaklarını tıraş edip sağ meme uçlarına karamel damlatırken on üçüncü yüzyıla ait bir peri kraliçesine bağlılık yemini etmek istiyorlarsa onlara iyi şanslar dilerim. Eğer böyle şeylerle oyalanıyorlarsa belki de benim davalarıma müdahale etmezler ve *gerçek* avukatlar *gerçek* yasal işlerini yapabilir."

Jack Deans sanki ben tek kelime bile etmemişim gibi duraksadı, sonra yeniden konuşmaya başladı.

"Dediğim gibi hepsi hukuk fakültesinden mezun olmadan önce üye olurlar. Tıpkı Lord Arbuthnot gibi."

Aslında haklı olabileceği bir nokta vardı fakat, *bunu ona söyleyeceğime ölürüm daha iyi*, diye düşündüm. Aydınlanma Cemiyeti ya en inanılmaz yetenek keşif organizasyonuydu ya da altında daha fazla şey yatıyordu.

"Eğer bütün bunların masum olduğunu düşünüyorsan, o halde şunu dinle," dedi Deans, heyecanlı bir şekilde bağırarak konuşmaktan nefes nefese kalmıştı. Deans'in omuzlarının üzerinden bakınca, Lord Arbuthnot'un evinin perdelerini aralamış birinin bizi izlediğini görebiliyordum.

"Bizzat kendi biyografisinde hukuki çıkarların, Aydınlanma Cemiyeti'nin çıkarlarıyla çelişmesi halinde cemiyetinkinin öncelikli olması gerektiğini yazıyor."

Bu adam üzgündü ve kafayı komplo teorileriyle bozduğu açıktı. Arbuthnot ve yaşlı adamlar işlerini adam kayırarak yapmışlarsa ne olmuştu yani? İşler şimdiye kadar çoktan değişmiş olmalıydı, değil mi?

Jack Deans tarih derslerine devam ediyordu fakat ben kendimi yavaş yavaş çitin gölgesine çekiyordum. Böylece neler olup bittiğini görülmeden izleyebilirdim. Fakat davetsiz misafirimin varlığı durumu oldukça tuhaflaştırıyordu.

"Aydınlanma Cemiyeti 1774 yılında merkez binadan iki mason tarafından kuruldu. Robert Louis Stevenson ve Sör Walter Scott'ın üye olduğu söyleniyor, diğer topluluklara da üye olduklarını düşünürsek buna şaşırmazdım doğrusu. Aydınlanma Cemiyeti hâlâ her hafta Edinburgh Üniversitesi'nde toplanmayı sürdürüyor. Üyeleri, ülkedeki en önemli pozisyonlara geliyor. En azından on sekiz İskoç hukuk lordu, onların üyesi. Bu önemli bir şey Brodie, gerçekten çok önemli."

"Jack, umurumda bile değil. Konuyla bir ilgisi yok. MacGregorlar köklü bir aile ve herkes dul kadının oğluna bağlılık yemini* ediyor." Beni tamamen cahil sanmasın diye ve onu kışkırtmak için mason terminolojisini kullanmıştım.

---

* Hz. Süleyman Mabedi'ni inşa eden Hiram Usta'nın dul bir kadının çocuğu olduğu ve dolayısıyla her masonun da o dul kadının çocukları olduğu varsayılır. (yay. n.)

"Çok güzel Brodie. Bir yerlerde bir haber okumuşsun belli ki fakat bu kadar şüpheli olduğuna göre yanlış makaleye göz atmışsın. Masonluğun İskoçya'da başladığını biliyor muydun?"

Bilmiyordum. Küçük ve çorak bir ülkeydik. Fransız ve Amerikan devrimleri gibi dünya tarihindeki bazı önemli değişiklikleri meydana getirdiği inanılan böyle bir organizasyonun çok sevdiğim fakat biraz da dar görüşlü bulduğum memleketimde kurulmuş olmasına bir anlam veremiyordum. Ayrıca o anda karşımızdaki evin içinde neler olduğuyla çok daha fazla ilgileniyordum.

Başını iki yana sallayan Deans bir sigara yaktı. Zamane gençlerinin huyu ona da bulaşmış olacak ki bana ikram etmedi. Minnettardım buna, zayıf bir anımda bana uzatacağı sigarayı kabul edebilirdim. Deans genelde son sigarasını içtiğini iddia ederdi ve bırakma aşamasında olurdu. Fakat bu defa kendini o kadar kaptırmıştı ki bırakacakmış numarası bile yapmamıştı.

"Öğrenmen gereken çok şey var. Hem de buna hemen başlamalısın, kendi güvenliğin için. En baştan anlatacağım."

Teatral bir tavırla homurdandım fakat Deans yine de boğazını temizledi.

"Tapınak Şövalyeleri Fransa Kralı IV. Philippe'in ardından İskoçya'ya göç ettiler ve Papa V. Clement onların lideri Jacques de Molay'i kazığa bağlatıp yaktırdı. Torino Kefeni'ndeki yüzünü görsen hatırlarsın."

Sanki herkes onun gibi düşünüyormuş gibi ortaya atmıştı bunu.

"Ah, doğru ya Jack. Bugünlerde çok bilinen bir şey olduğunu okuduğumu hatırlıyorum. Hatta sanırım Papa daha geçenlerde bir basın açıklaması yapmıştı."

Jack, evin önüne yanaşan siyah sedanla pek ilgilenmemiş gibi görünüyordu. Koyu takım elbisesiyle uşak gibi davranan bir adam saygılı bir tavırla ön kapıya yaklaştı. Cenaze işlerini yürütecek kişi, cenaze töreniyle ilgili konuşmaya gelmişti. Henüz naaşın onda olmadığını biliyordum çünkü ertesi gün otopsiye katılmam gerekiyordu. Otopsiler çok canımı sıkmazdı ya da kendime ve başkalarına böyle söylerdim fakat birdenbire mideme oturan muffini keskin bir şekilde hissettim. Jack Deans'e kızmak için bir sebep daha işte...

"Mart 1314'te Sen Nehri'ndeki Île de la Cité'de ağır ağır yanan bir ateşin üstünde Jacques de Molay'i yaktılar. Aynı yıl Fransa Kralı IV. Philippe ve Papa V. Clement'e Tanrı'nın huzuruna beraber çıkmaları için ona katılmalarını emretmiş ve onları lanetlemişti. Birkaç ay içinde şüpheli olaylar sonucunda öldüler... böylece güçlü Tapınak Şövalyeleri efsanesi başladı."

"Tarih dersi için teşekkür ederim. Nasıl çeneni kapatacağına dair de bir dersin var mı?" diye tersledim.

Cenaze görevlisi artık sağ salim içeri girmişti. Kapıyı içeriden kimin açtığını görememiştim, oldukça kusursuz bir şekilde yapmıştı bunu.

Tahmin ettiğim üzere sinir bozucu bir şekilde söylevine devam etti Deans.

"Hayatta kalan Tapınak Şövalyeleri için Hristiyan âlemi tehlikeliydi. Peki, nereye kaçabilirlerdi?"

"Beyninin o günlerde yaratılmamış olması çok yazık Jack, duydum ki beyninin yerinde büyük bir boşluk varmış."

Yine de hakkını vermeliydim: Tam bir hikâye anlatıcısı olmak için doğmuştu. Sesini dramatik bir şekilde yükseltip alçaltmadan edemiyor ve gönülsüz de olsa bir dinleyicisi olmasına bayılıyordu.

"Yalnızca Papa'nın resmî çağrılarının ulaşmadığı bir ülke onları kabul ederdi. Robert Bruce aforoz edilmişti, bu yüzden bu bilgili ve zengin şövalyeler İskoçya'da iyi karşılanmışlardı."

Deans bir sigara daha yakıp bir nefes çekmek için duraksadıktan sonra anlatmaya devam etti.

"Kudüs haricinde dünyanın en çok Tapınak Şövalyesi mezarına sahip yeri İskoçya'dır."

Cenaze görevlisi evden ayrıldı. İçeride on dakikadan az kaldı: Bir Thistle Şövalyesi'nin cenaze törenini organize etmek bir yana dursun bir fincan çay içmek bile yeterince zaman yoktu.

Jack Deans beklenti dolu bir ifadeyle bana bakıyor, beni gözleriyle inceliyordu.

"Ne var?" diye tısladım ve elimi havada salladım. Ne söylememi bekliyordu ki?

"Tek söyleyeceğin bu mu? İskoç Yüksek Mahkeme Başkanı öldürüldü ve kayıt altına alınmayacak olsa da bir yorumun yok mu? Ah Brodie, sandığım gibi bir kadın değilmişsin."

"Benim yorumum şu: bir kazaydı," dedim, aslında bana iltifat etmiş olduğu ve beni düşündüğü gerçeğini duymazlıktan gelmeye çalıştım. Hatta neredeyse başarmıştım.

Kuşkulu bir ifadeyle devam etti. "Edinburgh'da ilk kez bir hâkim öldürüldü. Artık onun geçmişini de biliyorsun ve bir fahişe tarafından öldürüldüğünün de farkındasın. *Yine de* bir kaza olduğunu mu söylüyorsun?"

"Evet." Kibirli bir ergen gibi cevap verdim.

Hayal kırıklığına uğramış gibi baktı.

"Her şey gizli bir planın parçası olmak zorunda değil Jack. Bazen ve hatta çoğu zaman olanlar aslında yalnızca görüldüğü gibidir."

Evin içinde bir telaşe var gibiydi, çiçekli bir mutfak önlüğü giyinmiş yaşlı bir temizlikçi meşgul tavırlarla sanki önemli birisi bekleniyormuş gibi pirinç isim levhasını parlattı. Beklenen kişi elbette ki evin efendisi değildi.

Jack Deans şaşırtıcı bir şekilde eve gelip gidenlerle ilgilenmiyordu. Dikkatini tamamen bana vermişti. Yüzümü incelerken bir şeyler için onay arıyor gibiydi. Tatmin olmuş bir tavırla kendi kendine başını aşağı yukarı salladı.

"Öğrenecek çok şeyin var."

"Öyle mi diyorsun?"

Dilini şaşırtıcı derecede beyaz dişlerinin arasına yerleştirip bir an duraksadı. Söyleyeceği şeyi düşünürken fikrini değiştirdi. "Eğer her şeyi olduğu gibi görüyorsan ve bundan ibaret olduklarına inanıyorsan oldukça korunaklı bir hayat yaşamışsın demektir."

Bunu inkâr edemezdim. Haklıydı. Bugüne kadar tehlikeden uzak, şanslı bir hayat yaşamıştım. Her ne kadar babam doğumumdan önce benden vazgeçmişse de annem Mary McLennan bana hak ettiğimi düşündüğü hayatı verebilmek için dağları delmişti.

Mary, İskoçya'nın kuzeydoğusundaki bir balıkçı köyünde doğmuştu. Bunun, bir iyi yanı haricinde benim hayatım için bir önemi yoktu: Asillerin okulu Gordonstoun'a yakındı.

Gordonstoun etrafındaki balıkçı köylerinden çocuklar için dokuz ücretsiz kontenjan açardı. Mary McLennan ilkokulum bittikten sonra benimle ilgili yalan söylemiş ve dalavere yapıp kontenjana girmemi sağlamıştı. Kolay değildi. Ben toplumdan dışlanmış birisiydim fakat yıllar geçtikçe ve akranlarımın sıkıcı işler yaptıklarını ya da hükümetten işsizlik yardımı aldıklarını gördükçe annemin bana bağırıp derslerime çalışmamı sağladığı her an için ona minnet duydum.

Benim sınıf atlamam için azimle verdiği uğraşları bir türlü anlamazdım çünkü kendi hayatından son derece memnundu. Sadece benim için yeterince iyi değildi. Mary bana en iyi koşulları sunmak için iki işte birden çalışırdı. Ona fedakârlıklarının karşılığını bir gün ödeyeceğime dair söz vermiştim.

İkimiz de aldanmıştık. Eğer bir Tanrı olsaydı onun en büyük dileğini, benim Edinburgh Üniversitesi Hukuk Fakültesi'nden onur öğrencisi olarak mezun olduğumu görme isteğini gerçekleştirirdi.

Vücudunun her tarafına yayılan kanser yüzünden ölürken doktorlar acısını kontrol etmenin bir yolunu bulamamışlardı. Morfinin etkisiyle sayıklayan annem tekrar tekrar ağlayarak onu affetmem için yalvarmış ve daha iyi bir hayata layık olduğumu söylemişti. Mezun olduğumu göremeden, hayallerinin gerçekleştiğini bilemeden ölmüştü. Başarmıştım. Mary birçok anlamda mütevazı bir anneydi ve iç gözlem yaptığım zamanlarda kendime itiraf ettiğim üzere işkolikliğimin özünde, annemin benim geleceğimle ilgili azmine köle olmam yatıyordu.

Jack Deans beni omuzlarımdan kavradığı sırada düşlerimden sıyrıldım. Beni çevirdi ve Lord Arbuthnot'un evinin önüne yanaşan bir arabaya bakmamı sağladı. İki kişilik, antika bir Morgan Roadster'dı. Vişneçürüğü ve gümüş rengiyle ateşli görünüyordu. Arabanın şoförü tam evin önündeki kaldırımın kenarına park etti. Sarı çizgilere uymayarak bizim bulunduğumuz yerdeki park alanlarını görmezden geldi. *Evening News* okuru olmadığı belliydi. Gösterişli bir şekilde giyinmiş bronz tenli bir adam, yaşını gölgede bırakacak bir şekilde bir çırpıda arabadan indi.

"Sanırım sana söylemiştim Brodie," dedi Jack. "Gözünü dört açmalısın."

Fısıldamadan önce duraksadı:

"Gelecek mi diye merak ediyordum."

DOKUZ

Jack Deans bu konuda konuşmasının zamanı geldiğine karar verene dek ağzını sıkı tutacaktı. Bu adamın önemli birisi olduğu belliydi: Yalnızca Deans'in tepkisi yüzünden değildi bu, etrafa saçtığı enerjisini çalılıkların arasındaki gözetleme noktamdan bile hissedebiliyordum.

Kalbim göğsümden fırlayacakmış gibi atıyordu. O adamı bir yerlerden tanıyordum fakat nereden olduğunu hatırlayamıyordum. Merdivenlerin önünde durdu, yaşına rağmen kamburu çıkmamıştı ve saçları gümüşi bir beyazlığa sahipti. Çitin gölgesine saklanmaya çalıştığım sırada ondan on beş metre kadar uzaktaydık.

İzlendiğinin farkındaymış gibi bize doğru döndüğünde bakışları sertleşti. Koyu mavi gözleri, kırış kırış bronz tenini delip geçiyordu. Gözler ruhun aynasıysa onun ruhu buz gibiydi. En iyi ihtimalle "ehemmiyetli" bir adam olarak tanımlanabilirdi.

Hiçbir İskoçya sakininin böyle bir teni yoktu. Bu adamın uzun yıllardır yurt dışında yaşadığı açıktı, öyleyse nereden tanıyordum onu? Kim olduğu konusu, şafaktaki sis gibi havada kalmıştı. Bugün yalnızca yaslı olanlar merhumun kapısını aşındırırlardı fakat bu adama bakınca yüzünde herhangi bir kederin izi yoktu. Üst dudağı alta göre daha kalındı.

Jack Deans, adam el yapımı deri brogue ayakkabılarıyla arkasına dönüp merdivenlere yürürken hâlâ sessizdi. Merdivenleri çıktığı sırada kapı açıldı. Gelişinin beklenildiği belliydi. Kapı sanki hayalet bir el tarafından açılmıştı, açan kişi görülmüyordu. Yaşlı adam içeriye ustaca süzüldü ve gözden kayboldu.

İçimi bir şeylerin kemirdiğini hissettim. Kim olduğunu öğrenmek için yanıp tutuşuyordum. Utanç verici bir şekilde karşılığında ne isteniyorsa verebilirdim. Konuştuğum sırada sesim yüksek ve heyecanlı çıktı.

"Pekâlâ, Deans, dökül bakalım. İçeriden herhangi bir bilgi almak istiyorsan işte şansın. Onun kim olduğunu söyle bana."

"Sakin ol Brodie. Bu kadar sabırsız olma. Ya da umutsuz... Bu senin en çekici özelliğin değil."

Çocukluğumdan beri sabrın bir erdem olduğuna inanmakta zorlanmıştım. Sağ ayağım motosikletimin yanındaki kaldırımın üzerinde salsa ritmi tutmaya başlamıştı. Sabırsızlandığım zamanlar yerimde duramazdım. Jack Deans acelemi gereksiz bulsa da rahatsızlığımdan zevk alıyordu.

"Etkileyici bir moruk, değil mi?" Ben gönülsüzce başımı sallarken benimle alay ediyordu.

"Kim olduğunu bilmemene şaşırdım doğrusu. Savaş döneminde savaş uçağı pilotlarından birisiydi..."

"Eh, o zamanlar hayatta değildim ve anlaşılan savaş tarihine yönelik obsesif bir ilgiden yoksun kalmışım," diye yanıtladım. "Bu yüzden boktan sebeplerle kendini bir şey sanmayı bırakıp şu moruğun kim olduğunu söylersen belki de seni öldürmem."

Jack Deans suratıma dik dik baktı.

"Onu tanımadın mı yani?"

Yanıt vermemi beklediği bir soruydu. Bu yaşlı adamın bana düşündürdüğü şeylere dair ona herhangi bir fikir vermeye hazır değildim, bana hissettirdiği belli belirsiz tanıdıklık hissi dışında daha ben bile kim olduğunu bilmiyordum.

"Elbette tanıdım Deans. Sadece bitmek bilmeyen iğneleyici laflarının tadını çıkarmak amacıyla bana söylemen için sana yalvarmaya devam etmeyi düşünüyordum."

"Lord MacGregor," dedi.

"Eski Adalet Divanı Kâtibi olan Lord mu?"

"Böyle de diyebilirsin tabii, evet. Şahsen onun cinayet kurbanının babası rolünü daha önemli buluyorum."

Onu mahkemelerden tanıyamazdım çünkü ben mesleğe başlamadan yıllar önce emekli olmuştu. Kariyerine dair bildiğim tek şey insanların hâlâ onun çok erken emekli olduğu ve bunun sonucunda İskoç adalet sisteminin sıkıntı çektiği yönünde konuşmalarıydı.

Yine de onu tanıma isteği içimi kemiriyordu. Bir trafik polisi onun arabasının yanından geçerken durup araca şöyle bir baktı ve ardından büyülenmiş gibi oradan ayrıldı. Kafam iyice karışmıştı. Edinburgh'nın trafik polisleri genelde gazetelere düşen davranışlarının hakkını verecek kadar kinci ve aşağılıklardı. Hiçbirinin bu kadar kolay bir şekilde tam da ceza yazabilecekleri bir araçtan uzaklaştıklarını görmemiştim.

Kolay demişken bu defa dikkatimi Jack Deans'e yönelttim.

"Gelmesine neden şaşırdın ki sen? Elbette ki kayınpederi, dul kalmış zavallı gelinini teselli edecektir."

"Şaşırmadım," dedi içerlemiş gibi bir sesle. "Sadece buraya gelir miydi diye merak ediyordum. Arada fark var. Her şeye açık bir zihinle bakmayı severim."

Cevabı yapıştırmadan önce homurdandım. "Ah, Tanrı aşkına, burada neler dönüyor söyle hadi."

Teslim olmuş gibi bir tavırla konuştu. Kafasındaki şeyleri toparlamak ister gibi ağır bir tempoyla, "Araları yıllar önce açılmıştı. Yakın olduklarından bile haberim yoktu. Kimse anlaşmazlıklarının sebebini bilmiyordu fakat Lord MacGregor kendi oğluyla beraber kürsüde oturmayı reddetmişti," dedi.

Jack Deans kaleminin ucunu kemirdi ve yanıtını şekillendirmeye çalıştı.

"Aydınlanma Cemiyeti'nin üyeleri buna karışmadı, hatta anlaşmazlıklarını çözmeye bile kalkışmadı ve yaşlı MacGregor istifa etti."

Deans'in komplo teorilerini bir kez daha ortaya atışını duymazlıktan geldim. "Lord MacGregor o anlaşmazlıktan sonra hukukla herhangi bir şekilde ilgilendi mi peki?"

"Hayır," diye yanıtladı Deans. "Bütün bağlarını koparıp ülkeden ayrıldı. Dul bir erkekti, bu yüzden dünyayı dolaşmaya karar verdi. Sonunda Tayland'a yerleşti, bildiğim kadarıyla yeniden evlendi ve artık yeni bir ailesi var."

İnsanlar nasıl hayatlar yaşıyorlardı böyle? Onun yaşında bir adamın yeni bir eşten ziyade daha fazla pipo ve terliğe ihtiyacı olacağını düşünürdüm. Anlattıkları yeterince ilginçti fakat benim onu nereden tanıdığımı hâlâ açıklamıyordu. Lord MacGregor'ın evden çıkışını endişeli bir şekilde bekledim.

"Lord MacGregor'ın sürdürdüğü tek bir bağlantı vardı," diye ekledi Deans.

Ona doğru döndüm fakat o, heyecanı artırmak için sürekli uzatılan bir gösterideymişiz gibi bir susup bir konuşarak oynuyordu benimle. Anlatacaklarına dair merakımı ve ilgimi anlamasın diye ondan uzaklaştım.

En nihayetinde konuştu.

"Lord MacGregor'ın devam ettirdiği tek bağlantı, Gordonstoun Okulu'ndaki idarecilik göreviydi."

Beklenti içinde bana baktıktan sonra devam etti:

"Ne tesadüf ki senin okuldan ayrıldığın yıl o da bağlarını kopardı."

Yine komplo teorilerine başlamıştı.

Bu defa beni de içine çekmeye çalışıyordu.

"Ah, Tanrı aşkına Jack, yaşlıların okullarıyla iletişim halinde kalmaları görülmemiş bir şey değil. Bazı yargıçlar hukuki unvanları olarak okullarının ismini bile seçerler."

Jack Deans uzatmama izin vermedi.

"Eton'a gitti."

Bu son verdiği bilgi üzerinde duramadım. Siyaha boyalı ön kapı açılıyordu ve aslan şeklindeki pirinç kapı tokmağı tehditkâr bir biçimde bakıyordu. Sanki hiçbir şey olmuyormuş gibiydi ve kapının açılması ile Lord MacGregor'ın görünmesi arasında geçen zaman gereğinden fazla uzundu. Evden tek başına çıktı.

"İlginç. Bu ikisi barıştıysa Bayan Arbuthnot onu kapıda uğurlar diye düşünüyordum," diye yorumda bulundu Deans.

"Belki de yerinden kıpırdayamayacak kadar üzgündür."

"Bunny MacGregor'ı tanımadığın çok açık. Her alanda dış görünüş önemlidir, ölümde bile."

Kendini beğenmiş bir ifadeyle bana baktı ama artık oyun oynamaktan fazlasıyla sıkılmıştım.

"Jack, yarış yaptığımızı bilmiyordum. Ben bir avukatım, unuttun mu? Seninle taht kavgası yapan birisi değilim."

Erkekler söz konusu olduğunda yalakalığın insanı her yere ulaştırabileceğini öğrenmiştim ve Jack Deans de bir istisna değildi. Bana bakarken yüzü yumuşadı, ne kadar utanç verici olsa da ben de yumuşuyor gibiydim.

"Çok haklısın canım, sana yardım etmek için yanında olmasam senin gibi bir çaylak, başını kim bilir ne tür bir belaya bulaştırırdı."

Onu *bir kez daha* duymazlıktan geldim ve Lord MacGregor'ı izlemeye devam ettim. Büyük, özel bahçenin çitlerine doğru onu rahatça süzebileceğim kadar geri çekildim. Ağustos güneşini engellemek için gözlerini kısarken oradan gitmek için acelesi yokmuş gibi bir hali vardı. Merdivenleri inmeden etrafa bakınmaya devam etti ve içimden bir ses onun birisini beklediğini söyledi. Evin kırmızı kadife perdeleri birkaç kez kıpırdandı. Görünmeyen gözlemcinin de Lord MacGregor'ın kimi beklediğini merak ettiği belliydi.

Jack Deans başıyla Lord MacGregor'ı işaret etti.

"Oğluyla olan ilişkisi her zaman sorunluydu. Eton'dan kovulduğunu biliyor muydun?"

"Kim? Lord MacGregor mı?" diye sordum.

"Hayır, Lord Arbuthnot. Ona yasal olarak okuldan ayrılma izni verildi, böylece başka bir okula geçiş yapabilirdi fakat dedikodulara göre mesele ciddiydi."

"Ciddi mi? Ne anlamda?"

Benim zamanımda okuldan kovulması gereken birçok arkadaşım olmuştu fakat okul için yıllık yirmi bin sterlini geri çevirmek kolay iş değildi.

Lord MacGregor bir ileri bir geri volta atıyordu artık. Bekletilmeye alışık olmayan bir adam olduğu açıktı. Yüzünde kara bulutlar belirmişti ve bir an için oğluna acımıştım. Yüce Lord Gregor MacGregor'ı kızdırmak istemezdim.

Yüzyıllar geçmiş gibiydi ve onu savaş lordu rolünde görebiliyordum. Belki de onun İkinci Dünya Savaşı kayıtlarını öğrenmeliydim. Ne de olsa zamanla mülayimleşmiş bir adam değildi. O anda saatine bakıyordu ve çoktan güneş yanığı olmuş teni, meşhur Highland mizacının haşinliğinin etkisiyle kızarmıştı.

"Beni dinliyor musun Brodie?"

Alt dudağımı sertçe ısırdım.

"Lord Arbuthnot röntgencilik yaptığı için on beş yaşında atıldı."

"Ne? Korkunç, şüpheli ya da en azından yasa dışı bir şey yapmış olduğunu düşünmüştüm. Yani sadece ergen bir sapıkmış öyle mi? Kıyafetlerini değiştiren kadınları izlemek ya da mercimeği fırına veren çiftleri gözetlemek genç adamları suçlu yapıyorsa ben artık emekli olabilirim. Ayrıca lanet komplo teorileri üreten biri olsan bile bu tipik ergen davranışının yıllar sonra meydana gelen cinayetle doğrudan bir ilgisi olduğunu nasıl düşünebiliyorsun?"

"Cizvitler buna karşı çıkardı. İnsan yedisinde ne ise yetmişinde de odur, sözüne inanırlardı."

Özdeyişini başka bir özdeyişle iade ettim.

"Ağaca çıkan keçinin dala bakan oğlağı olur, demişler. Fakat bu olaya Cizvitler dâhil değil Jack. Hem bildiğim kadarıyla birilerini çekini geri çevirip oradan sepetlemek için bir ergen eğlencesinden daha fazlası gerekirdi. Politik doğruluk adına bu teorinin insan ırkının kadın türü için de geçerli olduğunu varsayalım. Yedi yaşındaki halimi öğrenmek ister misin?"

Cevap vermesine fırsat vermedim.

"Gözlerimi anneme dikmiş, beni terk edeceğinden korkar halde, Deacon Brodie'ninki gibi gizli kapaklı bir yaşamın hasretini duyuyordum gizlice. Harekete geçmeyi bekleyen psikiyatrik bir vakaydım resmen. Hormonlarım en nihayetinde dengeyi buldu ve artık senin de bildiğin üzere normal ve neşeli bir kadının mükemmel öngörüsüne sahibim."

Jack yeniden konuşana kadar aramıza bir sessizlik çöktü.

"Tanrım, bak kim geliyor."

Moses Tierney caddede sallanarak yürüyordu. Gölgelerin çocuğu olarak beni anında fark etmişti. Bastonunu bir kez daha selam vermek için kaldırdığında kendine yaptığı bakıma hayret etmiştim. Siyah oje her bir kusuru gösterirdi fakat onunkiler kusursuzdu. Platin sarısı boyalı saçları jöleyle mükemmel bir şekilde dikleştirilmişti.

Moses, Heriot Sokağı'ndaki evin basamaklarına tırmandı. O ve ölmüş kurbanın babası eski arkadaşlar gibi selamlaştılar: İki düzgün giyimli beyefendi bir araya gelmişti.

Lord MacGregor destek verir gibi bir ifadeyle kolunu Moses'ın omzuna koydu. İkisi de George dönemi pencerelerin altında durup kıpırdanan perdelere doğru baktılar. Perdelerin ardında her kim var ise sessiz nöbetinden ayrılmamıştı. Yıllardır o pencerelerin ardında olmanın nasıl bir şey olduğunu öğrenmek için can atarken aklım karışmıştı.

Lord MacGregor aslında gelinini taciz ediyordu. Üstelik daha o sabah Kailash Coutts, Lord Arbuthnot'un ölümünün gerçek sebebini açıklarken olay esnasında yanında olduğunu söylediği kişilerden biriyle beraber yapıyordu bunu.

Jack Deans hevesli bir şekilde dirseğiyle kaburgamı dürtükledi. "Bundan ne anlam çıkarıyorsun Brodie?"

"Bilmiyorum, vasiyet ya da mirasla ilgili bir sorun vardır belki. Sonuçta her hâlükârda ölüm, akrabaların içindeki kötülükleri ortaya çıkarır. Eski aileler miras kurallarını çok önceden hazırlarlar. Muhtemelen MacGregor ailesi ilk doğan kuralıyla yönetiliyordur. İlk doğan kuralı feodal bir yasadır ve yalnızca en büyük çocuğun mirası devralabileceği anlamına gelir. Burada ise merhum, baba olamadan öldü. Bu yüzden bizi bir miras kavgası bekliyor olabilir."

İki adam yüzlerini bana çevirdiği sırada kösele tabanlı ayakkabılarının sesiyle konuşmam bölünmüştü. Korku üzerimde kırbaç gibi şakladı ve dizlerimin bağı çözülür gibi oldu. "Harika" isimli motosikletime doğru hareket ettim ve deri selesinin konforunu altımda hissettim. Tahmin ettiğimden de hızlı davranıp boş karton bardağımı Jack Deans'in eline tutuşturdum ve ayağımla marşa kuvvetli bir şekilde basmamla birlikte Harika kükreyerek hayata döndü. Motorun gürlemesi, Moses Tierney ve Lord MacGregor'ı bir anlığına durdurmuştu.

Heriot Sokağı'ndan kanunların izin verdiği limitin üstünde bir hızla ayrıldım.

Yaşayanların arasından ölüler diyarına geçtim ve bu değişikliği memnuniyetle karşıladım.

ON

Nadiren ölü insan görürdüm. Bundan kaçınmak için elimden gelen her şeyi denerdim fakat kaçınılmaz bir hale geldiğinde bana söylenileni yapardım. Bu da bana yapmamı söyledikleri bir şeydi.

"Kenara çekilin Bayan McLennan. Tabii bu otopsiyi benimle birlikte yapmaya niyetliyseniz o ayrı."

Patoloji uzmanının sözleriyle kendimi duvara doğru geri çektim. Kısa boylu ve geçinilebilir bir insan olan patoloji uzmanı, hatırı sayılır boyuttaki bel bölgesiyle manevra yapabilmek için ihtiyacı olan alanı istemişti. Yeşil cerrahi önlüğüyle yanımdan sıyrılıp basen bölgesini duvara sürterek geçti. Ellerini havada tutuyordu: Eldivenlerinin parmak uçlarında kan izleri vardı, biz gelene kadar sabredemeyip ölüyü çoktan dürtmüş olmalıydı.

Emniyet için patoloji uzmanlığı yapan, Edinburgh Üniversitesi Adli Tıp Bölümü Başkanı Profesör Patterson artık altmışlı yaşlarındaydı. Yüzünde suratının yarısını kaplayan ve gözünün de dâhil olduğu bir doğum lekesine sahip bu adam, hayatının büyük bir bölümünü "Yama" lakabına katlanarak yaşamıştı.

Çocukken oyunlarda hep en son Yama seçilirdi fakat bunu umursamazdı çünkü atletik yeteneklere sahip bir çocuk olmadığını bilirdi. Hatta yıldız gibi parladığı sınıfta bile kayırılmazdı. Bu şekilde muamele görünce hüsrana uğrayan Yama, derslerine odaklanmış ve bir doktor olarak mezun olmuştu. Oldukça hassas ve sezgileri güçlü bir adam olan Yama Patterson, hastalarının ondan korktuğu bir uzman asistan olarak ün salmıştı. Western Isles'dan dirençli bir genç olan Patterson, hastalarının onu yargılamayacağı tek branşı seçmişti: tıbbi patoloji. Yama, üniversitede adli tıp profesörümdü ve Frank Pearson'a da öğretmenlik yapmıştı. İnsanlarla arasına hep belli bir mesafe koyardı fakat eğer sizi sevdiyse bunu bir şekilde kendi yöntemleriyle belli ederdi, öğrenciliğimde bana karşı hep nazikti ve bazen hâlâ öğrencisiymişim gibi davranmaya devam etse de profesyonel hayatım boyunca bana karşı nezaketini sürdürmeye devam etmişti.

Üzeri hâlâ örtüyle kaplı ceset yalnızca yarım metre uzağımda, masanın üzerinde uzanıyordu. Ne ironiktir ki örtü altındaki o adama hayattayken hiç bu kadar yaklaşamamıştım. Hayattayken giydiği beyaz kürklü, kırmızı ipek cübbesi onun statüsünü belli ediyordu. Oysa o anda morarmış damarlı ayağındaki olağan boynuzlaşma ve nasırlaşmalara bakmamak için elimden geleni yapıyordum.

Morgda hiçbir oda spreyinin üzerini örtemeyeceği türden ağır bir ölüm kokusunun olması şaşırtıcı değildi. Buraya gözüm kapalı getirilsem yine de nerede olduğumu kokusundan anlardım. Duvardaki saat öğleden sonra ikiyi gösteriyordu. Günün bu saatinde burası daha da kötü kokardı.

"Ölüm en büyük eşitleyicidir," diye söze başladı Profesör Patterson her zamanki gibi neşeli ve sohbete hazır bir tavırla.

"Yeniden bir buluşmaya ev sahipliği yapmak her zaman güzel," dedi Yama güler yüzlü bir ev sahibi tavrıyla. "Onunla meslek hayatım boyunca birkaç kez bir araya gelmiştim," diye devam etti profesör yan gözle cesede bakarak. Kadavraya kısık sesle şöyle söylediğini duyduğumdan emindim:

"Kibirli bir piç kurusunun tekiydin."

Dikkatle Yama'ya baktım. Gülümsedi ve bana doğru başını aşağı yukarı salladı. Sedyenin üzerinden Frank'le göz göze geldim. Aynı anda gözlerimizi devirdik. Profesörün derslerine yıllar önce katılmış olmamıza rağmen Yama'nın ölüme karşı saygısız tutumu unutulmazdı. Çocuk cesetleri ya da kutsal kişilere ait cesetler hariç üzerinden espri yapmadığı ölü yoktu.

"Tanrım, haydi kesmeye başlayalım artık."

Sesinin tonu yüksek ve şiirseldi. Süssüz, penceresiz odada yankılanmıştı. Yama, Lewis Adası'ndaki Stornoway'i elli yıldan fazla bir zaman önce terk etmişti fakat İngilizlerle beraber yaşamak aksanını köreltmemişti. Çocukluğunun geleneklerine bağlılığını sürdüren, aynı zamanda İskoç Kilisesi'nin sadık bir üyesi ve dışlanmış bir birey olarak tutkusunu işiyle birleştirirdi. Sosyal anlamda dışlanmış kişiler, ben de dâhil bütün babasız çocukların baba figürleri araması gibi birbirlerini tanırlardı. Ben Yama'ya onun arkadaşı olabilecek kadar yakındım ve bu her iki tarafı da etkiliyordu.

Bir sihirbaz hünerliğiyle örtüyü kaldırdı. Lord Arbuthnot soluk bedeniyle çıplak ve kansız bir halde önümüzde uzanıyordu. Kendi düşüncelerimize gömüldüğümüz esnada ölümün sessizliği ağır bir şekilde havada asılı kalmıştı. Dışarıdaki muhabir kalabalığını düşünüyordum, böyle bir fotoğraf ne kadar ederdi? Sanırım Yama'nın aklından da benzer düşünceler geçiyordu çünkü içeriye doğru seslendi: "Buraya kimsenin yirmi metreden fazla yaklaşmasını istemiyorum, anlaşıldı mı?"

Genç morg asistanı, profesörün kesin emrine uyup, "Ben ilgilenirim efendim," dedi ve dinamik bir şekilde başını aşağı yukarı salladı. "Bir gözüm dışarıda olacak, merak etmeyin," Bağcıkları gevşemiş kaykay ayakkabılarının topuklarına ağırlığını verip sallanarak yanımızdan ayrılan genç adam otopsi odasına bir daha geri dönmedi.

Dördümüz orada yalnız kalmıştık. Gerçi orada toplanma sebebimiz kendisi olmasına rağmen Lord Arbuthnot sayılmasa da olurdu. Onun çıplak bedenini santim santim inceledim. Yaşı yüzünden kasları azalmıştı ve önümüzde her yanı sarkmış haliyle uzanıyordu. Yine de gençliğinde atletik bir vücuda sahip olduğu belli oluyordu. Annemin ölümünden önce böyle adamlar için ifade ettiği üzere hâlâ "güzel bir adam" sayılırdı.

Genelde ölümden sonraki yüz ifadeleri huzurlu olurdu fakat Lord Arbuthnot'un yüz ifadesi öfkeli gibi görünüyordu. Kanının çoğu bedeninden akmıştı fakat parmaklarında ve tırnaklarının altında birikmiş kanlar vardı hâlâ. Genelde ölüm durumunda eller çok kirli görünse de onun ellerinin hayattayken mükemmel olduğundan emindim neredeyse.

"Resmen kan kaybından ölmüş."

Yama benim aklımı okumuştu, bu konuda gizemli bir yeteneği vardı.

"Çok az kan kalmış içinde."

Eldivenli parmakları Lord Arbuthnot'un boynundaki düzensiz bir kesiği işaret ediyordu.

"Önemsiz, değil mi?"

Yama artık o küçük yarığın içini parmağıyla inceliyordu.

"Tıraş olurken bile bundan daha kötü kesiklerim olmuştu."

Şaşkınlıktan ağzı hafif açık kalmış Frank Pearson kuşkulu gözlerle Yama'nın hareketlerini izliyordu.

"Bu gerçekten de ölüm sebebi olabilir mi?" diye sordu.

"Ölüm sebebi bu gibi görünüyor. Eğer Bayan Coutts işaret parmağını buraya şu şekilde koymadıysa tabii…" Yama parmağını sertçe bastırdı. "Aksi takdirde şimdi hayatta olurdu ve hepimize yukarıdan bakardı."

Kazara ölüm. Anlamlı geliyordu. Anlaşılan savcı da benim öğüdüme ihtiyaç duymadan bu sonuca varmıştı. Aklımdan Kailash Coutts'u hapisten çıkarmak için dilekçe vermek geçiyordu. Aslında o anda o odada değildim, aklım bir sonraki işimle meşguldü. Yama'nın tekrar konuştuğunu duymamıştım bile.

"Kurtarmak çok kolay olurdu, İskoçya'nın Yüce Hukuk Lordu'nun hayatını kurtarmak aslında çok basitti."

Yama'nın sesi ne zaman bir işe yoğunlaşmış olsa yüksek çıkardı. Bana ise neredeyse kulak tırmalayıcı gelirdi. Bu dava yeniden zorlaşacakmış gibi kalbimde bir sıkıntı hissediyordum.

"Minimum ilk yardım bilgisi bile yeterdi. Bir kız izci bile bu adamı kurtarabilirdi."

Yama şimdi neredeyse şakıyordu.

"Kailash Coutts'un bir zamanlar izci olduğunu hiç sanmıyorum," diye araya girdim. "Gerçi bugünlerde izci üniforması vardır herhalde."

Düşünmeden söylediğim bir yorum olmuştu ve çok geçmeden pişman olmuştum.

"Varsayımlar nadiren gerçeğe ulaştırır Bayan McLennan ve varsayımları gerçek gibi değerlendirirseniz her şekilde boşa kürek çekersiniz."

Yama küçümser gibi bir ifadeyle bana gülümsedi.

"Bayan Coutts'un gayet normal bir çocukluk geçirmediğine dair kanıtların neler?"

"Bana yetişkinlerin sapkın davranışlarının kökeninde çocukluklarının yattığını siz öğretmiştiniz profesör."

"Ne kadar da Freud yanlısısın Brodie fakat müvekkiline yaptığın sapkınlık suçlamasının sebebi cinayet mi yoksa fahişelik mi?"

Frank Pearson bana rakibiymişim gibi baktı. Orada olduğunu unutmuştum. Üniversitede çok önemsiz birisiydi. Belli ki savcılık ofisi onun keskin zekâsını hepten bilemişti. Ona yepyeni bir saygı duygusuyla baktım.

"Sapkın olan kim?" diye sordum kaybettiğim pozisyonu geri kazanmaya çalışarak. "Kıçı kırbaçlansın diye on bin dolar ödeyen mi yoksa bunu yapan kadın mı?"

"Sanırım bunu Roddie Buchanan'a sormak zorunda kalacağız," diye kıs kıs güldü Frank. Ama kendini çabuk toparladı. Belli ki Lord Arbuthnot'un çıplak cesedinin önünde gülmenin uygunsuz kaçacağını düşünmüştü.

"Devam edebilir miyim?"

Yama sanki iki okul çocuğuna seslenir gibi sertçe konuşmuştu. Scs kayıt cihazını açtı ve daha net bir şekilde konuştu.

"Her ne kadar yaranın tamamı küçük olsa da... lezyonun pürüzlü köşelerine bakınca... kırık bir cam darbesiyle yapılmış gibi görünüyor... Tırtığın aşağı doğru olması, cam parçasının şah damarının üstünden aşağı doğru indiğine işaret ediyor... ve damarı anında kesmiş... Saldırgan solakmış... ve güçlü birisiymiş."

Yama, ses kayıt cihazını kapattı. Bunu daha önce hiç yapmamıştı. Standart sürece aykırı bir şeydi.

"Kurbanın konumunu ve statüsünü düşünürsek, bu otopsinin detayları en sıkı güvenlik önlemleri altında tutulmalıdır."

İşini bilir bir tavırla başını çevirip baktı. Boğazını temizleyip devam etti.

"Başsavcı, bu davanın belgelerine yüz yıllık bir ulaşım yasağı koyulmasını isteyebilir."

"Bunu yapamazlar. Bir cinayet davası söz konusu." Frank Pearson öfkelenmiş gibiydi.

"Bunu ilk olarak Dunblane raporunda yaptılar," diye hatırlattım. "Bunu yapmak için iyi bir sebepleri yoktu ve birileri kararın değişmesi için savaşmasa mühürlü kalacaktı."

"Brodie, o zaman bir mahkeme olmadı. Thomas Hamilton o çocukları katlettikten sonra vurularak öldürüldü." Frank Pearson kendini kaybetmişti ve Lord Arbuthnot'un bedenine doğru eğiliyordu. Ben ise cesedin görüntüsünden ürküyordum fakat biz dava avukatları iyi bir tartışmayı her zaman severdik. Doğrular ve yanlışlar savaşta kaybolurdu.

"Thomas Hamilton bir pedofildi. Söylenenlere bakılırsa bu hali 1968'li yıllara kadar uzanıyormuş. Polis memurları onun erkek çocuklar kulübünü yürütme hakkını yıllardır soruşturuyormuş. Özellikle de 1991 yılındaki bir polis raporu, çocuk kulübünü işletme tarzı sebebiyle ona dava açılması ve silah ruhsatının iptal edilmesi gerektiğini söylüyordu. Fakat rapor, araştırmaya gerek olmadığı söylenerek geri gönderilmiş. Çünkü savcıya göre Frank, bunlar saçma komplo teorileriymiş. Raporda üç kişinin daha ismi geçiyordu: İki İskoç politikacı ve bir avukat."

Kadavranın üzerinden bağırdığım Frank Pearson, yüzüme bakmaya devam ediyordu.

"Savcılık ofisi soruşturma açmadı Frank ve 13 Mart 1996 tarihinde Thomas Hamilton ruhsatlı tabancasıyla Dunblane İlköğretim Okulu'na girip on altı çocuğu ve bir öğretmeni vurdu."

O kadar kızmıştım ki ağzımdan neredeyse köpükler çıkıyordu. Bu cinayetlerin zalimliği dünyayı, özellikle de İskoçya'yı şok etmişti. O güne kadar daha önce hiç böyle bir şey olmamıştı fakat aradaki bağlantıyı anlayamıyordum. Bana neden benim davama da Dunblane davasıyla aynı şeyin olabileceği söyleniyordu? Lord Arbuthnot bir kurumun en önemli kişisi olduğu için ölümünün üzeri örtülemezdi.

"Bunun neden gizli olması gerekiyor?"

Yama dönüp bana baktı. Nihayet üzerine konuşulması gereken soruyu sorduğum için rahatlamış gibiydi.

"Anladığım kadarıyla birileri, kim olduğunu bilmiyorum, bir rapor hazırlayacak."

Bu tarz meseleleri birebir konuşsa Yama'nın daha rahat edeceğini görebiliyordum. Suçluluk duygusu bıçak gibi saplanmıştı bana. Fishy gibi onu da ihmal etmiştim. Benimle derhâl konuşmak zorunda olduğunu anlamıştım yoksa mahkemeye kadar bir daha bu şansı bulamayabilirdi. Akıllıca bir karar değildi. Avukat gözetimi, olayların nasıl geliştiğini denetlemek demekti ve uygunsuz bir şey olursa söz konusu kişinin görevini yapması gerekirdi. Ne tür bir görev içeriği olduğuna dair bir fikrim yoktu. Avukat gözlemindeki bir inceleme olması, Yargıç Strathclyde'ın hukuki değerlendirme esnasındaki olağan dışı davranışını kesinlikle açıklıyordu.

Kailash Coutts patlamaya hazır bir bomba gibiydi ve eğer o patlarsa yalnızca kendini değil, başka birilerini de peşinden sürükleyecekti, bunu herkes biliyordu. Beni de sürüklemediği sürece bununla başa çıkabilirdim.

Bıçağın vızıltısı ve kemiklerin kıtırtısı beni gerçekliğe geri getirmişti. Yama, Lord Arbuthnot'un göğüs kafesini yarıyordu. Bir saniyede açmıştı. Usta hareketlerle bir hırsız gibi elini içine soktu ve mikrofonuna doğru sıkıcı bir sesle konuştu. Onu dinlememeyi tercih ettim ve ateş basan yüzüme hava çarpmaya odaklandım.

Tartılar onun hemen yanındaki masanın üstündeydi. Durmuş kalbi çıkarıp tartının üzerine koydu. Eski Mısır'da ölümünden sonra kalbini bir tüyle ölçerlerdi: Eğer kalbin tüyden daha ağırsa cennete kabul edilmeyeceğine inanırlardı. Neşe verirsen neşe bulacağını anlamışlardı ve buna göre ödüllendirilmen ya da cezalandırılman gerektiğine inanırlardı. Benim hayalperest gözlerime göre Lord Arbuthnot'un kalbi bu tartıda ağır basıyor gibiydi. Babasına ne neşe vermiş ne de ondan neşe verici bir şey görmüştü. Hayatında başka bir insanla böyle bir duyguyu paylaşmış mıydı acaba?

"Bu adamı hayattayken pek tanımazdım, yaşarken de sevmezdim ve içini boşaltırken de kesinlikle sevmiyorum."

Yama'nın sesi tasvip etmiyor gibi çınlamış ve hemen dikkatimi çekmişti. Bağlı olduğu dinin doktrinlerini düşününce ahlak kurallarında gedik açmak o kadar da zor değildi. Hatta benim davranışımı hoş görmesi bile beni şaşırtmıştı, gerçi bunu ben daha iyisini bilmediğim için yaptığını sık sık söylerdi. Bunun bir iltifat olmadığından emindim.

"Daha önce de söylediğim gibi bu adamın hayatı çok kolay kurtarılabilirdi. Yalnızca an meselesiymiş." Bu ayıplama sözlerinin hiçbiri Yama'nın ağzından eksik olmuyordu.

Kalbi koyduğu metal masaya doğru onu takip ettim. Elindeki küçük bıçağıyla kesme işine devam etti ve kalpten ince dilimler kesti. Bu dilimlere kimyasal bir madde damlattı ve bizi lensten bakmamız için çağırdı.

Hukukta kahramanlık diye bir şey yoktu. İlk olarak parçayı incelemek için Frank Pearson öne çıktı. Endişeli bir tavırla boğazını temizledi ve yeniden öksürdü. Ya neye bakacağını bilmiyordu ya da bunu dile getirmek istemiyordu.

"Pekâlâ, ne görüyorsun Frank?"

Üniversitede yapılan sözlü bir sınav gibiydi. Rahatsız bir tavırla kıpırdandım. Uzun yıllar geçmişti aradan, hatırlamayabilirdi. Kendimi aynı pozisyona düşürecek bir risk almak istemiyordum.

"Bazı bağ dokuların çekirdekleri yok, bu da doku çürümesi ya da hücre ölümü demek."

"Çok iyi Frank."

Yama bu defa bana döndü.

"Bakalım sen neler göreceksin Brodie."

Biraz gönülsüzce güçlü mikroskoptan baktım.

"İltihaplanma var, eski bir yara izi ve koroner damarları daraltıyor."

Lord Arbuthnot öldüğünde altmış dört yaşındaydı, şu ana kadar beklenmedik bir şey yoktu. Bir şeyleri gözden kaçırıyordum. Kalp dokusunda günaha işaret eden bir şeyler olmalıydı ve Yama'nın ahlaki kızgınlığını harekete geçirebilecek tek şey buydu.

"Sezgilerine güven." Bana eskiden bunu hep tekrarlardı. "Bilinçaltının derinliklerinde küçük beyninin bildiklerinden çok daha fazlası vardır."

Rahatladım ve daha özgürce konuştum. Bir hukuk lorduna bakmaktan vazgeçtiğimde sadece bir ceset görüyordum.

"Kalbi bize bundan fazlasını söylüyor. Bize o hayattayken bilmemizi istemediği bir şeyi söylüyor," diye soğuk bir tavırla ifade ettim. "Lord Arbuthnot kronik bir uyuşturucu bağımlısıydı."

ON BİR

Frank Pearson'ın derin derin nefes aldığını duyabiliyordum. Hazır fikrimi söylemişken konuşmaya devam edebilirdim.

"Kronik iskemi, yaşa göre değişen fibröz ve ayrıca koroner arter hastalığı ya da kalp büyümesi olmamakla birlikte düzensiz doku çürümesi... Kısacası bir kokain bağımlısının kalbi..."

"Tebrikler Brodie," dedi Profesör Patterson. Övgüleri altında ışıldadım. Üniversitede adli tıp ödülü kazanmıştım ve Yama bunu daha ileri taşımamı ümit etmişti. İki şey olmasaydı bu alanda ilerleyebilirdim: Birincisi annemin avukat olduğumu görme isteği, ikincisi ise ölümün kokusu yerine hayatın canlılığını seçmiş olmamdı.

Frank'e doğru baktım. Gösterim karşısında âdeta solmuş ve daha yeni kazandığı özgüvenini kaybetmişti. Aklıma Jack Deans'in sözleri geldi: Gereğinden fazla düşman edinmek istemezdim.

Yama'nın bana fiyakamı bozmaya hazırmış gibi baktığını gördüm.

"Elbette bu yüzde yüz doğru değil Brodie..."

Bunu duyan Frank rahatlamış gibi bir nefes aldı.

"Bağımlılar ellerine geçirdikleri hemen her türlü uyuşturucu veya sentetik ilaçlarla en az kokain kadar etkili bir şekilde kalplerini parçalayabilirler. Elvis Presley bunun üzücü bir örneğidir..."

Yama'nın sesi bunu söylerken detone olunca yüzümde bir gülümseme belirmişti. Elvis onun zayıflıklarından biriydi. "Wee Free Kirk" açısından herhangi bir şarkı ya da herhangi bir şenlik hoş karşılanmazdı. Profesör, Kral'a karşı duyduğu hayranlığı din kardeşlerinden gizlemek zorundaydı.

Artık anlaşılmaya başlıyordu. Yüksek Mahkeme Başkanı Lord Arbuthnot bir kokain bağımlısıydı. Buna inanmakta zorlanıyordum fakat ayak parmağındaki etiket, orada yatanın Alistair MacGregor, yani Lord Arbuthnot olduğunu onaylıyordu. Vücudunun içini kendi gözlerimle görmüştüm. Bu en azından babasıyla neden ayrı düştüklerini açıklıyordu. Babasının neden onun yargıçlık kumaşına sahip olmadığını düşündüğü ortaya çıkmıştı. Baba MacGregor bence bunu biliyor olmalıydı; kendi çocuğunu rapor etmek zordu fakat aralarındaki anlaşmazlığın esas sebebi bu olmalıydı.

"Bu bilgi neden bilinmiyordu?"

Frank Pearson da benim gibi şoke olmuş görünüyordu.

Yama ise ümitsiz gözlerle ikimizi izliyordu.

"Yine varsayımlarını gerçek kabul ediyorsun. Bunun bilinmediğini nereden biliyorsun? Bu durum bu odadaki kişiler için yeni bir haber diye başkaları için de bilinmez bir şey mi olmalı?"

Yama her zaman bilgiçlik taslar fakat aynı zamanda kılı kırk yarardı. Lord Arbuthnot kendi uyuşturucusunu kendisi imal etmediği sürece birileri bu gerçeği bilmek zorundaydı.

"Otoriteler bu durumdan haberdardıysa onu istifaya zorlamaları gerekirdi."

Frank'in sesi öfkeli fakat kısıktı: Sanki söylediklerini bu odadakilerden başka kimse duymasın diye dikkat eder gibiydi.

"Şantaja ne dersin? Kendini buna açık bir durumda bırakmış," diyerek aslında hepimizin aklından geçeni belirttim.

"Şantaja uğradığına dair bir kanıt yok." Frank Pearson bundan bahsettiğim için bile siniri bozulmuş gibi bana baktı.

"Şunu göz önünde bulundurunca... aslında komik doğrusu..." Yama etrafta dolanıyordu fakat sonunda varmak istediği noktaya gelecekti. "Esas şantajcılar MacGregorlardı."

Uyarı dolu bakışlarımı görmezden geldi.

"Doğru. MacGregor ailesi sığır çalıp sahiplerine geri 'satmış'lardır. Rob Roy MacGregor bir şantajcıydı. Eğer bu gerçekse, adalet şairane bir şekilde yerini bulmuş demektir."

Yama, MacGregor'ın huzurunda karakterinin kusurlarını açığa vurması yetmezmiş gibi bir de bir efsaneyi parçalamaya çalışıyordu. Kendi kendine eğlendiğini görünce tepki vermedim. Beni endişelendiren bir şey vardı: Yama yeniden mikrofonunu kapatmıştı ve kalbe dair bu bilgilerin hiçbiri kaydedilmemişti. Yama dikkatli birisiydi, böyle bir şeyi kazayla yapmazdı. Ya bir karar vermişti ya da birileri ona bu kararı verdirmişti. Bu bilgi bu odanın dışına çıkmayacaktı.

Kadavranın göğüs boşluğu hâlâ açıktı. Önceki kesip biçme işlemlerinden dolayı hâlâ kan içinde olan Yama tetikte görünüyordu. Dikkatli bir şekilde Lord Arbuthnot'un ayaklarına doğru ilerledi. Ardından ellerini cesedin kalçalarına koyup cesedi bana doğru döndürdü.

Dehşete düşmüş bir şekilde geri çekildim, Yama'nın saygısızlığı sınır tanımıyordu. Gaz çıkaran bedenden homurdanır gibi sesler çıktı ve oluşan baskıdan ötürü göğüs kafesindeki boşluk iyice genişledi. Doğruca içini görebiliyordum. Bu görüntü yüzünden haftalarca kâbus göreceğimi biliyordum.

"Küçük bir kız gibi öğürmeyi bırak ve gel de şuna bak."

Yama, Lord Arbuthnot'un arka kısmına bakıyordu. Bunun nasıl daha da kötüye gidebileceğini hayal bile edemiyordum. Frank Pearson'ın beti benzi çoktan atmıştı ve ortamda başkaları olmasa ne zaman kusacağını söyleyebilirdim. Bu kadar da kendini beğenmiş olmamalıydım.

İlk başta neye baktığımı anlayamamıştım. Yaşlılıkla birlikte yok olmuştu. Yama büyütecini önüne getirdi ve şaşkın gözlerle baktık.

"Bu da ne?" diye sordum.

"Neye benziyor?" Yama benim çocuksu sorumdan ötürü irite olmuş gibi konuşmuştu.

"Dövmeye benziyor," diye yanıtladı Frank küstah bir şekilde.

"Hayır, dövme değil. Yanık izi."

"Sığır damgası gibi mi?" Sesimi yeniden bulmuştum.

"Kesinlikle!"

Otopsi odasına sessizlik çökmüştü. Uzaktaki yollardan gelen yük arabalarının tıkırtılarını duyuyordum. Arabaları sürenler birbirleriyle selamlaşıyorlardı ve hayat bütün normalliğiyle devam ediyordu. Bu odada ise durmuştu: Hiçbir şey olması gerektiği gibi değildi. Hepimiz sessizce uzun zaman önce oluşmuş olan Lord Arbuthnot'un poposundaki yanık izine bakıyorduk.

"Daha önce hiç böyle bir şey gördünüz mü?" Sözcükler ağzımdan yumuşacık bir ses tonuyla dökülmüştü.

"Çocukların üzerinde sigara ya da başka sıcak objelerle oluşturulmuş yanıklar gördüm elbet," diye yanıtladı Yama. "Fakat böyle bir damgayı hiç görmedim. Bu girintileri not edin, bu aynı zamanda eski bir iz."

Yama'nın eriği andıran gözleri sanki bir tuhaflık fark etmiş gibi kırpıştı. Merakı artmıştı fakat geçmiş tecrübelerime dayanarak onun daha fazla şey ifşa etmeyeceğini biliyordum. Artık gevşemiş, kansız poponun üzerindeki yarıkları ve girintileri incelerken bizi unutmuştu.

Kusma isteğimin boğazımın dibinden yükselmeye başladığını ve asidik, ekşi sıvının yemek borumu yaktığını hissediyordum. Ateş basmıştı. Geçen defa güç bela tuvalete yetişmiştim. Yarış başlamıştı ve inceliklere zaman yoktu. Morgun çelik kapısının yanındaki masaya bıraktığım kaskımı aldım. Veda edecek ya da Frank Pearson'ın boğuk, alaycı kahkahalarını duyacak vaktim yoktu.

Orası bir labirent gibiydi. Nereye gideceğimi bilmeden bir tuvalet arayarak koridorlarda koştum. Şansım yoktu, bunun üzerine alarmının ötmemesi için dua ettiğim yangın çıkış kapısını sertçe ittim ve otoparka, temiz havaya çıktım.

Otopsi odasında pencere olmadığından dışarı çıktığımda karşılaştığım fırtına bulutları beni şaşırtmıştı. Ciğerlerim taze hava umuduyla nefes aldı ama faydası yoktu; hava sıcak ve bunaltıcıydı. Bir yaz fırtınası için bulutlar toplanıyordu. Tişörtüm sırtıma yapışmıştı ve küçük ter damlaları motorum Harika'ya doğru koştuğum sırada enseme doğru akıyordu. Güneş, bulutların ardına saklanmıştı ve oluşan soluk ışıkta motorum bile donuk görünüyordu. Güneş ışınlarının yarattığı parıltılar her şeyden elini eteğini çekmişti.

Aklımda yalnızca oradan kaçmak vardı. Harley'imden alabileceğimden daha fazlasına ihtiyacım vardı. Arthur's Seat'e doğru yol alırken bir teselli bulabileceğimden emindim. Kendimi iyi hissetmiyordum ve arkamdaki siyah camlı siyah sedan benim için yalnızca biraz daha trafik anlamına geliyordu.

Araba da benimle aynı fikirde olmalıydı fakat şoförünün gözleri belli ki yola dikkat etmekten çok Holyrood Sarayı'nın manzarasıyla ilgileniyordu. Lastikleri, arka lastiğime çarpmaktan son anda kurtulmuştu: Muhtemelen şoför erkekti çünkü kazaların yüzde doksan beşine onlar sebep olurlardı.

Bulutlar açılırken kaskımın siperliğine iri yağmur damlaları düşmeye başladı. Gaza abanarak hızımı yükselttim. O aptaldan kurtulmam lazımdı. Yağmur daha hızlı yağmaya başladı. Ben Arthur's Seat'i çıkarken fırtına, Forth Nehri'nin üzerinde geziniyordu.

Karanlık ve bulutlu havada daha da yukarı tırmanmaya devam ettim. Yolda gölcükler oluşmuştu ve motora sıçrayan sular Harika'yı hantallaştırıyordu.

Dunsapie Gölü'ne vardığımızda siyah sedan bana yetişti. Hava koşullarıyla cebelleşirken kol kaslarımın her biri gerginleşmişti. Araba beni sollamak için tek yönlü ve tek şeritli yolda harekete geçti. Manevrasını kolaylaştırmayı denedim fakat yeterince hızlı değildim. Tamponu egzozuma değdi ve Harika yolun karşısına doğru manevra yapmak zorunda kaldı. Lastiği kaldırım kenarına çarptı ve gidon üzerinden dönerek savrulduğum sırada ilk şimşek çakarak gökyüzünü aydınlattı.

Yola savrulduğum esnada ceketimin kalın derisi beni korumuştu. Yüzüm çamurlu suya dönük halde durdum. Kanıma karışan sular burnuma doğru yükseldi. Öksürerek başımı kaldırmayı denedim. Araba çok hızlı bir şekilde bana ters yöne döndü ve lastikleri çamurlu suları yağmur gibi üzerime sıçrattı.

Aracı tanıdığımda artık çok geçti. O aracı en son Lord Arbuthnot'un evinin önünde görmüştüm. Fırtına o kadar büyük bir şiddetle başlamıştı ki ördekler bile göl kenarındaki sazlıklara doğru çekilmişlerdi. Homurdanan fırtına, ayak seslerini bastırmıştı.

Ne şanslıydım ki ilk darbeden kısa bir süre sonra karanlık sarmıştı her yanı.

ON İKİ

Neyse ki ilaçlar bilincimi gölgelemişti. Aptallar gibi uyumayı seçmiştim. Bilinçsizce yatarken gerçek kâbuslar baş gösterirdi.

İç karışıklık huzursuz uykulara sebep olurdu. Omzumdaki el sıkı ve dostaneydi. Fishy beni sarsarak uyandırdı.

"Bir ziyaretçin var."

Mavi gözlerinde tebessüm kırışıklıkları vardı. Rahatladığımı hissettim. İyileşecektim demek ki aksi halde Fishy böyle neşeli değil de endişeli bakardı.

Gözlerim, ışığa alışmaya çalışıyordu. Gözlerimi birkaç kere kırpıştırdım fakat uykudan ayılırken tuhaf bir hadiseyle karşılaşıyor gibiydim. Ne kadar gözlerimi açıp kapatırsam kapatayım, yatağımın ucundaki tuhaf adam yerinden kıpırdamıyordu.

Kırmızı tartan pantolonu zarif bacaklarını belli ediyordu; bir zamanlar bir dansçı olduğunu tahmin etmiştim. Siyah rugan ayakkabıları aşırı parlaktı. Benim eskimiş siyah stilettolarımla aralarındaki zıtlık tarifsizdi. Şapkasını sandalyenin üzerine koyan adam siyah kadife ceketini çıkardı. Bana doğru salınarak yürümeye başladığında yastığıma iyice gömüldüm.

Bir ninni söyler gibi yumuşak bir sesle konuşmaya başladığında gözlerimde şüphe belirmiş olmalıydı.

"Şimdi sakin ol çocuğum. Kailash beni seninle ilgilenmem için gönderdi."

Bu bile başlı başına korkmama yeterdi. Kailash'a insanların canını yaksın diye para veriliyordu, bu onun işiydi. O anda bana saldıran kişiyi kimin gönderdiğini bilmiyordum. Tek bildiğim şuydu ki saldırganı gönderen kişi Kailash'ın kendisi bile olabilirdi. Fishy beni bulduğu zaman sayıkladığım birkaç şeyden biri, bana aba altından sopa gösteren bu kişiyi öğrenene kadar olanlardan hiç kimseye bahsetmemesini istemek olmuştu.

Güvenime ihanet ettiği ve beni daha iyi koruyamadığı için ona kızgındım. Belki de benimle ilgilenme sorumluluğu çok zahmetli bir işti. Belki de hastaneye gitmeliydim fakat resmî bir polis soruşturması, yapılacak en akıllıca hareket olmazdı. Komplo teorileri konusunda Jack Deans'e benzemeye başlıyordum. Kime güveneceğimi bilmiyordum.

Fishy suçsuzluğuna karşı çıkar gibi kapıya bakıyordu. Onunla iletişimi kestim, onunla daha sonra ilgilenebilirdim.

"Korkunç görünüyorsun Brodie," dedi Fishy kızgın bir tavırla. "Bir doktora ya da bir mucizeye ihtiyacın var: şimdilik en iyi seçeneğin ise bu adam."

Orta parmağımı kaldırıp ona gösterdim ama yerinden bile kıpırdamadı. Parmağımı kaldırdığım adam, parmağımı yavaşça yerine itip elimi yumruk yaparak el hareketime bir son verdi.

"Ben Malcolm." Onu fark ettiğimden beri gözleri üzerimdeydi, Tanrı bilir ne kadar zamandır izliyordu. Kendini tanıttığı sırada lekeli, manikürlü elleriyle bana küçük bir hap ve bir bardak ılık su uzattı. Gözlerimde şüphe belirmiş olmalıydı.

"Seni korkutuyor muyum?" diye sordu Malcolm. Zayıflığını asla kabullenen bir insan değildim. Başımı iki yana salladım.

"O halde ağzını aç... Bu sadece orkide."

Kafam karışmış bir halde bakmaya devam ettiğimde açıklamaya devam etti Malcolm.

"Bir tür Kızılderili tedavisi."

"Ne için?"

"Sinirlerini gevşetmek, gerginliğini almak için. Bitkisel köklerin kaynatılmasından elde edilmiş bir özüt. Faydalı bir şey." Bana aynı zamanda afyondan çok daha güçlü bir uyutucu etkisi olduğunu söylemeyi unutmuştu.

Ağlayacak enerjim yoktu. Şimdilik. Küçük hap, başıma gelenleri düşünmeye başladığımda akacak gözyaşlarımı durduracak olmalıydı.

Hünerli hareketlerle hapı dilimin altına koydu.

"Orada tut ve erimesine izin ver."

Malcolm eğildi ve yerden yıpranmış, kahverengi bir doktor çantası aldı.

"Bugüne kadar gördüğüm en tuhaf görünümlü doktorsun," dedim birden.

Malcolm bir süre kararsız kaldıktan sonra yanıma oturdu. Yüzüme, şişliklerime, morluklarıma ve kanayan yaralarıma baktıktan sonra suratındaki değişikliği gördüm.

"Haklı olabilirsin Brodie McLennan. Fakat ismim ve kan bağımla bin yıl öncesine uzanan bir şifacı geleneğine dayanıyor kökenlerim."

Beklenti dolu gözlerle ona baktım.

"Soyadım Beaton ve aile tarihimiz kırık çıkıkçılık ve şifacılığa dayanıyor. Benim pek fazla seçeneğim yoktu. Çok fazla şansım da yoktu, yani şey konusunda... Altmışlı yıllarda Inverness'te bana 'oğlan' diyorlardı. Pek açık görüşlü bir yer değildi. Hâlâ da değil."

Boğazını temizleyip ekledi: "Belki de birazcık öyleydim aslında."

Ayağa kalkışına bakınca pek de şaşırmadım aslında ama Malcolm'ın yüzünde geçmişin acısı hafifçe canlanırken sessiz kalmaya devam ettim.

"Okuldan atıldım ve San Francisco'ya gitmek için yola çıktım. Kızılderili tedavilerini öğrendim. Yeteneklerime saygı gösteren ve... kişisel alışkanlıklarımı kınamayan insanlarla tanıştım."

"Kailash'la nasıl tanıştın?" diye sordum.

"Normalde onun hakkında konuşmam. İnsanlar..." Malcolm doğru sözcüğü bulmak ister gibi duraksadı, "yanlış anlıyorlar."

Kendini sessizce toparlayıp yatağın yanındaki sehpaya merhem ve yağları dizdi. Kavanoz ve çanaklarından yükselen tuhaf aromalar odayı doldurmaya başlamıştı.

"Lütfen. Onu anlamak istiyorum..."

Kailash için her şeyi yapacağını hissetmiş ve kasıtlı olarak bam teline basmıştım.

"Malcolm, eğer Kailash'ı korumak ve hapisten uzak tutmak istiyorsan bana yardım et. Kailash'la ilgili ne kadar çok şey bilirsem onu o kadar iyi savunabilirim."

Bu kadarı yeterdi. Bana düşen kısmı iyi oynamıştım. Nefesini bile toplamadan bana Kailash'la geçmişlerini anlatmaya başladı.

"Onunla Amsterdam'da seksenli yıllarda tanıştığımda daha yolun başında sayılırdı ve kıt kanaat geçinebilmek için yapabileceği tek şeyi yapıyordu."

Eğitim belli ki Kailash'ın özgeçmişinde yoktu fakat yine de genç bir kız için tek kaçış yolunun fahişelik olabileceği gerçeğini kabul etmeyi reddediyordum. Fikrimi sesli olarak dile getirmemenin en akıllıca şey olacağını düşündüm.

"Başlangıçta zengin adamların sadist seks partilerinde mağdur taraftı. Onunla bu şekilde tanıştık. Eskiden kızların yaralarını iyileştirir ve yeniden gönderirdim. Kailash akıllı bir kadın. Canını yakmaları için bazı erkeklerin daha fazla ödediğini fark eder etmez bu konuda yeteneği olduğunu keşfetti.

"Freud bir insanın cinsel geçmişinin doğumda başladığını söylemiştir ve başlangıçtaki cinsel zevkin hedefi ya da nesnesi yoktur. Bir zevk objesine dönüşmesi tecrübeyle olur. Bu komplike bir şeydir ve yanlış yöne gidebilir.

"Kailash'ın Amsterdam'daki yeri ve müşterileriyle bu süreç kesinlikle yanlış gitmişti. Başarılı iş adamları küçümsenmek ve acı çekmek istiyorlardı."

Büyük ihtimalle belleğini yoklayıp o günleri gözünde canlandırmak için duraksadı.

"Erkekleri bebek gibi giydirip altlarını değiştirerek küçük servetler kazanan daha yaşlı kadınlar tanıyorum."

"Bunu kadınların neden yaptığını anlamıyorum," diye araya girdim.

"Para için kızım. Boklu bezlerini değiştirmek zorunda kalıyorlarsa ne olmuş yani? Bir bakımevinde çalışsalar da aynı şeyi yaparlardı, üstelik asgari ücrete. Senin sahip olduğun fırsatlara erişemeyen birçok kadın var."

Malcolm merhemlerini hazırlamak için döndü ve beni büyük ortağıma dair düşüncelerle baş başa bıraktı. Roddie Buchanan'ın özel tutkusunu anlamak benim için zordu. Testislerine minik kavunlar kadar olmaları için su enjekte ettirme fikri ona nereden gelmişti? Bunu karısına nasıl açıklamıştı? Sanırım yakalanma korkusu onun heyecanının bir parçasıydı.

İlaç etkisini göstermiş ve zihnim bulanmaya başlamıştı. Gerçek ve rüya halini birbirinden ayırmak giderek zorlaşıyordu. Geceliğimi çıkarmaya çalışan Malcolm'a engel olmaya çabaladım fakat ilaç hareketlerimi kısıtlamıştı. Sıcak bir yağ sürmeye başladığında burnuma güçlü bir orman kokusu doldu. Fishy'nin odadaki varlığını belli belirsiz fark ettiğimde korkudan çok güvende hissettim.

"Siyah huş ağacı yağı… Kanamayı durdurucu özelliği, yaralarının iyileşmesine yardım edecek."

Fishy'yle konuşurken Malcolm'ın sesi yumuşak ve kısıktı. Tecrübeli elleri yağı tenime iyice yedirdi ve bunun üzerine bilincim bir kaybolup bir yerine gelmeye başladı.

"Votkayı ne için istiyorsun?" dedi Fishy.

Fishy'nin gözü Malcolm'ın üzerindeydi.

"Isıttın mı?" diye sordu Malcolm. Sesi artık nezaketsiz ve etkiliydi. "Votka kullandığım bir alkol çünkü bulması kolay. Yara lapası yapmama yardım ediyor. Sırtındaki lezyonları görüyor musun?"

Fishy'nin yanıtını duyamıyordum. İkisinden de bir akıntıya kapılmış, sürüklenerek uzaklaşıyormuşum gibi hissediyordum.

"Bu yaralara bir beyzbol sopası sebep olmamış. Onu bulduğun yerde ince bir metal sopa ya da baston gördün mü?"

Fishy'yi hâlâ duyamıyordum.

"Evet, sanırım öyle," diye yanıt verdi Malcolm benim duyamadığım yoruma. "Sırtındaki kırmızı izler bir bastonla yapılmış olabilir."

Kâbus dünyama doğru yol alırken uyumamak için elimden geldiğince direndim fakat ilaç baskın çıktı. Moses Tierney çabalarımı aşağılama konusunda babamla birleşiyordu, ikisi de işkenceciydi. Anlayamadığım bir şeyler vardı. Aptallıktan her zaman tiksinirdim, özellikle de kendiminkinden fakat Malcolm vücudumu tedavi ederken farkında olmadan kişisel cehennemime dalmama sebep olmuştu.

Şişliklerime sülük koyduğu sırada umursama aşamasını çoktan geçmiştim. Nasıl olduysa Malcolm, Fishy'yi normal doktorların günümüzde sülükleri yeniden kullanmaya başladığına ikna etmişti. Doğal anestezi özelliklerini vücuduma salması için sülükleri bedenime koyduğunda canım yanmamıştı. Sülüklerin aynı zamanda kan dolaşımım üzerinde hızlı bir antibiyotik etkisi olacağı konusunda Malcolm, Fishy'yi temin etti. Kanımı emip doyduklarında bedenimi bıraktılar ve iltihap azaldı.

Rahatsız edici bir şekilde bilincim gidip gelirken etrafımdaki şeylerden ve beni izlemeye gelen yüzlerden emin değildim. O esnada Jack Deans elinde krep dolu beyaz bir tabakla ortaya çıktı. Rahibe Teresa toz almaya gelse bile şaşırmazdım artık.

ON ÜÇ

"Uyuyan güzel nasılmış?" diye sordu sanki daha birkaç saniye öncesinde son derece sıradan bir sohbet etmişiz gibi. Ona inanmaz gözlerle baktığım sırada tabağı, yatağın yanındaki komodinin üzerine tıkırdatarak koydu.

"Artık ambulans mı izliyorsun Jack? Tahmin ettiğimden daha fazla dibe batıyorsun."

"Üç gündür kendinde değilsin Brodie. Fishy işe gitmek zorundaydı. Ben de sana bakma teklifinde bulundum. Görünüşe göre karşılığında bir teşekkür bile duyamayacağım." Jack sanki çok normal bir durumdaymışız gibi nevresimleri düzeltti.

"Malcolm nerede?" diye sordum.

"Az önce çıktı. Onu kapıdan zorla çıkarmak zorunda kaldım, zavallı ihtiyar sürekli senin yanında duruyordu. Artık sıra bende: her ihtiyacını ben karşılayacağım. Çay, çorba, hasta tuvaleti, yatak banyosu, meslektaşlarınla ilgili dedikodular... Sen ne istersen... Özellikle de yatak banyosu."

"Saldırıya uğradığımı nereden öğrendin Jack?" Onunla her zamanki gibi laf dalaşı yapacak halde değildim. Onun kaynakları olduğunu biliyordum ve saldırı sözü bile beni panikletiyordu. Lavender beni iş yerinde elinden geldiğince koruyabilirdi, bu hiç de hafife alınacak bir şey değildi fakat Roddie ve şirketi benim saldırıya uğradığımı hakikaten öğrendiyse bu, meseleyi bambaşka bir şeye dönüştürürdü. Cevabını beklerken açlıktan öldüğümü fark ettim. Uzanıp krep tabağını kendime doğru çekerken sağ koluma bir ağrı saplandı. Harika'nın gidonu üzerinden fırlarken sağ omzumun üstüne tuhaf bir şekilde düştüğüm geldi aklıma.

"Bir yerin ağrıyor mu?" diye sordu Jack.

"Apaçık ortada olan şeyleri sormak kadar sizin şu berbat gazetecilik kariyerinizi gösteren bir şey yok, değil mi?" Artık yiyemeyecek kadar acıyla dolu bir şekilde surat asarak ona baktım.

Ağzıma bir krep tıkarak yanıt verdi. Ona itiraf edemeyeceğim kadar lezzetliydi.

"Yaşlı adam senin için ilaç bıraktı fakat biraz tehlikeli şeyler olduklarını düşünüyorum çünkü ne paketleri ne de kutuları var. Kendimi tekrar etme riskime rağmen ki buna izin vermeyeceğine eminim, kendine dikkat etmen gerektiğini söylemeliyim Brodie. Geçenlerde sırtım ağrıyordu ve doktor bana ağır ağrı kesiciler verdi. Belki ihtiyacın olur diye birazını sana getirdim."

Bana teklif ettiği ilacı reddettim ve hapları yatağımın kenarındaki sehpaya bıraktım. Gördüğüm kadarıyla Jack Deans'in iyileştirme yeteneği yoktu ve Malcolm'ın ilaçlarının üstüne onun haplarını almamın nasıl ironik olacağından habersiz görünüyordu. O adamın yürüyen bir "sağlıklı yaşam" reklamı olmadığı ortadaydı.

"Neler olduğunu biliyor musun?" diye sordu.

"Bir manşet daha mı arıyorsun Jack?"

"Ah, kapa çeneni Brodie. Gerçekten endişemde samimiyim, ayrıca değerli vaktimi sana enerji içeceği ve üzüm uzatarak geçirdiğimi düşünürsek biraz minnettarlık göstersen olmaz mı?"

Bir süreliğine susmuştum fakat şimdilik aldığı tek şey buydu. Hâlâ evimde oluşunun ironikliğiyle başa çıkmaya çalışıyordum: Yatağımdaydım, ikimizin de üzeri giyinikti ve daha cazip şeyler yapmak yerine krep yiyorduk.

"Fishy'yle meseleyi enine boyuna konuştuk, bana detaylı olarak anlattı. Düşündüm de belki kazadan sonra hafızan biraz bulanıklaşmış olabilir..."

Annem bana ağzım doluyken konuşmamam gerektiğini her zaman hatırlatmak durumunda kalırdı fakat o anda sıcak krepleri ağzıma doldurmaya çalışırken eski alışkanlıklarım hızla yok oldu ve Jack'i cesaretlendirerek başımı aşağı yukarı salladım.

"Polis merkezindeyken Fishy'yi cep telefonundan bilinmeyen bir numara aramış."

Jack söylediği şeyin öneminin farkındaydı. Midemde endişe belirtileri baş gösterdi ve krepleri sindirmek aniden zorlaştı. Fishy'nin numarası kolay ulaşılabilen bir numara değildi, bunu yapabilenlerin eli kolu uzun olmalıydı. Ya da numarayı zaten bilen birileriydi.

"Dunsapie Gölü yakınında bir kazaya karıştığını söylemişler."

Jack Deans yatağa oturdu ve ağırlığıyla çarşaflar çekilince o ana kadar iyi olduğunu sandığım bacaklarımdaki acıyı fark ettim aniden. Acıyla yüzümü buruşturmamı yok sayarak elimi tuttu.

"Brodie, bunun senin için bir uyarı olduğunu söylediler. Bu piç kurularıyla uğraşma."

"İşte sorun da bu Jack. Kim olduklarını ve haliyle kiminle uğraşmaktan vazgeçmem gerektiğini bilmiyorum. Benden ne yapmamı istediklerini söylediler mi?"

"Sanırım bundan daha fazlasını bildiğimizi düşünüyorlar."

"Roddie Buchanan bu işin bir parçası mı?" diye sordum hâlâ kıpırdayamaz bir haldeyken bile acele etmeye çalışarak. "Belki de Hukuk Lordu'nun otopsisi esnasında bir şeyler öğrendiğimi düşünüyorlardır."

"Yani gazetelere düşenlerden daha fazlasını mı?"

"Cidden... birilerinin şu anda ne kadar sinirli olduğunu hayal edebiliyor musun? Kailash patlamaya hazır bir bomba gibi. Eğer patlarsa ki öyle olacak gibi görünüyor, bu kurumun ona bir buçuk metreden az yaklaşmış her üyesini alaşağı etmeye niyetli olduğuna bahse girerim."

Yargıç Strathclyde'ın mahkemedeki davranışları beni kesinlikle bazı şeylerin patlak verebileceği konusunda ikna etmişti.

Canımı sıkan başka bir şey daha vardı.

"Kailash, Malcolm'ı göndermesi gerektiğini nereden biliyordu? Neticede Kailash hapishanede."

Jack Deans ayağa kalktı ve yatağın etrafında dolandı. Gömleğindeki kırışıklıkları ve gözlerinin altlarındaki koyu morlukları fark ettim. Malcolm'ı gözetliyor muydu yoksa nöbet tutmanın gerekli olduğunu mu düşünmüştü?

"Bilmediğim başka bir şey daha. Bu adam resmen Mary Poppins gibi biri fakat Julie Andrews'ın hiç olamadığı kadar kadınsı. Kapıda aniden beliriverdi."

"Fishy seni aradığı zaman mı?"

"Evet, onu kontrol etmek, hakkında bir şeyler bilip bilmediğimi anlamak istedi. Fakat Malcolm, Kailash'ın hayatında gölge gibi bir figür. Yaşlı adamın neler sakladığını bilmiyorum fakat izlerini çok iyi gizlemiş.

"Fishy'nin senin için endişelendiği açıktı. Çok fazla kan kaybediyordun ve seni hastaneye götürmek istedi. Huysuz bir şıllık gibi reddettin. Onu buna ikna etmek için ne kadar histerik davrandığını hayal bile edemiyorum."

Kafamda çok fazla soru işareti vardı. Fishy'nin teşkilattaki üstlerine dair son dönemlerde duyduğu şüpheleri biliyordum. Uykusuz geceleri sebepsiz değildi. Tıpkı bende olduğu gibi insanı sinirlendiren vakalar, uyumayı imkânsız kılan detaylar olurdu fakat Fishy için bu durum anladığım kadarıyla çok uzun zamandır devam ediyordu. Bir şişe şarapla sabahın ilk saatlerine kadar uyumayıp sohbet etmeyeli epey olmuştu fakat gözlerinin altındaki halkaları, verdiği kiloları ve uyku bozukluğundan kaynaklanan asabiyetini görebiliyordum. Sanki beraber çalıştığı birileri Fishy için işleri zorlaştırıyordu, ben içeri girdiğim zamanlar telefon görüşmelerini aniden kesiyordu ve hasta olmadığını bildiğim zamanlarda da izin almıştı. Polislerin işleri nasıl zorlaştırabildiklerini bilecek kadar onlarla vakit geçirmiştim, bir meslektaşı mı Fishy'nin başına bela olmuştu yoksa? Onun telefon numarasını mı vermişti? Eğer öyleyse bana kimin saldırdığını nereden biliyorlardı? Burada olup bitenlerde kimlerin parmağı vardı?

Ön kapının zili çaldı. Jack'in yüzü öfkeyle gerildi, gerçekten benim için endişeleniyor gibiydi. Neredeyse bu halinden ötürü duygulanacaktım.

"Jack, Kailash Coutts'un bütün bu olanlarla ilgisi ne?"

"Bunu bizzat kendisine sorma fırsatın olacak. Madam Kailash seni görmek istiyor."

Kapıyı açmak için ayağa fırladığında, "Ayrıca her şeye maydonoz olan Malcolm senin yeterince zinde olduğunu söylüyor. Gelen de ta kendisi," diye ekledi.

Malcolm kıyafet ve özel tasarım çanta yığınını taşıyarak içeri girdiğinde onu güçlükle görebiliyordum. Benim için bu kadar endişe ederken hâlâ az da olsa alışveriş terapisi yapabildiğini bilmek güzeldi.

"Keyfin yerinde mi Malcolm?" diye sordum.

Yere bıraktığı kendi eseri olan yığına sanki orada ne işleri olduklarına şaşırmış gibi baktı.

"Kailash'la buluşuyorsun, kimse sana söylemedi mi?"

"Bir görüşme ayarlandığını öğrendim fakat bunun kredi kartının limitini tamamen doldurmanla ne ilgisi olduğunu hâlâ anlamış değilim."

"Şey... Kailash'la son görüşmende dış görünüşün onu biraz *kaygılandırmıştı.*" Her şeyi mükemmel bir şekilde açıklamış gibi başını aşağı yukarı salladı.

"Kailash *bütün* kızlarının uygun bir şekilde giyinmesi konusunda ısrar ediyor."

Malcolm gülünç bir şekilde bütün kıyafetlerimi odanın orta yerine fırlatırken Jack Deans pis pis sırıtarak giysi dolabımın etrafında dolanıp deri korse falan görmeyi ümit ediyordu.

"Ben Kailash'ın kızı falan değilim," diye cevabı sertçe yapıştırdım. Vücuduma yayılan adrenalin bacaklarımdan parkeye doğru akıyordu ve endorfinler ağrılarımın üzerine hücum ediyordu. Bir elimle kendi kıyafetlerimi yerden toplarken diğeriyle Kailash'ın bana verdiği kıyafetleri bir kenara ayırıyordum.

O esnada aynada kendimi fark edip duraksadım. Saçım her zamanki kestane renginden daha kırmızı görünüyordu ve bukleleriyle üç gündür ilgilenilmemişti. Elimi şişmiş ve sıyrıklarla dolu yanağıma götürürken Yama'yı düşündüm ve içim utançla doldu. Karşımdaki kadını tanıyamamıştım: Onun yerinde bembeyaz olmuş bir suratla bana doğru bakan koyu kahverengi kocaman gözlere sahip, cılız, fakir bir kız vardı. Malcolm haklıydı, tam anlamıyla dağılmıştım.

Olduğum yerde bir elimde Kailash'ın gönderdiği kıyafetlerden biri ve diğerinde kendi eski eşyalarımdan birini tutarken parmaklarımın arasındaki pahalı kumaşın verdiği hisse kapıldım. Bu haldeyken bile iyi hissettirmişti, neden karşı koyuyordum ki?

Yalnız kalmak, cezaların en acımasızıydı. Gordonstoun'a gitmeden önce diğerleri gibi görünmeye maddi olarak gücüm yetmediği için kendimi olduğumdan daha düşük seviyede biri gibi hissetmemiştim. Hayatta kalmak tek umudum ve başarı da tek intikam yolumdu. O günlerin artık geride kaldığını düşünüyordum fakat bu yaşadığım şey beni yeniden o günlere götürmüştü.

Haksızlığa uğramış kıyafetime, diğerlerinden daha sıkı yapıştım. Onu elimden bırakmam, annemden kalan son izlerin de gitmesine izin vermem anlamına geliyordu. Dört gün önce Dunsapie Gölü'ndeki o gök gürültülü gecede bana saldıran kişi kazanamamıştı fakat bunu yapan her kimse cesaretimi kırmıştı.

Mary McLennan'ın neşeli sesini duyabileceğimi düşünmüştüm. Buna kapılmayacaktım, bu yapabileceğim bir şeydi. Kazanabileceğim bir şeydi.

Jack izin isteyip beni Malcolm'ın ellerine bırakmadan önce uzanıp Armani takımı aldı ve bana verdi.

ON DÖRT

Jack Deans aksi halde arabayla dönerken çok yorgun olacağımı açıklayıp beni Cornton Vale'e bırakma konusunda ısrar etmişti. Harika benim her koşulda tek ulaşım aracımdı ve garaja çekilmişti.

M9 üzerinden Stirling'e gidip Edinburgh'nın dışına çıkarken Jack'in zor günler geçirdiği belliydi, sanki ispata ihtiyacım varmış gibi. Jaguar XJ6'sı en az on iki yaşındaydı ve kül tablası gibi kokuyordu. Aslında arabanın yok olmaya yüz tutmuş zarafeti hoşuma gidiyordu. Beyaz deri koltuklar zamanla aşınmıştı ve üst kısımdaki yumuşak tavanın deliğinden gelen hava akımını alnımda hissedebiliyordum.

Linlithgow Sarayı'nın tacı kilometrelerce öteden bile görülüyordu. Jack beni elinden gelen en hızlı şekilde kadınlar hapishanesine ulaştırmak için düşünceli bir sessizlikle araba sürmeye devam ediyordu.

Fakat benim Kailash Coutts'la görüşmek için acelem yoktu. Aramızda cevaplanmayı bekleyen çok fazla soru vardı. Onunla kısa karşılaşmalarımdaki izlenimlerimden dolayı ondan açık cevaplar alma ümidim çok azdı.

Bir de yetmezmiş gibi çok fazla geçmişimiz vardı. Bu kadın beni neredeyse mahvetmişti, Roddie Buchanan'la aralarındaki savaşta kolayca zayiat haline gelebilirdim. Soytarılıkları şirketimizin finansal yıkımıyla sonuçlansaydı hayatım iflasla tepetaklak olmaya başlayıp uçurumdan yuvarlanabilirdi. Meydana gelecek domino etkisiyle evimi ve çalışma lisansımı kaybederdim. Bunun sonucunda elimde bir dilenci çanağıyla her şirkete bana iş vermesi için yalvarırdım. Edinburgh avukatları yardımseverlikleriyle tanınmazlardı. Kendimi bu gerçeğin dışında tutmuyordum ama elimden geldiğince kendi kendime yetmeye alışmıştım. Kailash ile Roddie arasında olanlar her şeyimi elimden almıştı, sadece Kailash'ı imzalamasına ikna ettiğim ifade sayesinde işleri tekrar kontrol altına alabilmiştim. Hepsinin ötesinde, artık kabullenmek istediğimden daha fazla ipi elinde tutuyordu ve bugünlerde yaşadığım zorlukların sebebi de buydu. İçimden bir ses bana bir kez daha Kailash'ın oyununda bir rehine olduğumu söylüyordu ve henüz bir çıkış yolu göremiyordum.

Grangemouth'taki petrokimya tesisinin alevleri gökyüzünü aydınlatana dek zihnimde bu tarz düşünceler dönüp durmuştu. M9, İskoçya'nın merkezinden geçen bir yoldu ve endüstriyel geçmişi tenekeden bir kurabiye kutusu gibi kenarda duruyordu. İskoçya'nın gelmiş geçmiş en büyük vatanseveri ve *Cesur Yürek* filminin turist çeken ikonu William Wallace'a adanmış fallik anıt az sonra görünür olmuştu, bu da Kailash'la görüşmeme az kaldığı anlamına geliyordu.

Moralim bozuldu ve Stirling Kalesi bana eski günlerimin görkemini hatırlattı. En iyi zamanlarımın arkamda kalmasını istemiyordum. Daha yeni başlamıştım ve açık konuşmak gerekirse elimde kalan tek şey işimdi ve ondan çok fazla uzak kalmak istemiyordum. Bu işten istediğim gibi sıyrılmış olsaydım Kailash işleri idare ederdi.

Cornton Vale, içindeki tutukluların yüksek intihar oranıyla ünlü olan, İskoçya'nın tek kadın cezaeviydi. Hapis yatmanın insan ruhunu etkilediği açıktı, bazı müvekkillerim hapsi çok severdi, hapis hayatının rutininin ve uyuşturucuya kolayca ulaşıyor olmanın tadını çıkarırlardı. Fakat Kailash farklı biriydi, bir sokak keşinden ziyade sahtekâr bir muhasebeci gibiydi ve bu tarz insanlar özgürlüklerini kaybetmeyi çok daha zor kabullenilen bir şey olarak görürlerdi.

Kailash'a karşı psikolojik bir üstünlük sağlama ümidim onun küçük, steril görüşme odasına gelmesiyle birlikte dağılmıştı. Bir kere daha havaya kokusu yayıldı. Mahkemeye kadar hapiste tutulan kişilerin kendi kıyafetlerini giymelerine izin veriliyordu. Üzerine beyaz ve altın rengi bir şalvar ve kamiz giyinmişti, boynuna da bir dupatta şalı sarmıştı.

İpek kamizi bana doğru hareket ettiğinde yumuşak bir sesle hışırdadı. Hatırladığımdan daha minyon olan vücudu odadaki varlığını gölgelemiyordu. Tıpkı Marcus Aurelius gibi varlığı odayı dolduruyordu. Etrafına huzur saçıyordu. İçinde bulunduğu koşulları düşününce bu oldukça şaşırtıcıydı.

"Malcolm ağrılarının dinmesine yardımcı olabildi mi?" diye sordu sosyal nezaket kısmını atlayarak.

Belki de yaşadığım şeylerin etkilerinin Malcolm'ın yeteneklerinin de ötesinde olup olmadığını merak ediyordu. Sesinde muğlak bir kalite vardı. Kökenini tanımlamak benim için zordu. Yoğun bir şekilde sesinin perdesine odaklandığım için sorusuna hemen yanıt vermemiştim.

"Brodie?"

Sesini yükselttiğini ilk kez duyuyordum. Acımı azaltmak için başımı oynattığımda onunla göz göze geldim.

"Acının üzerinde süzülmeli ve soğukkanlılığını korumalısın."

Gözlerini yüzüme dikip bir süre duraksadı.

"Tehlikedesin kızım."

"Sen değil misin peki?" diye sertçe yanıt verdim.

"Evet, ben de tehlikedeyim. Fakat arada fark var, hem de büyük bir fark."

Bana budala bir çocukmuşum gibi bakarak konuşmaya devam etti. "En kötü senaryoda ömür boyu hapis cezası alırım. İskoçya'da bu hiçbir şeydir. On yıla çıkarım."

"Peki, benim daha büyük bir tehlikede olduğumu sana düşündüren nedir?"

Sesim ikna edicilikten uzaktı. Kailash ise önemli bir noktaya dikkat çekecek bir cevap verdi.

"Son günlerde hayatıma dair bir tehdit almadım."

Haklı olduğu bir nokta vardı fakat bana yapılan saldırının ardında Kailash yoktuysa, o zaman bana saldıran kişinin bunu Kailash'a bir mesaj vermek için yaptığını varsaymak mantıklı olabilirdi. Sessizce seçeneklerimi gözden geçirirken savunmasız yakalandım. Kailash tek bir bakışta aklımı okudu.

"Dudaklarını ısırmayı bırak ve beni dinle."

Sert sesi dikkatimi ona vermemi sağladı. Alt dudağımı sertçe ısırdığımı aniden fark edip bıraktım ve ona baktım.

"Duygusuz biri gibi görünmek istemem Brodie fakat bir kiralık katil senin işini bitirirse kendime kolayca başka bir savunma avukatı bulabilirim."

Egomu rahatlatarak devam etti ve ekledi.

"Elbette senin kadar iyi ve güvenilir birini bulamam."

Kailash'ın sesi içten geliyordu, gerçi aslında sesi hep öyle gelirdi. Fakat bu sözleri karşısında içimden bir suçluluk duygusu gelip geçti. Haklıydı, benim ortadan kaldırılmam Kailash'a bir zarar vermezdi. Fakat mesele bu olsaydı beni zaten Dunsapie Gölü'nde imha ederlerdi. Fishy'yi telefonla arayan kişi bunun bir uyarı olduğunu söylemişti. Genelde insanlar uyarı amaçlı saldırıya uğradıklarında, saldırganlar bunun tekrar olmaması için ne yapılması gerektiğini de söylerlerdi. Böyle bir şey olmamıştı, yani onları böyle öfkelendirmiş olmamın birçok nedeni olabilirdi.

Kailash nakışlarla süslü şalvarına uzandı ve aşınmış, imzalı bir zarf çıkardı. Daha bana uzatmadan zarfın iyice yıpranmış olduğunu görebiliyordum. Eski görünüyordu fakat posta pulunun tarihi Lord Arbuthnot'un ölümünün bir hafta öncesine aitti.

"Bunu görmen lazım Brodie. Zarfın içindekilerin seni şoke edebileceği konusunda uyarmalıyım, açık konuşmak gerekirse bana gönderildiğinde ve teslim aldığımda benim de kafam çok karıştı."

Neden şoke olacaktım ve Kailash'ın niye yalnızca kafası karışmıştı? Hayatın ahlaksız tarafından bihaber değildim ve bana tepeden bakması canımı sıkıyordu. Zarfa uzandığım sırada dikkatle baktığını gördüm. Rahatsızlığının tadını çıkarmak için zarfı almakta hiç acele etmedim. İçinde bir fotoğraf olduğunu hissedebiliyordum. Zarfın içinden çıkardım fakat ikiye katlanmıştı.

Fotoğrafı açmadan önce Kailash uzanıp elime dokundu, artık *ben de* rahatsız hissediyordum. İstemsiz bir biçimde boğazımdaki kaslar kasıldı ve nefes almam zorlaştı.

Fotoğrafı önümdeki masanın üzerine yaydım.

Önümde, bilgisayarda yapılmış bir fotoğraf vardı.

Ölmüş bir üniformalı kız öğrencinin bedeni üzerine benim başımı koymuşlardı.

Parmak uçlarımdan bedenime bir tiksinti hissi yayıldı. Kız bir ayindeymiş gibi konumlandırılmıştı ve neredeyse çarmıha gerilmiş gibi duruyordu. Gençti, yani genç olmalıydı. Eteği kaldırılmıştı ve altında iç çamaşırı yoktu. Bacakları meyilli olarak açılmıştı ve kafam bu grotesk görüntünün tam üst kısmındaydı.

"Saldırıya uğramamış olsaydın bunu sana asla göstermeyecektim."

Kailash beni teskin etmeye çalışmıyordu. Onun dünyasında bu tarz tehditler ciddiye alınırdı. İnsanoğlunun kendi türüne neler yapabileceğini bizzat biliyordu. Kendimi rahatlatmayı denedim.

"İğrenç bir şaka olabilir," dedim fakat sesim zayıftı.

"Bunu bedenini kullandıkları kıza söyle Brodie. Bu bir ceset ve üst kısmında senin suratın var.

"Bana şiddet içerikli bir ritüel gibi geldi. Sana yapılan son saldırıdan farklı, yani tıpkı iddia ettikleri gibi bir uyarıydı... ya da iştahlarını kabartmak için yaptıkları bir şeydi."

Kailash benim bir şeyler söylememi bekledi. Ne kadar kulağa kötü gelse de başıma gelen şey yalnızca bir başlangıçtı. Sapık bir pisliğin benim acımdan cinsel anlamda haz duyduğunu düşününce boğazıma doğru yükselen bir öfke dalgası duyumsadım.

Yeniden savunmasız hissettim kendimi fakat bu duygu yalnızca o sapığın iştahını kabartmaya yarardı. Kendimi toparlamak zorundaydım.

"Herhangi bir teorin var mı?" diye sordu Kailash.

"Bir erkek olduğunu tahmin ediyorum. Neredeyse cinsel suçların hepsi Y kromozomundan kaynaklanıyor, değil mi?"

"Belli olmaz, belki de katillerden oluşan bir ekip vardır peşinde. Dominant erkek ve uysal kadın çünkü genelde aşırı şiddet içeren davranışlara uysal bir kadın da dâhil edilir. Kendine bir sor Brodie, o genç kız canının alınmasına neden izin vermiş olabilir? Birilerine güvenme ihtiyacı mı hissetti? Hepimiz, bütün kadınların anaçlık içgüdülerine sahip olduğuna inandırılmadık mı? Doğaları gereği erkeklerden daha güven verici olduklarına? Brady, Hindley'e ihtiyaç duydu, Fred West ise Rose West'e ve Ian Huntley, Maxine Carr'la ilişkisinden ötürü güvenilir görüldü."

Kailash peşimdekinin erkek olduğuna katılsaydı en azından dünya nüfusunun yarısına karşı kendimi güvende hissedebilirdim. Şimdi işler psikolojik olarak değişmişti ve herkes bir şüpheliydi.

"Hey…"

Kailash'ın benimle konuşmaya devam ettiğini fark ettim.

Gözleri merakla doluydu. "Brodie, iyi misin?"

"Üzgünüm, dediklerini duymadım."

Yalnızca oradan çıkıp gitmek istiyordum. Bir tür normalliğe ihtiyacım vardı. Ayağa kalkıp veda ettim ve fotoğrafı dikkatsizce masanın üzerinde unuttum. Kailash ayağa kalktı ve fotoğrafı elime tutuşturdu.

"Bu senin."

Zehirli bir kadehmiş gibi bunu ona vermeyi çok isterdim. Kailash'ın böyle durumlarla daha iyi başa çıkabileceğini biliyordum ve bütün bu olanlardan kurtulabilmek için öğrenmem gereken şeyler hiç hoşuma gitmiyordu.

Kısa bir süreliğine gözlerimi yumdum ve alnımı ovdum.

"Fotoğrafa çıplak ellerimizle dokunduk, yani parmak izlerimiz üzerinde olacak fakat belki katilin izleri de vardır üzerinde."

Kailash başını iki yana salladı.

"Bir arkadaşa kontrol etmesi için yolladım. Başka hiç kimsenin parmak izi yok."

Hayatta kalmamın kitaplarla, sınavlarla ve huysuz yargıçlarla sınırlandırıldığı bir dünyayı seviyordum ben. Bu benim dünyamdan çok farklıydı ve içinde olmayı hiç istememiştim.

ON BEŞ

Cornton Vale dönüşünde Jack Deans beni George Caddesi'ne bıraktı. Yolculuğumun büyük bir kısmını yine sessizce geçirmiştim. Jack beni sinirlendirdiği için değil, tamamen fiziksel yorgunluk sebebiyle sessizleşmiştim. Üç gün boyunca bilinçsizce yatmış olabilirdim fakat hiç de dinlenmiş gibi hissetmiyordum. Her yanım ağrıyordu ve Kailash'ı ziyaretim kabul etmek istediğimden daha fazla şey koparmıştı benden. Lizzie'ye ihtiyacım olduğunu birçok insana itiraf edebilirdim.

Bir polis memuru bize ceza kesmeden önce Whistles'ta arabadan indim ve kaldırımın köşesinden bir iki metre ötedeki küçük kafeye yürüdüm. Şehirde Jack'in en sevdiği yer burasıydı fakat bu statüsü, sıcak içecekleri yüzünden değildi. Lizzie Collins barista yeteneklerinden ziyade erkekleri eritmesiyle ünlüydü. Harika, şirin, sarışın ve manipülatif oluşu yüzünden ondan nefret etmek kolaydı ama onun can düşmanımdan ziyade en iyi arkadaşım olmasını tercih ederdim. Hafif bir suç ya da kabahatli bir davranış yüzünden Lizzie'nin gözü üstünüzde olduğunda hayat güzel olmazdı.

Minik kafede duran kişi benimle yüzleşmek için döndüğünde kalbim neredeyse duracak gibi oldu. Lizzie orada yoktu.

"Selam Brodie," dedi tezgâhın ardındaki uzun boylu, rastalı kişi. "Lizzie'yi mi arıyorsun?"

Başımı olumlu anlamda salladım, bu şehirde Lizzie'yi arayan birçok insan olabilirdi fakat en azından benim onurlu bir amacım vardı. Sadece başımı yaslayıp ağlayacağım bir omuz ve yemeğimi paylaşacağım birini istiyordum fakat Lizzie'nin peşine düşenlerin çoğunun, hiçbir zaman tecrübeye dökemeseler de şehvetli amaçları olurdu.

Bana ikram ettiği kapuçinoyu Gregor'dan aldım (iş yerimde bir sonraki buluşmamızda babasına onun iyi olduğunu söyleyebilirdim. Edinburgh'da şüpheli görünen çoğu kişi genelde varlıklı ailelerden gelirdi ve yine birçoğunun sülalesinde en azından bir kişi hukukla iştigal ederdi) ve George Caddesi'ne doğru yoluma devam ettim.

Lizzie'nin hareketlerini takip etmek her zaman zordu. Yaklaşık bir haftadır son flörtü yüzünden Milano'da olduğunu biliyordum. Elinde bir sürü yeni çanta ve ayakkabıyla, aynı zamanda seyahat arkadaşının yanında götürdüğü kondom miktarıyla aynı sayıda kondomla geri döneceğini biliyordum. Lizzie erkeklerle oynadığı oyunlarla Kailash'ı bile utandırırdı. Üniversiteden beri arkadaştık ve dersler başladıktan üç hafta sonra üniversitenin ona göre olmadığına karar vermişti. Fakat öğrenci hayatı tam da ona göre bir şeydi ve çaktırmadan dört yıl boyunca derslerine devam eder gibi yapmıştı. "Mezuniyetinden" sonra kendini çalışan sınıftan dünyanın en sevilen kişisine dönüştürmek için gereken yeteneklerin çoğuna sahipti.

Lizzie benim için her zaman çok değerli olmuştu. İkimiz de yokluktan geliyorduk fakat ben geçmişimin beni hep negatif bir şekilde etkilediğini kabul ederken Lizzie kendi geçmişini yalnızca bir seyirci olarak görürdü. Doğduğu kişi değildi, kim olacağına kendisi karar vermişti. Bu güzel, kırılgan ve bir sevgiliden diğerine koşan kızın Wester Hailes'de bir uyuşturucu madeninde hayata başlayıp onu evlat edinen iyi niyetli, beceriksiz ailelerin elinde büyümeyi başaracağını kimse tahmin etmezdi. Lizzie her aileden ihtiyacı olan dersi alır ve ardından yoluna devam ederdi. Henüz benim yanımdan ayrılmamıştı ve beni asla terk etmeyeceğini ümit ediyordum. Olup bitenleri gözden geçirmek istiyordum fakat bunun beklemesi gerekecekti, henüz geri dönmediğini hasta yatağımın başına toplananların yanında yerini almamış olmasından anlamam gerekirdi.

Ağrı içindeki bacaklarımın istemediği bir hızla yürürken bir sonraki seçeneğime doğru ilerledim. Yeşilaycı anneme göre içki içen insanlar bir sepette cehenneme gideceklerdi. Fakat o anda umurumda bile değildi.

"Duble Glenmorangie lütfen," diye seslendim. Genç barmen siparişimi yerine getirmeden önce kararsız bir tavırla, sanki beni daha uygun bir bara yönlendirmek ister gibi göz ucuyla izledi. Orada yeniydi. Coburg Caddesi'nin köşesindeki Rag Doll barı hemen hemen boş olmasına rağmen oranın müdavimleri bilardo oyunlarını kesip belli belirsiz bir baş hareketiyle varlığımı onaylayarak selam vermişlerdi.

Bir yabancı için pek de güvenli sayılmayacak, sert bir bardı fakat ben oranın yabancısı değildim. Ne zaman oraya gelsem eve dönmüş gibi hissederdim. Proclaimers grubu "Sunshine on Leith" şarkısını söylüyordu ve kendimi güvende hissediyordum. Ayrıca kimi aradığımı çok iyi biliyordum, gözlerim içeriyi tarıyordu fakat onu görmemiştim.

"Üç sterlin lütfen."

Amber renkli likörü kaparken parayı âdeta barın üstüne fırlattım.

"Senin paran burada geçmez."

Sesi Kuzey Denizi'nde ağla balık tutmuş gibi derin ve pürüzlüydü. Kol kalınlığında bir bilek beni kendine doğru çekti ve teslim olup kendimi onun göğsüne bıraktım.

"Görüşmeyeli uzun zaman oldu tatlım..."

Kadehimi işaret ederek bir bar sahibi gibi onaylamaz bir sesle konuştu. "Viskiyle bir sorunun mu var artık?"

Beni hafifçe kendinden uzaklaştırdı ve bir uzman edasıyla parmaklarıyla Armani takımıma dokunarak her bir detayımı inceledi.

"Kıyafetler güzel de seni bu hale getiren piç kurusunun ismini söyle bana."

Elleriyle hafifçe buklelerimi itip şişliklerin olduğu yanağımı okşarken sesi çatallaştı. Bir bar taburesine yerleşip her iki kolunu etrafıma doladı ve beni yeniden kendine çekti. Güçlü ve düzenli kalp atışlarını duyabiliyordum. Bir süre o şekilde kaldık ve beni teselli eder gibi sırtıma hafif hafif vurdu.

O anda beni bu hale getiren pislik ya da pislikler için neredeyse üzülecek gibi oldum.

Sinirlendiği zamanlar Glasgow Joe cehennemden kopup gelmiş bir av köpeği gibi olurdu. Bana yapılan saldırıyı her kim ya da kimler organize ettiyse beni onlara karşı şu dünyada koruyabileceğini bildiğim tek insana gelmiştim. Joe benim arkadaşımdı fakat o an için daha da önemlisi, bir kiralık katildi.

Kokmuş çorap giymiş haliyle iki metre boyundaydı ve Edinburgh festivalinde İskoç eteği giymeyi severdi. O üç hafta boyunca başına üşüşen kadınların hiçbiri, George Caddesi'nde yürüyen bu ayaklı Viagra'yı görüp kendilerini kaptırırken aslında neyle karşı karşıya olduklarını bilmezdi.

Joe ve ben ilk kez St. Mary's Sweet Star of the Sea İlkokulu'nda tanışmıştık. Glasgow'dan yeni geldiğini belli eden yoğun aksanı normalde onu yumrukların hedefi yapardı fakat daha o zamanlar bile cüssesiyle serserileri kendinden uzak tutmayı başarmıştı.

Joe benim "Clyde kalitesinde" biri olduğumu söylemişti. Clyde Nehri kıyısındaki tersane dünyanın en iyi gemilerini üretirdi fakat kendime benzettiğim tek tekne bir römorkördü. Kimseye karşı bir tehdit oluşturmuyor olsam da başından beri peşimi bırakmamışlardı.

"Yeşil üzüm müsün yoksa portakal suyu mu?" diye bağırmıştı Protestan okulundan çocuklar.

Katolik miydim yoksa Protestan mı? Kararsız kalsam da yeşil ceketimin beni ele verdiğini fark etmiştim.

"Size ne be, deli misiniz nesiniz?"

Joe kızıl saçları güneşte ışıldarken çeteye doğru yürümüş ve çetenin liderinin alnını karışlamadan önce yüzüne bunu fısıldamıştı. Bir düğünde saçılan bozuk paralar gibi dağılan çocuklar Leith Nehri'ne doğru gözden kaybolmuşlardı.

Bahsettiğim olay yirmi yıl kadar önce, buraya bir kilometreden daha yakın bir yerde meydana gelmişti. İkimiz de yabancıydık ve o günden sonra birbirimize tutunmuştuk. Şimdi de o zamanlar güvendiğim kadar güveniyordum ona.

"Bana olanları anlat canım."

Beni bardan uzaklaştırıp yırtık pırtık kırmızı suni deriyle kaplı koltuğa götürdü. İçkimle oynarken laminat masaya yaslandım. Rag Doll uğurlu bir yer değildi fakat Glasgow Joe için kullanışlı bir cepheydi.

On dokuz yaşında polis sorgusundan kaçtığında Joe her zaman iki seçeneği olduğunu söylemişti: Fransız Yabancı Lejyonu ("Benim güzel Keltik ten rengimin doğası için bu kadar kum ve güneş çok kötü": Benim tam zıddımdı. Bende kızıllık yoktu, tenim güneşi severdi ve bronzlaşmayla başa çıkabilirdim) ya da Amerika ("Hep bir kovboy olmak istemişimdir bebeğim"). Kolay bir karar.

Yıllar sonra döndüğünde şöyle demişti: "Şimdi soru sormak yok Brodie. Anlatması çok uzun sürecek bir hikâye."

Joe onu İskoçya'dan ayrılmaya iten suçu hiç anlatmamıştı ve yurt dışında geçirdiği zamanlardan da bahsetmemişti. Bir keresinde onu Amerika'da ziyaret etmiştim fakat o zaman bile hayatının büyük bir kısmını benden saklamayı başarmıştı. Bütün bunlar bugün bile irdelemek istemediğimiz sonuçlara neden olmuştu. Bildiğim tek şey, oradayken bugün güvenmek üzere olduğum yeteneklerini geliştirmiş olduğuydu. Yaptığı işin kârlı olduğu açıktı: Cebinde tonla parası vardı, öyle ki bir daha Leith'i tekrar görmek istememesinin ilanı gibiydi.

"Yüzüne vurmuşlar, bunu kim yaptı?"

Sorusunu tekrarlarken Joe'nun sesi ısrarcıydı.

Ona Dunsapie Gölü'ndeki saldırıyı anlatması zordu. Sahneye çağırılmadığı için gözlerinden gelip geçen acıyı görebiliyordum. Okul bahçesindeki sıyrıklar ve kırık kalpler için yanımda olmuştu fakat en iyi olduğu işte ona en çok ihtiyaç duyduğum zamanda neredeydi?

"Motosikletin nerede?" İkinci sorusu daha tatbikî gibi gelmişti fakat Harika'nın benim için ne kadar değerli olduğunu iyi bilirdi. Ona Harika'nın başına gelenleri anlattığımda hemen cep telefonuyla tamircisini arayıp motosikletimi garajdan almasını ve yaralarını iyileştirmesini söyledi.

Tamir meselesini hallettikten sonra Joe lafı dolandırmadan konuya girdi.

"Beni neden daha önce aramadın?"

"İnsaf yani Joe," Bunu söylerken bile aslında arasaydım o saniye yatağımın baş ucuna geleceğini biliyordum. "Birkaç gün boyunca kendimde değildim ve seni arayıp gevezelik edecek halde hiç değildim. Belki de Fishy'nin seni aramasını beklemişsindir? Öyle mi? Bu lanet yere elinde bir arama kararı olmadan girmesine bile izin vermeyeceğini unuttun mu yoksa?"

"Doğum günü partinde içeri girmişti," diye yanıtladı öfkeli bir şekilde.

Çok hızlı yuttuğum viski boğazımı yaktı, gözlerimden ateş çıkıyormuş gibiydi ve yaşardıklarını hissettim. Cornton Vale'de Kailash bana verdiğinden beri cebimi âdeta yakıp kavuran fotoğrafı ona göstermek için lafı uzatmadım. Tuhaf bir biçimde ilk Jack Deans'e göstermemek için kendimi zor tutmuştum. Hatta hapishaneden dönerken bu isteğe direnmek için uyuyor numarası yapmıştım.

"Pekâlâ tatlım… Neler saklıyorsun bakalım?"

Muhakeme yeteneği karşısında ona şaşkınlıkla bakmış olmalıydım.

"Bak, insanların bir şeyleri gizlediklerini fark etmek benim işim. Uyuşturucular, silahlar, sırlar… Benim için hepsi aynı."

"Kailash Coutts'u temsil ediyorum," diye itiraf ettim.

Kaşlarını kaldırıp çenesini sıvazladı ve iç çekti.

"Savaş tamtamları çalıyor olmalı bu defa. Tek bir sorum var: Neden?"

"Beni o istedi fakat Roddie Buchanan, yani aslında karısı bu işi üstlenmem konusunda ısrar ediyor," diye tereddütle itiraf ettim.

"Bak bebeğim, MI5 Kailash Coutts'u kontrol altında tutamadı. Senin şirketin o kadını savunması konusunda bu kadar ısrarcıysa Roddie neden bu işi bizzat üstlenmiyor?"

"Ceza hukukuyla ilgilenmediğini biliyorsun... ayrıca bir geçmişleri olduğunu da unutmuş olmalısın... hem zaten söylediğim gibi Kailash beni istedi."

"Bu kulağa yanlış gelebilir ama neden seni istedi?"

Yüzümden bir öfke dalgası geçtiği sırada, "Roddie'yle ve sizin şirketle geçmişini düşününce yani?" diye ekledi.

"Bilmiyorum Joe, şimdilik pek bir şey bilmiyorum. Fakat... bana bunu verdi."

Fotoğrafı açıp önüne koydum. Bıyık altından küfreden Joe uzanıp elimi tuttu. İğrendiği çok açıktı, bu yüzden sekize on siyah beyaz fotoğrafı eline almak istemiyordu.

"Kailash bu fotoğrafı Lord Arbuthnot'un ölümünden bir hafta önce... posta yoluyla aldığını söyledi."

"Cinayeti," diye beni düzeltti.

"Savunma amaçlı bir kaza olduğunu düşünüyoruz."

"Bak Brodie bu kadında 'biz' diye bir sadakat yoktur. Kailash hep bir numaranın peşindedir. Sen de aynısını yapsan iyi olur. Bu fotoğrafı gerçekten de söylediği zaman aldığını teyit edebilir misin?"

"Bana orijinal teslimat fişini gösterdi ve bu tarih vardı üzerinde."

"Jane!" diye barmene seslendi.

"Arkadan Bruichladdich şişesini al, yanında da iki temiz bardak getir. Bardaklar da arkadaki temizlerden olsun."

İçkilerimizi hallettikten sonra tekrar bana döndü Joe.

"Böyle mide bulandırıcı şeyleri görünce içme ihtiyacı hissediyorum... Sana yalan söyleyecek değilim Brodie, durum ciddi. Şu kız," dedi tekrar fotoğrafa bakmak için kendini zorlayarak. "Bu gerçek Brodie, gerçek bir fotoğraf."

Glasgow Joe fotoğrafı eline alacak gücü toplamıştı. Fotoğrafta benim sözde üniformalı halim resmedilmişti. Babet okul ayakkabıları, diz hizasında çoraplar, kısa kollu beyaz gömlek ve siyah bir mini etek. Bariz bir şekilde ölüydüm, hemşireler tarafından damarları belirginleştirmek için kullanılan türden bir lastik dirseğimin yukarısına bağlanmıştı ve bedenimin yanında boş bir şırınga duruyordu. Hastalıklı birisi cesedi sanki ben gümüş tepside seks sunuyormuşum gibi sözde *Playboy* pozlarından birine göre konumlandırmıştı.

"O senin bedenin değil," dedi Glasgow Joe ciddi bir sesle. "On yaşından beri baldırların hiç bu kadar ince olmadı."

Masanın altından onu tekmeledim fakat elimi tutmaya devam etti. İkimizin de az önce hissettiği korku bir an için dağılmıştı fakat geri döneceğini biliyordum. Başparmağını ve işaret parmağını çenemin altına yerleştirip başımı kaldıran Joe'yla göz göze geldim.

"Fishy olanlar için ne diyor peki?"

"Henüz haberi yok. Kailash bu fotoğrafı daha bu sabah verdi. Cornton Vale'den döndüğümden beri görüşmedik."

Joe beni alnımdan öptü.

"Fishy'yi arayıp detayları vereceğim. Sakın yerinden kıpırdama. Burada güvendesin."

Glasgow Joe'nun kürk torbasından cep telefonunu çıkarışını ve dışarı gidişini seyrettim. Çıkmadan önce bilardo oynayan gençlerden birisini kapıyı kollaması için yanında götürdü. Bakıcımın gözlerini üzerimden ayırmaması karşısında rahatsız bir şekilde kıpırdandım. Adı konmamış bir kanun olarak eğer "Glasgow Joe" için çalışırsan sana söyleneni kesinlikle yapardın ve işini iyi yapman gerekirdi.

Direk dansçıları için müzik çalmaya ve bar akşamüzeri şovu için dolmaya başladı. Ayağımı yere vurarak ritim tutup Bruichladdich şişesinden düzenli aralıklarla içtim. Barmen Jane içkiyle birlikte artan trans halimi bana peynir ve soğanlı tost getirerek bozdu. Belli ki Joe her neredeyse, her zaman olduğu gibi benim boş mideyle içtiğimden şüpheleniyordu. Endişelenmesine gerek yoktu. Orada lüks bir hayat yaşıyordum.

ON ALTI

Kapı açıldı ve müdavimler sessizleşti. Elinde bir evrak çantası taşıyan Fishy'nin sağa sola bakmadan bana doğru yürümesi muhtemelen kıyamet alameti gibi görünen bir şeydi. Glasgow Joe, barına polislerin girmesine izin verdiğine göre durum ciddi olmalıydı. Fishy bana seslendiğinde hissiz bir şekilde ayağa kalktım ve bana sarılıp iki yanağımdan öpmesine izin verdim. Geriye doğru bir adım attım fakat buna izin vermeyip özür dilemeye başladı.

"Çok özür dilerim Brodie… İşe gitmek zorundaydım… Üst üste iki vardiya kaçırmıştım zaten ve Malcolm iyileşeceğin konusunda beni ikna etti. Jack Deans yardım teklif etti… Yanından hiç ayrılmamalıydım."

Konuştuğu sırada yüzünde yorgunluk çizgileri beliriyordu. Kızarmış gözlerini kapatarak yavaşça nefes verdi ve başını önüne eğdi.

"Yaşlı bir adam gibi dırdır etmeyi kes aynasız. Brodie öldüğünde de özür dileyecek ve örgü örmeye geri dönecek misin peki?"

Joe her zaman Fishy'ye karşı sert olmuştu ve Fishy, Glasgow'un sert adamının bana âşık olduğuna inandığı için böyle davrandığını düşünüyordu. Belki bir gün bu bakış açısının ardındaki gerçek hikâyeyi Fishy'ye anlatırdım ama bugün o gün değildi. Bense Joe'nun, sahip olmadığı birçok şeye sahip olan Fishy'yi kıskandığını düşünüyordum fakat bu sözde hayranıma dair teoriden bahsetmeyecek kadar çok hayrandım kendime.

"Brodie, ona fotoğrafı göster."

Joe iş modundaydı. Söyleneni yaptım ve Joe'ya yaptığım gibi ikiye katlı fotoğrafı açıp masanın üzerine, Fishy'nin önüne koydum. Başını eğip fotoğrafa baktı.

"Sence de aynısı mı?" diye sordu Glasgow Joe, fotoğrafı incelemeye devam eden Fishy'ye. Fishy başıyla daire çizip tutulmuş boynunu rahatlattı. Başını fotoğraftan kaldırıp bir bana bir de fotoğrafa arka arkaya baktı.

"Evet, aynısı." Sesi soğuk ve düzdü. Glasgow Joe onun tersine duygularını belli ediyordu.

"Ah, yüce Tanrım..."

Fishy'nin yanına külçe gibi oturdu ve beni yok sayıp birbirlerine bakmaya başladılar.

"Siz ikiniz şunu kesecek misiniz? Beni korkutuyorsunuz."

Sesim çığlık atıyormuşum gibi çıkmıştı. Fishy yerinden kalkıp yanıma geldi ve kollarını omzuma doladı. Joe'yla anlaşamadıklarından dolayı birbirlerine öyle bakmış olmaları için dua ediyordum fakat içten içe kalbim böyle olmadığını biliyordu.

"Ah Brodie... Seninle ilgilenemeyecek kadar meşguldüm son aylarda. Geceleyin gemiler sürekli gelip gidiyordu. Çoğunlukla gece vardiyasındaydım. Berbattı... Şimdi de bu..."

Anlamıştım. Ben de en az onun kadar kötüydüm ve bazı sorunlar yaşayıp uykusuz geceler geçirdiğini bilmeme rağmen ona destek olmamıştım.

Fishy'nin omzunun üzerinden baktığımda salınarak yürüyen ve Rod Stewart şarkısı eşliğinde eğreti sahnede dansına başlayan kızı gördüm. Dansçı kız, pullarla süslü bir G-string giymek için fazla kiloluydu ve oturduğum yerden sıkan iç çamaşırının izlerini görebiliyordum, yine de küçük izleyici grubu hevesle haykırıyordu.

"Brodie, beni dinliyor musun?"

Glasgow Joe'nun sesi keskindi. Yerimde doğruldum.

"Annen hep deli saçması gündüz düşlerine dalmandan şikâyet ediyordu, görüyorum ki hâlâ devam ediyorsun."

Glasgow Joe haklıydı, dalıp gitmelerim annemin sinirini bozardı. Hatta bir seferinde bir sanatçıyı eve gelip beni o haldeyken resmetmesi için çağırmıştı. Çöküp kalmış, çenem gevşemiş ve ağzım açık bir halde uzaklara dalmıştım. Mary McLennan ödeme yapmayı reddetmişti, kızını "deli" gibi gösterecek herhangi bir resme güçlükle kazandığı parasını ödemeyecekti. Fakat onun bu hallerini hatırlamam beni önümdeki önemli meseleden uzaklaştırmayacaktı.

"Brodie, Fishy'nin söylediklerini dinle yoksa bütün barı ve o kızı göndereceğim..." deyip sahnede debelenen kadını işaret etti. "Senin yüzünden çocuklarını besleyemeyecek. Bir de üstüne her gün, günde iki kere Big Mac alması lazım, anlarsın ya."

Ardından Fishy'ye döndü.

"Sana gelince..." dedi. "İşine gücüne bak. O gösterişli okulunda sana böyle mi öğrettiler? Gevezelik edip kız gibi hareket etmeni mi söylediler? Brodie'nin korunmaya ihtiyacı var, yap şu işi."

Zamanında aklımı başıma getirmeye ve dik oturup ayılmaya çalıştım.

"Altı ay önce bu bana postayla geldi."

Fas derisi yeşil bir fotoğraf albümünü masaya yayan Fishy benim bir ceset olarak gösterildiğim fotoğrafı bana doğru itti. "Dört farklı grup fotoğrafı var içinde. Fotoğraflar dört ayrı kızla ilgili. Hepsinin fotoğrafı öldükten sonra çekilmiş."

Joe'nun ifade ettiği üzere yine çok kalın kafalı görünüyor olmalıydım.

"Tanrım, Brodie... 'Torbadaki cesetler' cinayetlerindeki kızlar bunlar."

"Bana mı yoksa ona mı söylüyorsun?" diye araya girdi Fishy. "Altı aydır bunların üzerinde çalıştığımı hatırlatırım sana. Sen daha on dakikadır bundan haberdarsın."

İki adam olup bitenleri değerlendirirken ortam ürkütücü bir şekilde sessizleşmişti. Joe'ya cevap vermek oldukça cesur bir işti, üstelik Fishy'den gelmesi daha da cesaret isterdi. Her an birkaç uzuv kaybedilebilirdi.

"Yeterince adil."

Bu söz Glasgow Joe için özür niteliğindeydi.

Torbadaki cesetler cinayetleri Edinburgh'da oldukça yaygın bir şekilde bilinirdi. Neredeyse otuz yıl devam etmiş ve dört vaka da çözülemediği için kanıt yetersizliği sebebiyle dosya kapanmıştı. En son ceset 1990 yılında bulunmuştu.

Fishy ve ben, Yama Patterson'ın adli tıp derslerinde öğrendiklerimizi düşündük. Bu vakalar onun en büyük hayal kırıklıklarıydı. Her patoloğun bir sebepten ötürü çözemediği vakalar olurdu ve Yama'nın mükemmeliyetine rağmen onun da çözemediği böyle birkaç vaka vardı. Belki de işin içine çocuklar dâhil olduğundan, torbadaki cesetler cinayetleri Yama tarafından kendisine özel bir hakaret olarak görülmüştü. Hiçbir zaman kimliklerini öğrenemediği kızların bilgisi, vakaya dair bize öğrettiği birkaç bulgudan sızmıştı.

"Brodie, albümü açmadan önce seni, bu fotoğrafı gönderen kişinin bu albümü bildiği konusunda uyarmak isterim."

"Tanrı aşkına Fishy, lanet bir banka müdürü gibi konuşuyorsun. Bak Brodie," diye benim fotoğrafımı havada salladı Joe. "Bu fotoğrafı sana hangi psikopat piç kurusu gönderdiyse bu albümdekilerin de arkasında o var."

"Bu noktada öyle olduğunu varsayıyoruz. Bunun yüzde yüz doğru olduğunu söyleyemeyiz," dedi Fishy dikkatli bir tavırla.

"Bak dostum, içimden bir ses bana torbadaki cesetler cinayetlerini işleyen kişinin Brodie'nin fotoğrafının arkasındaki kişi olduğunu söylüyor. Yıllardır ayakta kalmak için içgüdülerime güvendim ve bugüne dek beni hiç yüzüstü bırakmadılar."

"Sadece bu noktada onu panikletmememiz gerektiğini düşünüyorum."

Albümü elime aldım ve kalın, siyah sayfalarını rastgele araladım. Sayfa açıldığında Kailash'ın bana verdiği fotoğrafın robot resmine bakıyordum. Kıyafetler, alet edevat... Yüz hariç her şey aynıydı. O kız genç ve lekesizdi. Sayfaları ilerlettiğimde karşıma çıkan üç fotoğraf da aynıydı. Bedenlere poz verdirilmişti ve her bir fotoğrafta pozisyonlar hafif farklıydı fakat her bir sette ana hatlarıyla aynı pozisyon vardı.

"Belki de bunların arkasında bir eroin bağımlısı vardır," diye ümitle tahminde bulundu Glasgow Joe. Bütün uyuşturucu bağımlılarını alt edip beni koruyabileceğini biliyordu. Fakat sadist bir seri katil başka bir meseleydi. Bir tür ölüm listesine mi dâhil edilmiştim? Hedef mi gösterilmiştim? Her ne kadar Joe'nun fikrine inanmak istesem de ne ona ne de kendime yalan söyleyecek yüreğim vardı.

"Hayır. Bağımlılar harika arabuluculardır. Ancak bir seks bağımlısı bunu sever," dedim fotoğrafı işaret ederek. "Hiçbir şey libidosunu köreltemez."

"Fishy, fotoğrafların aynı göründüğünü biliyorum ama Brodie fazla yaşlı. Bunu yapan her kimse... bir pedofil olmalı. Brodie onun sapıklık kriterlerine uymuyor." Glasgow Joe başını albüme doğru çevirdi.

"Bu araştırmaların sonucu ne oldu?" Cevabı beklemeden tekrar konuştu. "O kadar adamsınız, neden şu piç kurusunu yakalayamadınız?"

"Çünkü böyle olmak zorundaydı."

Fishy yine aynı formatta bir dizi fotoğraf daha koydu. Siyah, plastik çöp torbalarından dışarı fırlamış, birbirinden ayrılmış kanlı vücut parçalarını görünce kusma isteğiyle dolduğumu hissettim.

Bu tarz fotoğrafları daha önce görmüştüm ve o zamanlar öğrencilik günlerimde tuhaf bir şekilde etkilenmemiştim. Fakat bu çok uzun zaman önceydi ve o fotoğraflardaki kızlarla tuhaf bir kader arkadaşlığı için bir araya getirilmemiştim.

Fishy, yüksek müzikte sesini duyurabilmek için bu defa biraz bağırarak konuşmaya başladı.

"Onların kimliğini belirlemeye yetecek kadar vücut parçası yoktu. Başları yoktu ve parmak uçları bile kazınmıştı. Poşetlerde beden parçaları vardı ve elimizde seri cinayetlerin kesin kanıtı duruyordu fakat kurbanların kimler olduklarını bilmiyorduk ve çok geçmeden duvara tosladık."

Dansçılar değişti ve bu defa daha zayıf bir kadın kasılarak sahnede yürürken, heyecanlandırdığı adamların babası, hatta büyükbabası yaşında olmaları karşısında soğukkanlılığını koruyordu. Kız, sürtünür gibi direkte aşağı yukarı kayarken Fishy'nin sesi dikkatimi çekti.

"Her bir olay ve keşifte polis, cesedin nerede bulunacağına dair kimliği belirsiz bir kişiden telefon aldı. Bu kızlardan hiçbirisi için kayıp raporu tutulmadığını da göz önünde bulunduralım ya da en azından biz öyle düşünmüştük."

Bir anlamı yoktu. Cesetler genelde komşuların kötü kokulardan şikâyet etmesiyle ya da köpeklerini yürüyüşe çıkaran kişilerin keşfiyle bulunurdu. Katiller doğal olarak arkalarında hiçbir kanıt bırakmamak için büyük bir titizlik gösterirlerdi.

"Ne kadar da kibirli bir pislik, değil mi?" Glasgow Joe'nun sesi kızgın geliyordu. "Neden normal katiller gibi cesetleri gizlemedi ki?"

O anda Joe'nun bugüne kadar kaç cesedi ortadan kaldırdığını merak etmekten alamadım kendimi.

"Altı aydır bunu düşünüyorum," dedi Fishy. "Aslında bu hareketi bana oldukça zekice geliyor. Bedenlerin keşfedilme sürecini kontrol ediyor, hangi durumda olduklarını ve bizim hangi kanıtları bulacağımızı biliyor."

"Oldukça masonik..."

İkimiz de dönüp Glasgow Joe'ya baktık.

"Öyle ama," deyip düşüncesini sertçe savundu. "Siz ikiniz gibi diplomam olmayabilir fakat suçtan anlarım ve katil burada diğer katiller gibi kimliğini gizli tutmaya çalışıyor ve bu yüzden göz önünde saklıyor... Tıpkı masonlar gibi. Bütün gizli semboller okunmayı bekliyor aslında, neyi aradığını biliyorsan tabii. Temel bir kuraldır bu: Bir şeyi iyi saklamak istiyorsan açıkta sakla."

Fishy, Glasgow Joe'nun sözlerini duymazlıktan geldi. "Bu albüm bana gönderildiğinde üstlerimden dosyayı yeniden açmalarını istedim."

"Onlara albümden bahsetmedin, değil mi?"

Glasgow Joe prensip olarak endişelenmişti. Onun temel felsefesi bilgi vermeye hiçbir zaman gönüllü olmamaktı ve bu onu en azından benim bildiğim bir olayda Barlinnie Hapishanesi'ne girmekten kurtarmıştı.

"Hayır... Tanrı'ya şükür. Bana neden aniden bu vakalarla ilgilendiğimi sordular. Sonuncusu ben okuldayken olmuştu. Leith'te bir dedikodu duyduğumu söyledim."

"Yeterince hızlı ya da sessiz değildin," diye azarladı onu Joe.

"Bunu söylemek acı verse de haklısın," diye kabullendi Fishy. "Bir saat içinde Letih'in dışındaki trafik birimine gönderildim. O günden beri gece vardiyasında çalışıyorum ve cezadan kaçanları kovalıyorum."

"Başka bir şey var mı?" diye sordu Joe.

"Bir terfi alacaktım fakat durduruldu."

"Ama hâlâ testislerine sahipsin, değil mi? Seni yalnızca hizaya getirmek istedikleri için şanslısın. Eğer yoldan çıktığını ve bu vakalarla hâlâ ilgilendiğini belli etseydin başın belaya girerdi."

Fishy iç çekip gözlerini ovuşturduktan sonra biraz daha içmeye ihtiyacı olduğuna karar verdi. Yarı çıplak ve tuhaf göğüslere sahip dansçı kızlara omuzlarını ovdurduğunda kendimi demode giyimli ve bitkin hissettim.

"Şu bücür pislik bir şeyler saklıyor," diye araya girdi Joe.

Ayağa kalkıp bir seksen boyunu sergileyen Fishy'ye başka hiç kimse bücür demezdi fakat Joe onu küçümsemek için hiçbir fırsatı kaçırmazdı. Yanıldığından emindim, Fishy benden bir şey saklamazdı.

"Kailash bunun katillerden oluşan bir ekibinin işi olabileceğini düşünüyor," dedim Joe'ya.

"Öyle mi? İşte bu, işleri değiştirir. Bu onun kendi fikriyse bizim şuradaki Sherlock Holmes ne derse desin Kailash'ın lafına inanırım."

Fishy sallanarak masaya geri dönüyordu, Rag Doll müdavimleri bir polisi dürtmek için hiçbir fırsatı kaçırmadıklarından geri dönmesi biraz uzun sürmüştü. Fishy içki tepsisini masaya indirdi.

"Bir şey kaçırmadım, değil mi?" diye sordu.

"Ben de sana aynı şeyi sormak istiyordum," dedi Joe.

Cebini karıştıran Fishy başka bir fotoğraf daha çıkardı.

"Sanırım kızlardan birisinin kimliğini belirledim. Büyükannesi onu 1990 yılından beri arıyor. Laura Liddell'la tanışın. Bu fotoğraf İskoç kilisesinin, imkânları kısıtlı Gullaneli çocukları götürdüğü bir gezide çekilmiş."

Solmaya yüz tutmuş renkli fotoğraf diğerlerinden oldukça farklıydı, köşelerinden katlanmıştı, daha iyi görebilmek için köşelerini düzelttim. Laura Liddell güneşli bir plajdan bana gülümsüyordu, bikinisinin askısı omzundan kaymış, göğsünün kızıllığını gösteriyordu ve güneş yanığı olmuş teni acı dolu bir akşamın habercisi gibiydi. Gözlerini kısarak fotoğraf makinesine bakarken açık kahverengi saçları tuzlu suyun şekillendirdiği lüleler halinde omuzlarına dökülmüştü. Bu fotoğrafta bile kızın kaderine önceden teslim olduğuna dair bir hava vardı. Bu fotoğraf diğerlerine kıyasla neredeyse canımı daha fazla sıkmıştı.

Çocukluk anılarım zihnime dolmaya başladı ve eski bir mezar taşının beni her zaman ağlattığı terk edilmiş mezarlığa doğru koştuğumuz zamanlar aklıma geldi.

Burada yatıyor ölmüş bir çocuğun bedeni
Kimsenin yas tutmadığı – Kimsenin umursamadığı
Nasıl yaşadığını – Başından neler geçtiğini
Kimsenin bilmediği – Kimsenin umursamadığı

Bu, âdeta Laura için yazılmış gibiydi fakat onun bedeni yeri belirlenmiş bir mezarda değildi. Varlığı silinmişti. Ne yüzü ne anıları ne de kimliği vardı.

Okulda Westminster İtikatname'sini öğrenmiştik: Tanrı'nın emriyle, onun görkeminin bir alameti olarak bazı insanlar ve meleklere sonsuz yaşam bahşedilmiştir, diğerlerinin kaderi ise ebedî bir ölüm olmuştur.

Laura ve onun gibi diğerlerinin kaderi işkence edilmek miydi? Şimdi de katilleri benim, Laura ya da onlar gibi olduğumu mu düşünüyordu? Geleceğim nasıl olacaktı? Yoksa benim de kaderimde cehennem mi vardı?

ON YEDİ

Boynuma ve sırtıma doğru akan soğuk su beni kendime getiriyordu. Tazyikli akan duşun altında ayakta dururken iri kireç taşı fayanslara yaslanıp ellerimin mavimsi bir tona dönüşmesini izledim.

Bu defa düşünmeye ihtiyacım vardı. Şu ana kadar öğrendiklerimi ya da öğrenmediklerimi gözden geçirmek zorundaydım. Bu vakadan uzaklaşmama izin verilmiyordu, aramızdaki geçmişe rağmen müvekkilim onu benim temsil etmemi özellikle istiyordu. Kailash'ın mahkemede gözlerini Yargıç Strathclyde'a dikerkenki halini zihnimden silemiyordum fakat Strathclyde'ın neden o şekilde tepki verdiği konusunda daha da zorlanıyordum. Şimdilik Jack'in Aydınlanma Cemiyeti üzerine komplo teorileri ve dırdırlarını duymazdan gelecektim fakat Dunsapie Gölü'nde beni Harika'nın üzerinden uçuran siyah sedanın, Lord Arbuthnot'un Heriot Sokağı'ndaki evinin önünde, Lord MacGregor ölmüş oğlunun evinin önünde Moses Tierney'yle buluşmadan dakikalar önce beliren siyah arabayla aynı olduğu gerçeğini yok sayamıyordum. Ayrıca beni eşek sudan gelene kadar döven kişinin bunu bir bastonla yapmış olması muhtemeldi ve bu düşünceler beni dönüp dolaşıp Moses ve Kara Melekler'e tekrar geri götürüyordu. Neyin içine düşmüştüm böyle ve neden birileri bunu kişisel algılamıştı? Etrafta çok fazla ipucu olduğunu hissediyordum fakat belki de saldırıya uğradığımda aldığım darbe beni her zamankinden daha aptal yapmıştı (gerçi güvenliğimi içeren şeylere genellikle böyle yaklaştığımı söyleyen biri olurdu daima). Bana çarpan araba ile evin önünde gördüğümün aynı araç olduğunda zerre şüphem yoktu. Yaslı babanın Moses Tierney'yle konuştuğunu gördüğümü ve Kara Melekler'in nedense bu işle bir şekilde ilgisi olduğunu biliyordum. Peki, ama kaçırdığım nokta neydi? Ya sırtımdaki sopa izleri başka biri tarafından yapıldıysa? Ya bunlar Malcolm'ın tahmin ettiği üzere gerçekten *baston* izleriyse? Bu, Kara Melekler'i işaret ediyordu fakat onlarla hiç işim olmamışken bana neden böyle bir şey yapmış olabilirlerdi ki? Daha da şaşkınlık verici olarak kendilerini mahkeme çıkışında açıkça, belki de yalandan gösterdikten sonra neden bana saldırmış olabilirlerdi ki?

Otopsiden beri Yama'nın açığa çıkardığı gerçekler zihnimde dönüp duruyordu. Lord Arbuthnot'un uzun süredir uyuşturucu bağımlısı olmasından ziyade kıçındaki damga izini düşünüyordum. Yama'nın kazayla ölüm sonucundan aldığım teselli çok az umut ışığı vadediyordu. Bu vakanın diğer yönlerinde ümitli olabilmek için çok fazla karanlık nokta vardı.

Saldırganım tarafından bana ne tür bir uyarı gönderilmişti? Peki, daha fazla saldırıya uğramamak için ne yapmam gerektiğini neden söylememişlerdi? Kalbim bana bütün bunların Kailash'ın bana verdiği, üzerinde oynama yapılarak görüntülerin birleştirildiği fotoğrafla ilgili olduğunu söylüyordu fakat bu fikirden yola çıkıp dışarıda peşime bir katil sürüsünün salındığı fikrine geçmek saçma geliyordu. Gerçi midem teorilerimin saçma doğasını umursamıyor gibiydi, günlerdir çalkalanıp duruyordu.

Fishy neden olanların içine sürüklenmişti? Saldırganım onun cep telefonu numarasını nasıl bulmuştu ve ona altı ay önce bu fotoğraf albümünü kim göndermişti? Aynı kişi miydi? Dört torba cinayetini yaşadıklarımla nasıl bağdaştıracağımı bilmiyordum fakat artık kurbanlardan birisinin adını bildiğimize göre en azından önümüzde ilerleyeceğimiz bir yol vardı. Bu yol eve benim tahmin ettiğimden daha yakındı.

Kapattığım duşun suyu yavaşça azalıp dururken kendimi sudan uzaklaştırdım ve doğru yola geri dönmek için hakkında hiçbir şey yapamayacağım şeyleri düşünmeyi bırakmaya çalıştım. Ben alışkanlıklarıyla yaşayan bir varlıktım, okuldayken her sabah altıda kalkar, kendimi soğuk bir duş almaya zorlayıp ardından on beş kilometre koşardım. Bu Spartalı rutinini kırma fikri zor geliyordu, tadını çıkarmayı bile öğrenmiştim. Anlaşılan bu keyifte yalnızdım.

"Tanrı aşkına Brodie, bu gerçekten gerekli mi?" Glasgow Joe benim sabah alışkanlıklarıma katılmakta yanımda olmayı kendisi seçmesine rağmen gönülsüzdü.

"Kimse senden gelmeni istemedi," diye yanıtladım akşamdan kalma halimle savaşırken. Her koşunun ilk yirmi dakikası zor olurdu, bacakların ağırlaşır ve bedenin seni durdurmak için her şeyi yapardı. Uğradığım saldırıdan beri ilk kez dışarıda koşuya çıkmıştım ve Joe'nun sızlanmalarıyla uğraşmak istemiyordum.

"Seni bir başına bırakamayacağımı biliyorsun. Güvenliğin, benim işkencem oluyor şimdi."

Evden ayrıldık ve Dundas Caddesi'nde ilerlediğimiz sırada çoktan suratı patlıcan gibi olmuş ve ter içinde kalmıştı. Glasgow Joe hız insanı değildi, özellikle de bu koşullarda. Yollar neredeyse tamamen ıssızdı, bir temizlik işçisi yalnız başına yanımızdan geçmişti. En uzun günü geride bırakmıştık ve o sabah Leith Nehri'ne kıvrılan bisiklet yoluna döndüğümüz sırada hava öğle vakti kadar aydınlıktı. Zemin düzdü ve Joe yüzünden yavaş bir tempo tutturmuştuk. Ağrılarıma rağmen Joe'yu parke taşlı köprüde ardımda bırakıp hızımı artırdım. Kuğular kirli suda yüzerken Joe'nun çabasını onaylar gibi onu selamlıyorlardı. Son defa sarf ettiği gayretin direncini kırdığını görünce yavaşladım ve bana yetişmesine izin verdim.

"Onu tanıdın, değil mi?"

Joe konuşur konuşmaz hissettiğim hüznün etkisine girdim ve hareket etmeye devam etmek zorlaştı.

"Elbette tanıdım, o fotoğrafta... Laura sanki dünmüş gibi görünüyor."

O anda aniden fark ettiğim şeyin şokuyla başım dönmeye devam ediyordu. Joe ve ben, Laura Liddell'la aynı ilkokula gitmiştik ve plajda gülümseyen o genç kızın fotoğrafını görmek rahatsız ediciydi. Tıpkı annesine benziyordu, ilkokul yıllarında Shirley'yi bir anne olarak görmekte zorlanırdım. Diğer annelerin aksine bir çocuğun varlığıyla ezilecek birine benzemiyordu.

"Vaktin yarısında fotoğrafının çekildiğinden bile haberi yoktu," diye mırıldandı Joe.

Rag Doll'ün kapısındaydık. Joe'nun barı, ismimi aldığım eski çay fabrikasının karşısında, caddenin köşesindeydi. Dar sokaktan aşağı doğru baktığımda hayatımın ilk yıllarını geçirdiğim çok katlı apartmanların gökyüzünü kapladığını gördüm. Gözlerimi kıstığımda o zamanlar sokakta oynayan diğer çocukları gizlice izlediğim on üçüncü kattaki sarı balkonu da görebiliyordum.

"Maggie hâlâ orada oturuyor. Kahvaltıdan sonra ona telefon edeceğim… Artık biraz sinirime dokunuyor," dedi Joe barı açarken. İçeri adımımı atar atmaz sinmiş sigara dumanı ve dökülmüş bira kokusu üzerime saldırmıştı. Bomboş barın ortasında dikilip bakınca orası dün geceden bile daha döküntü görünüyordu.

"Tanrım. Joe, burası çöplük gibi."

"Müdavimler böyle olmasını seviyorlar, yanlış tiplerin içeri girmesine engel oluyor," dedi.

"Hangi tipler? Banyo yapan insanları mı kastediyorsun?"

"Aynen, Edinburgh pezevenkleri."

Onu barın arkasına doğru takip ettim. Pencerelerin demirleri vardı ve bana kalsa bunun gereksiz bir önlem olduğunu düşünürdüm. Buralarda Joe'ya bulaşacak herhangi bir bağımlı yoktu. Joe ısıtıcıya su koyduğu sırada fırsattan faydalanıp etrafı kolaçan ettim. Joe bir bekâr odasında yaşıyordu. Evin ön kısmının aksine Joe'nun kaldığı yer sadeydi; minimalizmi yeni bir boyuta taşımışlardı. Mutfakta emayeli, beyaz bir ocak vardı ve böyle bir şeyi başka anca müzede görürdünüz. Joe sosis ve pastırmaları pişirmekle uğraşırken ortamın manastırı andıran havasını soludum ve kendimi Victoria dönemine uygun biçimlendirilmiş dökme demirden yatağa bırakıp şımarttım. Joe zengin bir adamdı ve bunu belli eden tek yer yatağıydı. Yatağın üzerinde beyaz, nakışlı, keten nevresimle kaplı kaz yününden yorgan duruyordu ve üzerinde tek bir leke bile yoktu. Üzerine yığılmış yastıklarıyla masaldaki Goldilocks'ın seçeceği türden bir yataktı. Yatağın ucunda düzgünce katlanmış beyaz kürklü bir örtü vardı. Orijinal döşeme tahtası cilalanmıştı ve üzerini nadir bulunan Orkney koyununun kahverengi tonundaki büyükçe bir kilim örtüyordu. Duvara asılı Fransız işi antika bir aynadan yatağın yansıması görünüyordu. Joe sürekli aynaya bakan kendini beğenmiş birisi değildi, bu yüzden neden o aynanın orada olduğuna dair kafamda beliren düşünceleri yok etmek için başımı iki yana salladım.

Pastırmanın kokusu beni yeniden mutfağa döndürdü ve Joe'nun "I'm Gonna Be (500 Miles)" şarkısını duşta söylediğini duydum. Suyun insanın sesini güzelleştiren akustiğine rağmen sesi Shrek'inki gibi geliyordu. Koşu bana iyi gelmişti, daha güçlü ve daha az korkak hissediyordum.

Beline sardığı kocaman bir beyaz havluyla duştan çıkan Joe sosisleri çevirdi.

"Banyoya senin için de birkaç şey bıraktım."

Glasgow Joe bir zamanlar meşhur Cehennem Melekleri çetesinin bir üyesiydi fakat buna rağmen temizlik konusunda aşırı tutucuydu. Yeniden yıkanmadığım sürece sosislerden yememe izin vermeyeceğini biliyordum. Bu yüzden banyoya yöneldim.

Joe burayı almadan önce burası bir tuvalet olarak işletiliyordu. Yüksek asma rezervuarlı uzun ve dar klozet lamba zıvanalı odanın sonundaydı, duvarlardan bir diğerinin önünde ise dökme demirden uzun bir küvet vardı.

Duş almak için küvete girmek ve bir perdeyi etrafıma çekmek zorundaydım. Yerdeki hasır bir sepetin içinde yalnızca Harvey

Nichols'tan alınabileceğini bildiğim özel İsveç ürünleri vardı. Anahtarımı evde unutup Joe'nun yerinde kalmak zorunda olduğum bir gecenin ardından banyoda bulduğum süpermarketten alınma duş jeli ve ucuz şampuanlardan şikâyet etmiştim ona. O zamandan beri birçok defa burada kalmıştım fakat bir daha şikâyet etmemiştim. Joe bana iyi bakıyordu.

Cilt gençleştiren kremi bacaklarıma sürdükten sonra yine benim için ayarladığı kaşmir çorapları giyindim. Sanki şehrin en iğrenç barlarından birinin arka odalarından birinde değil, bir sağlık kaplıcasında gibiydim. Malcolm'ın tembihleri aklımdan geçiyordu. Siyah huş ağacı yağıyla yaralarımı ovdum, saçlarıma saç kremi sürdüm ve bacaklarımı tıraş ettim. Kailash'ın "kızlarından" birisi olmayabilirdim fakat ufak bir yardımla dış görünüşüm öyle olabilirdi. Kendi isteğimle üzerime sülük koymayacaktım, Malcolm'ın tavsiyelerinin hepsi kolay uygulanır cinsten değildi. Her zaman orada bıraktığım kot pantolon ve tişörtü üzerime zorlanarak geçirirken Joe'nun özel hayatını merak ettim. Buraya birilerini getirmiş miydi hiç? Eğer getirdiyse, getirdiği kişiler benim eşyalarımı görünce ne düşünmüşlerdi?

Tam işimi bitirdiğim sırada Joe içeri girdi.

"Maggie'yi aradım, bizi bekliyor."

Bana iki tane sosisli sandviç uzattı ve kapıya yöneldi. Anlaşılan o ki kahvaltımızı yürüyerek yapacaktık. Bar ile apartman blokları arasındaki mesafeyi biraz uzatarak yürüdük, oraya vardığımızda ikinci sandviçimi yiyordum. Ağzımın içine sidik kokusu dolması riskini almak istemedim, bu yüzden asansöre binmek yerine on dokuzuncu kata merdivenle çıkmaya başladık. Her zamanki gibi orada duran grafitiyi görmezden gelmeye çalıştım fakat orası son on yılda daha da kötüleşmişti.

Joe zile bastı, içeride hareket eden Maggie Liddell'ın sesini duyabiliyordum. Kapının açılması biraz zaman aldı ve aşırı derecede obez bir kadın başını uzattı. Zor bir hayatı olmuştu ve yemeğe olan bağımlılığı anlaşılabilirdi. Altı çocuk doğurmuştu ve içlerinde yalnızca birinde HIV yoktu. Eroin, Leith'i söndürülmesi güç bir ateş gibi kavururken elinden gelenin en iyisini yapmış iyi bir kadındı Maggie.

"Aman Tanrım, oğlum!" diye ciyakladı Joe'ya. "Bu yaşlı kadını ne kadar mutlu ettiğini bilemezsin, yenebilecek kadar iyi görünüyorsun."

Maggie onu geniş bağrına bastı ve belki de benim hayal gücümdü fakat sanırım Joe'nun sarsıldığını gördüm. Bana ise yalnızca hafifçe başını sallayarak selam verdi. Benim büyüdüğüm ve ardından satıp köklerimi unuttuğum bu yerde kırmızı Leith sakinleri genelde böyle karşılanırdı. Buraları kesinlikle unutmaya çalışmıştım fakat artık başım belada olduğundan koşa koşa döndüğüm ilk yer de burası olmuştu.

Zamanda geriye doğru yolculuk etmek, helezon desenli turuncu bir halıdan gaz sobasının üzerinde asılı Gainsborough'nun *Blue Boy* tablosuna geçmek gibiydi sanki. Ateş en üst derecede yanıyordu ve içeride boğucu bir sıcaklık vardı. Maggie'nin koltuğu sobanın hemen yanındaydı. Bacaklarındaki eritem nedeniyle oluşmuş ve kötüleşmiş lekeleri görebiliyordum.

"Demek Laura için buradasın evlat. Bana vereceğin yeni bir haber var mı?" Maggie Liddell gerçeği biliyordu fakat Joe bana onun kendini Laura'nın Londra'da, iyi ve hayatta olduğu fikriyle kandırdığını söylemişti.

Glasgow Joe başını iki yana salladı ve Maggie ağlamaya başladı. Uzun, insanın kalbini yakan hıçkırıklarla bir ileri bir geri sallanarak kederini dışarı akıttı.

"Ah evladım, buna inanmakta zorlanıyorum. O kızcağız... O çocukcağız... Onu kurtarmalıydım, başının belada olduğunu biliyordum. Polise gittim, gerçekten gittim ama bana inanmadılar, saygınlık böyle işlerde hesaba çok fazla katılıyor." Saygınlık kelimesini ahlak ve topluma uygun yaşamakla hiç ilgisi yokmuş gibi dile getirmişti.

"Laura'nın kayıp olduğunu onlara söylemiş miydin?" diye sordu Joe.

"Ah, evet, her gün kapılarındaydım. Laura benim en küçük torunumdu, altı çocuğumdan sonra üç tane de torunuma bakıyordum, üstelik diyabet hastasıydım ve eklem iltihabım vardı, bir kişiye daha bakamadım. Başının belada olduğunu biliyordum ve polis onu bulur diye düşündüm."

Maggie'nin çocuklarından bazılarını torunlarının vesayetini üzerine almak için mahkemeye götürdüğünü duymuştum. İstekli bir aktivist olan Maggie bölgedeki bir grup büyükanne ve büyükbabayı laf dinlemez, HIV'li çocuklarının evlatlarına karşı sorumluluk üstlenmeleri için harekete geçirmişti.

"Başı beladaydı derken ne demek istiyorsunuz?"

Maggie bana bakmak için başını bile kaldırmamıştı. Elleriyle yüzünü kapatıyordu ve kollarındaki kat kat etleri ileri geri sallandığı sırada titriyordu.

"Laura bakımdaydı oğlum," diye yanıt verdi sanki soruyu görmezden geldiği, sonradan görme o kız değil de Joe sormuş gibi. "Hiç güzel bir fotoğraf değildi fakat minik kızım çok acılar yaşadı.

"Kaymakamlığın velayetindeyken… sanırım saldırıya uğradı. Çocuklardan faydalanan bir piç kurusu elini kolunu sallayarak gitti. Onu testislerinden asacaktım, ah ne kadar isterdim bunu."

Maggie duraksadı ve nefesini toplayıp burnunu şiddetle sümkürerek sildi. Kendini rahatlattıktan sonra yeniden konuşmaya başladı. Daha çok sorum vardı ve cevap verdiği sürece yanıtları sırasında Joe'ya hitaben konuşması umurumda değildi.

"Ne anlamda saldırıya uğradı? İstismara mı uğradı? Tecavüze mi?"

Maggie kararlı bir tavırla Joe'ya baktı.

"Yapabildiğim zamanlar onu hafta sonları eve getirirdim. Her zaman çok tatlı bir kız olmuştu fakat o evde bir süre kaldıktan sonra değişti. Açıkçası evlat edinilme şansı yoktu: Aşağılık, kibirli uyuşturucu bağımlılarının onun gibi Hollywood yıldızı görünümlü şirin bir kızı hayatlarına alma planı yoktu.

"Nihayetinde bana bir gün baş başa kaldığımızda anlattı, diğerleri Pakistanlı marsıkların marketine meyve araklamaya gitmişlerdi..." Maggie'nin sözleri ağzından doğal bir şekilde çıkıyordu. Hırsızlık yapan çocuklar, yerel esnafa ırkçı hakaretler etme... Onun için bütün bunlar tefecilerden sıyrılıp bingo oynamaya gitmek kadar kolay şeylerdi.

"Bana anlattığı sırada burada oturmuş televizyon seyrediyorduk," Maggie'nin gözleri torununun ona açıkladığı sırrını hatırlayınca yaşardı.

"Saldırı derken bir ya da iki kere olmasından bahsetmiyorum, bana hastalıklı insanlara satıldığını, ödünç verildiğini anlattı. Polise gittiğimde hiçbir şey yapmadılar."

Glasgow Joe ve ben onu sessizce dinliyorduk. Daha buraya gelmeden ona fotoğrafları göstermeme kararı almıştık, insanoğlunun da bir dayanma sınırı vardı.

"Bu yüzden kendim ilgilenmeye karar verdim. Onu pazartesi sabahı hiçbir şekilde geri göndermedim. Laura'yı doktora götürdüm ve muayene ettirdim, doktor da onun saldırıya uğradığını onayladı. Sanırım polise de gitmişti çünkü biz eve geri döner dönmez polis evimize geldi ve o anda evde olan oğlumu olanlar için suçladılar. Yani bundan böyle Laura'nın ziyaretleri bir sosyal hizmetler görevlisi tarafından kaydedilecekti..." Maggie, Joe'ya döndü ve onay ister gibi başını aşağı yukarı salladı.

"Oğlum, onlara göre Laura'ya saldırdığı için bir 'canavardı', onu asansörde iyice dövüp gittiler."

Joe da başını onaylar gibi salladı ve uzanıp elinden tutunca Maggie de minnetle onun elini sıktı.

"Oğlum Davy buna dayanamadı... Laura'ya asla zarar vermezdi. O zaman AIDS onu tamamen ele geçirmişti, hatta eve gelmesi bile güvenli değildi. Oğlumun huzur içinde ölmesini bile sağlayamadım..."

Gözyaşları Maggie'nin kızarmış gözlerinden yanaklarına akarken Maggie iri gövdesini sandalyesinden kaldırıp aksayarak mutfağa yürüdü. Ayaklarındaki kavisler kilosu sebebiyle meydana gelmişti, yavaşça ve zorlanarak terliklerini eski püskü halının üzerinde sürükledi.

Su ısıtıcısının açıldığını duydum ve Glasgow Joe, Maggie'ye yardım etmek için küçük mutfağa yöneldi. Mutfakta benim için yer kalmamıştı ve zaten istenmiyordum. Çayımı beklerken balkon penceresinin yanında durdum. Bulutsuz bir günde Fife'daki iskelelerin karşısını görebilirdiniz. Firth of Forth her hava koşulunda insanı büyülüyordu. Gemilerin geçip gidişlerini seyretmeye bayılırdım. Binanın Maggie'nin oturduğu cephesinde yaşasaydım belki ben de Shirley gibi olurdum. Gördüğün tek şey beton olunca daha iyi bir hayatın hayalini kurmak zor olurdu.

"Maggie bana Laura'yı en son 23 Eylül 1990 tarihinde, on beşinci doğum gününden hemen önce gördüğünü söylüyordu."

Joe'nun elinde devasa bir tepsi vardı, tepside çikolatalı puflar ve karamelli gofretler diziliydi. Maggie'yi daha fazla gücendirmemek için o lezzetli yiyeceklerden mümkün olduğunca az yiyeceğimizi bilmek yüreğimi eziyordu.

Joe, ev sahibinin de duyabilmesi için yüksek sesle konuştu.

"Laura ona başına gelenleri anlattıktan sonra Maggie etrafındaki insanlara danışmış. Büyükanne ve büyükbaba grubundan tanıdığı insanları kullanmış ve çocuklarının arkadaşı olan bazı bağımlılarla konuşmuş. Maggie bir grup adamdan şüpheleniyor, bu kişiler etrafta yıllardır çocuk çalıştırıyorlarmış. Sokaklarda dolaşan dedikodulara göre bir kız onlardan kaçmış ve onların hepsini birden kodese gönderecek kanıta sahipmiş."

Maggie araya girmek için hıçkırıklarını kesti.

"Bu kızın benim tatlı kızcağızım Laura olduğunu düşünmüştüm, onun ortaya çıkmasını bekliyordum, böylece o pislikleri ait oldukları yere, demir parmaklıkların ardına gönderebilirdik."

Maggie sandalyesine uzandı ve limana yanaşan bir yakıt tankeri gibi kendini sandalyenin üzerine bıraktı. Yamru yumru eli ya dikkatimi tamamen kendisine yöneltmek ya da haddimi bildirmek için kuvvetli bir şekilde dizime indi.

"Sana söylüyorum kızım. Belki tam desteyle oynamıyorum artık fakat o kız hayatta..."

Maggie'nin çapaklı gözleri benimkilere dikildi, gözlerinde hâlâ dökülmemiş yaşlar vardı.

"Kendimi o kız Laura'ydı diye bile isteye kandırdım fakat bir büyükanneyi ümit ettiği için suçlayamazsın, değil mi? Özellikle de elinde ümit edecek pek bir şey kalmamışken."

Elimi elinin üzerine koydum ve o kayıp kızı bulacağımıza söz verdim fakat gerçek düşüncelerimi söylemedim. Gerçek şu ki o gizemli kız hâlâ hayattaysa kayıp değildi, gizleniyordu.

ON SEKİZ

Midem silip süpürdüğüm çikolatalı puflar ve karamelli gofretler yüzünden ağrıyordu ve dönüşte yine asansör yerine basamakları kullanmaya karar vermiştik. Önümüzdeki yol boştu ve bana bir sonraki adımımı düşünme şansı tanımıştı. Mesajlarımı kontrol etmek için cep telefonumu açtım, Roddie Buchanan'dan gelen bir sürü kızgın mesaj vardı fakat henüz onunla buluşmak istemiyordum. Benim davalarıma başkaları bakıyordu. Joe, Lavender'ı arayıp neler olup bittiğini sormuştu, bu yüzden Roddie'yi geri aramama gerek olmadığını kendime söyleyebiliyordum.

Her bir katta adım seslerimiz yankılanıyordu ve belim ağrımaya başlamıştı, belki de koşu yapmadan önce biraz daha beklemeliydim.

"Öyle bir kızın gerçekten var olduğuna inanıyor musun?" diye sordu Glasgow Joe.

"İnanmak istiyorum… Fakat bir şehir efsanesi de olabilir. Bir sürü şehir efsanesi dolaşıyor etrafta."

Maggie'nin kendini kandırmasını anlıyordum ve bir noktaya kadar buna inanabilirdim de. Hayatım ona bağlı olduğu için bu kızın varlığına güvenmeye ihtiyacım vardı.

"Maggie'nin pedofil çetesiyle ilgili teorisi kulağa doğru gelmiyor Brodie. Otuz yıl içinde yalnızca dört cinayet işlendi."

"Belki de bu kızlarda olağan dışı bir şeyler vardır, benim de paylaştığım ortak bir şey," diyerek bir girişimde bulundum. "Neden bu cinayetler onlardan bana geçiyor? Tesadüf olmamalı, katiller genelde bu şekilde çalışmazlar. Kendi vakalarımdan bildiğim kadarıyla katillerin cinayetlerinin üzerinde çalışmaları için ihtiyaç duyduğu belli başlı şeyler vardır, yani benim bu zincirin bir sonraki halkası olmamın bir sebebi olmalı. Sence bu nedir Joe? Neyi atlıyorum?"

Joe son yorumumu duymazlıktan geldi, neticede hepimiz yalnızca istediğimiz şeyleri duyar ve görürdük.

"Fakat Maggie o adamları insanların çoktan otoritelere bildirmeye çalıştıklarını söylemişti, yani çocuklar çete için tehdit değillerdi, kimliklerini açığa bile vursalar hiçbir şey olmayacağını biliyorlardı, polis hiçbir şey yapmayacaktı."

"Evet ama herhangi bir sonuca bağlanmasa bile bu kızlar istismarcıların güvenliğini tehlikeye atıyorlardı, belki beni de bir tehdit olarak görmüşlerdir?"

"Sen onlar için nasıl bir tehdit olabilirsin ki? Hiçbir şey bilmiyorsun." Joe apaçık ortada olan bir şeyi tekrar dile getirmişti. Fakat yanılıyordu, bir şey biliyordum; ölmek istemediğimi biliyordum. Aklım karışmıştı. Hızlı bir çözüm istiyordum fakat meseleyi net bir şekilde göremiyordum. Umutlarımı Fishy'ye bağlayarak bana telefon etmesini bekledim, zaten apartmandan çıktığımızda aradı.

"Nerelerdeydin? Neredeyse stresten hastalanacaktım, sabahtan beri seni arıyorum." Durmadan konuşuyordu ve ses tonu kaygıyla birlikte yükselmişti. Telefondan antiasit ilaçlarını açtığını duyabiliyordum ve ülserini azdırdığım için suçluluk duygusu hissetmiştim.

"Bugün kanıtı Edinburgh Yüksek Mahkemesi'ne öğleden sonra vermek zorundayım, benimle öncesinde İskoç Millî Müzesi'nde buluş," dedi.

Joe ve ben Leith'ten uzaklaşıp Joe'nun yerine gittik. Bizi götürecek bir taşıta ihtiyacımız vardı ve Joe insanın zevkten ağzının suyunu akıtacak bir koleksiyona sahipti.

Glasgow Joe muhtemelen sahip olduğu motosiklet sayısını unutmuştu. Harika, onun bana yirmi beşinci yaş günüm için aldığı hediyeydi ve hâlâ aldığım en iyi hediye olma özelliğini sürdürüyordu.

Motorum için seçtiğim ismi onaylamamıştı fakat ergen oğlanların motorumu görüp kendi kullandıkları mini scooterlarıyla kıyaslayınca salyaları akarak, "Harika," diye hayranlıklarını belirtmeleri hoşuma gidiyordu.

Etrafta dikkat çekmemem gerektiğini düşünüyordum, bu yüzden Joe siparişi üzerine Texas'ta elle üretilmiş, önü chopper şeklinde, arka kısmında ise iki kişilik bir koltuk olan üç tekerlekli motosikletinin anahtarlarını alınca şaşırmıştım. Tabut şeklinde tasarlanmış yakıt tankı benzin doldurmayı neredeyse imkânsız hale getiriyor olsa da Joe'yu oyuncağına çeken şey kesinlikle onun pratikliği değildi. Üç tekerlekli motosikletinin boyası bir Ferrari'yi bile kıskandırırdı ve muhtemelen masrafı onun kadar tutmuştu. Koltuklar bile elle dikilmiş kuru kafa kabartmalı, siyah deridendi. Joe yolculuğumuza karar vermişti. Normal bir motosiklette takacağın kask sana belli bir seviyede gizlilik sağlardı fakat bunun gibi üç tekerlekli bir motosiklette kask takmazdın ve haliyle fark edilmeme ümidinden vazgeçmiş olurdun.

Glasgow Joe'nun bir planı olduğunu biliyordum, sadece henüz bana söylemeye tenezzül etmemişti. Gönülsüzce tırmandım fakat elime bir ceket tutuşturdu. Cekete şöyle bir bakınca hemen protesto ettim. Sırt kısmında, omuzlar arasında pembe ve gotik harflerle "SERT KIZ" yazıyordu. "Tanrım. Joe, bunu bana özellikle mi getirdin yoksa *aşırı* şık kadınları etkilemek için yanında mı taşıyorsun?"

Motorun gürlemesi iki mahalle öteden kalkışımızı ilan ediyordu. Ferry Yolu'na doğru yöneldik. Öğlen saatlerinde alışverişe çıkmış kişiler bizi bir tür festival katılımcısı sanıp el salladılar. Joe, Edinburgh'nın en yoksul toplu konut bölgelerinden olan Muirhouse ve Pilton'a doğru sürüyordu fakat orada durmadı.

Nihayet şehir merkezine gelip Chambers Caddesi'ne park ettiğimizde Edinburgh'nın turistlere kesinlikle kapalı olan yerlerini gezip bitirmiştik. Bunun bir sebebi vardı. Glasgow Joe ilgilenen herkese artık onun koruması altında olduğumu gösteriyordu.

İskoç Millî Müzesi, Victoria döneminde inşa edilmiş, kırmızı kum taşından, gösterişli bir yapıydı. Dönen kapılarına ulaşmak için çok sayıda merdiven çıkmak zorundaydınız, belki de avukatların dikkatini dağıtan şey buydu. Oranın koridorlarında hayatımın her aşamasında çok mutlu saatler geçirmiştim. Çocukken annemle gittiğimde büyük balık havuzlarına parmaklarımı daldırıp sazan ve koi balıklarını parmak uçlarımı kemirmeleri için ikna etmeye çalışırdım. Daha büyük yaşlarda Glasgow Joe'yla geldiğimde de balık havuzlarına hayranlığım sürüyordu fakat bu defa havuzun dibindeki bozuk paraları toplamaya niyetlenmiştik. Sonraları hukuk mezunu bir öğrenci olarak Old College'dan bir taş atımı uzaklıktaki bu yere, mesleki sınavlardan soluk aldıkça huzur verici sakin duvarları arasında dinlenmeye gelirdim.

Fishy bizi kafede bekliyordu. Maggie'nin devasa tepsisinden sonra hiçbir şey yiyemedim, Joe'nun böyle bir kısıtlama derdi yoktu. Gidip kendisi için mezgit ve patates, bana ise bir fincan kahve aldı.

"Oldukça zeki görünüyorsun," dedim koyu mavi, ince çizgili mahkeme kıyafetine yorum yaparak. Belli ki kanıtı sunacaktı.

"Mahkeme kaçta başlıyor?"

Yüzünü korku kapladı.

"Suçlanan kişi suçlamaları öğle yemeğinden hemen önce kabul etti, yani çarçur edilmiş bir gün daha."

Bu konuda söyleyebileceğim çok fazla şey yoktu çünkü kendim de böyle şeyleri çok tecrübe etmiştim. Joe'yu beklerken rahatsız edici bir sessizlikte oturduk. Fishy söyleyeceklerini belli ki iki kere tekrarlamak istemiyordu.

Joe sonunda geldi ve üç kişi için küçük gelen masaya sıkıştık. Joe yemeğini yerken dirsekleri Fishy'yi dürtüyordu ve Fishy'nin giderek sinirlendiğini görebiliyordum. Kendini masadan biraz geriye doğru çekip konuşmaya başladı.

"Bunu söylemenin kolay bir yolu yok. Altı ay önce gördüğüm dosyalar merkezden kaldırılmış. Kayıt bürosu, ek binadan ana binaya taşındığından beri, yani yıllardır kayıp olduklarını söylemeye devam ediyor."

"Fakat bu doğru olamaz, dosyaları eline aldın, onları gördün," diye araya girdim.

"Bilgisayar kayıtları yalanlarına arka çıkıyor. Çok fazla olay çıkarmak istemedim, bu işi sessiz sedasız yürütmemiz daha iyi olacak."

Glasgow Joe'nun bu sabahki haylazlıklarını düşündüm ve benimle göz göze gelmemesine şaşırmadım. Joe patatesi için tuz bulma bahanesiyle masadan kalktı.

"Üzgünüm Brodie," dedi Fishy. "Elimizde devam etmemiz için yalnızca bu var."

Evrak çantasından fotoğraf albümünü çıkardı. Eğer seçme şansım olsaydı o lanet albüme bir kez daha asla bakmazdım fakat böyle bir lüksüm yoktu. Kendime içten içe yeniden güçlü hissedene kadar Laura Liddell'ın fotoğraflarına bakmaktan kaçınmamı tembihledim. Fakat bu imkânsız gibi görünüyordu.

"Sanırım arka sayfadan başlayarak kronolojik olarak sıralanmış."

Fishy'nin ben onun talimatlarını gönülsüzce takip ederken gözlerini bana diktiğini hissedebiliyordum.

"Bu... bu zalimce şeyleri sana kimin gönderdiği hakkında hiçbir fikrin yok mu?" Albümü açmak için parmaklarımı kullanırken ürperdim, sayfalar parmak uçlarımı kesecek kadar keskindi.

"Sana daha önce de söyledim, postayla geldi."

Dikkatimi ilk parçaya verdim. Sararmış, zamanla solmuş bir grup gazete kupürüydü. Dağılmalarına engel olmak için dikkatlice elime aldım onları fakat bu haberlerin hiçbirisi cinayetlerle ilgili değildi. Cinayetler yerine Kasım 1976 yılında Portobello kıyısına vuran, denize atılmış yeni doğan bir bebekle ilgili detayları ele almışlardı haberlerde.

Noel yaklaşırken denize atılan bebek Portobello kasabası sakinlerinin dikkatini çekmiş ve o bebeğin fakir mezarlığına gömülmemesine karar vermişlerdi. Yerel iş adamları, bebeğin kısa yaşamının anısına bir fon sağlamışlardı.

"Mide bulandırıcı, değil mi? İnsanı tiksindiren duyarlılıkları, ölü bir bebeğin mezarında iki metrelik mermerden bir meleğe ihtiyacı olduğuna karar veriyor ama Laura Liddell'ın güvenliğini sağlayamadıkları gibi o sekiz kilometrelik sahil şeridine bir bebeği güvende tutmak için iki şamandıra bile koyamıyorlar."

Joe elinde tuzla geri döndü ve Fishy'nin ateşli sözlerle konuşmaya devam etmesine izin verdik. Maggie Liddell'ı düşünüyordum, ondan daha duygusal kimse yoktu ve yirmi yıl önce bu gerçeğin onun başına gelenlere katkıda bulunduğuna bahse girebilirdim.

Mezardaki melek bir işaret, hayat zorlaştığında bir ümit ve şeref sembolüydü. Fishy'nin öğrenmesi gereken şeyler vardı hâlâ. Dünyanın bütün problemlerini çözemezdiniz, önce ayağınızın dibindekilerle başlamak zorundaydınız.

Bebekle ilgili bir makale daha vardı. Polis, sağlık yardımına ihtiyaç duyma ihtimaline karşı bebeğin annesini arıyordu. Bebeğini denize attığına göre durumu ümitsizlikten de öte olması gereken kadın o kadar büyük bir sansasyon yaratmıştı ki yakalansaydı çocuk öldürmekten ceza alacaktı.

Yerel gazete, melek heykelinin dikilişine iki sayfa ayırmıştı. Bölge ilkokulunun kermes düzenlediği, kadın derneklerinin tığ işi bebek arabası örtüsü sattıkları üzerine masallar anlatılıyordu, anlaşılan kasabanın bütün mahallî toplulukları katkıda bulunmuştu.

"Fotoğraflara dikkatli bak."

Baktım, yine baktım, neye bakıyordum ben?

"Tanrım, Brodie, baksana! Şu gördüğün benim düşündüğüm kişi mi?" Glasgow Joe gazete kâğıdını heyecanla dürttü. "İşte! Tanrım, güzel görünüyor, onunla ilk tanıştığımda da böyleydi."

Daha iyi bakabilmek için Joe'nun parmağını çektim. Heykel dikme töreninde arkada tanımazlık edemeyeceğim bir kadın duruyordu.

Annem.

Ürperdiğimi hissettim. Beni doğurduktan sonraki kilolarıyla hafif toplu Mary McLennan, o döneme özgü şekilde başının üstünde topladığı saçlarıyla oradaydı. Güzeldi fakat dahası üzgün görünüyordu. Buna şaşırmamıştım, beş düşük sonrasında ben onun anne olması için son ümidiydim ve çocuklara karşı yapılan zulüm onun anlayışının ötesinde bir şeydi.

"Hayır!"

Fishy'nin sıkılı dudaklarından o kızgın kelime tıslar gibi çıkmıştı.

"Anneni tanıyamazdım. Genç bir kadınken onu tanımıyordum." Fishy'nin sesi sabırsız geliyordu.

"Yeniden bak. Sana ilk gösterdiğim kişiye bak."

Bu defa gözümü tam anlamıyla kastettiği yere yönlendirdi. Mevki sahibi insanlar arasında merhum Alistair MacGregor'ın karısı Bunny MacGregor, yani Lady Arbuthnot vardı.

"Tanrım, tesadüfe bak," dedi Joe.

Yüzümün öfkeyle gerildiğini hissettim, Fishy de aynı şekilde bakıyordu.

İplerinizi kimin yönettiğini bilmediğiniz zaman kullandığınız bir kelimeydi *tesadüf.*

ON DOKUZ

Balmoral Hotel'in tepesindeki saat Elizabeth Kulesi'ni andırıyordu. İçlerinden birinin beş dakika ileride olduğu dört yüzü olan bir saat kulesi. O anda saat on biri gösteriyordu. Otel bir zamanlar demir yollarına aitti ve yönetim yolcuların tam zamanında vardıklarından emin olmak istiyordu. Öğrenciyken Balmoral Hotel'de oda hizmetçisi olarak çalışmıştım. Hangi vardiya ihtiyaçlarıma uyarsa ona göre çalışmaya geç başlayıp erken ayrılıyordum. Jack Deans'i beklerken en az dört yüze ihtiyacı olan kişinin kendim olduğum üzerine düşüncelere dalmıştım.

"Kabul et Brodie, seni ekti."

Glasgow Joe, Princes Caddesi'nde gergin bir şekilde volta atarken hayranlık dolu gözlerle fotoğrafını çekmek isteyen turistlerden kaçıyordu, Joe'nun haklı olduğunu kabul etmekten nefret ediyordum.

Öfkeli bir şekilde durumu kurtarmaya çalıştım. Joe'nun kolunu tutarak onu yolun karşısına, cinayet mahaline götürdüm. Bir at üzerindeki Wellington'ın heykeli arkasında durarak Kailash'ın adımlarını takip ettim. Tamamen profesyonel bir bakışla bronz heykelin detaylarını inceleyince bu etkileyici varlığın onu cezbettiğini kabul etmem, profesyonel olmayan bir bakış açısıyla inceleyince ise kesinlikle devasa bir penisi olduğunu söylemem gerekirdi.

Edinburgh Festivali boyunca hava alışılmadık bir biçimde sıcaktı. Tipik olarak bir Avrupa şehri havası vardı ve her köşede bir sanatçı duruyordu, bir köşe hariç. Kailash'ın, Lord Arbuthnot'un ölümünden hemen önce ziyaret ettiğini iddia ettiği erkekler tuvaletinin dışında tek bir kişi bile durmuyordu.

Glasgow Joe'yu girmem için uygun mudur diye önden gönderdim. Heykelin yanında durmaya devam etmeme rağmen Joe'nun tuvalet kapılarını tekmeleyerek açtığını ve bağrışını duyabiliyordum.

"Çık dışarı seni yaşlı ibne, karın burada olduğunu biliyor mu?"

Joe'nun aşırı hassasiyeti beni âdeta keskin bir bıçağın tereyağını kesişi gibi kesmişti, en azından eğer Lord Arbuthnot o gece o tuvalette bulunduysa, olduğu yerden Kailash'ın çığlıklarını duymuş olabilirdi. Joe'nun tiradını takiben çeşitli yaşlardaki adamlar tıpkı gemiyi terk eden fareler gibi koşarak kaçtılar oradan. Onlara seslenip özür dilemek istedim fakat gizlilik peşinde oldukları, güvenli bir noktaya ulaştıktan sonra kimlik ve aktivitelerine dikkat çekmemek için ağır ağır yürümeye başlamalarından belliydi.

Dış kısmı bomboş olmasına rağmen anlaşılan o ki bu tuvaletler şehrin en yoğun buluşma noktalarından biriydi, o halde başka birileri daha o gece Kailash'ın çığlıklarını duymuş olabilir miydi?

Glasgow Joe girişi tutuyordu.

"Sanki biraz gereksiz sert davrandın Joe."

"Bazı yaşlı piç kuruları ben içeri girdiğimde Noel'in erken geldiğini zannettiler, sanırım gerisini tahmin edebiliyorsun."

Joe kızgınlığında haklı gibi görünüyordu ve taliplisinin bir papaz oluşuna oldukça öfkelenmişti.

Victoria dönemi insanları temizlik işlerini ciddiye alıyorlardı, ahlak kuralları biraz bozuktu ve büyük ihtimalle altyapılarını bir umumi tuvalette Joe'nun üzerine atlamaya çalışan o papaz gibi din adamları için hazırlamışlardı. Tuvaletleri gürültülerden, vatandaşların araştırıcı gözlerinden uzakta, Princes Caddesi'nin altında inşa etmişlerdi. Spiral merdivenlerden aşağı doğru adım attım. Basamaklar dardı ve Glasgow Joe kocaman ayaklarını yerleştirebilmek için yavaşça hareket ediyordu.

Duvarlar yeşil cilalı, zamanla çatlamış fayanslarla kaplıydı. Lambri kalınlığındaki fayanslar dardı ve kabarık bir urgan motifi oluşturuyorlardı. Üzerlerindeki beyaz, dikdörtgen fayanslar yükseklik ve teatrallik etkisini artırıyordu. Pisuvarlara geldiğimde manzarayı önceden tahmin edebiliyordum. Koyu, tik ağacından klozetler yeterli sayıdaydı ve her bir tuvalet kabininde iki kişiye yetecek genişlikte yer vardı. Orijinal Thomas Crapper rezervuarlı klozetler hâlâ duruyordu. Aslında ne amaçla inşa edildikleri ve genelde ne amaçla kullanıldıkları gerçeğini görmezden gelince güzel bir atmosfere sahip bir yerdi.

Mahremiyet ise burada bir problemdi, kapı ve zemin arasında neredeyse otuz santimetrelik bir boşluk vardı. Çok fazla eğildiğinde görülecek ayak sayısı içeride kaç kişi olduğunu ortaya çıkarabilirdi ve hatta bu tarz faaliyetlere katılmaktan çok izleme taraftarıysan az da olsa bir şeyler görebilirdin.

Son zamanlarda polisin bu tarz tuvaletleri gözlediği biliniyordu. Farklı bir izlenime yer bırakmamak için buraların ziyaretçileri böyle yerlere ellerinde pahalı alışveriş poşetleriyle geliyorlardı. Pahalı, gösterişli mağazaların poşetleri, süpermarketlerin ucuz poşetlerine oranla aşınmaya ve yıpranmaya karşı daha dayanıklı oluyorlardı. Mekânı incelerken benim bildiğim Lord Arbuthnot'u elinde bir Harvey Nichols alışveriş çantasıyla bir tuvalet kabininde oral seks yaptırırken hayal etmekte zorlanıyordum.

Burası ölmeden önce uğradığı yerlerden biriyse bu ne anlama geliyordu? Belli ki kendini şantaja açık bir hale getirmişti fakat eğer Kailash ona şantaj yapıyorduysa böylesi bir gelir kaynağını öldürmek istemezdi.

Merdivenden ayak sesleri yankılandı ve ince çeneli o küçük adam Glasgow Joe'yu fark etmeden önce beni gözlediği için hayal kırıklığına uğramıştı. Artık neredeyse bomboş olan tuvaletten ayrılırken anlamlı bir şekilde başımı sallayarak onu selamladım. Joe'yla birlikte tekrar cadde seviyesine çıktığımda o adamın hayal kırıklığı hissini ve ucuz ananas kokulu temizlik malzemesinin aromasını da yanımda götürmüştüm.

Tekrar gün ışığına çıktığımızda Jack Deans bizi bekliyordu.

"Bekletilmekten hoşlanmam," diye hırladı Glasgow Joe, Jack Deans'e.

"O halde hobilerinin dikkatini dağıtmasına izin vermemelisin," dedi tuvalete doğru başını aşağı yukarı sallayan Deans. "Zaten seninle değil, Brodie'yle buluşacağımı zannediyordum, senin de teşrif edeceğini bilseydim buraya kadar gelmekle hiç uğraşmazdım. 'Kıllı götlü zengin alçaklar umumi tuvalette yiyişiyorlar,' cümlesi iyi bir manşet olmazdı."

"Genelde attığın manşetlerden çok daha iyi," diye yanıtladı yumruklarını sıkan ve onunla dövüşmek için âdeta yanıp tutuşan Joe.

Onları dikkatimi vermeden dinliyordum. Bu dansı daha önce de yapmışlardı, hem de defalarca. Asıl canımı sıkan konu Jack Deans'e öğrendiklerimin ne kadarını söyleyeceğim meselesiydi. Cornton Vale'e gidiş ve dönüş yolculuğumuz oldukça sessiz geçtiğinden muhabirimize ne kadar az şey söylediğimin farkındaydım, hatta ona saldırı sonrasındaki iyileşme sürecimde bana yardımları için bile teşekkür etmemiştim. Artık onun her şeyi anlatacağım kadar güvenilir olup olmadığına karar vermek zorundaydım. Aslında içten içe böyle bir karara hazır değildim ama başkalarının bu kararı benim adıma vermelerinden endişe ediyordum.

Jack Deans zevksizliği için bir açıklama getirmemişti. Fishy'yle pazar günleri için incelediği komedi gösterilerinin düzenlendiği Pleasance'ta bir buluşma ayarlamıştı. Anlaşılan Joe ve ben de peşlerine takılmak zorundaydık. New Town'u Old Town'a bağlayan köprüleri geçtiğimiz sırada kendi düşüncelerimin arasında kaybolmuştum ve onların konuşmalarını takip etmekte zorlanıyordum.

Arthur's Seat'in gölgesine yaslanan Pleasance, Londra basınını andıran gözlüklü gazeteciler ve iyi vakit geçirmek isteyen sarhoş turistlerle doluydu. O akşam ağustos ayı boyunca büyük bir komedi buluşması düzenleyen Edinburgh Üniversitesi'nin etkinliklerinin bir parçasıydı. Eski bir taş kemerin altından mekânın parke taşlı avlusuna girdik. Avluda elindeki bira dolu tepsiyle yürümeye çalışan ve içeri akın eden topluluğun çarpmasının etkisiyle biraları sağa sola taşırarak ilerleyen Fishy'yi görebiliyordum. Deans'le beraber geleceğimizi bekliyor olmalıydı, şimdiye dek ne kadar konuşmuşlardı acaba? Deans meselenin ne kadarını biliyordu ve hangi kısımları ona Fishy anlatmıştı?

Uzun piknik masalarına doğru kalabalığı iterek ilerlerken hedefime ulaşmakta oldukça kararlıydım. Hayatımı kurtaracak, en azından böyle olmasını ümit ettiğim stratejiyi belirlemeye niyetliydim ve bunu yapabilmek için bir yere oturmam gerekiyordu.

Fishy önüme bir bardak bira koydu, Glasgow Joe da bardağı önümden aldı.

"Aklına gelecek en ufak bir fikre bile ihtiyacı olacak, bu yüzden toplantı bitene kadar alkol yok." En azından Joe mecburi ayık kalma sürecimde bana katılacaktı, biramın yerine bana bir bardak diyet kola koydu.

"Bence burada özgürce konuşabiliriz," diye başladı Jack Deans. Etkinlikten bahsettiğinden emindim, birbirimize zaten güvendiğimizi varsayıyormuş gibi görünüyordu. Bundan o kadar da emin değildim ve ona karşı beslediğim gizli hayranlığımın dilimi çözmesine izin vermeyecektim.

"Özgürce konuşabileceğimizi söylemene sevindim Jack. Çünkü her zaman olduğu gibi tam da endişelendiğim üzere arkamdan işler çeviriyorsun."

"Senin durumunda paranoyaya kapılmak oldukça normal Brodie."

Boğaya kırmızıyı göstermişti. Bana ya da herhangi bir kadına biraz paranoyakça davrandığını söylemek ona âdet olup olmadığını sormakla neredeyse eşdeğerdi. Ona bir zamanlar onu mahvetmeye çalışan birisini savunmak zorunda kalsaydı, saldırıya uğrasaydı ve pedofil canilerin dikkatini çekmiş olsaydı da gülmeye devam eder miydi diye sormak istedim. Fakat diğer seçenekte karar kıldım ve kişisel anlamda kendisini kötü hissettirmeye çalıştım.

"İyi ama tehditten önceden haberdarmışım gibi hissettiriyorsun. Ben paranoyak değilim Jack, sadece beş para etmez çok fazla insan tanıyorum."

Deans'in sessizliği onu suçlu çıkarıyordu. Benden kesinlikle bilgi saklıyordu, bunu onun beden dilinden anlıyordum.

Fotoğraf albümü önümüzdeki masanın üzerinde duruyordu. Kollarımı üzerine sanki bana aitmiş gibi uzattım, Jack Deans'in bildiklerini bana anlatmadan albümün içindekileri görmesinin imkânı yoktu.

Eğilip kulağıma fısıldadı:

"Neden bu kadar çabuk öfkelendiğini hiç merak ettin mi Brodie?"

Sırf söylemiş olmak için sorduğu, aslında cevap beklemediği bir soruydu bu ve bir nefes alımlık süre bile geçmeden konuşmaya devam etti.

"Ben ettim. İskoçya Barosu'nun yükselen yıldızının, kirlilik seviyesini ki bunu kötü anlamda söylemiyorum, sık sık merak ettim. Lothian & St. Clair'de stajyerlik yapmak bile senin çok ötende bir şey olmalıydı. Roddie Buchanan'ın seni gizliden gizliye hor gördüğüne bahse girerim. Evet, akıllı kızsın... ama sansasyonel vakalara ihtiyacın vardı ve seni uzaktan izlerken senin için bu kapıları kimin açtığını merak ediyordum. Sen de aynı soruyu kendine sordun mu hiç? Yoksa bütün bunların sebebinin sıkı çalışman ve yeteneğin olduğunu varsayacak kadar kendinden fazla mı eminsin?"

Jack Deans meseleye damgasını vurmaya çok yakındı, yanıldığı tek şey Roddie'nin küçümsemelerinin gizli değil, gayet açık olduğuydu. O konuşmaya devam ederken sakin kalıp elini omzumdan çektim.

"Her hâlükârda, eğer ilgini çekecekse arkandaki görünmez hayırseverin kim olduğunu henüz bulamadım."

"Kesin artık," diye araya girdi Fishy. "Zaten önümüzde yeterince büyük bir bela var. Her şeyden önce bugün yaptıklarımı size özetlemek istiyorum. Resmî belgeler yok oldu ve yakın bir zamanda ortaya çıkacaklarını da zannetmiyorum, bu yüzden Frank Pearson'la iletişime geçtim ve eski zamanların hatırına bir şeyler koparmaya çalıştım."

Fishy uçuruma doğru sürüklendiği gerçeğinden bihaber haliyle oldukça kibirli görünüyordu. Yalnızca geriye yaslandım ve kimin bu gerçeği dile getireceğini izledim. İlk patlayan Jack Deans oldu.

"Seni aptal piç kurusu, ne yaptığının farkında mısın sen?"

Cevabını beklemediği bir soru daha sormuştu: Deans belli ki bütün yanıtlara sahip olduğunu düşünüyordu. Geriye doğru yaslanıp bir sonraki saldırısı için enerjisini topladı. O anda hiç beklemediğim bir şekilde Jack'in ne kadar yakışıklı olduğunu daha fazla fark ettim. Böyle zamanlarda bile babama lanet okumak için vakit bulabilirdim; bir adam kızgın, kötü ya da üzgün olduğunda ondan etkileniyordum. Fakat duygusal olarak bana karşı bir şeyler hissetmeyen bir adam hepsinden iyiydi ve Jack Deans hodri meydan demişti.

"Lanet olası amatörlerle uğraşıyorum resmen..." dedi iğrenir gibi. Fishy'nin cevap vermek üzere ağzını açtığını gördüm fakat son anda akıllıca davranıp konuşmaktan vazgeçti.

"Eğer şu anlattığın albüm tahmin ettiğim şeyin bir parçasıysa ve arkadaşın da en az senin kadar kalın kafalıysa, onun ölüm fermanını imzalamış oldun demektir."

Fishy'nin beti benzi attı. Jack Deans haklıydı ve bu, Fishy'nin duygularının incinmesinden daha önemliydi.

"Tanrım, şu zavallı kıl herifle iletişime geçsek iyi olur," dedi gösteriyi başladığından beri sessizce takip ettikten sonra harekete geçen Glasgow Joe. Savcının cep telefonu ve ev telefonu numaralarını Fishy'den aldı. Aramaları yapmak için taşlı avludan ayrılmadan önce Jack Deans'e baktı.

"Onu gözünün önünden ayırma ben dönüne kadar, bu o kadar da kötü bir iş değil Deans."

Bu bir emirdi ve hemen uyulması gereken türdendi. Joe sandalyesini boşaltınca Jack Deans benim yanıma kaydı. Neyin önemli olduğunu biliyordu ve bu onun sidik yarıştıran çocuk titizliğinden daha önemliydi.

Gururu kırılmış Fishy, Joe'nun dalgalanan İskoç eteğiyle uzaklaşmasını izledi, kadınların çoğu ve erkeklerin yarısı da aynı şeyi yapmıştı. Deans onu yeniden yaşadığımız ana döndürdü.

"Burada hata yapma lüksümüz yok Fishy, şimdi izin ver de altı aydır neyin üzerinde çalıştığını göreyim."

Fishy albümü onun önüne doğru itti. Jack Deans daha albümü açmadan homurdandı.

"Bunu duymuştum," dedi bu masum ifadenin ardındaki hikâyeyi ben merak ederken.

Jack Deans normalde kaynaklarını korurdu. Albümün deri kapağını açışını izledim, eğer ondan daha fazla bilgi almam gerekecekse aynı dalga boyunda olduğumuzu ona hissettirmem gerekirdi. Anlıkçılıktan, izleyicilerin aklını okuyabiliyormuş gibi eski toprak davranışlarından hep etkilenmiştim. Bu ilgim beni geçmişte Amerika ve Hindistan'a, bilgilerin kaybolmadan önceki eski uygulayıcılarını araştırmaya yönlendirmişti. Birçok modern psikolojik tekniklerin kökeni büyüye dayanırdı, eski bir büyü kitabında bir bakirenin nefesini içine çekip kendi anüsünü sıktığında onun ruhunu yakaladığın yazıyordu. Bu tarz şeyleri seviyordum, önce tamamen saçmalık olduğunu düşünürdün ve ardından sanki dünyanın en büyük gerçeğiymiş gibi inanırdın. Öğrendiklerimde kesinlikle faydalı bazı bilgiler vardı. Jack Deans'in bir bakire olduğundan şüpheliydim, hatta olmamasını ümit ediyordum fakat onun beden dilini taklit etseydim, onun bilinçaltı bizim en geniş anlamda "ruh eşleri" olduğumuza inanırdı. Biraz fazla kaçacağı için anüsümü sıkmadım fakat bir sonraki sorumu sormadan önce yaptığım hareketlerin etkisini göstermesini bekledim.

"Nereden duyduğunu anlatsana," diye sordum ve bir yanıt bekleyip aldım.

"7 Mayıs 2001'de Fettes'te bir baskın olmuştu."

Sesi ağır ve ölçülüydü, gözlerindeki güveni hissedebiliyordum. Fettes, Edinburgh'daki emniyet müdürlüğüydü. Pahalı bir bölgedeki merkez, açılışına Tony Blair'in katıldığı yatılı okulla karşı karşıyaydı.

Jack, dayanamayıp araya giren Fishy'yi engellemek için çok yavaştı.

"Doğru, Hayvan Kurtuluş Cephesi'nden bir grup protestocu içeri girip duvarları grafitiyle boyadılar fakat hiçbir şey almadılar." Fishy içeriden birine sahip olmanın iyi bir şey olduğunu onaylamam için gülümseyerek bana baktı. Fakat sonuçta o bir polisti ve o utanç verici karakol baskınıyla ilgili hassaslardı.

Jack Deans başını iki yana sallayıp gözlerini devirdi.

"Bu yalnızca resmî açıklama Sert Çocuk, belki de resmî yalan demeliyiz." Jack'le sınırlı tecrübelerimde öğrenmiştim ki ona hikâyesini kendi yöntemiyle anlatma fırsatı vermek zorundaydınız. Gazeteciler yeteneklerini göstermelerine izin verilmeyen hikâye anlatıcıları gibiydiler. Onun yavaş yavaş anlatışı asabımı bozuyordu ve Fishy gibi ben de bir an önce sadede gelmesini istiyordum.

"Onlar Hayvan Kurtuluş Cephesi'nin protestocuları değillerdi. Hırsızlar dosyaları çaldılar ve bir tanesi hariç bütün dosyalar kurtarıldı ve bence bu da," fotoğraf albümüne parmaklarını tıkırdatarak, "o kayıp dosyanın bir parçası."

Deans devam etmeden önce birasından büyük bir yudum aldı.

"Bu yüzden bu akşam geciktim Brodie, gelmeye korkuyordum. Eğer yeniden olaylara dâhil olursam neler olabileceğinden korkuyordum."

Yine sanki derin bir bağımız varmış gibi içimin ona daha bir ısındığını fark ettim. Kendimi hızlıca toparladım. Nefesi yansıtmak iki yönlü çalışırdı ve benim bilinçaltım Jack Deans'in beyaz atlı prens olduğuna inanmaya başlıyordu.

"Kısa kes artık ve bana bu albümle ilgili bildiklerini anlat." Joe'yla aynı fikirdeydim, ben öldükten sonra özür dilemenin bir anlamı yoktu. Deans'in albümü hâlâ açıp bakmadığnı fark ettim.

"Emniyete girişlerinden sonra bunun olduğu dedikodusu yayıldı. Elbette ki resmî makamlara göre yolunda gitmeyen hiçbir şey yoktu."

"Bunu anlamak zor değil... Emniyet müdürlüğünde bir güvenlik ihlali olduğu görüntüsü bizi kamuoyuna pek de iyi göstermezdi." Fishy anlaşılır bir biçimde meslektaşlarını savunmaya çalışıyordu fakat ben kendimi frenlerken bulmuştum.

"Sus." Jack tereddütsüz ve kısa konuştu. "Bir kaynağımdan telefon aldım..." Jack, Fishy bir polis olduğu için dikkatli ve rahatsızdı. Yeniden konuşmadan önce uzun bir süre iyice düşündü.

"Kaynağım bana baskın olayını bildirdi ve protesto amaçlı gibi görünen baskının hayvan haklarıyla hiçbir ilgisi olmadığını anlattı. Bana dosyaların götürüldüğünü söyledi ve beni dosyalara ait bazı fotokopileri bıraktığı bir çöp kutusuna yönlendirdi."

Bu bilgileri paylaşmak onun için fark edilir derecede zordu ve sanki uzun zamandır taşıdığı bir yükü boşaltıyormuş gibiydi. Ağır ağır derin bir nefes alıp yeniden konuşmaya başladı.

"Gördüğüm kâğıtlarda bu albümden bahsediliyordu. O zamanlar o albümü alsaydım hayatım daha kolay olur muydu bilmiyorum ama şundan eminim ki bugün burada sizinle oturmuyor olurdum."

YİRMİ

Ses sistemi cızırdadı ve Jack'in incelemeye geldiği komedi gösterisinin başlayacağı anons edildi. Kasabada en çok rağbet gören gösterilerden biri olmasına rağmen hiçbirimiz yerimizden kıpırdamadık. Daha fazla şey bilme isteği beni olduğum yere mıhlamıştı ve ancak etrafımızdaki insanlar yanımızdan geçince hareket ettim.

Avludaki tek sessiz grup bizdik, Jack'in yeniden konuşmaya hazır olması için epey bir Guinness birası içmesi gerekmişti.

"Hakaret suçuyla itham edilmemek için dikkatli davranmak zorundaydım..."

Suçlayıcı gözlerle bana bakıyordu ve pişmanlık duymamı istediğini biliyordum. Jack, Roddie Buchanan fiyaskosuna dâhil olmuş gazetecilerden birisiydi. Bireyler yerine gazeteye dava açtığım için Jack'e saldırdığımı düşünmemiştim. Anlaşılan Jack o şekilde düşünmüyordu.

"En azından utanmış gibi yapacak kadar yüzün var Brodie McLennan."

"Jack, ben hiçbir adamdan özür dilemiyorum ve hatta senin gibi yarım bir adam için üzülüyorum. Ben işimi yapıyordum sadece ve yine olsa aynı şeyi yapardım, hem zaten Fettes baskını Roddie'nin olayından önceydi."

Jack beni duymazlıktan gelip devam etti.

"Yazdığım haber yaşanan olaya dair bir rapor niteliğindeydi, kayıp dosya ve kâğıtlarla ilgili de hiçbir şey yoktu."

Bıyık altından, "Tanrı'ya şükür yoktu," diye ekledi.

Ardından devam etti. "Her neyse, zaten haberim daha yayımlanmadan Ağır Suçlar Büro Amirliği tarafından gözaltına alındım. Beni altı saat gözaltında tuttular ve ardından serbest bırakıldım, resmî şikâyet karara bağlanmadı."

Başını döndürdüğünde boyun kemiklerinden çıkan kıtırtıyı duydum, çekici bir ses değildi fakat her nasılsa bu hareket ona yakışıyordu. Yaralı bir savaş atı... Bütün hikâyelerine kanıyordum ve Jack göklere çıkıyordu.

"En kötüsü bile değildi bu, haberim hiç yayımlanmadı. Üstelik *düzmece* sebeplerle işten atıldım."

"Çok fazla içki içtiğin için kovulduğunu duymuştum." Şimdi saldırı sırası Fishy'deydi.

"Tanrı aşkına adamım, ben hep çok içerdim. Bu işi yapıp içmeyen bir adam ya da kadın hiç görmedim. En azından güvendiklerimin arasında diyelim."

Jack Deans, Fishy'nin yorumuna kızmamış gibi görünüyordu, sadece kabullenmekle yetinmişti. Belki de hikâyenin bu kısmını daha önceden birçok defa savunmak zorunda kalmış olmalıydı.

"Neyse," diye devam etti. "O zamandan beri hiçbir ciddi işte çalışmadım ve bu yüzden *Daily Tat* gazetesine başvurdum fakat hanımefendi bunu bana ödetti." Guinness kadehini kaldırıp bana doğru uzattı.

"Bu hikâyeye nasıl ulaştığını hep merak etmişimdir."

Jack Deans'le göz göze geldim ve bakışlarından gözümü ayırmazken her yanım bir yalanını yakalamaya çalışıyordu. Ortada bir yalan yoktu fakat bu, cevabının Fishy'yi şaşırtmadığı anlamına gelmiyordu.

"Kailash."

Bu isim her şeyi anlatıyordu.

Deans'i sorguya çekmek için sakinleştirdim kendimi. Suçlanan kişi olarak buna hakkım olduğunu düşünüyordum.

"Sana dosyaların fotokopisini kim yolladı?"

"Dediğim gibi Hayvan Kurtuluş Cephesi değildi."

Jack Deans zor adam olmayı deniyordu fakat ben inatçılığın kitabını yazabilirdim. Onu gerekirse Glasgow Joe'nun insafına bırakacağımı anlatan bir ifadeyle baktım.

"Jack sana kimlerin yollamadığını sormadım. Cevap istiyorum, hemen şimdi."

Bakışlarını eğdi ve sola doğru baktı, demek ki gerçekleri hatırlamaya ve toparlamaya çalışıyordu. Yeniden konuşmaya başlamasından önce birkaç dakika geçti fakat bende artık bir yanıt bekleyecek sabır kalmamıştı.

"Bunu tarif etmek zor Brodie. Kaynaklarımı göğsümde saklarım. Kimin ne zaman sert sorular soracağını bilemediğimden onları her an kendimde tutmayı severim."

Hikâyesini yutuyor muyum diye anlamak için bana baktı fakat beden dilini kontrol edemedi. Bir psikopat değilse, gerçi o anda beni hiçbir şey şaşırtamazdı, gerçeği söylüyordu.

"Bu albüm hariç bütün dosyaların kurtarıldığını nereden biliyorsun?"

"Kabul etmek istediğimden daha uzunca bir süre bu baskın olayının sonuçlarıyla yaşadım, hayatım âdeta askıya alınmıştı." Fishy'ye doğru döndü. "Şimdi bu sana tanıdık geliyor mu? Bunun onların standart operasyon süreci olduğunu biliyorum, itibarı zedelemek bu işin ilk parçasıdır. Benim durumumda ise düşüşe geçmiş bir sarhoş olduğumu söylediler, böyle bir adama kim inanırdı ki? Sen de benzer bir muameleye maruz kaldın, değil mi? Trafik birimine geçirilmen ve terfinin durdurulması vesaire. Bizden bir şeyler saklamıyorsan aslında oldukça şanslısın. En azından hâlâ itibarına sahipsin."

"Onun şanslı olduğunu nasıl söyleyebiliyorsun Jack?" diyerek patladım.

"Daha ne kadar bencil olabileceksin acaba? Hep sarhoştun ve hâlâ *öylesin*, bu konuda haklıydılar! Fakat Fishy işe aldıkları en başarılı mezundu. Ağzındaki baklayı çıkar Fishy, en genç başkomiser olma hayalleri kuruyordun. Bu yaşadıkların seni mahvetmedi mi?" Jack Deans'e bir arkadaşımla konuşur gibi baktım: "Şu herkese tepeden bakan pisliğe bataklığın dibinde tek başına olmadığını söyle."

"Pekâlâ, aynasız," diye araya girdi Jack Deans. "Ne işler çeviriyorlar, söyle bakalım. Trafik birimi sadece güzel bir tatil bence, idam cezası değil ya. Terfini durdurmaya gelince, zaten önümüzdeki on yıl boyunca doğru ellerle tokalaşmadığın sürece bu olmayacaktı, sen de biliyorsun. *Gerçekte* ne yaptılar peki? Yalnızca bir aylığına çikolatalı bisküvilerinden mi uzaklaştırdılar seni? Noel sonuna dek bedava abur cubur alamayacağını mı söylediler?"

Fishy rahatsız olmuş gibiydi ve bunu hissedebiliyordum. Sadece Jack Deans orada otururken bana her şeyi söyleyebileceği fikrinden nefret ediyordum. Fishy'nin bana daha önce söyleyemediği kadar kötü ne olabilirdi ki?

"Aslında bir şey var," diye başladı Fishy. "Brodie, üzgünüm. Sana söylemem gerekirdi biliyorum, güvenmeliydim fakat bu çok zordu. Sen yanımda değildin ve bunu aşamıyordum. Hiçbir şekilde aşmayı başaramıyordum."

"Neyi aşmaktan söz ediyorsun Fishy?" Beni duymazlıktan gelip başını ellerinin arasına alarak önümüzdeki tahta masaya dikti gözlerini.

"Fishy? Cevap ver. Ne kadar kötü bir şey olabilir ki? Ben lanet bir avukatım. Ya anlaşırız ya da dava açarız, bunlar harika seçenekler. Bana ne olduğunu söyle ve en iyisi neyse ona karar verelim."

"Dediklerine göre ben bir canavarım Brodie. Bu namımı temizleyecek bir seçeneğin var mı?"

Gözüm Jack Deans'e kaydı. Duyduklarım sözcüklerin ötesindeydi ve Fishy'nin uyku bozukluğunun ardındaki gerçek sebepti. "Canavar" sıfatı, suç dünyasında cinsel suçlu olmanın argosuydu.

Hırsızlarda gördüğüm tek onurlu davranış, çocuklara karşı sapkın bir sevgi besleyen sapıklara saldırmak için hiçbir fırsatı kaçırmamalarıydı.

"Böyle söylemelerinin sebebi ne peki?"

"Sebep mi istiyorsun Brodie?" diye sordu Fishy. "Onlar herhangi bir sebebe ihtiyaç duymazlar. Polisler, içlerinden birisinin pedofil olduğu yalanını atınca artık sebepler bir anlam ifade etmez. Ateş olmayan yerden duman çıkmaz meselesi işte."

"Ama Fishy," diye araya girdim bir çözüm bulmak amacıyla, sanki her şeye bir çözüm bulabilirmişim gibi. "Bunu halledebiliriz. Ellerinde herhangi bir kanıt yok, ellerinde bir kanıt yoksa aksini ispat edemezler. Vazgeçmek ya da çenelerini kapatmak zorunda kalırlar ve çenelerini kapamaları sonucunda sorumlulukların geri döner, terfin değerlendirilir ve dosyandan çıkardıkları bütün saçma suçlamalar için özür dilerler."

Jack Deans elini uzatıp Fishy'nin omzunu hafifçe sıktı. Bu hareketi bana dokundu çünkü Fishy'yi benim teselli sözlerimden daha çok rahatlattığını fark ettim.

"Fishy, ateş olmayan yerden duman çıkmaz meselesini unut, bunu halledebiliriz. Şimdi bana nereden başlayacağımı söyle. Davayı etkileyebilecek, bilmem gereken bir şey var mı onu söyle."

Elini Fishy'nin omzundan çekmeyen Jack yumuşak bir sesle benim sorumu tekrarladı. "Fishy, bilmemiz gereken başka bir şey var mı? Brodie'nin bilmesi gereken bir şey?"

"Kredi kartımı internetteki pedofil sitelerinde kullanılırken yakaladıklarını söylediler."

Fishy'nin sesi çatallaşmıştı. Soğukkanlılığını korumak için alt dudağını sertçe ısırıyordu. Beyaz dişinin battığı yerde başarılı olduğunu ve alt dudağında beliren kan damlasını gördüm.

"Bu ciddi bir mesele Brodie," dedi Deans bana. Bu defa Fishy'ye dönerek, "Olayı gazetelere sızdırmaları yeter, seni anında çarmıha gererler," diye ekledi. Başını iki yana sallarken atılacak başlıkları allayıp pullamaktan kendini alamadı. "'Sapık Aynasız, Pedofil Polis İfşa Oldu ve Kınandı, Sapık Polis Sapkınlık Suçuyla Yüzleşiyor.' Seni parçalamak çocuk oyuncağı olur ve seni Edinburgh'nın dışına sürerler."

Deans abartmıyordu. Başkentin saygın kilisesine giden vatandaşlar bile konu pedofil olunca linç ve hadım etme cezasını onaylıyorlardı.

"Moral verdiğin için teşekkür ederim Deans," dedi Fishy.

"Doğru olmamasının herhangi bir önemi var mı? Dünyadaki en güvenli yol şu anda bir insanın itibarını zedelemek, bunun için ne kadar kanıta ihtiyacın var? Hiç. Polisin benim kredi kartımın istismar edilmiş çocukların görüntülerini indirmek için kullanıldığına dair kanıtı olduğunu iddia etmesinin, sözüm ona bir canavarın, 'Ben masumum,' demesinden daha fazla haber değeri olacaktır."

Bir sonraki sözlerini bana yöneltmek için döndü. "Bu doğru değil Brodie. İşim için bile olsa öyle sitelere hiç girmedim. O birimde hiç çalışmadım ve o tür pisliklere dair hiçbir şey görmedim."

"Son günlerde kapkaça uğradın mı Fishy?" diye sordum. "Sana birinin saldırdığı, bir şeylerini çaldığını düşündüğün oldu mu?"

"Tanrı aşkına Brodie," diye araya girdi Deans. "Bayan Marple kitaplarına geri dön. Birileri kredi kartını araklamak isterse araklar. Ayaküstü fakir işi cepçilik yöntemleriyle uğraşmazlar, bilgilerini onun çöp kutusundan bulabilirler."

"Belki pisliğin teki dolabımdan çalmış olabilir."

"Bize kendini açıklamak zorunda değilsin evlat. Bugünlerde insanların bilgilerini ele geçirmek o kadar kolay bir şey ki nerede olduğuna dair seçenekler için beyin patlatmaya değmez bile, birileri çalmak istedi ve çaldı. Bu kadarı şimdilik yeterli."

Jack Deans ona arka çıkmamı ister gibi bana baktı. Canı yanan arkadaşıma dokunup teselli etmek için çok geç kalmıştım ve bunu en başta düşünmüş olmayı diliyordum. Neyse ki Fishy uzattığım elimi tutup sıktı.

"Sıradaki sensin Brodie, onlar için tehlike arz ettiğini düşünürlerse senin güvenilirliğini parçalamak için planlar yaparlar," diye uyarıda bulundu Jack.

"Bu kulağa tehdit gibi geliyor. Hem şu gizemli kahramanlar da kimler oluyor?"

"Senin düşmanın olmadığımı ne zaman anlayacaksın?"

Doğrulup sandalyesine dik bir şekilde yaslandı. Mavi gözleri dövme çelik gibiydi ve sırayla ikimizi de süzerken bir an kalkıp yanımızdan ayrılacağını düşündüm. O anda özellikle bu yeteneklerime hayatta kalmak için ihtiyaç duyacağımı fark ettim. Eğer kalacaksa ona karşı daha nazik olacağıma dair kendime söz verdim. Daha iyi davranışlarda bulunmak için kendi kendime sessiz sözler vermek bir alışkanlık olmuştu bende. Zarar gördüğüm zamanlar aslında bu sözlerin çok azını tuttuğumu öğrenmiştim.

"Pekâlâ. Bu işte beraberiz." Sesi kararlıydı. İçime yayılan rahatlamayı hissettim.

"Şu gizemli kahramanların kimler olduğuna gelince... Zamanı gelince göreceksin Brodie. Önceki konuşmalarımda onların yenilmez olduklarını söylemiştim fakat her zaman onları kendi oyunlarında yenmeyi başaran biri var."

Birası bitince Glasgow Joe'nun diyet kolasını bitirmek için uzandı.

"Kim peki?" diye sordum.

"Moses Tierney."

Ağzımdan fışkıran kolam Fishy'nin suratına sıçradı ve kahverengi damlalar burnu ve çenesinden süzüldüğü sırada yeniden konuşmaya başladım.

"Moses Tierney mi? Uzun, deri kabanlı ve suratında sağlığına zarar verecek kadar makyaj bulunan fakat beyni kullandığı makyaj miktarıyla eşleşmeyen çocuk mu? *Moses Tierney* ha? O aptalın teki." Kendi halimi düşünerek sırtımdaki izlerden birini ovaladım.

"Öyle mi? Biraz düşün Brodie, hepimiz o ve çetesinin bir kez bile adalet karşısına çıkmayacak kadar gizli çalıştığını biliyoruz. Onlar hakkında ardı ardına soruşturmalar başlatıp 'kanıt yok' diye geri adım atmak zorunda kalan savcıyla konuştum."

Fishy yüzüne püskürttüğüm kolayı silerken aynı anda Jack'e hak verir gibi başını gayretli bir tavırla aşağı yukarı salladı. Muhakeme yeteneğime kişisel sorunumun müdahale etmesine izin veremezdim ve maalesef Deans haklıydı.

"Sadece Moses Tierney'nin usta bir suçlu zekâsına sahip olduğunu kabul etmekte zorlanıyorum. Joe geri döndüğünde Frank Pearson'a bunu onunla ilk karşılaşmamda soracağım."

Glasgow Joe'nun arkamda dikildiğini duymamıştım.

"Uzun bir süre bekleyeceksin tatlım. Pearson'ın izini sürebilmek için elimden gelen her şeyi yaptım. Ne yazık ki..."

Joe'nun sesi cümlesinin ortasında kesildi, onun da benimle aynı hislere kapıldığını hissedebiliyordum.

Bu bir talihsizlik değil, lanet olası bir trajediydi.

YİRMİ BİR

Rahatsız bir geceden sonra asık bir suratla uyanmıştım. Frank Pearson'la ilgili endişeleniyordum ve daha gözüme birkaç damla uyku girer girmez onun da dâhil olduğu rüyalar göreceğimi hissediyordum. Bugün bir şeyler yapmamız gerektiğini biliyordum, Joe'yla beraber Frank'in evine gitmeliydik fakat stres içindeydim ve hissettiğim rahatsızlık içimde çalkalanıyordu ve her an bir kaçış yolu arıyor gibiydi.

Maalesef o sabah, ruh halimi iyileştirecek hiçbir şey sunmamıştı. Dondurucu soğukluktaki duşta uzun süre kalmıştım ve hâlâ bu yüzden üşüyordum.

Stresli olduğum zamanlarda yemek pişirirdim. Aynı yöntemi kullanan insanların aksine ben yaptığım şeyi yerdim. Benim annemden, annemin ise kendi annesinden öğrendiği yulaf lapasını pişiriyordum. McLennan ailesinin kadınları kuşaklardır bu tarif olmadan lapa pişirmezdi. Joe bana bu tarife uygun bir şekilde lapa yapamadığımı söylemişti. Onun fikrinin bir önemi yoktu, esasen tuzla yapıldığı gerçeğine rağmen biraz şeker katmanın iyi bir fikir olduğunu düşünen bir İngilizdi.

Kaba görünümlü lapa tencerede baloncuklar çıkarıp kaynıyor, yanan yulaflarını dışarı sıçratıyordu, mutfak ocağında bile yaralanma tehlikesi içindeydim. O anda şansım yaver gitmiyordu.

"Posta geldi."

Joe lapa yediğimiz sırada beni hayallerimden koparmıştı, kendimi okuduğum gazeteye kaptırmış, farkında olmadan aslında aradığım şeye dair ipuçları var mı diye bakıyordum. Acemi şansıyla "Mavi Kuş Operasyonu"nu yürüten memurla yapılan bir röportajı bulduğumda kendimi tebrik ettim. Röportajda Amerika merkezli çocuk pornosu sitelerinde gezen yaklaşık bin İskoç vatandaşı buldukları yazıyordu. Listedeki meslek grupları arasında öğretmenler, memurlar, sosyal hizmet görevlileri ve bir polis de vardı. "Çember daralıyor," diyordu soruşturmayı yürüten görevli ve o anda kalbimin sesini dinlediğim sırada kendimi bir kâhin gibi hissettim.

Bana doğru ağır adımlarla yürüyen Joe ağzı sıkıca kapatılmış kahverengi bir zarf uzattı. Yorgun görünüyordu. Saçları darmadağınıktı. Zorlanarak alnına dökülen saçlarını eliyle itti ve griye çalan ten renginin sakladığı birçok yara izi keskin sabah güneşinde açığa çıktı. Birçoğunu bana hiçbir şey anlatmadığı için romantize ediyordum. Yıllar boyunca yüzüne onlarca dikiş atılmıştı ve Amerikan cerrahları suratını toparlamada harika iş çıkarmış olsalar da sağ gözü hafifçe aşağı doğru kaymıştı ve gülümsemediği zamanlar bir katili andırırcasına zalimce bakıyormuş gibi görünmesine sebep oluyordu.

"Bu zarftan hoşlanmadım, üzerinde pul yok ve elden teslim edildi."

Bana gönderilmişti ve Joe'nun uzattığı zarfı almak için ona doğru yürüdüm. Günleri takip edemiyordum fakat birden aklıma gelmişti, o gün pazardı. Pazar günü posta gönderilmezdi.

Joe zarfı geri çekti ve duvarı yumrukladı. "Brodie, o pislikler gece buradaydılar." Elini koltuk altına koydu ve beyaz gömleğine yayılan kan damlalarını görmezden geldi.

Zarfı almak için yeniden hamle yaptım.

"Geri çekil, bunun üzerine parmak izini bırakmayacaksın. Fishy'yi arayıp kontrol ettireceğim. Ne kadar az insan bu zarfa dokunursa o kadar iyi."

Mutfaktan ayrıldı ve sözde elini yıkamak için banyoya yöneldi fakat içinde patlayıcı olduğunu düşündüğü ve banyoya zarfı açmak için gittiği belliydi.

Gençlik günlerinde Kuzey İrlanda'nın çatışmalarının son zamanlarında Glasgow Joe, Katolik Erkekler Kulübü'yle çalışmış ve İrlanda Cumhuriyet Ordusu için silah kaçakçılığı eğitimi almıştı. Onlarla çalışırken Kaddafi'nin kamplarında alternatif bir öğrenci değişimi programı adı altında eğitim görmüştü ve hiç bahsetmemesine rağmen anlaşılan patlayıcı eğitimi de almıştı.

Aldığı bu eğitim onu İskoçya'dan ayrılmaya zorlamıştı. Joe, annemin cenazesi için nasıl eve döndüğünü hiçbir zaman yeterince açıklamamıştı. Bazı şüphelerim vardı fakat onu gördüğüm için o kadar mutlu olmuştum ki şüphelerimi kendime saklamıştım. Amerika'da geçirdiği dönemde IRA için çalışmaya devam ettiğinden şüpheleniyordum. Arkadaşlığımızın sürebilmesi için kendinde saklı tutması gereken sırları vardı Joe'nun. İnkâr etsek de şu ana kadar bu durum ikimizin de işine yaramıştı.

Kulağımı kapıya dayayıp içeriyi dinlediğim sırada Joe'nun içeride bir şeyler aradığını duydum. Kupkuru ve duygusuz bir ifadeyle yeniden koridorda belirene kadar duvardaki saatin saniyesi yüz defa ilerlemişti.

"Sorun ne?"

Beni yok saydı ve boğazımda bir yumru hissettim. Hemen arkasından yürüyüp onu salona kadar takip ettim.

"Şuna bakarken otur biraz."

Joe kelimeleri bulmaya çalışırken zorlanıyordu ve aramıza bir sessizlik çökmüştü. Geniş, krem rengi koltukta yanına oturdum ve yastıkların meydana getirdiği vadide çarpıştık. Zarfı, açık bacaklarının arasında, eteğinin önüne asılı kürk torbanın üzerindeki elinde gevşekçe tutuyordu. Uzanıp aldığımda karşı çıkmadan bana bıraktı.

Nefes alıp verişlerim giderek hızlanıyordu fakat zarftan bir başka fotoğraf daha çıkınca neredeyse hissizleşmiştim. Son zamanlarda

Edinburgh'da dolanan tuhaf fotoğrafların bırakılacağı bir yerel emanetçi mi olmuştum ben? Daha fotoğrafın küçük bir köşesini görür görmez tanımıştım, orijinali evimin koridorunda asılıydı.

Mezuniyet fotoğrafımdı. Üçümüz kadraja gülümsüyorduk: ben, Fishy ve Frank Pearson. Hepimiz başarımızdan mutluluk duyarak gülümsüyorduk fakat artık Frank'in boynuna siyah keçeli kalemle bir ilmek çizilmiş ve bedeninin üzerine "NUR İÇİNDE YATSIN" yazılmıştı.

"Eee?"

Joe'ya yanıt veremiyordum. Ne söyleyecektim ki? Bokun içinde debeleniyor ve debelendikçe daha fazla batıyordum. Çığlık atamıyordum çünkü içimde bağıracak hiçbir şey kalmamıştı. Ne söyleyebilir ya da ne yapabilirdim?

Annemin sesini duyar gibi olmuştum. "Mızmızlanmayı kes Brodie ve kendi kendine konuşmayı bırak. Kabullen ve cehennem ateşi gibi savaş."

Elimi uzatıp Joe'nun heybesinden sigara ve kibrit aldım. Eğilip sigaramı yakarken beni seyrediyordu. Psikologlar bilinçaltı yönlendirmeleriyle sigara içenlerin, bir gelecekleri olmadığına inandıklarını düşünürdü. Bunu hatırlayınca hızlı bir hareketle yanmamış ateşe fırlattım sigarayı.

"Frank... Nerede yaşadığını biliyorum," dedim. "Yedek anahtarlarını hangi komşusunda tuttuğunu bile biliyorum, sarhoş olduğumuz bir akşam bana karşılıksız bir aşk yaşadığı alt kat komşusundan o evde yokken çiçeğini sulamasını istediğini söylemişti ve bunu yapabilmesi bile üç yıl sürmüştü." Her şeye rağmen ikimiz de yapacak bir şey olmadığından şüpheleniyorduk. Bunu anladığımda bir seçeneğim kalmamıştı. Fishy'ye inanıyorsam bu işi polise bırakamazdım. Oraya kendim gitmek zorundaydım.

"Bu fotoğrafı neden bize gönderdiklerini düşünüyorsun?" diye sordu Glasgow Joe. "Bizi uyarıyorlar mı yoksa yalnızca eğleniyorlar mı?"

"Yapma Joe, sen bundan daha güç durumlarda kaldın fakat bunun senin kavgan olmadığını kabul etmen lazım. Lanet olsun, gerçi benim kavgam olduğunu bile düşünmüyorum. Fakat anlaşılan bu fotoğrafa kim dokunuyorsa kül oluyor ve parçalanıyor. Git artık Joe, kendi şansımı denemek istiyorum. Soruna gelince, pisliğin teki feci halde eğleniyor."

Kapıyı arkamdan kapatıp onu evde bıraktım. O kadar hızlı koştum ki yol boyunca göğsüm ağrıdı. Yalnızca Frank'e hızlıca ulaşmak için değil, peşimdeki kötü şanstan da kaçmak için koştum. Yürüyerek gitmek için evi fazla uzakta değildi fakat depar atarak gitmek için kesinlikle fazla uzaktı. Bir oluğa doğru eğildim ve yoğun eforum sonucunda kustum. Yediğim lapanın ağzıma doğru tırmanışı esnasında hissettiğim ekşi tat bana o İngiliz kılıklının lapaya şeker katma konusunda haklı olup olamayacağını sorgulattı.

Saçımı bir el kavradı ve başımı hafifçe yukarı kaldırdı. Sarı mide asidim çenemden süzülüyordu. Kusarken çıkardığım sesler, Glasgow Joe'nun üç tekerleklisinin sesini duymamı engellemişti. Şaşırtıcı şekilde temiz bir keten mendille yüzümü sildi. Canımı yaktığını bilmesine rağmen saçlarımı tutmaya devam ediyordu. Başımı ona doğru çevirdim ve benimle göz göze gelmek zorunda kalınca yavaşça konuştu:

"Ben bitti dediğimde biter Brodie." Kaba bir hareketle başımı itti.

Üç tekerlekli motosikleti olduğu yerde bıraktık, gelişimizi duyurmamız gereken bir gün değildi.

"O herifin savcı olduğundan emin misin?" diye sordu Joe. Cumberland Caddesi'ndeki evimden koşmuş ve sola, Leith yönünden Broughton Caddesi'ne ilerlemiştim. Frank Pearson bir memurdu ve muhtemelen yıllık maaşı benim Kailash'ın davasından kazanacağım para kadar bile değildi. Maaşlarımızdaki orantısızlık evlerimize yansıyordu. Berbat kokulu merdiven girişine yöneldiğimiz esnada insanların kedi kumu denen şeyi duymadılarsa neden kedi besledikleri merak ediyordum. Girdiğimiz kasvetin etkisiyle Joe el kol hareketleri yaparak, parçalanmış merdiven ışığını işaret etti. Işığın etrafında camdan daha hafif olan dayanıklı, sert plastik koruyucu vardı ve onu kıran kişi ciddi anlamda güç kullanmış demekti.

Frank Pearson birinci katta oturuyordu. Taş merdivenleri güya sessizce tırmanıyorduk fakat gelişimizi Frank'in hoşlandığı kadın komşusunun kapısının önünde car car konuşarak belli etmiştik bile. Yine de Joe'yla ben zavallı casusluk oyunumuza devam ettik, ayaklarımız basamaklarla mücadele ederken nefesimi tuttum. Ağırlığımı hafifletmeye çalışarak maun korkuluklara tutundum ve kendimi yukarı çektim. Üst katta bir kedi miyavladı. Yukarıda bir kapı açılıp kedi içeri girene kadar bekledik.

Frank'in kapısında basit bir isimlik vardı. Vaktimizi anahtarlarla kaybetmiştik, kapı açılmak için zorlanmamıştı. Saat sabahın dokuz buçuğuydu ve her ne olmuşsa önceki gün olmuşa benziyordu. Bir saldırganın devasa bir mesanesi ve insan ruhuna büyük bir inancı olmadığı sürece içeride pusu kurması mümkün değildi.

Joe yine de açık kapıdan ilk kendisinin girmesi konusunda ısrar etmişti. Onu belindeki kemere tutunacak kadar yakından takip ettim. Frank'in dairesi tipik bir kiralık daireydi. Yüksek tavanlı koridoru dar, uzun ve karanlıktı. Pervaz yalnızca bir süstü ve kalıp sıvadan yapılmıştı. Koridor, Frank'in spora duyduğu ilginin kanıtlarıyla doluydu. Etrafı çok iyi göremediğimizden Joe'nun İskoç eteği Frank'in dağ bisikletine takılmıştı. Eteğini takıldığı pedaldan kurtarmak için arkasını dönen Joe karanlıkta kafasını duvarda asılı sörf tahtasına çarptı. İskoçya'da sörf yapmak kulağa tuhaf gelse de Tiree Adası dünyanın en güzel sörf dalgalarının bulunabileceği yerlerden biriydi. Profesyonel sörfçü kalabalıkları dalgaları yakalamak için sürüler halinde, soğuk olduğundan bihaber bir şekilde denize iner ve Frank her tatilini öve öve bitiremezdi.

Önümdeki ölümün kokusunu alabilirim diye düşünmüştüm. Küllerinin savrulması haricinde Frank'in bir daha Tiree'ye gidebileceğinden şüpheliydim.

Açık oturma odasının yanından geçerken kafamızı içeri doğru uzattık. Kahverengi halı altmışlı yıllardan yadigârdı ve uçlarındaki kahverengi sarmallar kiri ve pisliği gizliyordu. Mobilyalar ya bir antikacı tarafından açık artırmadan alınmıştı ya da yaşlı bir akrabası ölen Frank, evin kalan eşyalarını oradan alıp getirmişti. Tam bir bekâr eviydi ve düzenli görünmesine rağmen hiçbir şey birbirine uyumlu değildi. Oranın misafir beklemiyor gibi bir hali vardı. Frank'in yalnızlığı beni derinden etkilemişti. Birbirimize benziyorduk aslında. Onun kaybının yasını kim tutacaktı? Kim onun için hüzünlenirdi? Hayatından çıkardığı bir insan o öldüğü için bütün saatlerin durması gerektiğini hissedecek miydi?

Bu soruyu kendi hayatım için cevaplamak istemiyordum, bu yüzden külleri saçma işini büyük ihtimalle benim yapıp hayatıma devam edeceğimi kabul etmiştim.

"Bunu yapmak istediğinden emin misin?"

Frank'in yatak odasının kapı eşiğinde duruyorduk ve Joe'ya yanıt vermek yerine onu kapıya doğru ittim. Ne beklemem gerektiğini bilmiyordum ama karşıma ne çıkacaksa razıydım.

"Tanrım," Joe tuttuğu nefesini bıraktı ve ben bir anlığına konuşamadım.

Simsiyah perdeler kapalı olduğu için en başta hiçbir şey göremedim. Görülme korkusuyla perdeleri açmak istemiyordum. Bir komşusu fark eder diye ışığı da açamazdım. Gözlerim yavaş yavaş karanlığa alışıyordu. Arka planda Frank'in radyolu alarmı yumuşak bir sesle çalıyor ve sahibinin kapatma düğmesine basmasını bekliyordu.

Frank'in kıllı bacağının yatağın yanından dışarı doğru çıktığını gördüm. Yaşlı kadınların giydiği türden ten rengi külotlu çorap vardı bacaklarında. En büyük beden olduğu açık olsa da bu çorabı ona kim giydirdiyse bunu güçlükle yaptığı ortadaydı çünkü çorabı yukarı doğru çekmeye çalışırken takıldığı noktalar zorlanıp yırtılmıştı. Aşırı büyük bir çabayla çorabı yukarı doğru çekmeye çalışmasına rağmen saldırgan başarısız olmuştu ve çorabın üst kısmı biraz da komik bir şekilde baldırlarında, bele kadar çekilemeden kalmıştı. Çorap üzerindeyken kıpırdamasına imkân yoktu, bacaklarını bağlarken de aynı etkiyi görmüş olmalıydılar. Ağı dizlerime kadar inen ve böyle bir şeyin içinde nasıl hareket edeceğimi bilmediğim, yünlü külotlu çoraplar giymek zorunda kaldığım acı dolu çocukluk anılarımı hatırlamıştım.

Yuvarlak suratına rağmen Frank ne şişman ne de iri bir insandı, hatta ona baktığımda ne kadar zayıf olduğunu görüp şaşırmıştım fakat siyahın ve karanlığın ince gösterdiğini unutmamak gerekirdi. Frank'in erkeklik organı siyah bir lastikle iyice bağlanmıştı ve ona giydirilen deri korse göğsünü sıkıyordu. Yüzünü tamamen kaplayan maske, korseyle eşleşiyordu ve maskenin üzerinde gözler ve burun delikleri için boşluklar vardı. Belli ki bir tür kurgu hazırlamaya çalışmışlardı fakat böyle bir tasarımla neye varmaya çalıştıklarını anlayabilecek kadar uzman değildim. Kailash gibi birisi için bunlar büro malzemeleri sayılırdı.

Frank bir geyik gibi tavandan asılmıştı. Fakat bu işi yapan her kimse bir uzman değildi çünkü halat gevşemiş ve Frank yatağın yanına, yere düşmüştü.

"Öldü mü diye kontrol etmeli miyiz?" Joe, bedene yaklaşma konusunda gönülsüzdü, Pearson gülünç bir güreşçi gibi giydirilmişti ve ölüm biçimi onda herhangi bir ağırbaşlılık bırakmamıştı. Bu görüntü kamuoyuna düşer düşmez dalga konusu olacaktı.

"Tanrı aşkına Joe, boynuna baksana. Ölü olduğu açık, ölmediğin sürece boynunu o şekilde tutamazsın." O anda daha çok Jack Deans'in sözleri aklıma geldiği için kızgındım. Kimse seni ciddiye almasın diye itibarını paramparça ederlerdi.

"Polisin bu durumu intihar olarak görmesinin imkânı yok, zavallı pisliğin elleri arkasından bağlanmış Brodie!" Joe cesedin varlığına alışmış ve odanın içinde serbestçe dolaşmaya başlamıştı. Göz ucuyla onu izliyordum. Olay yerini bozmayı ve ilk bizim buraya geldiğimizi anlamalarını istemiyordum. Yaşayan insan sıcaklığına ihtiyaç duyarak yan yana gelip cesetten uzak durduk. Joe'nun nefes alıp verişini duyabiliyordum ve bu bana cesedi incelemek için cesaret veriyordu.

"O kadar da katılaşmış gibi durmuyor."

Joe haklıydı. Ölü katılığı henüz başlamamış gibiydi. Kaslar rahatladığında ilk yirmi dört saatte bükülmez hale gelir ve ölümden otuz altı saat sonra da yok olurlardı.

"Mor lekeler görebiliyor musun Joe? Çünkü ben göremiyorum."

İki acemi gibi olduğumuz yerde durmaya devam ediyorduk fakat ben ölüm sonrası morarmalar başladı mı diye bakmak istiyordum. İnsan kalbi artık kan pompalamayı bıraktığında kan, vücudun yere en yakın noktasında toplanırdı. Bu durum ölüm hali başlar başlamaz meydana gelir ve on iki saat içinde kaybolurdu. Şöyle bir baktığımda ölümün üzerinden ne kadar zaman geçtiğini tahmin etmeme imkân yoktu. Otuz altı saat kadar önce hayatta olmalıydı çünkü Fishy onunla konuşmuştu, o halde sürekli çelişkiler söz konusuyken neye baktığıma nasıl açıklama getirebilirdim ki? Joe dün buradayken kapı kilitliydi fakat bugün açıktı. Joe buradayken Frank katiliyle birlikte miydi? Joe'nun sesini duyduğunda kurtulacağını düşünmüş müydü?

Bütün bu bilmecelerin cevabı yavaş yavaş geliyordu bana. Cesede bir an önce ulaşabilmek için Joe'yu duvara doğru ittim.

"Ambulans çağır Joe, Frank hâlâ hayatta!"

YİRMİ İKİ

Frank'in boynundan halatı alıp yanına koydum ve nefes borusunu rahatlatmayı denedim. Bir defasında ilk yardım sertifikası almak için kursa zorla katıldıysam da dersleri hatırlamaya başladığıma şaşırmıştım. Nabzı hafif ve yavaştı, hayata güçsüzce de olsa tutunuyordu. Annem hep zamanın geldiyse hiçbir şeyin buna engel olamayacağını söylerdi fakat zamanı değilse hangi hastalık ya da sakatlık olursa olsun kurtulurdun. Bu kaderci yaklaşımı hiçbir zaman sevememiştim fakat Frank'in zamanının gelmemiş olması için dua ediyordum ve o anda elinde kaderinden başka bir şansı yoktu.

Acil müdahale ekibi beş dakikada gelmişti. Yeşil kıyafetli iki görevli, Frank'in bedenine yaklaşmakta bizim kadar çekingen davranmamıştı. İçlerinden birisi Frank'in yüzündeki maskeyi sakince aldı ve kulağını çimdikleyip onunla konuşarak dikkatini çekmeye çalıştı. Diğeri ise bize doğru dönüp Frank'le ilgili herhangi bir şeye alerjisi olup olmadığını sordu, bizim Frank'i yakından tanıdığımızı düşünmüş olmalıydı. Onu tesadüfen bulduğumuzu açıklamaya çalıştım.

"O halde şanslıymış," diye yanıtladı yeşil üniformalı. "Zamanlamayı yanlış hesaplamış."

Gözünü hâlâ manzaradan ayırmayan Joe'ya baktım. "Zamanlama mı?"

"Bu tarz şeylerden hoşlanan adamlar," dedi diğer yeşil üniformalı ve başını hastaya çevirdi, "genelde bunu sanata çevirirler. Aslında onlar için cebir gibi bir şeydir."

"Nedir öyle olan?" diye sordu Joe.

"Altlarına sıçıp üzerlerine sürmek arasındaki fark," diye yanıtladı sağlık görevlisi.

"Yani Frank'in bunu eğlenmek için yaptığını mı düşünüyorsunuz? Tanrı aşkına, kim böyle bir şey yapmak ister ki?" Joe başını deri korse içindeki savcıya doğru salladı.

"Nefes oyunları yüzünden her yıl en az beş kişi ölüyor, bununla eğlenmek yüzünden daha ne kadar ölüm olur hiçbir fikrim yok."

Sağlık görevlisi sözlerine devam ederken yüzüne boş boş bakmaya devam ettik.

"Otoerotik asfiksi? Aslında resmî olarak açıklanan rakamlardan daha fazlası bu sebeple ölüyor, aileleri cesetleri bulduklarında olayın üzerini örtüyorlar genelde."

Joe hemen anlamıştı. "Hiç şüphesiz. Zavallı pislikler, intihar zaten üstesinden gelmesi zor bir şeyken bir de bu... Buraya sizi o kadar hızlı çağırdık ki onu toparlamak aklımdan bile geçmedi."

"İntihar etmeyi denemiyordu dostum. Bu ekstrem seks, üst noktada heyecan fakat kalp krizi riski taşıyor ve genelde bunun ilk işareti olarak kalp duruyor."

Bizimle konuşan sağlık görevlisi, arkadaşına baktı.

"Şanslı. Oksijen eksikliği sebebiyle kendinden geçtiğini düşünüyorum, kalbi iyi görünüyor fakat düşerken yatağın yanındaki komodine çarpmış."

"Böyle şeyler gördüğümde ki emin olun çok şey görmüşümdür, ilk hangi aptalın böyle bir şeyi yapmayı denediğini merak etmişimdir. Eğlenmek için böyle bir şey yapma fikri nasıl akıllarına geldi?"

Joe sinirlerini yatıştırmak için sohbet ediyordu. Benim yanıtlarım ise yürüyen bir *Wikipedia* olduğumu göstermek olurdu daima.

"Yüzyıllardır yapılan bir şey Joe. Marquis de Sade, *Justine: Erdemin Felaketleri* isimli kitabında bundan bahseder. Halka açık idamlar döneminde cesetlerin sık sık erekte olduğu ve ölüm anında boşaldıkları görülürmüş; en büyük orgazm. İnsanlar bunun asılmakla ilgili olduğuna dair yanlış bir kanıya sahiplerdi, aslında sebebi omurganın bükülmesiydi. Bir de frengi vardı tabii. Erkekler sık sık iktidarsızlık yaşıyorlardı, bu manzarayı görünce…" dedim ve sağlık görevlilerinin oksijen maskesini taktıkları Frank'i işaret ederek, "bunu iktidarsızlık için bir tedavi olarak gördüler."

Boş gevezelik yaparak kendini rahatlatma işinde ben de Joe'ya katılmıştım, sağlık görevlilerinden birisi yüzümdeki şişlikleri fark ederek bana döndü. Beni yargıladığını söyleyemezdim fakat benim de bu tarz eylemlerde bulunduğumu düşündüğü belliydi.

"Anlattıkların gerçek mi Brodie? Bunları ilkokulda anlattıkları sırada dinlemediğim için üzgünüm, gerçi bana ilk kez bir şeyler öğretiyor değilsin."

Görevliler bilinci kapalı Frank'i bir sedyeye koydular ve odanın dışına çıkardılar. Joe onları ambulansa kadar takip etti.

Ben arkalarında kaldım. Bir an bile Frank'in kendine böyle bir şey yaptığına inanmıyordum, yoksa tesadüfen mezuniyet fotoğrafımızı kendi boynunun etrafına ilmek çizilmiş halde bana göndermiş ve Glasgow Joe'yla beraber süvariler gibi yetişeceğimi varsaymış olabilir miydi?

Dairenin geri kalanının aksine yatak odasında kıyafet yığınları etrafa dağılmıştı, anlaşılan katil evde bir şeyler aramıştı, aradığı şeyi bulup bulamadığını söylemek mümkün değildi. Frank'in kişisel eşyalarının meydana getirdiği kümeleri araştırdım. Yatağının altında bir dizi erotik porno dergisi vardı. Normal bir erkeğin sahip olabileceği türden, dozunda bir misojini ve edepsiz dergi fantezileri söz konusuydu fakat bu tarz hassasiyetlerle kaybedecek vaktim yoktu, bu yüzden Frank'in okuduğu şeylerden ziyade kıyafetlerini tırtıklamaya başladım. Ucuz ve dayanıklı spor kıyafetleri, iki ucuz takım elbise ve bir yığın eski püskü gömlek vardı.

Kıyafetlerin arasında bir şeyler bulamayınca klasik müzik CD koleksiyonuna yöneldim. Frank'in düzen konusunda aşırı tutucu olduğu belliydi, evine gelip bu kadar büyük bir dağınıklıkla karşılaştığında öfkeden kuduracaktı. CD'ler bestecilerine göre ve ardından çalan senfoni orkestralarının ismine göre alfabetik olarak dizilmişlerdi. Gözüme çarpan tek tuhaf nokta Dolly Parton'ın en iyi şarkılarından oluşan albümüydü. Yapay elmas gibi göz alıcı görünen kovboy kıyafetinde neşeyle gülümsüyordu Dolly. Normalde "Jolene"nin sözlerini söyler söylemez kahkahayı basardım fakat Frank Pearson'ı bu şarkıya eşlik ederken gözümde canlandıramıyordum. CD kabına önceki günün tarihinde bir fatura iliştirilmişti. İçindeki düz, yazısız diski cebime attım.

"Pekâlâ, gidelim artık," diye ısrar etti arkamdaki Joe.

"Belki gözden kaçırdığımız bir şey vardır, son kez etrafa bakalım."

Mutfağa gittiğimizde formika rafların üstündeki ucuz Ikea fincanlarına baktık. İki tane fincan vardı. Joe elini uzattığı sırada elini yakaladım ve bana kızgın bir ifadeyle baktı.

"Bana söylediklerini unuttun mu yoksa?" diye sordum.

"Kapının zorlandığına dair bir işaret yoktu, yani Frank birilerini içeri kendi isteğiyle almış olmalı," dedim ve fincanları işaret ettim. "Ona bunu kimin yaptığını biliyor olabilir."

"Haydi ama Brodie... Burada saf biri varsa o da benim: Senin gibi porno tarihi okumadım ve bütün bu iğrenç manzaradan yalnızca ben rahatsız olmuş görünüyorum. Fakat Frank'in ayarladıkları haltları yapmak için bu adamı içeri almış olabileceği hiç aklına gelmiyor mu? Diğer adam Frank'in nalları diktiğini görünce korkup kaçmış olamaz mı?"

Plastik bir poşet aldım ve fincanları dikkatlice içine yerleştirdim. Polis Frank'in intihara kalkıştığını düşünürse bu kanıtların kazayla yok edilme tehlikesi olabilirdi ve bu sebeple onları alıkoymam gerekliydi.

Saate baktım, henüz sabahın on biriydi fakat Frank'in klostrofobik dairesindeyken sanki aradan çok uzun zaman geçmiş gibi hissediyordum. Frank'in S & M kıyafetlerine dair görüntüler gözümün önünden geçiyordu. Cinayete teşebbüs edildiğine emin olduğum bu girişimin arkasında kim vardı? Jack Deans'in teorilerine anlam veremiyordum, Aydınlanma Cemiyeti bütün bunların arkasındaysa kimi korumaya çalışıyorlardı? Yıldırımın aynı yere iki kere düşmeyeceği düşüncesiyle Frank'in dairesinde daha güvende hissetmeme rağmen merdivenleri inmek için kendimi zorladım ve aşağı indim.

Dışarı çıktığımda tek yönlü bir yolda son hız ilerliyormuş gibi hissediyordum, yakında gitmek zorunda olduğum yere varacaktım sanki. O halde neden yoldan atlayıp kaçmayı deniyordum ki? Cep telefonumu tekrar açtım. Ofisten gelen beş cevapsız arama vardı ve Roddie Buchanan'ın öfkeli mesajı beni günümün daha da kötüleşeceği yönünde uyarmıştı.

YİRMİ ÜÇ

"Çatlağın üstünde durursan belini kırarsın. Taşın üstünde durursan kemiğini kırarsın."

Castle Caddesi'nde Lothian & St. Clair'in ofisinin dışındaki kaldırımda yürürken aklıma gelen çocukluk günlerimden kalma tekerlemeyi fısıldayarak söylüyordum. Lavender'la toplantımdan beri ne oraya dönmüş ne de iletişime geçmiştim. Elbette ki tatlı Bayan Ironside'la iletişimde kalmıştım fakat bana meyve ya da çiçek yollamak yerine isabetli bir şekilde en çok ihtiyacım olan şeyin yerime bakması olduğunu tahmin etmişti. Açık konuşmak gerekirse ben oradayken de yaptığı şey zaten buydu. Binaya doğru yürüdüğüm sırada caddenin karşı tarafından birisinin adımı seslendiğini duydum.

"Lizzie!" diye çığlık attım koca bir parfüm yığını kendini bana doğru atarken.

"Brodie, hayatım!" diye yanıtladı o anda orta sınıf kibarlığına büründüğünü belirtir şekilde. "Tanrım! Berbat görünüyorsun."

"Gerçekten mi? O kadar kötü mü?" diye sordum yüzümdeki kesik ve şişliklerde parmağımı gezdirirken.

"Aslında," diye yanıtladı. "Bok gibi görünüyorsun. Hatta boktan da öte." Lizzie dramatik bir biçimde geri çekilip beni süzdü. "Hah, kesinlikle boka batmışsın."

Koluma girip bir kahkaha patlattı. Etrafa bakıp Glasgow Joe'yu göremeyince bana döndü: "Senin şu mükemmel adamın nerede?"

"Benim falan değil ama birazdan gelir, park ediyor. Nerelerdeydin Lizzie?"

"Nerede olduğumu biliyorsun. Lanet olası Milano'da. Lanet olası Luciano'yla birlikte. Kıçımın İtalyanı. Ah, orası yok mu orası! Hiç Milano'ya gittin mi?" Başımı iki yana salladım. "Bir el çantası fiyatına anca *Primark* alabiliyorsun. Bırak beni şimdi, asıl sen ne âlemdesin şapşal kız?"

"Anlatsam inanmazsın Lizzie. Akşama bir şeyler içelim mi?"

"Kesinlikle tatlım. Şu şirin etekli adamı da getir mutlaka!"

Lizzie kahve almak için kahveciye yöneldiği sırada yeniden gideceğim yöne doğru döndüm.

Onlarca yılın dondurucu kışları sonucunda yer döşemeleri sökülmüş ve yerlerine tehlikeli, dengesiz boşluklar bırakmıştı. Kailash Coutts'la ilişkisinin ortaya çıktığı ve basının sıkı takibi altında olduğu günlerde Roddie bu çıkıntılı taşlardan birine takılıp düşmüş ve kafasını park etmiş arabalardan birine çarpıp yolcu kapısını göçertmişti. Belediyeyi mahkemeye vermeden önce Glasgow'un yerel gazetesinden özür gelmesini beklemişti. Kafasına aldığı darbenin bedeli on bin sterlin olmuştu. Kafasını vurması en sevdiğim anlardan biri olmuşsa da Roddie'nin her zaman son gülen olmayı başardığını bir kez daha hatırlatmıştı bana.

Edinburgh Kalesi'nin gölgesinde, ofis binasının dışında kararsız kalmıştım. Cam ve mermer koridora en son girişimin üzerinden sanki yıllar geçmiş gibi hissediyordum. Terrace Kalesi'ni tırmanan, rengârenk kaşmirler içinde heyecanla konuşup sigara içen ve ellerini havada sallayan bir grup İtalyanca konuşan öğrenci gördüğümde kendimi yaşlı hissettim. Üzerlerindeki atkı ve kazaklara bakınca İskoç güneşinin onların kanını ısıtmak için çok zayıf kaldığı anlaşılıyordu. Royal Mile'da yapacakları gösteriler için acele eden, Orta Çağ soytarıları gibi giyinmiş bir grup Fringe süvarisi kalenin yanından aceleyle geçiyordu. Mor puantiyeli, altın rengi kadife şapkalı bir soytarı, her yanından ziller sarkan asasıyla yanımda durup elastik taytını düzeltti. Onları tokatlamaktan büyük bir mutluluk duyardım. Berbat bir ruh hali içindeydim ve muhtemelen şehrin yılın bu zamanındaki şenlikli hali bile bana yardım edemezdi.

"İçeri girecek misin yoksa burada durup aval aval bakmaya devam mı edeceksin?" Joe'nun sesi sinirli geliyordu, muhtemelen sinirliydi de. On dakika önce beni köşede bırakıp motosikletini park etmeye gitmişti. Lizzie sayesinde döner kapıdan içeri girememiştim hâlâ. Ateşli bir tartışmanın sonunda hoşuna gitmese de beni ofis dışında beklemeyi kabul etmişti Joe.

"Joe, bir de seninle uğraşamam, zaten yeterince derdim var. Elimde olsa yukarı çıkıp o çiroz pisliği görmemek için her şeyi yapardım." Sesimin duyulması korkusuyla kısık sesle konuşuyordum. Genç ya da artık genç sayılmayacak birçok çalışan, yerimi almak için bu sözlerimi yukarıya seve seve rapor ederdi. O pozisyona gelebilmek için çok çalışmıştım, öylece bırakamazdım. Kafamın içinde bir görüntü dönüyordu: Genç bir stajyerken ne zaman birisine Lothian & St. Clair Hukuk Şirketi'nde çalıştığımı söylesem kalbim gururla atardı. O ışıltılı günler biraz solmuştu ya da daha açık konuşmak gerekirse Kailash karşımıza çıktığından beri daha az parlıyordu.

Bir tuğamiral gibi giyinmiş güvenlik görevlisine başımı sallayarak selam verdim ve kim böyle giyinmiş birisine güvenebilir ki diye merak ettim. Zaten bir formaliteydi, burada evimde daha fazla vakit geçirdiğim için kimlik tanımlama gibi bir derdim yoktu. Asansörü beklerken parıldayan asansör kapısında yansımamı gördüm. Eve gidip üzerimi değiştirmeye vakit bulamamıştım. Gerçekten de teknik bir tanımlama yapacak olsaydım kendimi "oldukça gayriresmî giyinmiş" diye tarif ederdim. İşin aslı şuydu ki üzerimdeki yırtık blucin ve çirkin kemerimle berbat bir haldeydim. Maalesef üzerimde yine genelde sarhoşken aldığım ya da üzgün zamanlarımda giydiğim lanet tişörtlerimden biri olduğunu fark ettiğimde geç kalmıştım, o gün herkese "iyi kızlar cennete, kötü kızlar her yere" mesajı veriyordum. Beyaz gömlekler ya da gri takımlar dışında aklıselim olmayı da satın alabileceğim bir yer var mıydı acaba? Veyahut Kailash'ın her sabah daireme Malcolm aracılığıyla, önceden seçilmiş takımlar göndermesine razı olabilirdim.

Ofis tıpkı Marie Celeste gibiydi, yalnızca pazar günü gelme eğiliminde olan, iş yükleriyle paniklemiş, bitkin düşmüş ortaklar vardı içeride. Koridorlarda yalnızca kusursuz giyinmiş ve ofisin bakiresi olma rolünü oldukça kötü oynayan, seks düşkünü Anna geziniyordu. Kuş kadar maaşıyla bu kadar harika görünmeyi nasıl başarabiliyordu? Sarı bukleleri bile ona maaşının çeyreğine mal olmalıydı. Hafta sonu mesaisi mi yoksa yaşlı ve zengin bir sevgili mi? Yine de Anna'nın bir avukatla evlenme hırsı Kailash'ı gururlandıracak cinstendi.

Ofisin koridorları Anna'nın dükkân vitrini gibiydi. Dosyayı vermek için eğildiğinde saçlarını flört eder gibi savurur ve sahip olduğu güzellikleri gösterirdi. Harika bir beyaz gömlek (kesinlikle reklam logolu bir tişört değildi) elverişli derecede iri olan göğüslerine yapışmıştı, bir Russ Meyer filminden fırlamış gibiydi. Anna'ya baktığımda başının üstünde asılı duran tanımlamaları görebiliyordum (ofiste hiçbir erkek o kadar yükseğe bakmaya zahmet etmezdi) ve o gün bilinmeyen bir mutluluğu işaret eden bir mütevazılıkta giyinmişti. Diri kalçalarını siyah, ölçülü bir etek sarıyor ve yürürken tıkırdayan topuklu ayakkabılarıyla ritmik bir şekilde sallanıyordu. Etkileyici görünüyordu, bu yüzden doğal olarak o hayat dolu doğurgan ineği küçümsemiştim.

Anna benim gibi bir pasaklının yaklaştığını fark edince o tıkırdayan topuklar koridor boyunca daha da hızlanıp kadınlar tuvaletine ulaşana kadar benden uzaklaştı.

Demek işler böyle yürüyordu, ofisin acemi çalışanları bile benimle konuştukları takdirde lanetleneceklerinden korkuyorlardı, öyle mi? Başımı kendi odama doğru uzattım, içerisi tertemizdi. Lavender'ın orada olduğu açıktı fakat o anda etrafta olduğuna dair herhangi bir iz yoktu. Ya Eddie'yi kovalıyor olmalıydı ya da yokluğumda etrafı temiz tutuyordu.

Harekete geçip gerçekte olmak istemediğim yere geçmeliydim. Ardından yeniden dışarı çıkabilirdim.

Roddie Buchanan odasında yalnızdı ve pencere kenarında durmuş, tertemiz bir gökyüzüne doğru uzanan kaleyi izliyordu. Bana arkası dönüktü ve henüz beni fark etmemişken bir kez daha onu inceleme ve bu kadar büyük bir kafa için ne kadar ufak tefek bir adam olduğunu gözlemleyip şaşırma fırsatı bulmuştum. Komik görünecek derecede kocaman bir kafası vardı gerçekten. Aslında muhtemelen onun iri bir adam olduğunu insanlara düşündüren şey kafasının büyüklüğüydü.

Geldiğimi belli etmek için öksürdüm fakat o beni duymamış gibi yapıp bekletmeye devam etti. Kendimi birdenbire oyunlarla zaman kaybedemeyecek kadar bitkin hissettim. Geçirdiğim son birkaç gün hayatımdaki önceliklerin sıralamasını değiştirmişti ve Roddie'yle didişmek artık listenin sonlarındaydı.

Koltuklardan birine oturdum ve önceki tutukluğum uçup gitti. Joe'nun sigaralarından birini yaktım ve kendimi koltuğa iyice bırakıp Roddie'nin sigara düşmanı bir faşist olduğunu bildiğimden gürültülü bir şekilde içime çekerek tadını çıkardım. Sonunda bana döndüğünde ayaklarımdan başlayıp kafama kadar beni süzdü.

"Korkunç görünüyorsun," diye homurdandı.

Onun bir yanı bana hamam böceklerini hatırlatıyordu, resmen tenimin kaşındığını hissetmiştim. Kafasını kessem bile bir hafta daha yaşayabilir miydi?

"Sana geçmez, eğer istersen güneşli, küçük dünyanda yaşamaya devam edebilirsin. Başıma gelenler ya da getirilenler bulaşıcı değil merak etme." Arkamda yalan anlamında birleştirdiğim parmaklarımı görmemiş olmasını umuyordum. Aramızdaki atmosferde Kailash meselesi açıkça hissediliyordu. Odaya çöken rahatsız edici sessizliğe rağmen oturmaya devam ettim. Ona hiçbir bilgi vermeyecektim, en azından karşılıksız diyelim.

Roddie Buchanan sonunda konuşmaya karar verdi: "İki şey söyleyeceğim: Birincisi, büro müdürün şu anda burada değil ve yine Eddie Gibb'in peşinde. İkincisi, Kailash'ın davasından çekilmeyi düşünüyorsan hiç uğraşma. Devam etmeni istiyoruz."

"Biz derken?"

Şirketle ilgilenen başka bir ortak daha tanımıyordum, Lothian & St. Clair Hukuk Şirketi'nin birden çok ortağı olsa da ortaklar arasında bir takım çalışması söz konusu değildi.

Roddie oturdu ve ben onun iznini beklemeyip çoktan oturmama rağmen bana da aynı şeyi yapmamı işaret etti. Kendini kral zannediyordu. O ayaktayken sen oturduysan bunu hayatı boyunca asla unutmazdı. Kendi oturduğu siyah, döner sandalyesi benimkinin en az iki katı büyüklükteydi fakat Roddie böyle birisiydi işte: kazanma sanatı ve manipülasyon ustası.

Kara gözlerinde soğuk bir ifade vardı fakat merhametli görünmek için elinden geleni yapıyordu.

"Şu yargıcın ölümü çok kötü."

Kısa ve öz. Başka ne söyleyebilirdi ki? Benim yanıt vermediğimi görünce devam etti.

"Ne kadar zor olduğunun farkındayım Brodie, kimse Yüksek Mahkeme Başkanı'nı öldüren bir kadını temsil etmeyi bile isteye seçmez."

Araya girip Kailash'ın masum olduğunu söylemek istedim ama bir faydası olmayacaktı. İçime nedense başa çıkabileceğimden daha fazla gerçeği Roddie'den öğrenecekmişim gibi bir his doğmuştu aniden. Roddie'nin omuzları üzerinden bakınca, kayalıklara oturan Edinburgh Kalesi'ni görebiliyordum. Eskiden harika bir savunma alanıydı ve vatandaşlar savaş zamanlarında kale duvarlarının ardına saklanabiliyorlardı. Kalenin kendisi neredeyse geçilmezdi çünkü duvarlara erişmek isteyen düşman, kayalıkları da hesaba katmak zorundaydı. Yani orada oturan kişiler düşmanları kolayca görüp avlayabilirlerdi. Şurası bir gerçekti ki kim olduklarını bilmediğim bir sürü düşmanım vardı fakat onların hepsi beni tanıyorlardı. Roddie bir kez daha konuşmaya başladığında düşlerimden uyandım.

"Bize bir iyilik yapıyorsun."

Kurnaz sesiyle konuşmaya devam ettiğinde kendimi tuttum. Zihnimde Machiavelli ve Kailash karışımı bir görüntü vardı: Dostlarımı kendime yakın, düşmanlarımı ise daha yakın tutmam gereken bir durumdaydım. Ona gülümsedim.

"Sorun değil."

Sanki boğazımın içi yağlanmış gibi sözcükler boğazıma yapışmadan, şaşırtıcı bir şekilde pürüzsüzce dudaklarımdan süzülmüştü. Ortada kötü bir şeyler olduğu kesindi.

"Şaşırdığımı söylemeliyim Brodie. Bazılarımız işi zorlaştıracağını düşünüyordu, ilkeler ve herkes için en iyisi meselesi yüzünden."

Dudaklarımı sıkarak gülümsedim ve hiçbir şey söylemedim. Roddie tekrar konuşmadan önce sandalyesinde hafifçe kıpırdandı.

"Aşırı..." Roddie doğru kelimeleri arıyordu, "hassaslık meselesinde birleşiyoruz. Tıpkı kardeşmişiz gibi birbirimizi kollayacağız, içimizden birisi hepimizin iyiliği için bir şeylere katlanırsa bunun bir ödülü de olur Brodie. Bu davada bir bilirkişiye ihtiyacımız var."

Ona söylediği tabiri normal dilde tekrar ettim. "Mahkeme dostuna yani?"

Bir bilirkişi genelde mahkeme tarafından açık bir şekilde tayin edilir ve sanık bunu bilirdi. Bu manevranın gizli bir operasyon olduğunu anlarken hayal görmüyordum ve bunu öğrenmesini istediğim son kişi Kailash Coutts'tu. Teklif edilen şey benim altımdaydı ve Roddie'nin böyle aşağı bir şeyi bana teklif etmeyi aklından bile geçirmemesi gerekirdi.

"Peki, bu 'dosttan' ne yapması istenecek tam olarak?" diye devam ettim. Sesimdeki değişikliği fark etmişti çünkü her ne olursa olsun Roddie Buchanan bir budala değildi.

"Brodie, bilirkişi mahkemenin çıkarları neyi gerektiriyorsa onu yapacaktır... Ne isterlerse..."

"Peki, ya 'diğerleri' benim bilirkişi olarak yaptığım işten memnun kalırlarsa Roddie, benim alacağım karşılık ne olacak?"

Roddie'nin yüzü aydınlanmıştı. Artık onun anladığı dilde konuşmaya başlamıştım. Güvenini kazanıyordum. Gözlerini yırtıcı bir şahin gibi bana dikti.

"Senin başarısızlığının bir parçası olmayacağım Brodie. Eğer bizim talimatlarımızı uygulamazsan parçalanacaksın... ve bunun kalıcı olmasını dileyebilirsin belki. Bu son arzunda sana yardımcı olmayı çok isteriz." Dudaklarında gizlice şekillenen gülümsemeyi gördüğüme yemin edebilirdim.

"Peki, ya bana söylenenleri yaparsam?"

"Gençsin ve senin parlak bir geleceğin olduğunu düşünen insanlar var... İstediğin her şekilde para kazanmak için iznimizi alabilirsin."

Ben gerçek sözlerini söylemesini ümit eder, o ise işkenceye devam ederken ona boş boş baktım.

"Adli atamanın seçenek dışı olduğunu düşünmüyorum. Elbette biraz zaman alır fakat ne de olsa politik olarak doğru karar alma ve daha fazla kadını kürsüye çıkarma baskısı var."

Roddie gerçekçi bir şekilde konuşuyordu. Onun bana olduğu kadar benim de onun için iğrenç bir dost olduğum ortadaydı. Bu durum hukuk şirketlerinde görülmeyen bir şey değildi fakat benim durumumda can sıkıcı olan, annemin bugünkü konumuma gelmem için kendini genç yaşta mezara sokacak kadar çabalamış olmasıydı. Ama hâlâ yeterince iyi değildim.

"Roddie... Henüz bir kraliyet avukatı bile olmadım." Bu profesyonel seviye sürecinden geçmemiş olsaydım "Kıdemli Avukat" cübbesi giymeye hak kazanamazdım. Moda olarak hayal kırıklığına uğratmakla baş edebilirdim fakat adli atama yapılmasını umsaydım kestirme yollara izin verilmezdi.

"Bu ayarlanabilir. Beklemen gerekiyorsa ne olmuş yani? Eğer planımız senin açından da uygunsa... bu gece WS Kütüphanesi'ndeki kabul törenine katılman gerekiyor."

Aslında tam da Roddie'nin her zamanki yöneticilik tarzını işaret eden, cevabı beklenmeyen bir soruydu. Gönülsüzce başımı onaylar gibi salladım. WS Kütüphanesi'ndeki kabul törenleri alkollü eğlenceleriyle ünlü değildi.

"Şöyle bir görünsen yeter Brodie, yapman gereken tek şey bu."

Kısa bir duraksamadan sonra, "Ayrıca düzgün görünmeye çalış. Çıkarken de kapıyı kapat," diye ekledi.

Pirinç kapı kolu soğuk ve pürüzsüzdü. Normalde beni sakinleştirmesi gerekirdi. Fakat bunun yerine kapı eşiğinde durdum ve sanki tek isteğim bir tabakta servis edilmekmiş gibi bana bunu teklif eden o zayıf, küçük piç kurusuna defolup gitmesini söylemek istedim. Ama o anda mantıklı bir yanım bana başka bir seçenek daha olduğunu fısıldıyordu.

Bununla başa çıkabilirdim.

Belki.

YİRMİ DÖRT

Üç kadeh cin tonik içtikten ve son birkaç günü hızlı bir şekilde konuşup arkamızda bıraktıktan sonra Lizzie'yle ayrıldık. Önceden belirlenmiş plana uymak yerine akşamın devamını da onunla geçirmek isterdim fakat küçük ve önemli bir seçim yapmıştım. Eve gidip tabii ki yeni terzi yardımcımın desteğiyle bir kıyafet seçtim ve ardından ana caddeye yöneldim.

Tek tekerli bisikletindeki genç bir adam ağzından havaya ateş püskürttüğünde kalabalık neşelenip çılgınca alkışlamaya başladı. Sersemlemiş gibiydim. Yorgun argın parlamento salonu ve WS Kütüphanesi'ne doğru yürümeye çalıştım.

Royal Mile her boydan ve kilodan türlü türlü insanla hayat saçıyordu. Yalnız bir gaydacı St. Giles Katedrali'nin merdivenlerinde duruyordu. Her zamanki sıkıcı, düzgün üniformasından kaçınmıştı ve onun yerine en az yeteneği kadar parlak olan seksiliğini seçmişti. *Cesur Yürek* filminden fırlamış gibi görünen haliyle kaslı baldırlarını göstermekten çekinmiyordu. Beyaz, keten gömleğinin düğmeleri açık ve darmadağınıktı. İskoç eteği giyen erkeklere karşı zaafımı eninde sonunda kabul edecektim fakat işlerin gidişatına bakılırsa cinsel hayatımın durgunluğu yakın bir zamanda öncelik listemin ilk sıralarına çıkacak gibi değildi.

Kadınlar gaydacıyla fotoğraf çekilmek için sıraya girmişlerdi, son zamanlara dek fotoğrafları mutlu anılarla özdeşleştirirdim fakat artık benim için sadizmin ve mide bulandırıcı zihinlerin iğrenç yansımalarıydılar. O anda odaklanmaya devam etmem gereken şey buydu.

WS Kütüphanesi'nin girişine ulaşmak için parke taşlı meydandan yürümek zorundaydım. Genelde motosiklet botlarım ya da kısa topuklu, yaşlı kadın ayakkabılarımla geçerdim oradan fakat o gün en az kendimi etkilediğim kadar insanları da etkileyecek şekilde giyinmiştim. O meydan, on üç santimetrelik topuğu olan Jimmy Choo marka ayakkabılarla (Malcolm aracılığıyla Kailash'ın gönderdiği bir hediyeydi) yürümek için yapılmamıştı. Oldukça eski bir meydandı ve sol tarafında St. Giles Katedrali'nin ana girişi vardı. O katedral yirminci yüzyıldan beri oradaydı ve festival dönemi boyunca meydanda bir Orta Çağ pazarı kuruluyordu, yani yalnızca saçma sapan (fakat harika) ayakkabılarımla seke seke gitmek değil, aynı zamanda karmakarışık tezgâhlar arasında yolumu bulmak zorundaydım.

Meydanın girişinde yerde bulunan Heart of Midlothian mozaiğine tükürdüm, yalnızca halk tabakasından gelen geçmişimi göstermek için değil, tanrıların gazabına maruz kalmayı riske atmaya cesaret edemediğim için yaptım bunu. Ağzımdan fırlayan tükürüğe hayatta kalma dileğimi de yükledim.

Çeneme bulaşan tükürüğü silerek kabul töreninin yapılacağı yere doğru yoluma devam etmeye çalıştım. 1637 yılında Jenny Geddes isimli bir kadın burada yeni bir İncil'in dayatılmasını protesto edip bir ayaklanma başlatmıştı, benim de yapacağım şeyden kurtulmak için benzer bir yöntem kullanabilmemin bir yolu var mıydı?

Kiliseye girmeye çalışan Alman bir çifti takip ederek kalabalığın, taşların ve tezgâhların arasından yoluma devam ettim. Yürürken ürperdiğimi hissettim. Katedral yüzyıllardır çeşitli amaçlarla kullanılmıştı, kullanım amaçlarından biri de Edinburgh'nın "Bakire" isimli giyotinine ev sahipliği yapmaktı. Son bir gayretle gideceğim yere ulaştım.

On dokuzuncu yüzyıla uygun süslenmiş ahşap panelli cam kapının önünde oyalanarak yürüdüğüm sırada karın boşluğumda bir ağırlık hissediyordum. Antika interkoma bastım ve ismimi söyledim. Cızırtılı bir ses bana içeri girmemi söyledi.

Kalın taş kapıyı geçer geçmez kibar sohbetlerin uğultusu karşıladı beni. Gümüş düğmeli bir uşak, kaşmir kürkümü almaya yeltendi fakat hızlıca çıkma ihtimalim olduğu için vermeyi reddettim, hem kollarımı ve göğsümü süslemeye devam eden yaralarımı ve şişliklerimi kapamak için de birebirdi. Kendi kendime moral verici bir şekilde konuşup omuzlarımı oynatarak kalabalığın yarattığı gürültüye doğru yarı gönülsüz adımlarla ilerledim. Şanslıydım, bugüne kadar istediğim her şey kucağıma düşmüştü ve bunun için minnettar olmam gerekirdi. Frank Pearson o akşam WS Kütüphanesi'ne girebilmek için can atardı. Dürüst olmak gerekirse Pearson, WS Kütüphanesi'ndeki bütün kabul törenlerine davet edilmeyi çok isterdi fakat S & M fantezi kostümleri olsun ya da olmasın, onun gibiler davet edilmezlerdi. Jack'in kariyerimi değerlendiriş biçiminde belki de haklı olduğu bir şeyler vardır diye hızlıca düşündüm, az zamanda çok yol almıştım ve Roddie sözümü tuttuğum sürece bunun devam edeceğini açıkça söylemişti.

Salonu hızlıca bir taradım. Dar ekoseli pantolonlardan bol miktarda vardı fakat hiçbiri Malcolm'ın pantolonu kadar canlı durmuyordu. O gece için yardımını istemiştim. Geceye damgamı vurmak istiyordum ve Malcolm'ın moda tavsiyeleri (günlerce ayak ağrısı çekmeme ve sütyenimin memelerime verdiği şekil yüzünden hayat boyu deforme olacakları gerçeğine rağmen) kesinlikle bunu sağlamıştı. O insanlarla hiçbir bakımdan uyumlu değildim ve zaten istediğim şey de kesinlikle buydu. Onların hepsi sıkıcı, berbat giyinmiş küçük serçelerdi. Aydınlanma Cemiyeti'nin erkekleri eh işte denecek bir şıklıktaydılar fakat yine de kadın muadillerini geride bırakmışlardı.

Hem aşırı derecede şık hem de uygunsuz giyinmiştim, bu yüzden mutluydum. Benimle rekabet edecek kimse yoktu. İnsanların kıyafetlerinin bazıları 1930'ların naftalin kokan modasını andırıyordu. Akşam için en yüksek rütbedeki rahibe kılığına bürünmüş olan Mary Buchanan bir ıskarmoz balığı gibi etkilenmiş gözlerle bana bakıyordu. Maalesef bileğe kadar gelen uzun, kareli eteği bile hareketlerini engelleyemiyordu. Limon yalamış gibi bir suratla, kollarını göğsünde kavuşturarak yanımda dikildi. Yakından bakınca bluzu kirli gibi görünüyordu. Muhtemelen antika bir şeydi ve kraliyet balosunda büyükannesi falan giymişti fakat son zamanlarda keşfettiğim tarzımla kıyaslayınca etkilenmemiştim.

Eilidh Buchanan da dâhil olmak üzere kütüphanedeki bütün kadınlar çeşitli renklerdeki ve beyazın türlü tonlarını yansıtan keten kumaştan kareli kıyafetleriyle her yanlarını baştan ayağa örtmüşlerdi. Dekoltesi olan yalnızca bendim fakat Malcolm sayesinde, gördüğüm zararı kapatmanın da ötesine geçmiştim.

"Sana duruma hâkim ol dedim, o fahişeden ders almanı söylemedim," diye tısladı Eilidh.

"Sana da iyi akşamlar Eilidh." Kendime söz verdiğim gibi gülümsememi korudum, ta ki gülümsememi yüzümden silen o kişiyi görene kadar.

Lord MacGregor sinsi bakışlarını bilerek üzerime dikmiş, beni izliyordu. Benden sonra gelmiş olmalıydı ve geleneksel İskoç kıyafetleriyle bir tavus kuşu gibi göründüğü için bütün gözler üzerine çevrilmişti.

"Bayan McLennan! Sonunda sizinle tanışabildiğim için mutluyum. Hakkınızda çok şey duydum. Hatta duyduklarımın bir kısmı oldukça iyi şeylerdi." Son yorumunun ardından yüzünü ikiye bölen bir gülümseme belirdi suratında. O geceye yakışır bir şekilde, dalkavuk bir ifadeyle güldüm. Eilidh Buchanan donunu ıslatmaya hazırdı ve ateşlenmiş, heyecanlı bir fahişe gibi Lord MacGregor'ın etrafında dolanıyordu. Doğal bir hareketle dirseğimi hafifçe sıktı ve yardımcısını bir sineği kovar gibi başından defetti. Her ne kadar bu adamın yanında durmaktansa Eilidh'in yanında olmayı tercih etsem de kışkırtılmaya dayanamayıp adamın omuzları üzerinden yaşlı Eilidh'e şeytani bir zevkle baktım. Lord MacGregor hakkında pek bir şey bilmiyordum fakat o zamana kadar duyduklarım hiç hoşuma gitmemişti. Moses Tierney'yle bağı beni ondan daha da fazla soğutmuştu.

O tatsız güne kadar zaten böyle bir senaryo aklımdan bile geçmezdi. Mary Buchanan ve Lord MacGregor arasında seçim yapmak mı? Genelde vakit geçirdiğim arkadaş çevremden sayılmazlardı. Başka bir şey yapamadığımdan yeni hayırsever arkadaşımın beni ödül kazanmış bir inek gibi salonda gezdirmesine izin verdim. Sanki özel bir rotada dolaştırılarak en güzel inek yarışması jürilerine memelerim sergileniyormuş gibi hissediyordum.

Lord MacGregor bana dönüp, "Buraya gelmeyeli uzun zaman oldu," dedi. Yanından geçtiği her (gevşek) kadın sürüsü menopozal utanma yaşamak yerine soğuk terler dökmekte haklıydı çünkü Lord MacGregor yaşına rağmen oldukça yakışıklı görünüyordu.

İki kişilik geçit törenimiz yargıç cübbesi giyinmiş yaşlı bir adamın yağlı boya portresi önünde durdu.

"Bundan nefret ederdi, biliyor musun?"

Lord MacGregor başını tabloya doğru kaldırdı.

"Onu yaşlı ve şişman gösterdiğini söylerdi... Önemli insanların onu göreceği bir yere asmalarına izin vermemişti. Babam işte böyle kendini beğenmiş birisiydi, şuradaki de büyükbabam." Yaşlılık lekeleri olan elini omzumun üzerinden bir yöne doğru salladı.

Demokratik bir ülkenin kırmızı yargıç cübbelerinin bir tür tesisatçılık işi gibi babadan oğula geçmemesi gerektiğini düşündüğüm için saf mı sayılırdım?

Lord MacGregor bakışlarımı yakaladığında dikkatimi başka bir yöne çekmeye çalıştım. Yalnızca ben ve kendisinin dâhil olduğu geçit törenimiz üzerimde umulan etkiyi göstermişti. Kimin benim bir bilirkişi olmamda ısrar ettiğinden şüphem yoktu. Bana en büyük amacım olan o kırmızı cübbeleri, oyunu onların istediği gibi oynarsam sunabileceğini gösteriyordu.

Kafamı çevirip Lord MacGregor'ın omuzlarının üstünden bakarken onu gördüm. Üzerinde siyah bir bluz vardı ve ona uygun giyinmişti. Bize doğru yürümeye çabaladığı sırada sözde hayırseverimi uyarmalı mıydım diye düşünmüştüm fakat doğru sözcükleri bir türlü bulamamıştım. Yanımıza yaklaştığında içgüdüsel olarak geri çekildim.

"Baba."

Bunny MacGregor'ın vurgusunda ne bir soru ne de bir selamlama vardı. Düz, kuru bir ifadeydi. Kayınpederinin ona dönüp bakışıyla nefesinin birkaç saniyeliğine kesildiğini gördüm. Ağzım kurumuştu ve kalp atışlarım hızlanıyordu. Yaşanan bu yüzleşmenin yalnızca bir tanığı olmadığımı biliyordum, Bunny MacGregor sessiz öfkesine beni de dâhil ediyordu.

"Tatlım, buna katılmak istediğinden emin misin?"

Lord MacGregor dönüp onu iki yanağından kusursuzca öptü. Kabul törenini değil de aralarındaki sessiz, öfkeli kan davasını kastettiğinden şüpheleniyordum.

"Senin daimî iş birliğinle," diye yanıtladı yine aynı soğuklukta bir sesle, "atlatacağımdan eminim."

Bunny parmaklarını şaklattı ve bir garson hemen yanına geldi. Gümüş tepsiden bir kadeh kırmızı şarap aldım ve aklıma Joe'nun yakınmaları geldi. Onu her zaman yaptığım gibi yok saydım.

Kırmızı şarabın beni biraz rahatlatmasını bekliyordum fakat ucuz ve soğuk bir şaraptı. Acı tatlı aroması damağıma değdiğinde dudaklarımı hoşnutsuzlukla büzdüm. Lord MacGregor tahminimce yüzümü ekşitmemin sebebinin şarap mı yoksa onunla vakit geçirmem mi olduğunu merak ederek bana bakıyordu.

Hemen bir bahane uydurdum.

"Büyük bir dava var elimde ve bir kadeh şarap rahatlamama yardım ediyor." O anda kendimi tekmeleyebilirdim.

"Tatlım, buradaki hiç kimse davanı zerre kadar unutmuş değil."

Bunny MacGregor'ın gözleri konuşurken âdeta alev almıştı ve her bir sözcüğü üzerine basa basa söylemişti. Kadının yarattığı baskı karşısında hayret etmiştim.

Lord MacGregor araya giren sessizliği bozmak için rüzgârda şaklayan bir kırbaç gibi acı dolu bir kahkaha attı. Bunu sinir bozukluğuna yordum. Bazı insanlar endişeli olduklarında gülerlerdi öyle değil mi? Kasveti dağıtmanın doğal bir yoluydu.

Başımı ona çevirdiğimde kahkahasını kesti.

"Hiçbir ebeveyn evladını gömmek zorunda kalmamalı Brodie."

Lord MacGregor yanımdan uzaklaşırken aklıma Lord Arbuthnot'un sedyede uzanan hali geldi. Sarkık. Çıplak ve ölü. Onun birisinin çocuğu olduğunu düşünmek zordu fakat öyleydi. Hiç böyle düşünmesem de aslında hepsi birilerinin çocuğuydu. Odada etrafıma bakıp oradan kaçmak istedim. Einstein hayal gücüne inanıyor olabilirdi fakat annem inanmazdı, aşırı hareketli hayal gücüm yüzünden acı çektiğimi düşünürdü. O gece belki de ilk kez annemin haklı olabileceğini düşündüm. Kutsal kütüphanede etrafıma bakınırken içinde bulunduğum soylu grupta daha önce fotoğraflarını incelediğim ölü kızların ileri geri yürüdüklerini gördüğümü zannettim. Her adımlarında adalet istiyorlardı, öyle ya da böyle sırada ben vardım. Zihnimde Frank Pearson'ın da onlara katıldığını canlandırmıştım fakat neyse ki hayalimde üzerinde onu son gördüğüm günkü kıyafetleri yoktu.

Lord MacGregor "Red Mass", yani Kızıl Ayin için giyinip geri dönmüştü. Doğruca bana yaklaştı. Kırmızı yargıç cübbesini inceledim; ipek pelerini bileklerine geliyordu, kolları ile yakası beyaz ermin kürküyle süslenmişti. Beyaz, ipek bir şerit cübbenin ön kısmından aşağı iniyordu ve o güne dek ilk kez onun üstündeki altı kırmızı şövalyenin önemini fark etmiştim.

Tapınak Şövalyeleri'nin Kanlı Eşkenar Haçı.

Tapınak Şövalyeleri, masonlar ile Aydınlanma Cemiyeti'nin atalarıysa İskoç yargıçlarımız neden mason işaretini gururla üzerlerinde taşıyorlardı?

Joe ne demişti?

Açıkta saklan mıydı?

Kâbuslarım baş gösterir gibi olduğunda hissettiğime benzer bir panik içindeydim.

"İyi misin canım?" Lord MacGregor ilgilenir gibi görünmekte ustaydı fakat el yapımı ayakkabılarına kusma ihtimalime karşı bir adımlık mesafeden tutuyordu beni.

Ağzımdaki tuhaf tat ısrarcı olunca ve ben tökezleyince beni kütüphaneden çıkarıp daha havadar olan parlamento salonuna götürdü. Neyse ki ölü, onları en son gördüğüm yerde kalmıştı. Parlamento salonunda çıt çıkmıyordu ve ben o bulanık zihnimle bile Joe'ya verdiğim sözü tutmadığım için kendimi rahatsız hissettiğimin farkındaydım.

"Sürüden ayrılma Brodie. Birileri seni yolundan çevirmeyi denerse asıl dikkatle izlemen gereken pislik odur. En azından pisliklerden birisi diyelim," demişti Joe.

Ayakta durmayı denedim fakat parlamento salonu etrafımda dönüyordu. Ahşap bir sıraya tutunup yeniden ayakta durmaya çalıştım. Sersem gibi hareket ettim ve büyük bir çabayla bir ayağımı diğer ayağımın önüne koydum. Hislerim korkuyla ve ilaçla yükseliyordu. Birileri içkime bir şeyler karıştırmıştı.

Attığım her adım kaçış planımı dünyaya duyuruyordu.

Victoria dönemi parke zemin boyunca ilerlemeyi başardım ve salonu kaplayan güney penceresine dayanan ahşap sıraya yaslandım. Vitray camın Papa'nın mahkemesini temsil etmesi gerekiyordu. Diz üstü çöküp yalvaran bir adamı tasvir ediyordu. Benim mesleğimde olanlar ise onu başka bir anlamda yorumluyordu: bir avukatın ilk kez ek ücret istemesi.

Doğruldum ve diğer taraftan açılan antika, iki kanatlı kapıya doğru kendimi sürükledim. Düşerken Lord MacGregor'ı neredeyse yere devirecektim. İnce yapılı bir adam için oldukça güçlüydü. Beni kolayca kucaklayıp bir arabanın ön koltuğuna taşıdı. Gücümü ve uzuvlarımın kontrolünü yitiriyor gibiydim. Yıkıcı bir bitkinlik hissi çöküyordu üzerime.

Bir Katolik olarak yetiştirilmiştim. Annemin ölümünden beri hissettiğim ümitsizlik Tanrı'yla arama bir duvar örmüştü. Öleceğim zaman yeniden Tanrı'ya dönüp dönmeyeceğimi merak ederdim her zaman.

Kendimden geçmeden önce tıpkı Mary McLennan'ın bana öğrettiği gibi bütün meleklere ve azizlere dua ettim.

Seni korumaktan asla kaçtığı görülmemiş ya da yakardığında yalnız bırakmamış merhametli Meryem Ana'yı hatırla.

YİRMİ BEŞ

"Fahişe!"

Bana öfkeyle bağırmıştı. Sakalının hemen üstündeki morarmış damarları neredeyse ışık saçıyor ve ona çılgın bir palyaço görünümü kazandırıyordu, sanırım öyle görünmeyi amaçlamıyor olmalıydı.

"Dün gece ucuz bir fahişe gibi görünüyordun McLennan."

"Sen pahalı fahişeleri seversin Buchanan," diye yanıtladım başımdaki zonklamayı yok saymaya çalışarak. Roddie Buchanan yorumuma karşılık vermedi fakat bedeninin rahatsız bir şekilde kıpırdadığını gördüğümde mesajımın yerine gittiğini anladım. Jack Deans haklıydı, Buchanan beni hor görüyordu. Gerçekten de benim diplomalı bir toz zerresi olduğumu düşünüyordu, o zaman beni neden işe almıştı ki?

"Seni kabul törenine iyi bir izlenim bırakman için yolladım." Ellerini havaya doğru sallayarak önümde durmadan önce odayı ileri geri arşınladı. Sandalyemi çevirip kollarını sandalyemin kolçaklarına dayadı.

Yüzüme doğru tıslayarak konuştu: "Peki, ya sen ne yaptın?"

Bir adım geri çekilip bana baktı. Bir cevap mı bekliyordu?

"Anlaşılan ucuz bir orospu gibi etrafta dolanmaktan başka bir şey yapmamışım, o halde fiyat artmış olmalı Roddie. Sadece şu ayakkabılarımın bile kaç para olduğunu biliyor musun? Bir süredir bu tür kızların hizmetlerinden faydalanmadığını hayal edemiyorum, kalite ve ucuzluk arasındaki farkı bilmenizin başka nasıl bir sebebi olabilir ki? Yoksa size merhamet ediyorlar da bedavaya mala mı vuruyorsunuz?"

Hakaretlere sarılarak güvende olurum sanıyordum, gerçek şu ki dün akşam yaşadıklarımı belli belirsiz hatırlıyordum. Aslında o anda Roddie Buchanan'dan da olsa geceye dair yaşananlar hakkında alacağım her bilgiye minnettar olurdum.

Sol kaşını kaldırdı ve dilini hafifçe şaklatır gibi bir ses çıkardı. "Bir gün haddini fazlasıyla aşacaksın Brodie. Çoktan dedikoduhanelerin malzemesi oldun bile."

"Sana da bir değişiklik olmuştur, birileri senin bu rolünü çaldığı için kızdın mı yoksa?" Onun kendini beğenmiş tavrından tiksiniyordum. "Dedikoduhane" dediği, eskiden kadınların kirli çamaşırlarını yıkamak için toplandıkları ve dedikodu yaptıkları halka açık çamaşırhanelerdi. Roddie ve ben ise ilkesel olarak mahkemede bir araya gelen avukatların yaptıkları dedikoduları kastediyorduk. Bana dün gece ne yaptığımı hâlâ söylememişti, bu yüzden henüz ne yaptığımı bilmediğim için dedikoducuların ne hakkında konuştuklarını hayal etmekten başka bir çarem kalmamıştı.

"Brodie, Lord MacGregor seni arabaya taşırken adamın ayakkabılarının üzerine kustun. Daha doğrusu benim arabama taşıdığı sırada zira kendi arabası onun törenden bu kadar çabuk ayrılmayacağını düşündükleri için eve götürülmüştü. Oradan çıkışın konusunda pek de sessiz davranmadın... Ayrıca Lord'un ayakkabılarının yanı sıra arabamdaki *mevduatların* üzerine de kustun." Roddie yüzünü iğrenir gibi ekşitti ve artık süslenmeye o kadar da ihtiyaç duymayan hikâyeyi biliyordum. Verecek bir cevabım yoktu, birilerinin içkime ilaç kattığına inanmazdı nasılsa. Rohypnol verdiklerini biliyordum. Kırmızı şarap, ilacın mavi rengini gizlemişti ve Jack Deans'in bana verdiği ağrı kesicilerle birlikte çok daha güçlü etki etmişti. Bana tecavüz ilacı veren o olmayabilirdi belki ama bir kaynağı tarafından ona satılan jölelerden verdiği için işler daha da kötüleşmişti. Bir defasında tekel bayisi soymaya çalışan müşterilerimden birisi bu tabletlerin onu görünmez yaptığını söylemişti, şu an gördüğüm hayaller de bununla açıklanabilirdi. Boş gevezelikler etmemiş olmayı ümit ediyordum.

Akşamı çıkarabilmek için tarif edilen dozdan daha fazla ağrı kesici almıştım. Aldığım ilaçlar üstüne bir de Rohypnol alınca muhtemelen yan etkisini göstermişti. Sanırım bu ağrı kesiciler, beni zehirlemek isteyen kişinin planlarını bozmuştu. Gözlerimi Roddie'ye çevirip şöyle bir baktım, hor gören bir gülümseme belirmişti dudaklarında. Eğer akşamki senaryo gerçekse Roddie farkında olmadan hayatımı kurtarmıştı, arabası hazırda beni bekliyor olmasaydı kim bilir neler olurdu bana? Alternatif bir versiyona inanmayı tercih etmiştim, birileri itibarımı zedelemeye çalışmış ve bunu harika bir biçimde başarmıştı. İki ateş arasında kalmış olabilirdim ama bunun ötesinde büyük ortağıma minnettar olmak istemiyordum.

Ona teşekkür etmeden oradan ayrıldım. Gizlenme çabam olmadan parlamentoya gittim. Belki orada beni zehirlemeye çalışan kişiye dair bir şeyler öğrenebilirdim.

Parlamentonun pencereleri dışarıda meydana gelen yaz fırtınası karşısında tıpkı benim gibi huzursuzca kıpırdanıp tıkırdıyorlardı. Bina 1630'lu yıllarda inşa edilmiş ve İskoç Parlamentosu, İngiltere'yle 1707 yılındaki birleşmeden önce orada toplanmıştı. Eski ve yorgun görünüyordu. O günkü en iyi fikrim olduğunu düşündüğüm şeyi bulmadan önce binayı şefkatle izledim, düşünmeme zaman vermesi için Joe'nun tasmasını gevşetmeye ihtiyacım vardı.

Koridorda oturup zihnimi meşgul etmeye çalıştım. O koridor aslında hukuk fakültesi tarafından bir hukuk kütüphanesi olarak yapılmış, sonra parlamento binasına ve İskoçya Ulusal Kütüphanesi'ne bağlanmıştı. Küçük masaların kenarlara dizildiği uzun, dar bir koridordu. Eski, ciltli kitaplar duvarlarda diziliydi; yalnızca hukuk kitapları da değil, dünyanın en değerli antika kitap koleksiyonlarından birine sahipti. Avukat olduklarını düşününce, Sör Walter Scott ve Robert Louis Stevenson'ın kitaplarının ilk baskıları da oradaydı.

Ağustos ayı olmasına rağmen İskoç yazı bu mevsimde bile parlamento salonunda büyük ateşler yanmasını gerektiriyordu fakat ateşlerden hiçbiri içime işlemiyordu. Ruhumun ısındığı zamanları çok özlemiştim.

Prather'ın masası koridorun bir ucundaydı. Prather oradaki her şeyden sorumluydu ve istediğin her şeyi bulabilirdi. Bir doğu yakası tüccarı gibi Prather'ın da kendi kaynakları vardı. Demirbaşları arasında işgücü, yani seksenlik isimsiz adamlar vardı. Onlara kısaca Prather'ın adamları derlerdi. Gümüş düğmeli uşaklar bizim için istediklerimizi getirirlerdi. Ben koridordayken benimle iletişime geçmek isteyen birisi, Prather'ın masasında durmak ve Prather'ın adamlarının gelip bana söylemesini beklemek zorunda kalırdı.

Mahkemeler yaz tatiline girdiğinden koridor o gün sessizdi ve barodan meslektaşlarımın büyük çoğunluğunun yaşayacak özel hayatları vardı. Son günlerde olanların ışığında odaklanmakta zorlanıyordum. Koridorun atmosferi beni kurutuyordu. Dikkatimi dağıtacak bir şeyler arıyordum fakat benim gibi gidecek yeri olmayan avukat dostlarımdan başka hiçbir şey görememiştim.

Koridorun öbür tarafındaki camdan içeri güneş ışığı sızıyordu; pencere, Kanlı McKenzie kabartmasıyla süslenmişti. Uzak bir geçmişte Lord McKenzie adalet divanı kâtibiydi, emekli olana dek Lord MacGregor'ın da konumu aynıydı. İskoçya'daki hâkimler iki seviyeye ve yasama organına ayrılırdı. Adalet divanı kâtibi ikinci derecenin en üst mertebesiydi. Birinci derece mahkemeden yüksek mahkeme başkanı sorumluydu. En üstün derecede yüksek mahkeme başkanı olurdu ve sanırım oğlunun kendisinden daha yüksek bir mevkiye geçmiş olması Lord MacGregor'ı kızdırmıştı. İdamın yasal olduğu dönemde Kanlı McKenzie, adalet divanı kâtibiydi ve darağaçlarını dolu görmeyi severdi. Lord MacGregor da selefiyle aynı yetkilere sahip olsaydı gülüşü farklı bir ışık altında görülebilirdi. Kanlı McKenzie özellikle çocukları astırmaktan hoşlanırdı. Esas kendisi ameliyatın imkânsız olduğu bir böbrek taşı yüzünden ağır ağır ve acı dolu bir şekilde öldüğünde adalet yerine gelmişti. Greyfriars Kilisesi'nin bahçesine gömülmüştü ve Edinburgh'nın çocukları onun mezarının üzerinde şarkılar söyleyip danslar etmişlerdi.

Kanlı McKenzie, Kanlı McKenzie
Sütten kesilmiş bebekleri astı
Kanlı McKenzie, Kanlı McKenzie
Korkunç acılarla geberdi

Şimdi bir avukat gelmişti. İyi biri değildi, tabii öyle bir şey varsa fakat en azından karakter sahibiydi.

Bıkkın ve halsiz hissediyordum, yaralarım acıyordu ve işime dikkatimi veremiyordum. Yardımcı avukatlara rağmen elimdeki tek dava Kailash'ınki değildi. Başka bir müvekkilim için aile mutemetliğinin geçerliği üzerine bir fikir yazıyordum. Ailenin erkek çocuklarından birisi benden onun için aile mülklerini satmamın bir yolunu bulmamı istemişti. Her ne kadar İskoçya'nın en köklü ve zengin ailelerinden birinden olsa da kokain bağımlılığını sürdürmesi için ona fazladan finans kaynağı bulmakla uğraşamazdım. Müşterilerimi ahlaken sorgulamıyordum, yalnızca biraz meşakkatli bir işti.

St. Giles Katedrali önündeki yalnız gaydacı "Piper's Lament"ı çalıyordu. Gaydanın melodisi ruh halimle eşleşmişti ve o gaydacının Lord MacGregor'ın ayaklarına kusuşuma şahit olup olmadığını merak ediyordum. Gaydacı oldukça dayanıklıydı, dün en az on iki saat çalmıştı ve yeniden yerindeydi.

Kuzey rüzgârının camlarda uğuldayışını yeniden duydum ve pencereler bir kez daha tıkırdadı. Sinirlerim yıpranmıştı. Dikkatimi başka bir yöne çekmeye çalıştım ve rüzgârın o gaydacının İskoç eteğine ne yaptığını hayal ettim. Elleri gaydayı çalmakla meşgul olmalıydı. Peki, ya rüzgâr adamın eteğini kafasına geçirdiyse? Japon turistler kesin paralarını yatırdıklarından fazlasını elde etmişlerdi. Bir yerlerde zamansız ölümün cinsel dürtüleri artırdığını okuduğumu hatırlamadan önce kendime daha fazla İskoç eteği fantezisi kurmamak için kızmıştım.

Başımı çevirip avukat dostlarıma bakındım ve ölümün yıl boyunca parlamento binasında kol gezip gezmediğini merak ettim. Sağ tarafımda iki masa ötemde buruşmuş, gri teniyle Doktor Ölüm oturuyordu, bu kendisinin de açıkça kabullendiği bir isimdi. Her bakımdan Nosferatu'ya benzeyen bu kişinin, yılın bu zamanında İskoçya'da pek olmasa bile az da olsa güneş ışığından korkmasını bekliyordum. Eskiden beni korkuturdu. Peki, ben ne zaman onun gibi olacaktım? Artık bu fırsata kavuşmadan ölmek istemiyordum.

Prather'ın adamı omzuma dokundu. Hiç konuşmadan bana bir zarf uzattı. Koridorda her türlü ses, özellikle de konuşma sesleri uygun görülmezdi. Prather'ın adamı bir yanıt bile beklemeden yalpalayarak uzaklaştı.

Benimle şimdi Sekizgen Oda'da buluş.

Avukat arkadaşlarımdan birisi benimle konuşmak isteseydi duyulmamak için beraber parlamento salonunda volta atabilirdik. İmzasız notun sahibi anlaşılan buranın bu geleneğinden habersizdi, belki de baroya yeni katılmıştı ya da şeytandı. Şeytan, baronun kıdemli bir üyesinin kanatlarının altındaki stajyer avukatlara denirdi. Davalara hazırlanmalarına yardım ederler, şeytan efendileri onlardan ne isterlerse yaparlardı. Fakat bir diğer seçenek daha vardı, çağıran kişi benim peşime düşen kişi de olabilirdi.

Joe'nun sesi yokluğuna rağmen kulaklarımda çınlarken Sekizgen Oda'ya doğru ilerledim: "Aptal mısın Brodie? Ne halt ettiğini sanıyorsun? Kimse nereye gittiğini bilmiyor, hatta gerçekte neler olduğunu bilen biri bile yok."

Bu notu ileten kişinin bana ihtiyacı vardı, ne amaçla ihtiyaç duyduğunu bilmiyordum. Belki de basit bir şeydi, benden hoşlanan bir şeytan ya da yardımıma ihtiyaç duyan bir acemi de olabilirdi.

"Şu pervasızlığın bir gün beni öldürecek," diye beni sık sık azarlardı annem. Bu huyumun *benim* ölümüme sebep olmamasını diledim.

Kendi içimde yaptığım tartışma iki dakikadan fazla sürmemişti. Biraz sakinleşmemin iyi olacağına karar verdim. Ben bir yanda, Glasgow Joe ile annem öteki yandaydı. Her zaman yürürken düşüncelerimi daha iyi toparlardım, bu yüzden posta kutumu kontrol etmeye karar verdim. Baroya kabul edilince bütün avukatlara dokuz numaralı mahkeme salonunun dışında bir posta kutusu verilirdi. Avukatlar emekli olduğunda ya da hâkim olduklarında her bir avukatın kutusu sistem çerçevesinde, daha iyi bir pozisyona geçmeleri umuduyla kaydırılırdı. Kendi kutuma yaklaşırken açık olduğunu fark ettim, çalıştığın zaman kutun her zaman açık olurdu ve kutunun içi insanı sevindirecek kadar doluydu. Kutun ne kadar doluysa baroda konumun o kadar yüksek demekti. Boyut, liyakatle eşdeğerdi ve kesinlikle önemliydi.

Kutum üzerinde çalışmaya odaklanmayı denerken bedenim isyan etmeye başlamıştı, yüzümde rüzgârı hissetmek istiyordu ya da düşüncelerimden başka bir şeyi tecrübe etmeyi. Ayaklarım zikzak desenli ahşap zemini sıçrayarak geçti ve ne olduğunu anlamadan parlamento salonunu geçip Tahkim Basamakları'ndan inerken buldum kendimi. Taştan yapılmış olmalarına rağmen oldukça eskiydiler ve insanların dört yüz yıldır yürüdüğü yüzeyleri orta kısımlarından çökmüştü. Oyma meşeden korkuluklar yüzyıllardır dokunan terli eller yüzünden kararıp pürüzsüzleşmişti. Normalde oradan geçerken hissettiğim o eski zamanlara ait duyguyu bu defa fark etmemiştim bile.

Tahkim Basamakları'nın ortasında küçük, dikdörtgen şeklinde bir alan vardı, duvarın üst kısmında Culloden bayrağı bulunurdu. Bazı yerlerinde yırtıklar bulunan bayrak, İskoçya'nın kaderini belirleyen Culloden Savaşı esnasında taşınmıştı. Eğer bu bir kehanet değilse, bir kez daha fark etmekte başarısız olmuştum, gözlerim siyah, demir tırabzanlardan aşağı doğru bakıyordu. Göremedim ve diğer basamaklardan aşağı inmeye devam ettim.

Kalp atışlarım koşmamama rağmen hızlanıyordu. Hareket etmenin coşkusu ve koridorun dışına çıkmak bana kendimi okulu kırmış çocuklar gibi hissettirmişti. Yüzümde bu kutsal salonlar için uygun sayılmayan bir sırıtış olduğunun farkındaydım.

Dipteki koridor karanlıktı. Parlamento binasının derinliklerinde kaldığından güneş ışığı görmüyordu. Tavanı alçaktı ve duvarlar benimle tanışmak ister gibi üstüme geliyordu sanki. Gözlerimi yere indirip zeminde uzanan kırmızı halıya odaklanmaya zorladım. Halının yer yer kıvrılmış kenarlarından kendir bezinden altlığını görebiliyordum.

Sekizgen Oda'nın dışına geldiğimde kararsız kaldım.

Sekizgen Oda, sekizgen şeklinde olduğu için bu ismi almıştı. Duvarların siyah, ahşap panellerle kaplı olması oraya mahrem ve gizemli bir hava katıyordu. Paneller boyunca kitap rafları diziliydi, Punch'ın her bir kopyası orada tutuluyordu. Kral George dönemi geniş pencereler tavandan yere kadar uzanıyordu, üzerinde elmas şeklinde minik, desenli camlar vardı. Ulusal Kütüphane manzarasına sahipti fakat kütüphane çok yüksek olduğundan içerisi görünmüyordu.

Işık gitmişti fakat yine de sekizgen masanın etrafını saran sandalyelerden birinin çekildiğini görebildim.

Sandalyeyi işgal eden kişiye gözlerimi kısıp bakarken midemin ağrıdığını hissettim.

Sessizce oturuyordu ve el yapımı, siyah ayakkabılarını masanın üzerine koymuştu.

Dünya umurunda değildi.

YİRMİ ALTI

Somerled Buchanan. Roddie'nin en büyük yeğeni ve bu dünyanın gördüğü en çekici piç kurularından biriydi. Fakat piç değildi. Hatta bir babası vardı ve Kuzey İskoçya'nın en pahalı malikânelerinden birinin mirasçısıydı, İskoçların elinde kalan birkaç malikâneden birinin.

"Yoksa beni tanımadın mı Brodie?"

Somerled, Fort Augustus Abbey kapandığından beri zengin İskoç Katoliklerinin çocuklarını gönderdiği Yorkshire'daki Ampleforth Okulu'nda eğitim gördüğü için İskoç aksanıyla konuşmuyordu.

Birbirimizi detaylı bir şekilde incelediğimiz sırada aramıza ağır bir sessizlik çöktü. Esrar kullandığı için okuldan atılmıştı, ona Adalar Lordu ve soyundan gelenlere verilmiş, en büyük Kelt kahramanlarından birisinin ismini veren annesi için bir hayal kırıklığıydı. Adalar Lordu, soyu daha eskiye dayandığı için kendini İskoç kralından yukarıda görürdü ve Somie'nin de sorunu aynıydı. Yeni Zelanda'ya yaramaz çocukların çiftlikte çalıştırılıp karakterlerinin düzeltildiği bir haylazlar kampına gönderilmişti. Bunun işe yaradığından şüpheliyim ve muhtemelen yaramasını istemezdim.

Somie'nin saçları kömür gibi siyahtı, arada beyaz teller de vardı. Bana gülümsediğinde gözlerinin etrafında derin çizgiler belirdi. Güneş ışınları yüzünü yıpratmıştı ve son görüşmemiz üzerinden geçen on dört yılın sonunda sıkı çalışma temposu bedenini bileylemişti. Sevgi birçok şeyi başarabilirdi fakat nefretin gücünü asla küçümsememek gerekirdi, hissettiğim bu duygu bir elektrik akımı gibi damarlarımda dolaşıyordu. Fakat madalyonun bir yüzü daha olduğundan hiç şüphem yoktu.

"İyi görünüyorsun, yaşlandığını ilk belli eden yerinin yüzün olacağını adım gibi biliyordum."

Hafifçe gülüp ayağa kalktı ve beni şöyle bir incelerken elini uzattı. Kararsız kalmıştım. Avucu büyük ve nasırlıydı. Uzunca bir süre eli havada kaldı, normal koşullarda bu utanç verici bir durum olarak görülebilirdi.

"Hâlâ vahşi bir kedinin gözlerine sahipsin Brodie, kızdığın zaman bronz teninde parıldayan altın rengi alevler... Tıpkı şu anda olduğu gibi."

Bana hâlâ gülüyordu. Nane gibi kokan sıcak nefesini yüzümde hissedebiliyordum. Onu son gördüğümden daha uzun boylu ve yapılıydı, kendimi tutsaydım bile aradan geçen yıllara rağmen gördüğüm en harika yaratık olduğunu itiraf etmek zorunda kalırdım.

Siyah ceketini çıkarıp sandalyesinin arkasına astı. Gözlerim vücudunda gezdi ve omuzlarından beline doğru daralan kıvrımlarını izledim. Gri çizgili pantolonunda pek de rahat görünmüyordu. Yeniden sandalyesine oturdu ve beni kendisine doğru çekti. Parmaklarının baskısını belimde hissederken nasırlarına rağmen çok güzel elleri olduğunu kabul etmem gerekirdi. Erkeklerde küçük, terli ve yumuşak eller sevmezdim, Roddie'nin elleri de öyleydi, hatta hukukla ilgilenen birçok adamın elleri öyle olurdu fakat Somerled bambaşka bir adamdı.

Beni belimden tuttuğu sırada birbirimize bakmaya devam ettik. İkimiz de gözlerimizi kaçırmadık. Sanki gözlerini ilk kaçıranın kaybedeceği bir oyun oynuyorduk. İkimiz de kaybetmeyi sevmezdik ve daha şimdiden bir sayı gerideydim. Onun gözlerine bakmanın kötü bir etkisi vardı, yine o istenmedik karışık hisleri hatırlamıştım. Meselenin o olmadığını söylüyordum kendime, yalnızca psikolojik bir etkiydi. Başka bir insanın gözlerine bakmak sevgi hissini harekete geçiriyordu. Çiftler ilk buluşmalarında yüzde seksen oranında birbirlerinin gözlerinin içine bakarlardı. Yeni doğan bebekler anneleriyle aralarında bağ kurmak için gözlerini annelerine dikerlerdi. Ben ise kontrolümü sağlayabilmek için konudan konuya atlıyordum. Bütün bunları biliyordum çünkü mahkemelerde çalışmak psikolojik bir dramanın ta kendisiydi. Bilgi güç demekti.

Beni yeniden kendine çektiğinde bu defa dengemi sağlayamadım ve kucağına düştüm. Bacaklarımı kaldırıp kendi tarafına doğru çekti. Somie için yıllar süren çocukluk arkadaşlığımız ve daha fazlası, onu bu şekilde davranması gerektiğine dair zorluyordu. Benim için ise mesele daha basitti. Giderek artan ereksiyonunu yok saymaya çalışıyordum.

"Seninle iletişime geçmememin benim hatam olmadığını biliyorsun Brodie. Bir süre kimseye yazamadım bile, Roddie bütün yazışmalarımı izliyordu."

Yüzüm kızarmıştı. Demek Roddie benim hakkımda bilmesini istediğimden daha fazlasını biliyordu ve bu sabah için benden intikam almak amacıyla Somie'yi mi göndermişti?

"Mariella'yla bir mesaj gönderebilirdin," diye yanıtladım.

"Kendini kandırma, küçük kardeşim bir fahişe. Her zaman seni kıskandı."

"Fahişe olduğunu biliyordum fakat kıskandığını yeni öğrendim. Okuldayken sürekli benim büyükbaban tarafından verilen bursla orada olduğumu söyleyip dururdu, ben bir yabancıydım ve annem temizlik işinde çalıştığı için bana temizlikçi derdi." Kızgınlık yaşları gözlerime dolmuştu, kızlar arasındaki acımasızlıklar yıllar sonra bile en derin yaraları açabilirdi.

"Daha on dört yaşındaydım Somie," diye fısıldadım.

"Neredeyse on beştin."

"On dört."

"Ben de o kadar büyük değildim Brodie."

Konuşmadan önce bir süre bekledi. "İkimiz de neler yaptığımızı biliyorduk. İkimiz de aynı yerden başlıyorduk ve aynı şeyi istedik.

Sen bir kurban değildin Brodie, bana denktin. Hiçbir zaman bir kurban olmayacaksın."

Son zamanlarda başıma gelenleri ona anlatmamak için dudaklarımı ısırmak zorunda kalmıştım. Somie'yle dertleşmek istiyordum fakat Roddie Buchanan'ın yeğeniyle konuşmak istemiyordum. Olup bitenlere dikkatimi vererek kendimi toparladım. Ceketimdeki düğmeleri çözen Somerled omuzlarımdan indirdiği ceketi dikkatlice, ceviz ağacından parlak masanın üzerine koydu. Vücudum tarafından ihanete uğradığımda acaba o ölü kızlar da aynı şekilde hissetmişler miydi diye düşündüm. Çoktan dikleşmiş göğüs uçlarımın üzerine avuçlarını yerleştirip ağır hareketlerle ince, beyaz, ipek gömleğimin üzerinde daireler çizmeye başladı. Başım geriye doğru düştü ve istediğim şeye teslim olurken göz kapaklarım yavaşça indi. Kollarımı boynuna doladığımda el yordamıyla gömleğimin ön kısmındaki inci düğmeleri aradı.

"Neden bu kadar çok düğme var? Sanırım böyle bir şeyle karşılaşmayı beklemiyordun?" Sesi şehvetten kısılmıştı.

"Ben hallederim," dedim ve bütün düğmelerimi çözdüm.

"Geçen sefer sırf sana odaklanmıştık Somie."

"Brodie McLennan, ben öyle hatırlamıyorum."

"Senin nasıl hatırlamayı seçmen değil mesele. *Sen* nasıl olduğunu düşünüyorsun?"

"Kütüphanede tek başınaydım ve sıkıntıdan büyükbabamın fotoğraflarına bakıyordum. Kız kardeşim ve arkadaşları yukarıda koşturuyorlardı. Her zamanki gibi onların kuyruklarından ayrılmıyordun fakat seni kabul etmiyorlardı. Senin için üzülüyordum. Seni hep dışlıyorlardı."

"Yani beni kütüphaneye çağırdığında sadece nazik olmaya çalışıyordun, öyle mi?" diye sordum.

"Büyükbabamın fotoğraflarını görmek isteyeceğini düşünmüştüm."

"Yani… eğitim amaçlıydı?"

"Eğitim tanımına bağlı, büyükbabam yaşlı bir pisliğin tekiydi, o fotoğraflar da pornografikti, sanatsal olsalar bile öyleydiler."

Soğuk bir ifadeyle ona baktım. Zihnimden uzaklaştırmaya çalıştığım şeyleri aklıma soktuğunun farkında mıydı? Ne kadarının farkındaydı? Somerled'i sevmiştim ama ona asla güvenmemiştim. Aradan geçen zaman duygularımda herhangi bir değişiklik yapmamıştı.

"Açıklamam gerekirse," diye başladı, "daha yeni on beşime girmiştim ve herkes erkeklerin kızlardan daha yavaş olgunlaştıklarını bilir."

"Bakireydim," dedim sertçe.

"Ben de," diye yanıtladı.

"Bunu bana daha önce söylememiştin."

"Bütün erkek çocukları havalı görünmek isterler."

"Yalan söyledin Somie, bu ve diğer her şey hakkında yalan söyledin. O pornografik görüntüler korkunçtu."

Dunmore Kalesi dünyanın en harika Victoria dönemi erotik koleksiyonuna ev sahipliği yapıyordu. Aileleri Somerled'in büyük büyükbabasının çıplak genç kadınların fotoğraflarına duyduğu meraktan utanıyordu. Asıl sorunlar bir fotoğraf öncüsü olduğunu iddia edip genç kızları stüdyosuna toplamasıyla başlamıştı. Kızların ailelerinin yapabilecekleri hiçbir şey yoktu. Kulübelerini borçla almışlardı ve mülklerinin sahibi ise yaşlı adamdı.

"Kütüphaneye masum bir şekilde girmiştim, benden fotoğraflara beraber bakabilmemiz için dizlerine oturmamı istedin çünkü başka bir sandalye yoktu." Ses tonum kızgınlıktan yükselmiş, hatta bana bile sanki fazla abartmışım gibi gelmişti. Yalnızca bir ahmak benim bedenimin sözlerimin tam tersi şekilde karşılık verdiğini anlamazdı ve Somerled bu tarz meselelerde ahmak sayılmazdı.

"Şu an olduğu gibi mi Brodie? O zaman pencerenin yanında bir tane sandalye daha olduğunu görmüştün, sadece görmezden gelmiştin. Beni yönlendiren sendin."

O anının heyecanıyla yanarak elimi Somie'nin ağzının üzerine koydum. Boynumu öptü ve parmaklarını baldırlarımda gezdirdi.

"Tanrım, jartiyer giymişsin Brodie. Ne tür bir kadın mahkemede jartiyer giyer ki?"

"Davetsiz ellerin oralara ulaşmayacağını düşünen bir kadın giyer ve karşılık verirse belki biraz minnet duygusu da bekler."

"Son buluşmamızda bile seks kokusu yayıyordun Brodie."

"Sana söyledim, on dört yaşındaydım."

"Doğum gününden iki gün önceydi."

Bunu hatırlamasına şaşırmıştım.

"Beni kötü göstermek için sürekli on dört yaşında olduğunu ve bütün bu yaşananlarda masum olanın sen olduğunu söyleyip duruyorsun. Sana söylüyorum Brodie, o zamandan bu yana birçok kadınla yattım fakat hiçbirisi senin o gün hazır olduğun kadar hazır değildi."

Parmaklarımı onu tekrar susturmak için dudaklarına kaydırdım ve kravatını gevşetmeye başladım.

"Haydi, gel bir anlaşma yapalım ve yıllar önce olmuş bitmiş şeyleri unutalım," dedim.

"Ya unutmak istemiyorsam?" diye yanıtladı Somie. "Bence hayatımın en karakter belirleyici tecrübelerinden biriydi."

"Benim de kişiliğimi şekillendirdi," dedim öfke ve acıyla boğulur gibi olurken. Ardından boynumu öptüğünü hissettim ve kendimin biraz daha basit bir versiyonuna boyun eğerken odanın dönmeye başladığını hissettim. Nefesini kulağımda hissediyordum ve bütün vücudum tepeden tırnağa ürpermişti.

"Hepsinden de öte, belli ki o gece tekrar seviştiğimizi unutmuşsun Brodie."

Yeşil ve mavi çizgili ipek kravatını kaldırarak masanın üzerine doğru çektim. Gömleğinin düğmelerini açıp ellerimi göğsünde gezdirdim ve parmaklarıma takılan kısa göğüs kıllarını hissettim. Göğsü sert ve kaslıydı. Karın kaslarında hiç yağ olmadığını görebiliyordum. Kravatını elimde tutarken yumuşak bir sesle kulağına fısıldadım.

"O halde o gece olanlara dair anlaşamıyoruz Somie, bırak da sana hayatının geri kalanında unutmayacağın bir şey vereyim."

Somie'nin gözleri irileşti, göz bebekleri büyüdü, kendini tutmakta zorlanıyordu.

"Beklemezsen... Kendini tatmin etmek için en ufak bir hareket yaparsan... İşte o zaman çıkar giderim."

"Anlaştık." Sesi boğuktu. Kendimi bırakmamak için savaşırken beni sıkıca tutup öptü. Fazla zorlanmadan onu geri ittim. Yüzünde tanıdık bir gülümseme belirdi. Ellerini gemici düğümüyle sandalyeye bağladım (ilk defa Findhorn'da almak zorunda kaldığım gemicilik dersleri için mutluydum). Oyun oynar gibi bir tavırla ellerini çeker gibi yaptı fakat hızlıca bağlamıştım. Elimi uzatıp kemerini tuttum ve kolayca çözdüm. Somie pantolonunu ayaklarına kadar indirdiğim sırada gözlerini kapatıp yaşadığı anın tadını çıkardı.

Öpüştük ve beni sıkıca tuttuğunda kemeri ayak bileklerine sıkıca sarıp sandalyeye bağlayana kadar kendimi kaybettim. Ayağa kalktım ve Somie benim bir sonraki hareketimi beklenti dolu bakışlarla izledi.

"Roddie seni neden yolladı?" Sırtım ona dönük halde üzerimi toparlıyordum.

"Sana şunu götürebilir miyim diye sordu," dedi ve başıyla masanın üzerindeki kahverengi bir paketi işaret etti. Somie hareket ettiğinde sandalye sallandı ve gözlerinde neler olduğunu anlar gibi bir kıvılcım belirdi.

"Roddie'ye neden kendisinin vermediğini sordun mu?"

"Aslında sordum."

"Ve?" dedim sabırsızca.

"Bana bir gün için seninle yeterince uğraştığını söyledi ve ben hazır parlamento binasındayken sana ulaştırabilir miyim diye sordu."

"Sen de ona inandın, öyle mi?"

"Brodie, şu anda senin insanları nasıl kolayca kızdırabildiğini anlayabiliyorum."

Yüzü kızarmıştı ve kendini bağladığım düğümlerden kurtarmaya çalışıyordu. Debelenmesini yok sayarak paketi saran kâğıdı yırttım. Elli santimetre uzunluğunda, deri omuz askısı taşlarla süslü, monogramlı, ünlü GG kumaşlı siyah bir Gucci çanta çıkmıştı. O kadar pahalı bir çantaydı ki insanlar ya internetten bu çantayı kiralarlardı ya da Ingliston Pazarı'ndaki sahtelerinden alırlardı. Bu çantanın sahibi taklitçi bir rüküş değil, işinin erbabıydı. Giysi dolabında böyle bir çantaya yer açabilecek ve bu kadar parayı bir çantaya sayabilecek tek bir kadın tanıyordum.

"Roddie sana Kailash'ın çantasını neden verdi? Kailash'ın çalıntı çantası mı demeliydim yoksa?" Hiçbir pişmanlık duymadan çantayı kaptım ve suratına vurdum çantayla. Göğsünü yine aynı çantayla itip tekrar konuştum.

"Kabul et, Roddie seni kirli işlerini yaptırmak için seçti çünkü kan, sudan daha yoğundur."

Kalbimin sanki boğazım ile ayaklarım arasında mekik dokuyormuş gibi hızla attığını hissediyordum. Somie, Roddie'nin ondan istediği her şeyi yapardı. Çantanın içindekileri çıkardım.

"Bunun ne olduğunu biliyor musun?"

Omuzlarını anlamamış gibi silkti.

"Bu benim çalışma lisansım. Roddie'nin planı ne? Polisi arayıp kanıt sakladığımı mı söyleyecek?" Somie'yi yeniden dürttüm. "Bana neler olabileceğini biliyor musun? Adaletin işleyişine engel olmakla cezalandırılabilirim. Peki, bunun ne anlama geldiğini biliyor musun?"

Ondan herhangi bir cevap almayı beklemiyordum zaten.

"Cornton Vale hapishanesinde iki ila beş yıl demek." Kailash'ın tutulduğu hücreyi düşününce tüylerim diken diken olmuştu.

Jetonu düştü ve başını anladığını belirtir gibi sallayan Somie'nin yüzündeki gülümseme silindi. Hızlıca dönüp çantayı kaptım ve odadan koşarak çıktım. Fikrimi değiştirme ihtimalime karşın acele etmem gerekiyordu. Merdivenleri koşarak tırmandım.

Prather'a Sekizgen Oda'dan tuhaf sesler geldiğini bildirmek için durdum sadece.

YİRMİ YEDİ

"Etleri iyi değil ama kurtlar yiyecektir," dedi morgun içerisindeki küçük fakat aşırı dolu ofisinde volta atan Yama Patterson.

"...Hayatın tehlikede kızım, neden polise bildirmiyorsun? Resmî olarak yani..." diye ekledi toplanmış kalabalığa doğru bakarak.

Fishy, Glasgow Joe, Jack Deans, profesör ve ben, tek kişilik bir hücre büyüklüğündeki penceresiz ofiste nefes almaya çalışıyorduk. Joe, Frank Pearson'ın yattığı Edinburgh Kraliyet Hastanesi'nden dönmüş ve Frank'in bunu atlatacağı haberiyle hepimiz rahat bir nefes almıştık. İtibarının aynı kalıp kalmayacağı başka bir meseleydi. Joe ve ben onu kurtarmak için zamanında varmış olabilirdik fakat hastane personelinin Frank'in yanlış giden bir otoerotik asfiksi sonucu oraya getirildiği bilgisini bir yerlere ulaştırmasına engel olamazdık. Frank'in asılması ve benim uğradığım saldırının ardında kim varsa ikimizi de hayatta bırakarak hata etmişti ya da bizi bütün bu olanların altındaki mesajla ilgili tamamen şaşırtmak istemişti.

Dikkatimi yeniden bir araya gelmiş arkadaşlarıma, meslektaşlarıma ve diğer işe yaramazlara yöneltim. "Çoktan üzerinden geçtik fakat gerekirse tekrar edeceğim," dedim beş yaşındaki çocuklar gibi tane tane söyleyerek. Beyaz tahtaya yöneldim ve dosyadaki kanıtı çıkardım, olayları siyah ve beyazdan ibaret gören profesörü düşüncelerime ikna edebilirmiş gibi.

"Kanıt ve olaylar farklı kaynaklardan geliyorlar fakat hepsini elimden geldiğince hızlı bir şekilde kronolojik sıraya dizeceğim. Ayrıca kimlerin nasıl dâhil olduklarını listeleyeceğim."

23 Kasım 1976'da boğulmuş bir bebek Portobello'da kıyıya vurdu.

3 Mart 1977'de kimliği bilinmeyen bebeğin heykelinin açılış töreni oldu.

Delil: Annem Mary McLennan ve Bunny MacGregor oradaydı. Tesadüf mü?

Annem ve Bunny'den aynı cümlede bahsetmek bile kalbimin zıplamasına yetmişti. Fakat bunun için zamanım yoktu ve rahatsızlığımın üstüne gitmem için uygun bir zaman değildi.

"Yama, işte senin devreye girdiğin nokta burası." Onun kariyerinin en alt noktasına yöneleceğim sırada profesörün yüzü mosmor olmuştu.

2 Temmuz 1980'de çöp torbasındaki ilk beden bulundu.

10 Ekim 1985'te çöp torbasındaki ikinci beden bulundu.

15 Ağustos 1986'da çöp torbasındaki üçüncü beden bulundu.

5 Aralık 1990'da çöp torbasındaki dördüncü beden bulundu ve artık dördüncü cesedin kimliğinin Laura Liddell olduğunu biliyoruz.

Yama'ya onaylaması için döndüm. Başıyla onaylayarak ekledi: "DNA sonuçları bu sabah geldi."

"Bu kurbanlar arasından teşhis edebildiğin ilk kişi, öyle değil mi?"

Başını yeniden evet anlamında salladı.

"Bu vakalarda ilerleme gösterememiş olman inanılmaz bir şey," dedi Jack Deans, amacı aslında Yama'nın dünyadaki en iyi adli tıp uzmanlarından olduğunu vurgulamaktı fakat sözleri, kulağa amacının kastettiği şekilde gelmeyince Yama sinirlendi.

"Her patoloğun yanıtları bulamadığı vakalar vardır, bu vakalarda elimde çalışacağım bütünlükte bedenler yoktu. Vücut parçaları ustalıkla birbirinden ayrılmamıştı, yani katil ya bir amatördü ya da yeteneklerini gizleyen oldukça zeki bir profesyoneldi. Bütün olay yerleri kirliydi ve bedenler kötü bir şekilde ayrılmıştı birbirlerinden. Üstelik o kızlara dair kayıp ilanı yoktu." Jack'in aslında hiç yapmadığı suçlamalara karşı kendini savunması bitince Glasgow Joe tansiyonu düşürmek için araya girdi.

"Seni pek tanıdığım söylenemez ama karnım çok acıktı."

Joe'ya, böyle bir zamanda ve daha da önemlisi böyle bir yerde nasıl açlığını düşünebildiğini soran gözlerle baktım. Ölümün kokusunu zihnimden silmek için ağzımdaki mentollü sakızı öfkeyle çiğniyordum. Joe ise çizburger hayali kuruyordu. Aslında Yama'nın öfkesini ve Jack Deans'in iyi niyetle dile getirdiği övgüsünün yarattığı gerginliği zekice dağıttığını anlamam zaman almıştı.

Joe siparişleri aldı ve Yama ona yakınlarda bir kafeyi tarif etti. Devasa buzdolapları ve metal sedyeler arasında sallanarak yürüyen Joe yemek listesini sakince elinde tutarak binadan çıktı.

1990 yılından beri devam niteliğinde bilinen bir ölüm yok.

Hareketsiz duran topluluğa onay ister gibi baktım.

7 Mayıs 2001'de Fettes Emniyet Müdürlüğü'nde bir baskın oldu. Suçlular güya Hayvan Kurtuluş Cephesi'yle ilişkiliydi. Polis kaynakları merkezden herhangi bir şey alındığını inkâr ettiler.

"O tarihten itibaren bizler de dâhil olmaya başlıyoruz olaylara."

10 Mayıs 2001 tarihinde, sabah saat 09.03'te Jack Deans, çalınan dosyalara dair bir ihbar aldı. Çalınan dosyaların fotokopilerinin bulunduğu bir çöp kutusuna yönlendirildi. Dosyalar, bir fotoğraf albümünü işaret ediyordu.

10 Mayıs 2001 tarihinde, sabah saat 10.30'da Jack Deans, İskoçya Anayasası, ikinci derece suç kanunu kapsamında gözaltına alındı ve polisin ona bir suçlama yöneltemeden tutabileceği en uzun süre olan altı saat boyunca gözaltında kaldı. Resmî şikâyetin karara bağlanması bekleniyor denerek serbest bırakıldı fakat suçlamaya dair herhangi bir karar gelmedi.

"Eklemek istediğin bir şey var mı Jack?"

"Baskın ve talanla ilgili oldukça gerçekçi bir haber yazdım ve kovuldum. Makalem hiçbir zaman yayımlanmadı. Komplo teorileriyle kafayı bozmuş, nevrotik bir sarhoş olduğuma dair dedikodular yayılmaya başladı. Bir daha doğru düzgün bir iş bulamadım."

Rahatsızlığımı gizlemek için beyaz tahtaya doğru döndüm. Jack, benim ona dair fikirlerimi oldukça kusursuz bir şekilde dile getirmişti ve henüz sözlerini bitirmemişti.

"Fikirlerimin ne kadar popüler olup olmadıkları umurumda değil, bu kızların ölümleri eğer üzeri kapatılmak istenmeseydi çoktan çözülürdü."

Yama'nın bakışlarından kaçınan Jack kahvesini tazelemek için döndü. Yama'nın ününe yapılan imaya sinirlenip lafa karıştım.

"Yama, dünyanın en iyi adli tıp patologlarından birisidir, bazen çözemediğin vakalar da olur Jack." Kendimi ikna etmekte zorlanırken sesim amaçladığımdan yüksek ve dalgalı çıkmıştı. Fakat içimden bir ses bana son zamanlarda şahit olduğum ve bizzat bildiğim bir örtbas olayını anımsatıyordu: Yama'nın bizzat yaptığı Lord Arbuthnot'un otopsisi. Kasıtlı olarak Yüksek Mahkeme Başkanı'nın uyuşturucu bağımlılığına dair bilgiyi ses kaydına almamıştı fakat bu defa farklı bir durum vardı değil mi? Sonuçta bir bağımlı oluşunun yaşlı adamın ölümüyle ilgisi yoktu.

Jack ellerini uzlaşmak ister gibi bir tavırla havaya kaldırdı. "Bakın, işin içine önemli insanların karışmış olma durumunu ihtimal dâhilinde tutalım demek istiyorum sadece."

3 Şubat tarihinde Fishy göndericisi belirsiz bir fotoğraf albümü aldı.

10 Şubat tarihinde merkez arşivden "torbadaki cesetler" vakalarının dosyalarını istedi.

17 Şubat tarihinde Fishy, emniyet müdürü yardımcısıyla kızların ölümüne dair dosyanın yeniden açılmasını istediği bir görüşme yaptı. Talebi reddedildi.

19 Şubat tarihinde Fishy, komiseriyle bir görüşme yaptı ve terfisinin durdurulduğu söylendi.

22 Şubat tarihinde Leith'e transfer edildi ve statüsü trafik kontrolüne indirildi.

2 Mart tarihinde Fishy'nin kredi kartı detayları Mavi Kuş Operasyonu'nda ele geçirildi. Kartı çalınıp Motive isimli bir çocuk pornosu sitesinde kullanılmıştı. Saygınlığını yitirmesi için yapılmış olabilir miydi?

"Bildiğiniz üzere birkaç gün önce dosyaları merkezden almaya çalıştım fakat bana dosyaların kayıp olduğu söylendi. Bilgisayar kayıtları, yeni binaya taşınma esnasında, yani on yıl önce dosyaların kaybolduğunu söylüyordu," diye ekledi Fishy.

"Fakat birkaç ay önce ödünç almıştın onları, değil mi?" diye sordum.

Fishy başını göğsüne doğru eğdi ve boyun kemiklerini hafifçe kıtırdatarak çevirdi. Yeniden makineli tüfek gibi konuşmaya başladığında gerginliği azalmıştı.

"Duvara çarptım Brodie. Komiser, bilgisayarların asla yalan söylemediğine inanıyor. Neden transfer edildiğime dair dedikodular yüzünden kimse bana yardım etmek istemiyor."

Dış koridordan o esnada geçen iki temizlikçi aralarında şakalaştı ve kahkahalarının yankısı odayı doldurdu. Hiçbirimiz gülmedik.

Öfkeli bir şekilde listeyi yazmaya devam ettim.

16 Ağustos tarihinde Lord Arbuthnot/Alistair MacGregor gece yarısı sularında öldürüldü.

16 Ağustos tarihinde Kailash Coutts sabahın erken saatlerinde tutuklandı.

16 Ağustos tarihinde Brodie, Arthur's Seat'te bilinmeyen bir kişinin saldırısına uğradı.

19 Ağustos tarihinde Kailash Coutts, Brodie'ye, Laura Liddell gibi poz verdirilen bir cesede Brodie'nin suratının yerleştirildiği bir fotoğraf verdi.

21 Ağustos tarihinde Frank Pearson'a ilaç verildi ve asılıp ölüme terk edildi. Otoerotik asfiksi fantezisi süsü verilip itibarını zedelemek ve öldürmek mi istemişlerdi? Kurtarılan kanıtlar: İki kahve fincanı ve bir CD.

"Kahve fincanları iki farklı iz içeriyordu, biri kesinlikle Frank Pearson'a aitti fakat ikinci parmak izine sahip olduğum hiçbir veritabanında rastlamadım," diye açıkladı Yama.

"Katil otuz yıldır kaçıyor. Herhalde yatağında uzanıp bizi beklemesini ummuyordun, değil mi?" Yama'yı rahatlatıp güven vermek için omzundan kavradım.

"Haklısın. Kesin olan bir şey var, bu Tanrı'nın cezası herif hiç de mankafa değil." Yama gülümsemeye çabalarken yanakları kırışmıştı.

"Toplantıdan sonra buna hep beraber bakacağız." Devam etmem için başını sallayan Yama sandalyesine geçti.

22 Ağustos tarihinde Brodie'ye Rohypnol verildi: Amaç itibarını zedelemek ya da öldürmekti.

"Hiçbir şey anlayamıyorum..." diye bağırdı Joe elinde kahve kutusu ve simitlerle kapıda durarak. Jack ve Fishy siparişlerini almak için masaya saçılmış kâğıtları toparladılar. Yalnızca sistemimi sarsacak, acı, koyu bir double espressoyla başa çıkabilirdim. Duvara yaslanıp o yakıcı hissin boğazımdan aşağı inişinin tadını çıkardım.

Tahtayı incelerken boynunu ovalayan Joe küçücük odanın yarısını kaplamıştı sanki.

"Dediğim gibi bunu anlayana kadar canım çıkar..." Eliyle tahtaya vurdu. "Fakat bunu yapan bir kişi var."

"Kimmiş peki Komiser Columbo? Katil olabilir mi?" diye alaycı bir sesle ağır ağır konuştu Jack.

Birbirimize beklenti dolu bakışlarla baktığımız sırada kimse konuşmadı, Glasgow Joe "gazetecilik" kelimesinin "şerefsiz" kelimesinin harflerinin değişmiş hali olmamasının tuhaf olduğunu düşünür bir halde, küfür eder gibi şöyle bir baktı fakat aslında aklından neler geçtiğini bildiğim için hemen araya girdim.

"Kayıp kız. Fakat onu hikâyenin neresine katacağımızı bilmiyoruz, öyle değil mi Joe?"

Artık ben de yazı tahtasına vuruyordum.

"İşin başından beri mi var? Ortasında mı dâhil oldu? Yoksa sonunda mı?"

"Brodie, daha öyle birisinin varlığından bile emin değiliz."

Jack'e onu susturmak ister gibi baktım. İnanmaya ihtiyacım vardı. Joe uzanıp pek de nazik olmayan bir şekilde beni itti.

“Bazı şeyler biliyoruz. Ceketinin gevşek bir çivide asılı durduğunu biliyorsun Brodie ve sen...” Jack Deans’e dönerek, “kendine acıyarak hiçbir yere varamayacağını öğrenmelisin,” dedi.

“Bilmişliğiyle meşhur birisinden hayat dersleri almak yerine göz önünde bulundurulacak gerçekler var,” dedi Jack. “Hiçbir gazetede bugüne kadar o kayıp kızdan bahsedildiğini görmedim.”

Bu defa dikkatimi odadaki gayriresmî polise çevirdim. “Fishy, o ‘kayıp kız’ hakkında ilk ne zaman bir şeyler duydun?”

“Laura Liddell’ın büyükannesi bana söyledi.”

Kalbim duracak gibi olmuştu. “Sanırım diğer teorisinden bahsetmemiştir.”

Başını iki yana salladı. “Hayır, nedir o?”

“Kayıp kızın *Laura* olduğu teorisi.”

“Ama o öldü.”

“Doğru fakat Maggie o kaybolduğundan beri bu ümitle yaşıyor.”

Joe kocaman avucunu başına vurarak araya girdi. “Tanrım, Brodie, bunu hatırlamadığıma inanamıyorum, Maggie serseri kılıklı bir adamın Laura doğmadan önce kızı aramak için geldiğini söylemişti, yani bütün bu olanların kilit isminin Laura olmadığını biliyordu. Üzgünüm, sanırım bunu biz mutfaktayken söylemişti. Bir önemi var mıdır sence? Olayı çözmek için işimize yarar mı?”

Fishy dramatik bir tavırla elini yazı tahtasına doğru salladı. “Hiçbirimizin buna bir anlam verebildiğini sanmıyorum, işe şunu araştırarak başlayalım diyebileceğimiz hiçbir şey yok resmen.”

Aniden gururum kırılmış bir şekilde, artık soğumuş kahvemi bitirmek için oturdum. Bir molaya ihtiyacım vardı. Zihnim ve bedenim pretzel simitleri gibi birbirine dolanmıştı. Çalan telefonun sesi zihnimi bölerek düşüncelerimin arasına girdi. Yama telefona yanıt vermek için uzanırken neredeyse burnuma dirsek atıyordu.

“Ben Profesör Patterson.”

Kese kâğıtlarını karıştırıp yiyecek başka bir şey arayan Joe hariç hepimiz nefeslerimizi tutmuştuk. Yama soğuk bir ifadeyle

Fishy'nin düşmek üzere olan kahvesini yakaladı ve günlüğü ile diğer dosyalara dökülmesini engelledi.

"Kalemle çizdim fakat resmî celp kâğıdını bekliyorum, her zamanki seyrinde. Teşekkür ederim." Telefon görüşmesini sonlandırıp bize döndü ve özellikle bana baktı.

"Ceza mahkemesinden arayıp bir duruşma için uygun muyum diye sordular."

Başımı aşağı yukarı salladım.

"Kailash Coutts'un duruşması, iki haftaya olacak. Yüksek Mahkeme'nin bir sonraki oturumunu iptal ettiler ve bunu halletmek istiyorlar."

Jack Deans fısıldadı. "Hızlıymış."

Duygularımı göstermek için gönülsüzdüm. "On gün içinde dava dilekçesi verilmesi şart ve vaka üzerinde çalışacak zamanım olduğu sürece buna karşı çıkamam."

"Yeterince zamanın olduğundan emin misin?" diye sordu Jack.

"Kesinlikle. Sorun yok."

Aslında… ayvayı yemiştim.

YİRMİ SEKİZ

Jack Deans'e ya da aslında kimseye bununla ilgili hiçbir umudum olmadığını söyleyemedim. Zamanım yoktu ve olan bitenleri düşününce Kailash için elimden gelenin en iyisini yapamayacakmışım gibi görünüyordu.

Fakat kendime şunu hatırlattım, onu cezadan kurtarmamam gerekiyordu. Mümkün olan en sessiz şekilde onu gömmem ya da yaptıklarının acısını çekmesini sağlamam gerekiyordu. Roddie'nin tehditleri belirsizdi fakat Lord MacGregor onların planlarına sadık kalmadığım takdirde olacakları açık bir şekilde belirtmişti. Old College'daki ilk günümden beri annem benim kırmızı yargıç cübbesi giymemi istemiş, ancak o zaman iyi bir iş çıkardığına dair tatmin olacağını söylemişti. İşte bu bana Roddie Buchanan'ın tehdidinden daha fazla işkence ediyor, üzerime biniyordu.

"Tahtanda bir şeyi atlamışsın Brodie."

Jack'in eksiğimi belirtirken kendini beğenmiş bir tavır takınmamış olmasına sevinmiştim. Siyah keçeli kalemi kaldırıp beyaz renk yazı tahtasına yaklaştı.

12 Ağustos tarihinde Kailash Coutts, Brodie'nin sözde ölümünü tasvir eden bir fotoğraf aldı.

16 Ağustos tarihinde Kailash Coutts cinayetle suçlandı ve Edinburgh Yüksek Mahkemesi'nde görüldü.

Daha fazla bilgi olduğu doğruydu fakat hiçbir şeyi açıklığa kavuşturmuyor, hatta daha da karıştırıyordu. Kailash'ın olaya dâhil oluş şeklini tesadüf olarak görmek cazip geliyordu fakat kuklaların ardındaki iplerin kimin elinde olduğunu hâlâ bilmiyordum.

Telefonum çaldı, telefonumun melodisi "Can Can" şarkısıydı, bunu daha uygun bir şeyle değiştirmem gerektiğini zihnime not düştüm. Ölünün ruhuna saygı duymadan, ceza mahkemesi tarafından Kailash'ın duruşmasına dair bir şeyler duyma beklentisiyle telefona hızla cevap verdim.

"Selam Brodie."

Hemen yüzüne kapattım. Bu, insanların önünde yapmak istediğim türden bir konuşma değildi. O yüzden izin isteyip dışarı yürüdüm. Koridorlar dünya hayatının kaygılarıyla yaşayan insanlarla doluydu. Hizmetliler koridorlardan laboratuvarlara numuneler taşıyorlardı, yardımcı personeller ise çay tepsilerini etrafta dolaştırıyorlardı. Artık sıradan bir hayat sonsuza dek sınırların dışında kalmış gibiydi ve bunun neden canımı sıktığını bilmiyordum çünkü uzun yıllardır toplumun en zayıf halkasının bir parçası olmuştum.

Her zaman olduğu gibi onuncu koridordaki alarmsız yangın kapısına yöneldim ve otoparka çıktım. Güneş, bulutların arasından yüzünü göstermişti ve hastane çalışanları çimlerde oturmuş, hızlı bir öğle molasının tadını çıkarıyorlardı. Sinirlerimi toparlayıp Somie'yi aradım.

"Geri arayacağını biliyordum, birçok şey olabilirsin ama kesinlikle korkak değilsin."

"Neden geri aramayacak mışım? Korkmam gereken bir şey mi var?" diye sordum.

"Benden yana olmadığı kesin fakat dünyanın geri kalanı adına yanıt veremem."

"Kızgın değil misin?"

"Aslında oldukça eğlenceliydi."

"Prather'ın adamının seni çıplak halde sandalyeye bağlı bulmasının nesi eğlenceli?"

"Ailemin yüzyıllardır yaptığı aşağılık şeylerle karşılaşmak yeni bir şey değil onlar için. Bir dahaki sefere daha kötüsünü yapman gerek."

"Beni sohbet edip şakalaşmak için mi aradın?" Öyle yaptıysa bile aslında dikkatimi dağıttığı için minnettardım.

"Hayır." Sesinde aniden ciddi bir ton belirdi. "Roddie amcamı çıldırtacak ne yaptın?"

"Hangi yıldan başlamamı istiyorsun? Kısa kesmek için şöyle söyleyeyim, WS Kütüphanesi'nde dün gece Lord MacGregor'ın ayakkabılarına kustum ve ardından aynı renkli kusuşu amcanın arabasında da tekrarladım. Bunu mu soruyorsun?"

"Evet, bunu duydum. Görüyorum ki hâlâ çok klassın. Hayır, maalesef yaşlı MacGregor'dan daha ciddi bir mesele için aradım."

Mideme endişe dolu bir sancının vurduğunu hissettim.

"Brodie, şunu da söylemek istiyorum... Biz gençken sana zarar vermek istemedim ve hatta bana söylediğin bazı şeyler gerçekten de canımı sıktı, lütfen inan bana. O zamanlar Brodie... senin için ne hissettiğimi bilmiyordum fakat hiç kimse için böyle şeyler hissetmemiştim. Belki de Sekizgen Oda'da biraz daha zaman geçirip işler yolunda gider mi diye bakmalıyız ha?" Somie'nin sözlerinde büyük bir pişmanlık vardı fakat yeniden işine döndüğünde geçmesi uzun sürmemişti. "O çantanın içine tekrar baktın mı?" diye sordu ve benim cevap vermeme fırsat tanımadan devam etti. "Roddie'yi bu sabah kenara çektim ve isteklerine uyduğun sürece sorun olmayacağını söyledi." Beni ikna etmeye çalışıyordu ve sesi hep hatırladığım gibi yumuşak ve pürüzsüzdü.

"Roddie'nin kaniş köpeği olmaya hazır değilim," diye âdeta hırlar gibi cevabı yapıştırdım. "Pahalı bir fahişenin çantasını karıştırıp karıştırmadığım da seni ilgilendirmez, lisansı gördün ya daha fazla başıma kakabileceğini umuyordun, değil mi?"

"Burada tehlike altında olan birçok şey söz konusu," dedi, sesinde uyumlu bir ton vardı.

"Bildiğinden de fazlası Somie."

"Aptal değilim Brodie, senin için gözümü dört açacağım. Bu arada ev arkadaşına polislikten hiçbir bedel ödemeden nasıl atıldığını da sor."

"Gitmem lazım," diyerek konuşmayı sonlandırdım ve sesimin duygusuz çıkmasına çalıştım. Morga dönüş yolum çelişkimi çözmem için çok kısaydı. Somerled'in söyledikleri doğruysa Fishy yalan söylemişti, trafik bölümüne sürgüne gönderilmemişti. O halde çalışmıyorsa onca zaman ne yapmıştı? Yama'nın alanına girmeden önce Fishy'yi yalanında desteklemeye karar verdim. Yıllardır yanımda durmuştu, beraber birçok hayat tecrübemiz olmuştu, yalan söylüyorsa mutlaka iyi bir sebebi olmalıydı.

Ben kapıyı açar açmaz Yama konuşmaya başladı.

"Fotoğraflar," diye söze sonunda önemli bir şeyi fark edip bunu dünyaya anlatmak ister gibi başladı.

"Öncelikle size göstermek istediğim bir şey var," dedim.

Konuşması bölünen Yama'nın ağzı açık kaldı ve üst dudağı seğirdi. Evrak çantam daha ziyade bir valize benziyordu. Akademik yayınları ve oraya buraya dağılmış kâğıtları toplamakla uğraşmadan masaya indirdim. Keskin, yapay ışık altında kahverengi çantanın yıpranmış yanları açıkça görünüyordu fakat derin bir çantaydı ve Mary Poppins'in çantası gibi içine bir sürü şey sığıyordu. Ödülü çıkardım.

"Piyango mu vurdu?" diye sordu Gucci marka çantayı masaya koyduğumu gören Joe. O çantanın önemini anlayan tek erkekmiş gibi görünüyordu, muhtemelen birkaç kez iç etmişti.

"Benim değil."

"Kime ait olduğunu sormalı mıyım?" diye kuşkucu bir tavırla ses tonunu alçaltarak sordu Joe. Başımı iki yana salladım.

"Umarım o yaşlı adamı öldürürken taktığı çanta değildir." Joe'nun gözleri üzerime sabitlenmişti. Herkesin anladığını umarak başımı aşağı yukarı salladım, Joe hemen anlamıştı.

"Seni budala inek, zaten ceza mahkemesini ve Ağır Suçlar Büro Amirliği'ni adaleti yanlış yönlendirme suçlaması yüzünden yeterince kızdırmadın mı?" Masanın etrafından dolaşıp omuzlarımdan tutarak beni sarstı.

"Biliyorum. Kanunları biliyorum."

"Beni çok kolay kandırabilirdin," diye yanıtladı herkesten daha kızgın bir sesle. "O halde neden yaptın?" Onu tatmin eden bir yanıt verene kadar beni bıkmadan sorgulayacağını biliyordum. Bunu yapamazdım, burada değil, belki hiçbir yerde, bu yüzden bana karşı öfkesi bir süre sonra geçecekti.

"Roddie bana tuzak kurdu. O gönderdi."

"Eline düştüğünü söyleyerek polise verebilirdin. Ya da bir önemi var mı? Sana yardım edecek bir şey var mı onda?"

"Elime yeni geçti! Günlerdir bende değil Joe!" Sesim, masumiyetimi çok yüksek sesle savunmuştu. "Buraya gelmeden hemen önce elime ulaştı, bulabileceklerimi dört gözle beklemiyordum," diye itirafta bulundum.

"Ahlak kuralların batsın Brodie, Kailash Coutts elbette suçlu ve o çanta bunu kanıtlayacak unsurlar içeriyorsa o halde bu işi halletmek zorunda kalacaksın." Joe'nun alnında ter damlacıkları belirmişti ve onu baskı altına aldığım zamanlarda olduğu gibi sol kaşı seğiriyordu.

"Bu cinayeti işlemesi için bir sebebi yok, hem kanıt bunun bir kaza olduğunu destekliyor." Artık savunma avukatı moduna girmiştim.

"Bu kadar komik olma," diyerek araya girdi Jack Deans. "Ben de sen de neler olduğunu biliyoruz: Joe haklı, o çanta çok tehlikeli... Lord Arbuthnot'un öldüğü gece Kailash'ın taşıdığı çanta o."

"İç ettiler sanıyordum?" dedi Fishy.

"Çalınmıştı... ve bence arkadaşın Moses Tierney aldı." Joe'nun bana yönelttiği dikkatinin dağıldığını görüp rahatlarken suçlar bir ifadeyle Jack'e baktım.

"Moses aldıysa nasıl Roddie'nin eline geçti peki?" diye yanıtladı.

"Bunu bilmeyi çok isterdim fakat aynı zamanda bu çantayı Roddie'nin polise vermek yerine doğruca bana göndermiş olması beni daha fazla endişelendiriyor." Gözlerimi kendi bildiğim şeyin dışında bir yanıt bulma umuduyla odaya çevirip hepsini şöyle bir taradım.

Joe duygusuzdu. "Ah, haydi ama Brodie, bunun tek bir sebebi var ve sen de biliyorsun. Kanıta el koymak, adaletin işleyişine engel olmak, sen seç. Polis o çantanın sende olduğunu öğrenirse seni suçlayacaktır."

"Roddie'ye dış görünüşü itibarıyla bir bakalım," diye yanıtladım. "Belki de bu çantada Lord Arbuthnot'la ilgili polisin bilmesini istemediği bir şey vardır." Bir kadının çantasını karıştırmanın mahrem bir yanı vardı ve bundan hoşlanmıyordum. Bazı psikologlar ve psikiyatristler kadınların kişiliklerinin çantalarındaki eşyalarla olan ilişkisi üzerine bir çalışma yapmışlardı. Kailash obsesif derecede düzenli ve temizdi. Kontrol sahibi olmak isteyen ve işleri akşına bırakmayı reddeden bir kadındı. Politik olarak doğru görülmeyen pembelikte, timsah derisinden daha küçük bir çantada makyaj malzemeleri, eski püskü, kilitli, beş yıllık bir günlük ve cep telefonu vardı.

Jack Deans telefonu alıp açtı ve adres defterini karıştırmaya başladı. Tıpkı bir av köpeği gibi kokusunu aldığı ve bulmayı istediğini düşündüğü şeyi bulana kadar devam edecekti. Gitgide artan odaklanmış hali dikkatimi çekmişti. Fishy bile içgüdüleri bir şey üzerinde olduğunu söyleyen Jack'e dönmüştü. Bu kurnazlığı bir zamanlar onu büyük bir gazeteci yapan şeydi, ben ise kurnazlığının daha keskin bir şekilde geri dönmesini ümit ediyordum.

"Tanrım, işte buldum!" Eli her zaman kaynaklarını korurken yaptığı gibi telefona sıkıca yapışmıştı. Elimi elinin üstüne koyup telefonu sertçe çektim. Üçüncü bir el parmaklarımı telefonun üzerinden çekince telefonu bıraktım.

"Bırak şu saçmalığı, şuna bir bakman lazım."

Parmaklarıyla kollarımı kavrayan Yama beni bilgisayarının olduğu morga doğru çekti.

Diğerleri de bizi izledi ve Yama'nın omuzları üzerinden bilgisayar ekranını izlemek için dizildik. Frank Pearson'ın dairesinde bulduğum diski bilgisayara takıp içindeki görüntüleri ekrana verdiği sırada hepimiz nefesimizi tutmuştuk. Önümdeki fotoğrafları görür görmez bedenim alev alev yanmaya başladı. Midem boğazımla birleşmek için âdeta ayaklandı ve ardından kemiklerime kadar üşüdüm.

Laura Liddell fotoğrafın sol üst köşesinde uzanıyordu.

Grotesk bir Venus de Milo gibi kolsuz ve bacaksızdı. Bedeni ayırma süreci devam ediyordu anlaşılan. Fotoğrafın ortasında altı yaşlarında bir erkek çocuğu durmuş, her bir detayı izliyordu. Gözleri kocaman açılmış ve şahit olduğu sadist sahne karşısında yusyuvarlak olmuştu ve böyle bir şeyi gören bir çocuğun sonunun nasıl olabileceğini merak ediyordum.

Joe ekrana parmaklarını öfkeyle vuruyordu. "Maggie Liddell yanılıyormuş. Kayıp olan bir kız değil, bir erkek çocuğu. Eğer hâlâ hayattaysa onu bulmak zorundayız Brodie."

Nereye bakmam gerektiğini çok iyi biliyordum.

YİRMİ DOKUZ

"Suçunu kabul edecek mi?"

Savcının sesi mızmız ve ısrarcı çıkmış, neredeyse boş parlamento salonunda yankılanmıştı. Bütün İskoçya hukuk sisteminin merkezi olmasına rağmen içerisi insanı bunalıma sokacak kadar ıssızdı. Elmas motifli siyah beyaz döşemelerin üzerinde yürürken ayakkabılarımızın sesi yankılanıyordu. Soğuk ve boş ızgaraları aydınlattığında o aşırı büyük, siyah şömineleri çok seviyordum. Avukatların kütüphanesinin girişindeki iki şömine tabanı arasına kısa bir bakış atmak bile oranın ne kadar boş olduğunu anlamaya yetiyordu. Altı metre yükseklikte duran Güney Penceresi, özenle oyulmuş ahşap bir panelin üzerinde duruyordu. Tıpkı Orta Doğu mollalarının yaptığı gibi katılımcılar mahkemeye mübaşir tarafından çağrılıyorlardı. Orası da terk edilmişti. Bu binadaki dinsel çağrışımları ilk fark edişim değildi.

Güney Penceresi'nden dokuz numaralı mahkeme salonu ve avukatların posta kutularının başladığı yer görülüyordu. Orada da herhangi bir hareketlilik yoktu. Taş zemin yüzyıllar önce döşenmişti, yıpranmış ve yer yer çukurlaşmıştı fakat bugün onun kullanılarak aşınma sürecine katkı yapmayacak bir gün olacak gibiydi. Bir hayat işareti arıyordum fakat savcı, savcılığa yakışır bir sertlik ve önseziyle bakıyordu. Kailash'ın olmadığı düşüncesini kafamdan uzaklaştırmak için başkalarını görmem gerekiyordu fakat onun kötü talihine doğru giden de bendim. İskoç Yüksek Mahkemesi'nde en ciddi suçlarla itham edilen kişilere davayı savcı açardı. Bir yargıç olmak için ceza hukuku üzerine kariyer yapmamış olsanız bile savcı olarak çalışmak zorundaydınız. Medeni hukuk barosunda çok tecrübeli bir kraliyet avukatı olan Hector McVie'yleydi meselem ve o anda bana bakıyordu.

Medeni hukuk barosu ve ceza hukuku barosu iki farklı şeydi. Tıpkı su ve zeytinyağı gibi birbirlerine karışmazlardı ve aralarında genelde pek az sevgi bulunurdu. Medeni hukuk kitapları kuru ve tozlu olurdu ve tecavüz, cinayet ya da ensest gibi hikâyeler içlerinde yer almazdı ve medeni hukuk avukatları da genelde kitapları gibiydiler. Burası Hector McVie'nin dünyasıydı.

Ceza hukuku barosunun avukatları ise genelde müvekkilleriyle aynı kötü alışkanlıklara sahipti, çok azı çekiciydi. Fakat bir konuda özellikle ortaklık gösterirlerdi; serttiler, dünyalarında ahlak ve medeniyete yer yoktu.

Hector McVie bir beyefendiydi. Hatta bir sonraki cümlesinin sonuna "lütfen" kelimesini ekleyeceğinden korkuyordum. Bana kabalık etmeye çalıştı ve aynı şekilde yanıt verdim.

"Hayır… Kabul etmeyecek. Ölenin yüksek mahkeme başkanı olması çok kötü."

"İş birliği yapacağını duydum." Hector'ın sesi yaralanmış gibi çıkmıştı fakat bana zorunluluklarımı da hatırlatıyordu.

"Ancak bir aptal, müvekkilinin bir cinayet suçlamasını kabul etmesini ister," diye yanıtladım.

"Fakat savunma da yapmıyorsun! Savunmanın olmayacağı bir mahkemeyi yürütmek de aptalca olurdu, değil mi?" Ceza hukukuyla ilgili cahilliği beni şaşkına çevirmişti, gerçekte müvekkilinin suçlarını savunmak bize nadiren verilen bir lükstü. Savunulamaz olanı savunacak ustalar olmamız gerekirdi. Dilimi ısırarak ona politik anlamda en doğru yanıtı verdim.

"Bir savunmam var."

"Cluedo oyunu mu? Caddede elinde şampanya kadehiyle dolaşan Bayan Coutts değil miydi?" diyerek benimle alay etti. Belki de Hector McVie'nin daha önce hiç görmediğim bir yanı vardı.

"Hayır!" Yine saldırgan tavrıma bürünmüştüm. "Aslında olanlar bir kazaydı."

Hector parlamento salonunda bir ileri bir geri gitmeyi bırakıp döndü ve bana baktı. Altın çerçeveli, yarım ay şeklindeki gözlüklerini burnuna doğru indirip durdu ve gözünü bana dikti. Nazik kahkahası salonda yankılandı. Mermer bir kaideye doğru eğilip dirseklerini heykeltıraş Chantry'nin yaptığı Yüksek Mahkeme Başkanı Blair'in ayaklarına doğru dayadı. Gözlüklerini eline alıp gülmekten yaşaran gözyaşlarını sildi ve gülümsedi. Ona bakamıyordum. O yüzden dikkatimi devasa heykele yönelttim. Örümcek ağı kaplanmıştı yüzeyi. Parlamento salonunda genelde yargıçların oturup mahkemeleri dinledikleri birkaç duvar oyuğu vardı. Bu boşluklar artık geçmiş yüzyılların büyük ve başarılı avukatlarının heykelleriyle doldurulmuştu. Heykellerin de sanki bana gülüp gülmemekte kararsız kalmış gibi bir halleri vardı.

"Ciddi olamazsın, değil mi?" Hector hoşgörülü bir ifadeyle bana gülümsedi. Onu sevmiştim, bu meslekte gurur meselesi olan hukuki çatışmalar nadiren kişisel olurdu fakat bu durum değişebilirdi.

"Ben ciddiyim. Kailash Coutts ne kadar isteseniz de cinayet suçunu kabul etmeyecek."

Pazarlık, mahkeme avukatlarının günlük işlerinin bir parçasıydı. Hector'ın benim iyi bir teklif beklediğimi düşündüğü açıktı.

"Peki, ya daha az ceza gerektiren, suç teşkil eder nitelikte adam öldürme suçunu kabul etmesine izin verirsem?" diye sordu.

Bana pazarlık yapılacak bir noktadaymışız gibi gelmemişti, hatta çaresizlik gibi görünüyordu. Hector ve diğerlerinin bu davanın bir an önce bitmesini ne kadar istediklerini görmeye başlamıştım. Pazarlık esnasında karşı tarafa ne kadar çaresiz olduğunu göstermek iyi bir şey değildi fakat açık konuşmak gerekirse Hector'a aynı tarafta olduğumuz belli ki söylenmişti. İpleri başkalarının elindeydi ve aynı kukla oynatıcılarının benimle de konuştuklarını biliyordu.

Lord Arbuthnot'un itibarına leke sürülmesin diye savcılık ve İskoç Yüksek Mahkemesi olası bir duruşma ihtimalinden kurtulmak için can atıyordu. Belki de bir başka yüksek mahkeme başkanının mermer heykelini daha dikmeyi bile planlıyorlardı. Yüksek Mahkeme başka birisini seçmeliydi. Hector biraz daha tecrübeli olsaydı ve bana daha hafif bir cezadan bahsetseydi belki de ona tekliflerini müvekkilime ileteceğime dair söz verebilirdim. Fakat bunun yerine ona mahkemede görüşeceğimizi söyledim. Kailash'a karşı duyduğum yersiz sadakat yüzünden değil, uzunca bir süre cinayet suçlamasıyla yatmasını istediğim için bunu söylemiştim. Bir zamanlar ikimizin de aynı tarafta olduğumuzu hissettiğim anlar olmuştu fakat Stockholm Sendromu zamanlarım artık geçmişti, bana her şeyi dobra dobra söylememesinden bıkmıştım ve ayrıca onun süs köpeği olmadığımı bilmesini istiyordum. Mahkemeden çıkarken hepsinden de öte bana Roddie Buchanan skandalı sırasında yaşattığı stres yüzünden onu affedememiştim.

Yine yüz yüze görüşme zamanıydı. Cornton Vale Hapishanesi'ne yolculuğum bitmek bilmiyordu. M9 karayolu, yamru yumru karavanlarını Trossachs'a doğru çeken küçük motorlu arabalarla doluydu. Kazadan beri ilk yolculuğum olmasına rağmen Harika'ya binmekten zevk almıyordum. Yeniden motosiklete binmek güzel hissettirmişti fakat Joe motosikletimi bakıma aldırdığından beri bekâr bir kadının yersiz suçluluk duygusuyla bir kere bile gidip bakmamıştım. Harika'ya onu bir daha ihmal etmeyeceğime dair kendi kendime söz verdim. Kailash'la eli kulağında hesaplaşmam yüzünden çok fazla zaman ayıramadığım motosikletimi parlatıp cilalayacağıma dair hayali planlarla kafam çok meşguldü.

Sonunda oraya vardım ve motosikletimi park ettim. Önümdeki dikenli tele çok fazla dikkat etmeden içeri girdim ve Kailash'ın hücresinden getirilmesini istedim.

Küçük, daracık görüşme odasına girdiğimde oturmamayı tercih ettim. Hurdası çıkmış kaskım formika masanın üzerinde duruyordu ve yumruklarımı o kadar sert sıkıyordum ki sonunda serbest bıraktığımda ellerim acımıştı. Çenem kaskatıydı ve boynumda nabzımın atışını hissedebiliyordum. Kapı açıldı. Kailash içeri girdi, üzerinde ipekten beyaz bir tunik vardı ve yine gardiyanlar ona büyük bir nezaketle davranıyorlardı.

Tuniği hareket ettiği sırada hışırdıyordu. Kailash bana deniz tanrısı Proteus'u hatırlatıyordu, Poseidon'ın foklarının çobanı. Proteus'un istediğinde şekil değiştirme özelliği vardı. Geçmiş, günümüz ve geleceğe dair her şeyi bilirdi fakat bildiklerini söylemek istemezdi. Kailash kendini yeniden keşfediyordu ve onu bu sakin, mütevazı haliyle gördükten sonra deriler içinde dominant bir kadın olarak hayal etmek zordu. Harika bir aktris olduğunu kabul etmeliydim ancak beni kandıramazdı. Onun genelde her istediğini alan manipülatif bir fahişe olduğunu sürekli kendime hatırlatıyordum. Üstelik sırf o değildi, Aydınlanma'ya ya da grilere bürünmüş birtakım bilinmez adamlara katlanıyorsam işte sebebi bu anı yaşamak istememdi. Ben de kendi takvimime göre ilerliyordum.

Kailash oturup bana baktı ve yalnızca tek bir kelime söyledi. "Neden?"

Sorusunu duymazlıktan gelip cep telefonunu önüne koydum. Her nasılsa hâlâ güzelce manikür yapılmış elleriyle telefonu aldı ve yazılı mesajı okurken yüzü sapsarı kesildi.

Konuştuğumuz gibi buluşuyoruz. Alistair.

"Öldüğü gece gönderildi," diye hatırlattım Kailash'a. "Onu ölümüne sen davet ettin."

Üst dudağımın üzerinde beliren ter damlalarını hissedebiliyordum ve rahatsız edici bir şekilde ona nasıl bakmam gerektiğinin farkına varmıştım. Kailash soğukkanlılığını neredeyse anında geri kazanırken benim ağzım köpürür gibi olmuştu.

Cep telefonunu masanın üzerine bırakıp sorusunu tekrarladı. "Neden?"

Ona boş gözlerle bakarken telefonu bana geri vermek amacıyla bırakmadığını fark ettim. Aynı anda uzansak hangimiz ilk alırdık diye merak ettim. İçimden bir ses onun alacağını söylüyordu, neticede yaptığı işte hünerli ellere ihtiyacı vardı.

"Brodie, sana bir soru sordum. Bu mesaj seni neden sinirlendirdi?"

"Çünkü bana yalan söyledin," diye cevabı yapıştırdım. "Sana Lord Arbuthnot müşterin miydi diye sordum ve olmadığını söyledin."

"O halde yine aynı şeyi tekrarlayacağım, Alistair MacGregor hiçbir zaman müşterim olmadı."

Monica Lewinsky'yle ilgili sorulan sorulara Başkan Clinton'ın verdiği yanıt gelmişti aklıma. *"O kadınla hiç seks yapmadım."* Dünyadaki herkes oral seksi cinsel ilişki olarak sayardı fakat hayat ve ölüm detaylarda gizliydi. Kailash'ta gerçeğin özünü arıyordum ve ulaşamıyordum.

"Bu bir avukatın yanıtı... Kendi arkanı kolluyorsun. Yoksa çalıştırdığın birilerinin müşterisi miydi?"

"Brodie, eğer seni rahatlatacaksa, Alistair MacGregor'ın ilişkiye girmek için ücret ödediğini hiç duymadığımı onaylayacağım."

"Neden inanayım ki sana? O adama dair daha önce bir şeyler bildiğini inkâr etmiştin."

"Brodie, eğer kendini toparlarsan bana daha önce onu tanıyıp tanımadığımı sormadığını fark edeceksin, ilgilendiğin tek şey onun benim müşterim olup olmadığıydı."

İstediğinde insanı hor gören bir fahişeye dönüşüyordu.

"Benim gibi bir kadının Lord Arbuthnot gibi bir adamla yalnızca fahişeyse mi iletişime geçebileceğini düşünüyordun yoksa? Ha bu arada bu işte ben kimsenin fahişesi değilim, onlar benim fahişelerim." Uzun bir süre sonra ilk kez gülümsemişti.

Kailash benim ne demek istediğimi anlamamıştı. Ona benimle alay ettiği için kızgındım. Lord Arbuthnot'la geçmişe dair bir ilişkileri olduğunu bilmeme rağmen savunmasında hazır bulunmuştum fakat başkalarının onların arasındaki bağı bildikleri gerçeğini düşününce onu affetmeye niyetim yoktu. Jack Deans'in bile bildiğine bahse girerdim. Kailash sakin bir şekilde masaya oturdu ve açık pembe ham ipekten bir not defterine (almaya gücünün yettiği bir başka kişisel eşya daha) ben sessizce oturup duvara bakarken bir şeyler yazdı.

Yazdığı notu bana uzattı. Çok iyi becerilmemiş el yazısı resmî eğitim eksikliğine işaret ediyordu. Katili bulmak için bütün vaktime ihtiyacım vardı fakat bu umutsuz davayla savaşacak enerjim yoktu. Uykusuzluk gözlerimi kurutmuştu. Notu okumaya çalışırken sürekli gözlerimi kırpıştırdım. Kailash'ın beni izlediğinin farkında olarak boğazımı temizledim ve yazılanları sesli olarak okudum.

"İnekler nasıl burunlarıyla görüyorsa, imparatorlar da casuslarıyla görürler."

Hint Filozofu Kautilya, MÖ üçüncü yüzyıl

"Belki hukuk diplomam olmayabilir," dedi Kailash. "Fakat bu benim eğitimsiz olduğum anlamına gelmez. Atalarım *sizin* toplumunuzda daha *pişirmeye* patates yokken bile üç yüz altmış farklı şekilde patates pişirmeyi bilirlerdi."

Kıpkırmızı olmuştum, içimdeki ateş baştan ayağa yayılmıştı. Kailash'ın uslanmaz bir çocuk gibi oyun ne olursa olsun kendini benim üstümde bir yere koyacağını anlamıştım. Bunu egosu için yapmak zorundaydı ve ben de kendi egom için bu tavrını görmezden gelmeliydim. Her buluşmamızda beni değersiz, rüküş, beceriksiz, eğitimsiz ve olduğumdan daha *az* hissettirmişti... İçimde yankılanan annemin sesi bana doğruca sonuçlara atladığım için özür dilememi tembih ediyordu fakat Kailash'la bunu yapamayacak kadar uzun bir geçmişim vardı. Ayağa kalktı ve benimle yüzleşmek için masanın etrafında sessizce yürüdü, gri muşamba üzerinde yürüdüğü için ayaklarından ses gelmemişti fakat tuniği hışırdıyordu.

Bir düşmanım daha olmuştu, avukat-müvekkil bağını aramızda yeniden kuramayacağımızı görebiliyordum. Beni geriye doğru iterek düşürebileceğini düşünüp ondan önce davrandım ve ayağa fırladım.

"Kendine başka bir avukat bul Kailash."

Kaskımı alıp çıkmak için hareketlendiğimde emrini söyledi.

"Brodie, seni bu duruşmada istiyorum ve seni bilirkişi olarak seçtiklerini de biliyorum. Bunun karşılığında ne sözü verdiklerini merak ediyorum aslında."

O kadar yakınımdan geçti ki eski moda kokusunun her bir bileşenini hissettim. Gül yağı ve lavanta. Yatıştırıcı bir bileşim olduğundan her aktarda bulunurdu, farklı olması için yalvarabilirdim. Kendimi hiç de rahat hissetmemiştim.

İşaret parmağını çenemin altına yerleştirip hafifçe kaldırdı.

"Ah... Senin gibi hırslı bir kızı kırmızı cübbelerden başkası çekemezdi."

Okuduğu şeyin benim değil, aslında annemin hırsı olduğunu söylemek istedim fakat o anda aklıma Roddie'nin adli atama şantajına verdiğim yanıt geldi. Beni aslında buna iten şeyin ne olduğunu merak ettim, annemin hayaleti mi yoksa gerçek ben mi? Belki de kendimi hep ikna etmeye çalıştığımın aksine aslında arada fark yoktu. "Planlarına uymadığın takdirde sana ne yapacaklarını da söylediler mi?"

"Hayır."

"Bu güçlü adamlar onlara ihanet ettiğin takdirde sana ne yapacaklarını senin hayal gücüne bıraktılar demek..."

Başımı aşağı yukarı salladım, ihanet çok çirkin bir kelimeydi. Bu şekilde düşünmemiştim.

"Güzel çünkü bana tekrar ihanet edersen senin için düşündüğüm cezayı ben de senin hayal gücüne bırakacağım Brodie."

Omzumdan sıkıca tutarak beni yeniden sert sandalyeye oturttu. Elindeki kartları görebilmek için masanın köşesinde oturuyor olmam, zarların onun elinde olduğu anlamına geliyordu.

"Bu bir tehdit mi Kailash?"

"Hayır, bir seçim."

"Çok fazla seçeneğim varmış gibi görünmüyor."

"Her zaman bir alternatif vardır Brodie, kaçınılmaz ölümle yüzleşirken bile iyi bir şekilde ölmek için cesur bir karar verebilirsin."

OTUZ

Kalbim durmuş gibi hissetmiştim, benim hakkımda mı konuşuyordu? İyi bir şekilde ölmemi mi söylemişti? Fakat yüzümde duygularımı belli eden bir ifade yoktu. Bir tehdit daha almamın ne önemi vardı? Kailash monoloğuna devam ederken benim değişmeyen ifademi fark etmemişti.

"Ayrıca seçenek bir yanılsamadır, birçok durumda bunu daraltmayı seçeriz. Çok fazla özgürlük insanı rahatsız eder."

Seçimim iyi ölmek değil, iyi yaşamaktı ve bunu yapabilmek için hem daha akıllı hem de bugüne kadar olduğumdan daha kurnaz olmak zorundaydım.

Kailash sandalyesinden bir kedi gibi sıçrayarak kalktı ve masanın köşesinden arkama geçmek için yürüdü. Kulağımdaki nefesi yavaş ve ölçülüydü, sabit kalp atışlarını yansıtır gibi stresin izi bile yoktu.

"Gergin misin?" diye sordu ve karşı çıkmama fırsat tanımadan ceketimi iki çevik hareketle çıkardı.

"Başka birisiyle devam etmen daha iyi olacak..." diye yanıtladım. "Mahkemenin bir görevlisi olarak onunla kazayla karşılaştığını kanıtlayamam." Hayatımda ilk kez bir müvekkilimi elimde tutmamak için savaşıyordum. Konuşurken kendime bile yabancılaşmıştım.

"Dürüstlük şu hayatta yalnızca budalaların oyunudur," diye yanıtladı Kailash. Şerefli cariye maskesini düşürüp ekledi: "Kendi kıçına öyle bir takılıp kalmışsın ki insanların ne düşündüğünü umursadığını zannediyorsun."

"Benden ne yapmamı istiyorsun Kailash?"

Boynumda gezinen elleri beni ürkütüyordu.

"Bir zevk kaynağı olmanı..."

Böyle bir ifade sonunda dönüp yüzüne bakmak zorunda kalmıştım. Sırtım dönük halde arkamda neler planladığını ona soramazdım. Beni kerhanesi için işe mi alıyordu yoksa bana asılıyor muydu? Kailash beni kolumdan kavradı ve elinin gücü karşısında şaşkına döndüm. Roddie'nin aksine ben acı çekmeyi sevmezdim.

"Yeniden başlayalım," dedi Kailash.

Başımı kendisinden uzaklaştıracak şekilde itti. Başımı masaya çevirdiğimde kaşla göz arasında cep telefonumun kaybolduğunu fark ettim. Kafamın karışıklığını manipüle ederek boynumu ileri ve geriye doğru çevirdi. Beni aşağı doğru ittiği sırada kestane rengi buklelerden bir perde yüzümün önüne dökülmüştü.

"İhtiyacın olan şey bir Hint kafa masajı, omuzlarındaki gerginliği alacak ve kulunçlarını ezip vücut sisteminden ilaçları çıkaracaktır."

"İlaç mı? Ağrı kesici sadece."

"Öyle diyorsan öyledir."

Kailash omzuma doğru sol kulağımdan sertçe bastırıyordu, yani ona karşı çıkmam zordu. Kafatasım ve çenemdeki gerginliğin geçtiğini hissettiğim sırada elini gevşetti.

"Etkili, değil mi?" dedi.

İstemsiz bir rahatlama iniltisi dudaklarımdan süzüldü.

"En azından dört bin yıllık bir Hint devası. Ailelerde başlar, aile üyeleri birbirlerinin arkasına oturup kafa derisine saçları rahatlatıp daha gür çıkmasını sağlamak için yağla masaj yaparlar."

Sık saçlarımı kaldırıp suratımın önüne doğru atarken omuzlarımı rahatlattı ve ekledi: "Gerçi senin saçlarının böyle bir şeye ihtiyacı yok."

Bakışlarının içime işlediğini hissettim: Saniyeler sonra telefonum parmaklarımın ucunda yeniden belirdi. İlk tanışmamızdan beri aramızda bütün ağırlığıyla duran bir soru vardı ortada ve artık kaybedecek bir şeyim yoktu.

"Neden Roddie'yi gazetelere gammazladın?"

"Çünkü canım istedi."

Arkamdaki soluk, devlet kurumu yeşiline boyalı duvara dikmişti gözlerini.

"Hayır, bununla kurtulamazsın. Senin ve Roddie'nin yaptıkları beni neredeyse parçalıyordu. Şirketin finansal problemlerinden sorumluyum, senin oluşmasına yardım ettiğin problemlerden."

"Roddie'yi neden suçluyorsun? Gazetelerle temasa o geçmedi."

"Neden suçlamamalıymışım?"

"O yanlış bir şey yapmadı." Kailash'ın ısrarı karşısında kafamı duvara vurmuş gibi hissetmiştim. Uzanıp elimi tuttu; elleri zarif, uzun parmaklı ve yaratıcıydı. Güçlü bir şekilde elimi sıkınca bakışlarımı kenetlenmiş ellerimizden gözlerine kaydırdım.

"Hayır. Roddie'yi suçlamamalısın çünkü o masum. Bunu kanıtlayacak gazeteleri var."

"Sana inanmıyorum," dedim tükürür gibi.

"Fakat bana yazılı bir ifade imzalattın, yani her şey hilesiz ve dürüst olmalı," dedi gözleri kocaman açılmış saf kız rolünü oynayarak. Gülümsemesi giderek genişledi. Kailash benimle oynamaktan zevk alıyordu ve bunu saklamıyordu.

"Yalan olduğunu düşünmüştüm." Ellerimi saçlarımda gezdirmek istedim fakat saçlarım düğümlenmiş ve karışmıştı.

"Böyle düşünmen istendi... Amsterdam'da büyüdüğüm sırada aktris olmak istiyordum fakat bu meslekte güzel bir hayat yaşatacak para yoktu."

"Gerçekten mi?" diye yanıtladım. "Porno yıldızı olmanın oldukça iyi para getirdiğini duymuştum." Sözcüklerim kar taneleri gibi düşmüştü.

"Onlarla çalışmalarına izin verdikleri için büyük bir şey bağışladıklarını düşünen genç yönetmenlerin sanat filmlerinde oynuyordum."

Kuru bir öksürük yüzünden sustu. Kapıyı açıp gardiyandan su istedi. Orasının bir otel değil hapishane olduğunu hatırlatmak istemiştim fakat gardiyan anında bir bardak soğuk suyla gelmişti bile. Aldığı yudumlar arasında hikâyesine devam etti.

"O dönem gelirime katkıda bulunsun diye bir sihirbazın yanında asistanlık yaptım. Bana illüzyonu öğretti, kurduğun bir fanteziye seyirciyi inandırma sanatı."

"Roddie'ye de yaptığın şey bu muydu? Peki, neden?"

"Aslında yaptığım şey Roddie Buchanan için değildi, temsil ettiği şeye ve kişiliğe karşı bir şeydi."

Kailash'ın yine bilgi saklayan Proteus haline geri dönmüştük.

"İnsanlara istedikleri fantezileri ver Brodie, herkes bir avukatı külotu yerde görmek ister."

"Fakat seninle ne ilgisi var?"

"Kendimi bir fahişe olarak görmüyorum. Ben fahişe değilim. Ben sosyete orospusuyum. Benim gibi bir kadın gençken çok para kazanır fakat yaşlanınca... Sonuçlar açıktır, bu yüzden alanımı değiştirmek zorunda kaldım ve Roddie olayı benim geri döndüğümün erkeklere anons edilişiydi."

Bir anlığına susan Kailash'ın duvara yaslanıp ağır hareketlerle bir sigara yakışını seyrettim. Ara sıra sigara dumanını havaya üfleyerek, özgüvenle konuşmaya devam etti.

"Sanırım bunların sana ait olduğunu biliyorsun," dedi ve bana cebimde müvekkillerime vermek için tuttuğum sigara paketini geri verdi.

"Dikkatimi dağıtmaya çalışma." Kanımın içimde kaynamaya başladığını hissediyordum. "Bana ne demeye çalışıyorsun? Bütün bunlar birer ima mıydı?"

Kailash artık kızgın görünüyordu.

"Yalnızca ima diyerek ne demek istiyorsun? Bunun neye patladığı hakkında bir fikrin var mı?"

"O halde işe yaradı, öyle mi? Rüya senaryosu... Senin sırtın yere gelmez, orası ortada."

"Ha şunu bileydin Brodie, ben asla sırtüstü yatarak çalışmam."

Kailash hepimizle oynamıştı. Lothian & St. Clair dünyanın en eski hukuk şirketlerinden biriydi fakat bir fahişenin dalaveresi sonucunda diz çökmüştü. Bunu kabullenmekte zorlanıyordum. Karşımda oturan kadın ağırbaşlı bir Hindu prenses gibi görünüyordu, ne tür bir zihin Kailash'ın tanımladığı şekilde çalışırdı ki?

Lord Arbuthnot'un mahkemesi basın ve televizyonda en üst sırada yer alırdı. Kailash ırk kartını oynamaya hazırlanıyordu. Eğer sanık kürsüsüne o anda giyindiği gibi kıyafetlerle giderse politik anlamda dürüst bir jüri onu suçlu bulmazdı. Buldukları takdirde dışarıda onları bir cehennem beklerdi. Savcılık makamının başı beladaydı çünkü Kailash'ın itibarını zedeleyecekleri bir geçmişi yoktu ve bunun cinayetle de ilgisi yoktu.

Seçeneklerim daha da daralmıştı.

"Senden korkmam için bana gerçeği mi söyledin?"

"Hayır... Çünkü senin uğraştığın insanlar benden daha tehlikeliler. Yüzyıllardır bu işlerin içindeler."

Annem bir hayal uğruna her şeyi bırakmamam için çok fazla çalışmıştı. Kapıya doğru yürüdüğüm sırada sesimdeki tiksinmeyi gizlemeye çalışarak ona döndüm.

"Mahkemen gelecek hafta başlıyor. Orada görüşürüz."

Masanın üstündeki Kailash'a ait cep telefonunu, kendi müvekkilimin aleyhinde bir şeyi güvence altına aldığımı bilerek aldım.

Edinburgh'ya geri dönüş yolumda Harika'nın egzozunun kükreyişlerini, zihnimde tekrar döndürdüğüm Kailash'la konuşmalarımızın sesi bastırmıştı. İşleri farklı bir şekilde ele alabilir miydim diye merak ediyordum. Fakat içimde bana katilin ilk beni yakalaması halinde bütün bu ahlaki düşüncelerimin tamamen anlamsız kalacağını sürekli hatırlatan bir ses vardı. Mahkeme kaçınılmazdı fakat benim katille randevum kesin değildi.

Kendime vereceğim bir tavsiye yoktu fakat Kailash kafesine dönerken kendi şarkılarını söyleyen bir kuşun daha tatlı şakıyacağını bana hatırlatmıştı.

OTUZ BİR

"Karşımda alt dudağını el yüz yıkama lavabosu gibi sarkıtmayı bırak... Bana neyin yolunda olmadığını söyle."

Rag Doll'de barın arkasında duran Joe beni kötü ruh halimden koparıp kendime getirmişti. İçerisi sessizdi, birkaç müdavim arka kısımdaki karanlık bilardo odasında bilardo oynuyordu. Sigara dumanlarının yarattığı sis yüzlerini saklıyordu ve yalnızca birbirlerine çarpan bilardo toplarının ve ara sıra gevezelik eden sürekli müşterilerin sesleri duyuluyordu. Aslında yalnızdık. Yerler dökülmüş içkiler yüzünden yapış yapıştı ve kıpırdandığım zamanlar ayaklarım yapışıyordu. Gözlerim kaskımı bırakabileceğim temiz bir yer aradı. Dansçılar gittikten uzun bir süre sonra bile havada nahoş, tatlı bir parfüm kokusu kalmıştı.

"Burası bir fahişenin el çantası gibi kokuyor Joe."

Burnumu abartılı hareketlerle kırıştırdım. Yüzümün etrafında dolaşan sinekleri kovmak için bir mendil kullanırken asıl pisliğin mendilde olduğunu görünce iyice ümitsizliğe kapıldım. Neyse ki Joe bana kapalı bir kask almamı tavsiye etmemişti, rüzgârı yüzümde hissetmekten ve bir orman havası ile açık bir kırsal alan havası arasındaki farkı söyleyebilmekten hoşlandığımı, doğanın elementlerine yakın olmayı sevdiğimi biliyordu. Dokuz-altı bir masabaşı işine asla katlanamazdım.

Joe bunların hepsini biliyor fakat yine de benim suskunluğum karşısında sabırsızlanmaya devam ediyordu.

"Temizlikçi bir iki dakikaya gelir... Bana neler olduğunu anlat."

"Kailash."

Bu tek kelime bile az önceki halime dair getirdiği yasağı kaldırmasına yetmişti.

"Lagavulin mi yoksa Bruichladdich mi?" Halimin durgun ve üzgün olduğunu gören Joe bana ancak onların iyi geleceğini düşünerek Islay Adası'nın turbalı arpasını teklif etmişti.

"*Uisige*, yaşam suyunu kurutur... Ya da annenin eskiden dediği gibi, *usige bais tae me*. Alkol zıkkımı sonunuz olacak. Sözlerimi bir kenara yazın, siz ikiniz... nereye giderseniz gidin su için haykıracak nedeniniz olacak," dedi.

Mary McLennan'ın anadili Galceydi ve içkiden tiksinen bir Yeşilaycıydı, özellikle de on dört yaşında bir kız söz konusu olunca. Joe'nun hatırlattığı tiradı annem, Joe beni sarhoş bir şekilde Noel balosundan eve taşımak zorunda kaldığında sergilemişti. Beni kulağımdan tutup tuvalete götürürken aynı anda Joe'ya bağırıyordu: "İçki erkekler için kötü, kadınlar için ise daha da kötüdür." Günümüzde ne kadar içtiğimi bilseydi annemin aklından neler geçerdi diye düşünürken yüzümün kızardığını hissettim fakat utancım beni durdurmaya yetecek kadar yoğun değildi.

"Islat."

Kadehlerimiz tokuştu ve çınladı. Kailash'ın bana verdiği, üzerinde Hint atasözünün yazdığı kırışmış kâğıdı cebimden çıkardım ve Joe'ya doğru ittim.

"Ona kim söylemiş?" diye suçlar gibi sordu Joe.

"Söylemedi."

Uzanıp viski şişesini aldım ve diğer elimde kadehimle suni deriden koltuğa yürüdüm. Kendime cömertçe bir kadeh doldurduktan sonra Joe'nun gözlerine bakmaktansa bira altlıklarıyla oynamaya başladım. Barmen kilerden dönmüştü, Joe bardan ayrılıp yanıma geldi. Açık alandan bana doğru yürürken bir Titan gibiydi, gösterişle parıldayan kırmızı altın rengindeki saçları onun için fazla derli topluydu. O yaz ilk kez blucin ve kovboy botları giyiyordu, yani oyun oynayacak bir halde değilmiş gibi giyinmişti.

"Söylemedi derken ne demek istiyorsun?"

Yanıt vermemi beklemedi.

"Onu görmek için oraya gidebilir miyim? Çünkü girebilirsem bana casusunu söyler. Ona insanların canını yakmada birkaç numara öğretmek isterim, bu tarz bir danışmanlık onun işlerini artırabilir." Joe tek dikişte kadehini bitirdi.

"Bir casusu var fakat kim olabileceğini düşünmek istemiyorum," dedim Joe'nun kadehini tazelerken.

"Oldukça uzun bir liste sayılmaz Brodie, bu bilgiye çok fazla insan sahip değil. Ben, Fishy, profesör, Jack Deans ve sen. Seç birisini."

"Bence planı da bu zaten: herkesten şüphelenmemi sağlamak."

"Neden böyle bir şey yapmak istesin ki? Elinde yeterince şey var zaten." Joe konuşurken bana bir paket peynirli ve soğanlı cips uzattı. Gözleri yemezsem pişman olacağımı söylüyordu.

"Kailash benim başımın onunkinden daha fazla belada olduğunu düşünüyor. Cinayet suçlamasını çok fazla kafaya taktığı yok."

"Blöf yapıyor… Sokaklar böyledir, yalnızca en iyinin peşine düşülür."

Kailash'ın başına gelen olaylardan rahatsız olmadığını biliyordum ve içimden bir ses bana bir oyun oynadığını söylüyordu. Daha en başından beri beni ağına düşürdüğüne dair bir his vardı içimde ve kolayca serbest bırakılmayacaktım. Bugün kanıtlanmıştı bu düşüncem fakat kimse kendilerini savunmak istemeyen bir avukatı istemezdi, özellikle de karşı tarafa çalıştığına inanılan bir avukatı. Bir sebepten ötürü önemli bir oyuncuydum, sebebini öğrenmem lazımdı yalnızca.

Öğle arası gösterisi için müzik başladığı sırada Glasgow Joe ikinci cipsini gürültüyle çiğneyerek yiyordu. Türlü yaş, ebat ve şekillerde müşteriler içeriye doluşmaya başlamıştı.

"Joe, Kailash'ın savunmasından çekilmek istedim fakat kabul etmedi. Kafam karıştı, neden bende ısrarcı olduğunu anlayamıyorum, özellikle de benim bilirkişi olarak atanmamı isterlerken."

Joe yüzünü sahneye doğru çevirmiş, dansçıyı izliyordu. Ben ise onun geniş, siyah tişörtünün sırt kısmına bakıyordum. Omzunun üzerinden tek gözü sahnedeyken konuştu: "Yeni bir kız. Onu deniyorum... Konuşmaya devam et. Dinliyorum seni."

"Benden bilirkişi olmamı istemelerine rağmen kabul etmedim ve henüz Kailash'ın davasını tehlikeye atabilecek bir şey yapmak zorunda da kalmadım."

Sahnedeki kızın yeni olduğu belliydi. Direğin etrafında tökezleyip kıyafetlerini çıkarmaya çalışırken eli ayağı birbirine dolanıyordu. Önceki gün şahit olduğum jimnastik mükemmellikle kıyasladığımda kızın performansı bana gülünç gelmişti. Fakat erkekler ki buna o kıza inanan Joe da dâhildi, onu berbat bir barda caka satan savurganlar olarak değil de kıyafetlerini masum bir şekilde çıkaran bir bakireyi gizlice gözetleyen röntgenciler gibi izliyorlardı.

Utanç verici gösterisini başı önünde bitirip yüzü kızaran kızın rutini sonunda onu çılgınca alkışlamışlardı. Kıyafetlerini toplamak için eğildiği sırada bilmeyerek izleyicilerine aslında içten içe görmek istedikleri şeyi vermişti. Bacakları hafifçe açık ve düz bir biçimde eğilip bir süre öyle kaldı ve genç, ince kalçalarını seyirciye sundu. Üzerine para yağmaya başladığında olayı çaktım. Bütün bunlar bir oyundu. Adamlar oyuna gelmişti ya da hâlâ gelmek istiyorlardı. Kailash görse gurur duyardı.

Kollarında kıyafetleriyle kıkırdayıp ona fırlatılan paraları taşımakta zorlanıyordu. Ondan bir şeyler öğrenebilirdim. Cinselliğini diğer dansçılardan çok daha farklı bir biçimde kullanıyordu. Erkekleri üstün hissettiren bir cazibesi vardı ve o masum gülümsemesi sanki erkekler ona bir şeyler öğretebilirmiş ve buna izin verirmiş gibi hissettiriyordu.

Aptalı oyna kızım ve kazan.

Onların emirlerine uyuyormuş gibi yap fakat kendi kendinin efendisi ol.

"İyiydi, değil mi? Yani ilk sefer için demek istiyorum." Joe nefesi kesilmiş gibi ışıldıyordu o kıza iş teklif etmek için masadan kalkarken. Artık barda duran kızla göz göze geldim, gözlerimiz birbirine kilitlendiğinde gizli bir kurnazlıkta birbirimize gülümsedik.

"Evet, iyiydi," diye yanıtladım.

Müzik oturduğum sandalyeyi titreyecek kadar yüksek bir sesle inledi. Boş sahnenin etrafında birkaç genç adam Masai savaşçıları gibi şevkle dans ediyordu ve ellerinde birinci sınıf, pahalı Alman birası şişeleri vardı. İçlerinden ince yapılı bir adam bana doğru yürüdüğü sırada dansçıların eforlarına eşlik eden ekşi ter kokularıyla âdeta banyo yapıyordum. Adamın bana doğru yürümüyor olması için dua ettim. Şansımın bugünlerde berbat olduğunu bilmem gerekirdi.

"Brodie McLennan… Beni sanırım hatırlamayacaksın."

Haklıydı, onu tanımıyordum fakat neden rahatsız olduğumu biliyordum. Erken yaşlanmış, hastalık yüzünden tahrip olmuştu ve yüzünde siyah izler vardı. Yaraları urlarını işaret ediyordu. O adam HIV yüzünden ölüyordu. Bir çaresi olmayan hastalık, kurbanından kendisine bakmasını istiyordu. Bir keş bunu yapacak kadar sevmezdi kendisini, aksi takdirde keş olmazdı. Bana uzattığı kâğıt gibi beyaz eli sanki seksenlik bir adama aitti ve parmaklarındaki dövme yapılmış harfler bir araya geldiklerinde "LOVE" (sevgi) şeklini alıyordu.

Uzattığı elini tutmak için ayağa kalktığımda adamın vücudu titriyordu fakat tokalaşması sağlam ve kuruydu.

"Ben Maggie Liddell'ın oğluyum… Shirley'nin kardeşi."

"Laura'nın da dayısı."

"Aynen… Adım Duncan Liddell. Hepimiz haberlerini aldık Brodie. Annen gururlu bir kadındı, onu özlüyorsundur."

Duncan Liddell'la Rag Doll'de oturmak beni geçmişimi yok saymam, aksanımdan vazgeçmem ve sanki bir faydası olacakmış gibi nereden geldiğimi açıklamamam konusunda suçlu hissettirmişti. Böyle zamanlarda benim Lothian & St. Clair'de çalışmaya layık olmadığımı düşünen ve aleyhimde konuşan insanlara hak veriyordum.

"Teşekkür etmeye geldim. Mile End House'dan seninle tokalaşıp teşekkür etmek için taksiyle geldim," diye tekrarladı hırıltılı bir sesle. Alçakgönüllülük benim haşır neşir olduğum bir duygu değildi normalde fakat azalmış kahverengi saçları ve ucuz kıyafetleriyle beni mütevazılaştırmıştı Duncan. Edinburgh bir zamanlar seksenlerdeki atış poligonları sayesinde Avrupa'nın AIDS başkentiydi. Duncan da muhtemelen o zamanlar evlerin diplerindeki garajlarda enfeksiyon kapmıştı.

"Anneme Laura'nın öldüğünü kanıtladın, artık yas tutmaya başlayabilir. Anısına bir anma töreni düzenleyip Laura'nın hayatını onurlandırabiliriz. Senin o törende konuşmanı istiyorum." Sesi titriyordu ve titremesi konuşmasından çok fazla şey almıştı.

"Ne söyleyeceğimi bilmiyorum." Bu fikirden caymayı düşündüm hemen. "Bunun için doğru insan ben değilim."

"Bir şeyler bulursun Brodie. Onlara karşı ayağa kalkabilecek eğitime sahip içimizdeki tek kişi sensin."

"Neye karşı ayağa kalktığımı düşünüyorsun Duncan?"

Kafası karışmıştı. Sözlerimi anlamıyordu. Gözleri dumanlanıyor gibiydi ve içinde bulunduğu trans hali onu etkilemeye başladığı sırada abuk sabuk konuşmaya devam etti, bir başkasının sorunlarını dinlemek için yerime oturdum.

"Annem, altı çocuğu olmasına rağmen birçok defa düşük yaptı. Babam yaşlı ve sarhoş bir pislikti, onu bir türlü rahat bırakmazdı. Ben doğduktan sonra altı kere düşük yaptı. Biz doğarken annem aralarda depresyona girmişti ve bizimle ilgilenememişti. Her neyse, Shirley doğduktan sonra en büyük ağabeyim ve ben yurda alındık, Güney Queensferry'de bir yatılı okula gönderildik."

Duncan'ın kaşlarında ter damlaları birikmeye başladı ve burnuna doğru damladı, şaşırıp şaşırmadığımın bile farkında değildi. O efsaneyi yeniden dillendirmek bile onu kötü etkiliyordu. Ona bir kadeh viski doldurup bir sigara verdiğimde uzanıp bana dokundu.

"Bunu başka hiç kimselere anlatmadım Brodie, eğer anlatsaydım belki de minik Laura'mız bugün bizimle olurdu."

Glasgow Joe, Duncan'ın arkasında dolanıyordu ve o yaralı adamın Joe'nun önünde konuşmayacağını anlayınca ona gizlice uzaklaşmasını işaret ettim. Elimi Duncan'ın elinin üzerine koydum ve parmak uçlarımın arasındaki pürüzsüz kemiklerini, adamın yaklaşan ölümünü hissederek okşadım ve konuşması için onu cesaretlendirdim.

"Sen ve ağabeyin King George V Okulu'na gönderilmiştiniz, Güney Queensferry yakınlarındaki..." diye hatırlattım ve uyuşturucunun yarattığı pustan çekip aldım onu.

"Evet, doğru... Orada işler öyleydi. Erkekler, küçük kızlara yanaşıyordu..." Duncan dayanamayıp gürültüyle ağlamaya başladı. "Annem çocuklarının devletin elinde güvende olacaklarını düşünmüştü... Bir mola gibi geçiciydi bu fakat o sapık piç kuruları... küçük oğlan çocuklarına da sarktılar."

Uzanıp lekeli yüzünden akan yaşları sildim, mendilimin kirli oluşunu umursamamış görünüyordu.

"Sen de o küçük çocuklardan mıydın Duncan?" diye sordum cevabı bilerek. Başını evet anlamında sallayıp ekledi, "Fakat bizler şanslıydık. Bazı çocuklar yıllarca kalmıştı orada." Viski, Duncan'ın vücudunu rahatlatıp dilini çözerek etkisini göstermeye başlamıştı fakat onun gibi hasta bir tüy sikletin anlaşılma süresi kısa olurdu.

"Duncan, bana anlattığın şeyler Laura'nın katilini bulmanın anahtarı olabilir." O noktada emin değildim fakat kanıtlar zayıftı ve bizi pedofillere götürecek herhangi bir izi takip etmemiz gerekiyordu.

"Diğer çocuklar o kadar da şanslı değillerdi. On üç yaşlarındaydım ve orada tanıştığım bir kız arkadaşım vardı. Tamamen masumduk çünkü o zaten başına gelenler yüzünden mahvolmuştu. İsmi Heather'dı. Heather Beith." Hatırlamak için gözlerini kapattığında parmakları bir araya geldiğinde "HATE" (nefret) kelimesini oluşturan dövmeli elini pantolonunun cebine soktu ve ardından bana buruşmuş bir fotoğraf uzattı. Fotoğrafı incelediğimde Duncan'ın bir zamanlar yakışıklı olduğunu hatırladım, *glam rock* grubunda çalar gibi tek gözünü kapatan uzun saçları vardı ve gözlerine maskara sürmüştü.

"Yakışıklı bir çocuk, değil mi?" Bana bakıp gururla gülümsedi. "Bu fotoğraf otobüs durağında çekilmişti." Siyah beyaz, pasaport vesikalığı boyutlarında bir fotoğraftı ve Duncan'ın kolunu omzuna doladığı Heather dilini çıkarmıştı.

"Bir sonraki cumartesi benim doğum günümde buluşacaktık fakat o hiç gelmedi."

"Doğum günün ne zaman?"

"Haziranın yedisi. Heather ortaya çıkmayınca bir şeyler olduğunu anladım ve bu yüzden gazeteleri sürekli takip ettim... Torbadaki kız haberini duyar duymaz o olduğunu anlamıştım."

"Bunu kimseye anlattın mı?"

Onu sorguya çektiğim için kendimi rahatsız hissederek sesimi yumuşattım fakat Duncan bunun farkında bile olmadı. Sanki onu engelleyen şeyler ortadan kalkmış gibiydi ve konuşmaya ihtiyacı vardı, belki de ölmeden önce bir şeyler itiraf edecekti.

"Bilgisi olanların ortaya çıkmasını istediler... Televizyonda verdikleri numarayı iki defa aradım. İsmimi verdim ve bildiğim her şeyi anlattım fakat hiç kimse gelmedi. Kimsenin Heather hakkında bir şey bilmek istememesine şaşırmıştım."

"Bu bende kalabilir mi?" diye sordum fotoğrafı avucumda tutarken. "Onu daha önce görmüştüm," dedim ne yapacağımı bilmez bir halde. "Bende o kızların parçalanmadan önceki hallerini gösteren bir fotoğraf albümü var."

"Kahretsin, Brodie, sanırım o hatun aşağılık biri olduğu için bu beni şaşırtmıyor."

OTUZ İKİ

"Hatun derken?" diye sordum.

"Bir kadın mı yani? Fakat herkes bir adam olduğunu düşünüyor."

Herkes katilin bir erkek olduğunu varsaydığı için sözcükler dudaklarımdan âdeta patlarcasına fırlamıştı.

"Evet, herkesi alt etmiş gibi görünüyor, çocukları tutan kişi bir kadındı. Küçükler ona güvenmişti, daha büyüklere ise sanki biz istemişiz gibi hissettirmişti, yani bu işi başımıza biz açmışız çünkü bundan hoşlanıyormuşuz gibi."

Bu defa viski şişesini kendisi aldı ve cömert bir şekilde kadehini tazeledi.

"Bunun bir erkek çocuğuna ne yaptığını bilir misin?" Duraksayıp içkisinden bir yudum aldı. "Benim gibi hastalıklı, hayatı boşa gitmiş bir adam yapar işte. İnsanların eğer ortada katillerden oluşan bir ekip varsa yalnızca erkeklerin etkisi yüzünden kadınların olaylara dâhil edildiğini konuştuklarını duydum. O şırfıntı kimsenin kurbanı değildi. O orada olmasaydı hiçbirimiz tacize uğramazdık."

Bunu pek ihtimal dâhilinde saymasam da Duncan'ı rahatsız edip daha fazla anlatmasına engel olmak istemiyordum.

"Neden kimse beni aramadı Brodie? Heather'ın ortadan kayboluşu bir anlam ifade etmiyor muydu? Oysa uyuşturucu için birkaç külüstür araba çaldığımda polis üstüme çullanmıştı hemen."

"Okuldaki öğretmenlerden birine olanlardan bahsettiniz mi?"

"Bizi salak mı sandın? Elbette anlattık. Fakat yalan söyleyip hikâyeler uydurduğumuzu iddia ederek kemerle dövdüler bizi. Bizim için artık çok geç Brodie, çoğumuz harap olduk fakat diğer çocukların anıları için hâlâ umut olabilir. Belki de bunu onlar için yapabilirsin ve annem gibi hayaletlerden kurtulup ruhlarının dinlenmelerine yardım edebilirsin."

Depresyon üzerimi Kuzey Denizi sisi gibi kaplamıştı. Duncan buraya gelip konuşmaktan yorgun düşmüştü.

"Gitmek ister misin Duncan?" diye sordum.

"Evet. Başka seçeneğim yok zaten. Bugünlerde işemeye bile gidecek gücü bulmakta zorlanıyorum, bırak başka şeyleri. Buraya gelmek benim için Noel gezmesi gibi bir şey," dedi ve acı dolu bir ifadeyle güldü.

Rag Doll'den çıktığımız sırada taksi kaldırıma yanaşmıştı. Joe benimle gelmekte ısrar etti ve Duncan da onu onayladı: "Etrafta bazı edepsiz piç kuruları dolanıyor Brodie, bunu söylediğim için üzgünüm." İş hayatım boyunca birçok "edepsizlikle" karşı karşıya gelmiş olmama rağmen beni korumaya çalışıyorlardı. Gücenemeyecek kadar yorgundum.

Joe, hastalığından çok içkinin etkisiyle halsiz kalmış olan Duncan'ı taksiye taşımak zorunda kalmıştı. Yola devam ettiğimiz sırada Duncan arka koltuğa uzandı ve ikimiz de oturduk. Joe'nun dizleri çenesine değiyordu takside fakat Duncan'ın önünde hiçbirimiz rahatsızlığımızdan şikâyet edemezdik. Taksi, şeyh dükkânlarıyla dolu olan ve her türbanlının ağdalı bir Leith aksanıyla konuştuğu Junction Caddesi'nden gidip eskiden hepimizin yüzdüğü Vicky havuzlarının yanından geçti. Bir zamanlar Bowling Green Caddesi'nin bulunduğu noktadan devam ettik. Ebenezer Kilisesi'ndeki bal mumu ve taze koparılmış çiçek kokulu Brownies'e gitmiştim. Orayı seviyordum, özellikle de diz çöktüğümde dizlerimin altına koyduğum altın rengi püsküllü, mavi, kadife minderi severdim. Her pazar saat dokuzda ayine gittiğim St. Mary's Sweet Star of the Sea'de ise kilise oturakları dizliklerden daha sert ve ahşaptandı.

Yolculuğumuz beni köklerimle ve soyağacımla zorla yeniden bir araya getirmişti, Leith Walk'tan tırmanıp zirvedeki St. Mary's Katedrali'ne ulaştığımızda daha da geleneksel olan yerlerimize geri dönmüştüm.

Leith'ten Fairmilehead'e tırmanmak, dik ve ağır bir yolculuktu. Mile End Düşkünler Evi'ne doğru tırmanırken sanki bulutlara erişecekmişiz gibi hissediyorduk fakat başka türden bir sis bulutuydu bu. Düşkünler evi etrafları ağaçlarla çevrili bir alanda inşa edilmek istenmişti. Bir durağın kenarına çeken taksici araçtan inip tıpkı kırık bir kukla gibi kemik ve eklemleri gevşemiş Duncan'ı kucaklamamıza yardım etti.

Sağlam yapılı bir resepsiyonist bir tekerlekli sandalyeyle gülümseyerek karşıladı bizi. O ve Joe fısıldaşır gibi konuşurlarken arkalarından takip ettim.

"Sanki battaniye altında dövüşen iki çocuk varmış gibi görünüyor kıçı," dedi kadının önlüğü altında birbirinden bağımsız hareket eden kalçalarını büyülenmiş gibi izleyen Joe. Duncan'ı odasına götüren kadın zekice konuştu: "Tanrım, yoğun bir gün geçirmişsin ve bakışlarından güzel geçtiği de anlaşılıyor!"

Duncan seğiren gözlerini bana ve Joe'ya çevirdi, çalışanların neşeli halleri muhtemelen durumla başa çıkma mekanizmalarından kaynaklanıyordu. Duncan'ın bakışlarından çok şey söylenebilirdi fakat güzel bir gün geçirdiğini söylemek zordu. Koridorda kadının gitmesini bekledik, biz içeri girmeden önce yabancıları içeride gördüğü için asılan yüzü, gülümsemesinden çok daha fazla şey anlatıyordu.

Joe'ya Duncan'ın bana söylediklerini anlattım ve beni dinlerken ağzının açık kaldığını gördüm. "Bu doğru mu?" diye sordu Duncan'a.

"Evet, doğru," dedi öksürük krizi arasında Duncan. "Ne zaman bir öğretmenimize anlatsak dayak yedik. Ardından müdürümüz bize nasıl kocaman, mutlu bir aile olduğumuza dair nutuklar attı."

"Koca, mutlu bir aile ha?"

"Hepimizin aynı yolun yolcusu olduğumuzu söylerdi ve birlikte yol almamız için hepimiz elimizi taşın altına koymak zorundaymışız, birçok motivasyon kursuna katılmıştı anlayacağınız. Çalışanlar ve çocukların, özellikle de çocukların kendi kendilerine hikâyeler uydurduklarında zarar gördüklerini söylerdi." Duncan bir an duraksadı ve yeniden konuşmaya başladığında onu duymakta zorluk çektik. "Sanki böyle şeyler hayal edebilirmişiz gibi."

Duncan'a doğru yaklaşırken burun deliklerime çürümeye yüz tutmuş etin tatlı, tiksindirici ve küflü kokusu doldu. Hemen önümde canı bedeninden çıkmaya yüz tutmuş, insanı hayrete düşürecek kadar zayıf bir enkaz, ölümün eteklerinde uçuşuyordu.

"Onu ilk gördüğüm zamanı hatırlıyorum," diye fısıldadı Duncan gözleri sıkıca kapalı bir halde. "Yurtlara inen bir kadın görmüştüm. Orada çalışmıyordu ve o saatte orada oluşunun doğru olmadığını düşünmüştüm. O gece girdiği yatakhane benimki değildi fakat yine de orada olmaması gerektiğini biliyordum. Tanımadığımdan değildi, ondan yayılan bir aura vardı. Bir şeyler sızdırıyordu. Ne olduğunu bilmiyordum fakat ona yakın olmak istememiştim. O gece gözlerimi hep açık tuttum. Uykuya dalma riskini göze alamadım. Ertesi gün gördüklerimi müdüre söyledim."

"Peki, müdür ne dedi?" diye sordum.

"Bir arkadaşı olduğunu söyledi ve bundan başkalarına bahsetmemin akıllıca olmayacağını da ekledi."

"Başka birisine anlattın mı?"

"Ertesi gün benim yatakhanemden bir çocuğa anlattım, birkaç gün bu konu hakkında konuşmadı arkadaşım fakat sonunda benim çenemi kapatmayacağımı fark edince iki ağabeyinin de eskiden bu okulda olduklarını söyledi. Onlar da o hanımefendinin varlığından bahsetmişlerdi." Konuşmaya devam ederken Duncan'ın bir deri bir kemik elleri çarşafları sıkıyordu. Duraksadığında bir elini diğerinin üzerine koydu ve hafif hareketlerle urlarının siyah izlerini takip etti.

"Anlaşılan şikâyet eden ilk çocuk değildim. Yıllardır oluyormuş aynı şey." Gözleri mahzunlaşmıştı.

"Hanımefendi, ona öyle diyorlardı, gelip çocukları seçerdi. Onu izlemeye başladım. Düzenli olarak geliyordu, yarı uykulu haldeki en küçük çocukları yatakhanelerinden alıyordu. Fakat çoğu zaman okul kapısına gönderiliyorlardı."

Bir şey söylemem için bana doğru baktı. Söyleyebileceğim hiçbir şey yoktu. Duncan'ın pençeye benzeyen elini yüzüme yakın tutmaktan başka bir şey yapamıyordum fakat bu hareketim anlaşılan ona güç vermişti.

"Çocuklar hava şartları ne olursa olsun orada dururlardı. Bazen gecikirdi. Pencereden seyrederdim."

"Nereye götürüldüler peki?"

"Gezintiye," dedi Duncan dudak bükerek. "Onlar öyle söylerlerdi. Şeytanın evine götürüldükleri konuşulurdu."

"Hanımefendi, şeytan ve kayıp kız mı? Lanet bir tarot kartı gibiymiş Duncan, anlayamıyorum."

Joe beni mantığa davet etti. "Onun suçu değil kızım."

"Neye karşı durduğunun farkında mısın Brodie?"

Sıcak ve ekşi nefesini yüzümde hissettim. Duncan'ın çenesinden gözyaşları süzülüyordu. "Elbette bilmiyorum. Beni aydınlatır mısın?"

"Ölüyor olabilirim ama aptal değilim. Oraya gittiğimden beri böyle bir şey için bakındım. Sonunda lanet olası tam zamanlı bir işe dönüştü. Her yerde. Fakat bu defa o piç kuruları her zamankinden de dokunulmazlar, kimse onlara ulaşma şansını bile yakalayamadı ve bunu biliyorlar. Sen söyle Brodie, sen bana açıkla."

Ona cevap veremezdim, bana kendi oyunumu iyi oynuyordu.

"Bu insanların ne zamandır çalıştıkları hakkında bir fikrin var mı? Yüz, iki yüz yıl... Bu onlar için hiçbir şey."

"Lanet bir bilmece gibi konuşmayı bırak!" diye öfkeyle bağırdım. "Kim? Kim bunca zamandır çalışıyor?"

"Şövalyeler!" diye bana aynı şekilde bağırdı.

"Şövalyeler mi? Tapınak Şövalyeleri mi demek istiyorsun? Tanrım. Duncan... senin de sersem bir komplo teorisi yazarı olduğunu bilmiyordum."

"Hayır Brodie, onu kastetmiyorum. Başkaları da var, Aydınlanma Cemiyeti'nin Şövalyeleri. Kendilerine öyle diyorlar, köklerine ve miraslarına oldukça düşkünler. İskoçya'yı yıllardır kontrolünde tutan bir organizasyondan bahsederken biraz geçmişe gitmek zorundasın. Altmışlı yıllarda birtakım gerzek hippi tarafından başlatılmış bir akımdan bahsetmiyoruz."

Kalbime dolan çimento ağır ağır kurudu ve hareket etmez oldu, ardından ciğerlerime doğru yayılıp bir nefeslik oksijen almamı bile zorlaştırmaya başladı. Çocukken öğrendiğim şekilde, gözlerim bulanıklaşarak endişelenmeye başladım, oyun hızlı başlayıp çaresizlik ve savunmasızlığa evrildi. Duncan için bu kadarı çok fazlaydı. Onu küçümsemiş, son günlerini yaşayan bir keş, Maggie'nin artıklarından birisi olarak görmüştüm. Yıllardır sessiz fakat araştırıcı gözlerle olanları izleyip kendince anlam veren o zeki adamı görememiştim. Fakat bu anlattıklarının ne kadarı anlamlıydı?

Çocukluğumdan beri bana, *şeytan zamanının gelmesini bekler*, diye öğretilmişti. Oysa şimdi şeytan ve hanımefendisiyle yüzleşiyordum. Dünya ne zaman bu kadar çıldırmıştı?

OTUZ ÜÇ

Bu kadar yoğun olacağını bilseydim mahkemeye yarım saat önce gelmenin rahatsızlığını çekerdim.

On dakika kala salondaki her şeyi açıkça görebiliyordum. Dokuz numaralı mahkeme salonuna açılan kapılar, doğruca büyük salona çıkan uzun, düzensiz taş zeminli bir koridorda bulunuyordu. Yerler parlaktı, davacıların ve temsilcilerinin ayaklarıyla yüzyıllardır çiğnene çiğnene parlamıştı. İki kanatlı ahşap kapılar eskiydi ve verniklenmiş ahşap gibi görünecek şekilde boyanmıştı.

Kapının üstündeki krem rengi sıvaların her birinin üzeri avukatlara ya da halka açık mı diye işaretlenmişti. Her bir girişin bir dış ve bir de iç kapısı vardı. Avukatların kapısında gereksiz yere meşgul edilmeden mahkemede olanları gözleyebilmeleri için cam bir bölüm vardı. Mahkemeye hiç o kapıdan girmediğim için genel giriş kapısının da aynı camı var mı bilmiyordum.

O özel girişte ayrıcalıklı bir şeyler olduğunu düşünürdüm eskiden ve aynı anda neden bizim halktan ayrılmamız gerektiğini merak ederdim. Kapılar bitişik ve yalnızca ahşap bir duvarla ayrıldığı için çok güvenli bir kısım sayılmazdı. Fakat artık parlamento binasında çok fazla dışlama olduğunu fark ediyordum ve birçoğunun bir sebebi bile yoktu. Benim durumuma gelince, kulübe giriş izni almamın tek yolu bu davada onların emirlerine uymamdı.

Neredeyse uzaktan ayırt edilebilen mübaşirin sesi kutsal salonda yankılanırken kalabalığın arasında kendime yol açarak ilerledim.

“Kailash Coutts'un avukatı dokuzuncu mahkemeye bekleniyor.”

Omuzlarımdaki ağırlığını kaldırırken siyah pamuklu kumaş ağır ve sıcak hissettirmişti. Kraliyet avukatı olsaydım pamuk değil ipek giyerdim, makamın faydalarından birisi. Yine de cübbeme fazladan eklenmiş bir statüm vardı, kötü bir şekilde dikilmiş bir yırtığa benzer siyah bir kanatçık omzumdan sarkıyordu. Çok fazla görünmese de mahkemeye ve anlayan arkadaşlarıma temyiz davasında Lordlar Kamarası'na hitap ettiğimi işaret ediyordu.

"Kailash Coutts'un avukatı." Mikrofondan tekrar anons yapıldı, bütün bu karmaşanın içinde bizi çağırdı. Neredeyse kendi cübbeme basıp düşerek acele adımlarla dokuz numaralı mahkeme salonuna yöneldim ve o sırada gri çizgili takımı ve koyu mavi kravatının içinde rahatsız olan Glasgow Joe da arkamdan koştu. Takım elbisesindeki çizgiler onu hukukçu gibi göstermekten çok uzaktı, hatta endamı, hal ve hareketleriyle daha çok bir Kelt mafya üyesine benziyordu.

"Bu kadar çok kâğıda ihtiyacın var mı? Hem bu kadınsı pembe kurdele parçaları da ne oluyor? Yüzümü kızartmaya mı çalışıyorsun?" dedi burnuna düşen bir parça pembe bandı dramatik bir tavırla üflerken.

"Bana kâtiplik yapmakta sen ısrar ettin. İlan verdiğimi hatırlamıyorum," diye omzumun üzerinden konuşurken kendimi ileri doğru itmeye devam ettim.

"Seni güvende tutmak için buradayım gıcık kız, eşeğin olmaya gelmedim."

Avukat kapısına yaklaşmak mümkün değildi çünkü halk girişindeki sıra büyük salona kadar taşıyor ve yolumu kapatıyordu.

"Joe, sen ön tarafa git ve oradan bir giriş yapılabilir mi diye bir bak." Onu önüme doğru itmeye başladım ve ilerleyebilmemizi ümit ederek kürek kemiklerinin ardından ilerledim.

"Açılın, açılın," diye bağırıyordu geniş omuzlarını iki yana savurarak ilerlerken. Kalabalık tıpkı Kızıl Deniz gibi yarıldı ve uyarısı üzerine peşine düştüm.

O sabah çoktan üç kere tuvalete gitmiştim ve karnımdaki şiddetli ağrı bana bir kez daha gitmem gerektiğini hatırlatıyordu. Lord MacDonald'ın önünde kendimi küçük düşüreceğimden endişe etmiyordum çünkü mahkemeye çıkmadan önce her seferinde böyle hissederdim. Huzursuz bağırsak sendromu yerine yaşadığım durumu altına sıçan avukat sendromu olarak adlandırmayı tercih ederdim. Sağlam bir doz "ishal" bana her zaman gösteriye hazır olduğumu söylerdi. Damarlarımdan bir elektrik dalgası geçti ve hiçbir sert kürsü önünde kendimi hissetmediğim kadar canlı hissettim.

Lord MacDonald benim için yeniydi, onun önüne daha önce nadiren çıkmıştım, o yüzden kendi fikrimi şekillendiremiyordum. Herkes sert birisi olduğu konusunda hemfikirdi ve onun önünde olmak, sürekli olarak bir baltayı kafana yemek gibiydi.

Joe'nun taşıdığı belge ve kitaplar kasıklarından çenesine kadar yükseliyordu. Dış kapıya yanaştık fakat bir grup genç avukat sürüsü meşhur Kailash'ı uzaktan da olsa görmek ümidiyle mahkeme salonunun önüne dizildiği için girişe ulaşamıyorduk. Perukları bembeyazdı ve tıpkı tenleri gibi lekesizdi. Beyaz bir peruk tecrübesizliği gösterirdi ve hepimiz yaşlı savaş atlarının yıpranmış, kirli ve lekeli peruklarını elde edebilmek için can atardık, işte bu yüzden kendime ikinci el almıştım. Aldıktan sonra çay poşetiyle lekelemiş ve birkaç gün yerde sürüklemiş ve fırında kurutmuştum. Harika görünüyordu ve kimse anlamamıştı. Okulda yepyeni ütülü kot pantolon ve parıldayan, bembeyaz spor ayakkabılarla gezerken kendine lakap takılmasını istememekle aynı şeydi aslında yaşadığımız.

O gençler tecrübeli değillerdi, Eton'dan peruklu okul çocuklarıydılar. Joe'nun tek bakışıyla kapıyı ittiler ve duvarlara dizilip kendilerini panellere yapıştırarak geçmemize izin verdiler.

Dokuz numaralı mahkeme salonu en büyüğüydü, büyük ihtimalle biz sandalyelerimize doğru yürürken yöneticiler bizi izleyebilsin diye bu dava için özellikle seçilmişti. Halkın oturacağı yer ayrı bir bölümdü ve orada sert ahşap sıralar diziliydi. Salonun ön kısımları Toskana güneşinden yüzleri bronzlaşmış, aşırı pahalı takımlar giyinen avukatlarla doluydu. Kusursuz bir şekilde ütülenmiş gömlekler giyiyorlardı ve manşetlerinde kol düğmeleri takılıydı. Gömlek bileklerinin altından Philippe Patek ya da Rolex kol saatleri gözüküyordu.

Aklıma darağaçlarını izlemek için toplanan kalabalıklar gelmişti. Fakat burada kim asılacaktı? Hayal görmeye gerek yoktu, orada oturan meslektaşlarımın birçoğu, tıpkı Kailash gibi benim de adalet huzurunda dize getirilişimi mutlulukla izlerdi.

Bazı eğitimli arkadaşlarım geçmişte kalmış bir modanın etkisiyle giyinmişlerdi. Koyun pirzolası şeklindeki favorileri suratlarının yarısını kaplıyordu. Bu adamlar siyahları ofislerinde gururla giyerlerdi: siyah ceket ve çizgili pantolon. Özgün antika cep saatleri, yalnızca ağır, altın zincirlerini göstererek yeleklerinin saat cebinde saklıydı. Bu bir oyundu ve herkes kendi kostümünü giyiyordu.

Sağda solda bir avukat beni görünce durup başıyla selamlıyordu. Fakülte dekanı da onlardan birisiydi ve Rosy Cross marka saat zincirini görebileceğim kadar yakın oturuyordu bana. Kardeşliklerini göstererek benden görevimi yapmamı beklediklerini işaret ediyorlardı. Özgürlük yanlısı liberalleri de görmeyi ümit ediyordum fakat maalesef orada değildiler. Anlaşılan o gün bireysel insan haklarının yeri yoktu orada.

Avukatların arkasında gazeteciler vardı ve Jack Deans de içlerindeydi. Kuzeydoğu rüzgârı gibi insanı ürperten bir soğukluk vardı yüzünde, aslında benim için endişelendiğinden öyle baktığını biliyordum. Önümdeki manzarayı değerlendirecek ne bağırsaklarım ne de libidom vardı.

"Nereye oturuyorum?" diye tıslar gibi konuştu endişeli gözlerle doğru yeri arayan ve toplanmış kalabalığa cahilliğini göstermek için pek de hevesli olmayan Joe.

"Kanunların bu kısmında daha önce hiç yer almamıştım," dedi Joe ve mahkemedeki iki polis sanki onu kelepçelemek için oradaymışlar gibi etrafına bakındı.

"Sakin ol... İzin ver öne geçeyim. Sonuçta burada olmak için sen ısrar ettin."

Joe kâtibim olarak bana eşlik etmekte kararlıydı, alkol satışı kanunuyla ilgili avukatlara danışma ücreti ödedikten sonra parlamento binasına hırsızlar mağarası ismini takmıştı.

Öndeki sıraya oturdum ve ona yanıma oturmasını işaret ettim. Bir kalem ve bir kâğıt verdim.

"Şimdi benim asistanım olmak istiyorsan dikkatini vermek zorunda kalacaksın..."

Gözlerini çoktan benden alıp endişeli bir tavırla arkasında neler olup bittiğine çevirmişti. Elini çimdiklediğimde dikkatini tekrar bana verdi.

"Hâkim ne söylerse yaz, tanıklar ne söylerlerse yaz..." Daha önceden aynı şeyi kırk kere tekrarladığımdan devamını aynı anda tekrarladık:

"Özellikle de ben sorgularken tanık ne söylerse yaz."

Gözlerindeki ifade, duyduklarını kâğıda dökme, yazma korkusunu ele veriyordu. Birçok insan aynı dertten çekiyordu fakat çapraz sorgulamada onun notlarına güvenebileceğimden ötürü bunu aşmak zorundaydı. Joe okulu hiçbir zaman eğitimsel bir süreç olarak görmemişti, daha çok seçmeli bir rahatsızlık olarak değerlendirmişti. Genelde hayat okulundan mezun olduklarını söyleyen insanları dinlemezdim bile fakat konu Joe olunca bu aslında gerçekti. Coğrafya ya da matematik derslerinden öğrenebileceklerinden çok daha fazlasını kendini bulduğu dünya denilen oyun bahçesinden öğrenmişti. Her ne kadar *Janet & John*'dan notlar alıyormuş gibi hissetse de bu, aşırı eğitimli çevrede hayati bir faktör olacaktı. O anda tuvalete gitmesi gereken tek kişinin kendim olduğumdan şüpheleniyordum.

Hector McVie ve yalnızca simasından tanıdığım ağırbaşlı, genç bir kadın olan yardımcı avukatı içeri girdi ve diğer tarafımızdaki sıraya oturdular. Etrafı kâğıt ve kitaplarla dolu stajyer avukatı onun arkasına oturmuş, elinde kalemi hazır bekliyordu.

"Buna hazırlandığından emin misin Brodie?" McVie kolunu yardımcı avukat ve stajyer avukatın oturduğu, ona ayrılmış sıraya dayadı. Joe'yu şöyle bir süzüp şüpheli gözlerle bana baktı. Aslında onun oyunu kurallarıyla kazanma sanatına hayranlık duruyordum ve bununla tanınıyordu. Özünde iyi bir adamdı fakat o da en az benim kadar takip edilecek kurallar ve oynanacak roller olduğunu biliyordu. Hector aslında benim böyle bir davada olmaması gereken bir çocuk olduğumu işaret ediyordu. Kraliyet avukatlarıyla yardımcıları ilgilenirdi ve birçok cinayet vakalarında savunma yaparlardı. Hem yardımcı avukat hem de stajyer avukat benden daha yaşlıydı. Endişelerimi ve karnımdaki gurultuları maskeleyen yılışık bir gülümsemeyle, cübbemin üstündeki hışırtılı materyalle ve Hector'a göre Lordlar Kamarası'nda hiç olmaması gereken bir şekilde döndüğümden emin olarak Joe'yla konuşmak için ona döndüm.

"Bütün bunlar da ne oluyor, gülümseme ve saçını savurmalar filan?" diye sordu Joe. Ben daha cevap veremeden Bunny MacGregor yalnız başına içeri girdi ve Hector McVie'nin stajyer avukatının arkasındaki yerine geçti. Bütün avukatlar onun geçişi sırasında ayağa kalkıp eğilerek selam verdikleri için salonda bir gümbürtü kopmuştu. Sandalyemden yalnızca ben kalkmamıştım. Bunny MacGregor'la göz göze geldiğimde kabalık yaptığımı ve hatalı olduğumu anlamıştım.

"Ayağa kalk," diye tısladı Joe. "Herkes zavallı kadının yasına saygı duymak için ayakta duruyor, kocasının ölmesi onun hatası değil ve sen de bu davadasın, o yüzden nezaket göster." Dirseğimden tutup beni kaldırdığı sırada diğer herkes oturdu ve Bunny MacGregor'a kaybına saygı duyduğumu gösterir şekilde başımı aşağı yukarı sallayarak selam verdim.

Tamamen siyahlara bürünmüş kadın, ürkütücü beyazlıktaki saçlarını kafasının tepesinde toplamıştı ve bu şekilde zaten uzun olan boyundan daha da uzun görünüyordu. Bana bakarken yüzü giderek kızardı ve gözleri sulandı, selamım karşısında sinirlenmesini beklediğim cadaloz bir duldan ziyade bakışlarımın kederini artırdığını gördüm.

"Bayan McLennan," dedi büzülmüş dudakları arasından. Onu beklemeden âdeta solarak yerime oturdum ve artık ateşine daha fazla benzin dökmemek için kaygılandım.

"Zavallı kadın gerçekten üzgün, bu davayı kaybetmeyecek." Joe merhametini sesine yansıtırken o salondaki diğer herkes gibi Bunny'nin oynadığı rolü yutuyordu.

Duvardaki ahşap panelden gizli bir kapı açıldı ve iri kıyım bir kadın gardiyan çıktı. Onun varışı onur konuğunun gelişini müjdeliyordu.

Başı yukarıda, parlak siyah saçları mahkemenin solgun ışığı altında dalgalanan Kailash sallanarak içeri girdi. İzleyici sıralarında oturanlar aynı anda nefesini tuttu. Yumuşak kadifeden, kıvrımlarını saklamaktan ziyade ortaya çıkaran kırmızı bir elbise vardı üzerinde. Tül gibi ipek, uzun çorapları zarif Jimmy Choo ayakkabılarına doğru iniyordu. Ona nasıl giyinmesi gerektiğini öğütlememin bir anlamı yoktu, beni dinlemezdi ve zaten bu tarz bir şeyin benim tavsiye edeceğimden daha iyi olacağını biliyordu. Bana kalırsa baş belası gibi görünüyordu. Ona bakan her adam Kailash'ın bulaşmaya değecek bir bela olduğunu düşünüyordu.

Kailash içeri girdiği esnada Bunny MacGregor'ın öfkesi onu âdeta tüketmişti. Bir an için bir kadın kavgası çıkar mı diye düşündüm, Bunny olay çıkarıp Kailash'ın saçlarını çekseydi ki içten içe böyle bir şeyin olmasını ümit ediyordum, müvekkilime tam da ihtiyacı olduğu kurban statüsünü verebilirdim fakat zaman ilerlerken Bunny duygularına karşı verdiği savaşı kazanmış gibi göründü.

"En azından şu dul kadın, Kailash'ı inceliğiyle utandırdı."

"Joe? Yoksa diğerlerine mi katıldın? Hayatını lanet direk dansçılarının pezevenkliğiyle kazanan birisi değil de sanki öfkeli bir kilise müdavimi gibi konuşuyorsun."

Joe kesinlikle haklı olmama rağmen beni duymazdan gelmeyi seçmiş ve durumla ilgili *Sunday Post*'takilere benzer yorumlar yapmaya devam etmişti.

"Zavallı kadının gözlerine bile bakamıyorum."

O da kollarını kucağında kavuşturmuş, cık cık diyordu fakat önceden tasarlanmış fısıltısı muhtemelen mahkemenin duygularını yansıtıyordu.

Kailash mahkemenin her bir detayını inceleyerek göz gezdirdi fakat Bunny MacGregor'ı alenen görmezden geldi.

Joe'ya cevap verme fırsatı bulamadan mübaşir içeri girdi ve Lord MacDonald'ın kürsüye gelişini duyurdu. Hepimiz hâkimi selamlamak için ayağa kalktığımız sırada salona ürkütücü bir sessizlik çöktü. Hâkimlik standartlarına göre genç bir adamdı, muhtemelen elli yaşlarındaydı fakat bunu söylemek zordu çünkü peruğunun altındaki saçı gençliğinin gölgesiyle eşleşecek şekilde, ustaca boyanmıştı. Rahat bir şekilde koltuğuna yerleşmesi, mahkemenin geri kalanının da oturabileceği anlamına geliyordu.

Sanık bölümündeki Kailash bakışlarını ona dikmekte serbestti, Yüksek Mahkeme'de olduğu gibi kürsü ve müvekkilim arasında bir tampon rolü oynamama izin verilmiyordu. Yargıç Strathclyde'ın yaptığı gibi korumayı Lord MacDonald'ın talep ettiğini hissediyordum. Kailash'ın bakışları altında rahatsızca kıpırdanıp doğruca önüne baktı. Her ne kadar Lord Arbuthnot'un dul karısı, kocasının katili olduğu iddia edilen kişiye varlığını hissettirmek için elinden geleni yapsa da Kailash'ın gözleriyle buluşamayan tek kişi yine Bunny MacGregor'dı.

Çarşamba sabahıydı ve saat 11.39'u gösteriyordu. Jüri heyeti seçimi ve hafta sonu ertelemesi için yeterince zamanımız olmalıydı.

"Listeyi aldın mı?" diye fısıldadı bana Hector McVie'nin yardımcı avukatı.

"Bu dava aceleye getiriliyor ve bu benim suçum değil. Ancak dün gece geç saatte jüri listesi elime geçti." Fısıldayarak konuşurken hoşnutsuzluğu belli etmek zordu.

Kraliyet dairesinden bir kurye duruşma için uygun olan jüri üyeleri listesini evime getirmişti. Kadınların sayısı beni korkutmuştu, bunu jüri için istemezdiniz, kadınlar erkeklere göre çok daha sert olurdu.

"Kaç tanesine karşı çıkacaksın?" diye sordu Joe sessizce.

"Çok fazla Amerikan filmi izliyorsun. Yalnızca üç itirazım var, bundan sonra sorulursa sebebini açıklarım."

Jüri üyeleri izleyici sıralarında oturuyorlardı, yani Bunny MacGregor'ın kederine ve benim dalkavukluğuma şahit olmuşlardı. Tanrım, onların içeride olduğunu unutmuştum. Dul kadının önündeki yalakalığımı hatırlayınca ürperdim. Hector McVie bir sayı almıştı. Bu arada Kailash, Altın Küre ödüllerinin kırmızı halı törenine katılır gibi girdiğinde keşke kocasının yasını tutan bir kadın gibi giyinseymiş diye iç çekmiştim ve bu da Hector adına bir sayı daha anlamına geliyordu.

Jüri üyeleri sandalyelerine oturmak için yerlerini alırken emekli bir müdür, etrafı hevesli gözlerle süzdü.

"Hiç yeltenme bence," dedim ve hâkim onu pas geçti.

Jüriye ait kısımdaki sandalyeler doluyordu, jüri üyeliği için ortalamanın altında, genç yaşta olduklarını görünce sevinmiştim. Gençler, yaşlılara göre daha merhametli oluyorlardı.

"Hiç yeltenme bence," dedim yerine oturmak üzere olan anoreksiya hastası gibi görünen bir jüriye. Sağlıklı jürileri severdim, çok fazla endişeli tip olursa jüri fikir birliğine varamazdı.

Saat arkamdaydı, yani yargılayan gözlerin hemen önündeydi. Böylece bir jüri üyesine üçüncü ve son itirazımı yapmak için ayağa kalktım. Mahkeme, yirmi üç numaralı jüri konusunda çok ısrarcıydı ve bu bile itiraz etmem için yeterli bir sebepti. Elaine Jones, kırk yaşında, evlenmemiş bir öğretmendi. Öğretmenler jüri için genelde kötü haber demekti, her şeyi bildiklerini zannederler ve her şeyi aşırı titizlikle incelerlerdi fakat Bayan Jones, ondan daha büyük olmasına rağmen en az on beş yaş daha genç gösteren Kailash'a öfkeli bir ifadeyle bakıyordu. Başka bir kadının önemsiz kıskançlığına kurban edemezdim Kailash'ı.

İtiraz etmek üzere ayağa kalktığım sırada Lord MacDonald araya girdi.

"Hiç yeltenme," dedi aklımdakileri okur gibi.

"Artık on iki kişiyiz," dedim Joe'ya son jüri de yerini alırken. "Hâkim onlara yemin ettirirken bize izin verilecek, kahve içeceğiz."

Hâkim, kürsüsünden ayrılırken, "Salon!" diye bağırdı mübaşir.

"Papa kadar kudretli," dedi huşu içindeki Joe.

"Çok daha otorite sahibi," diye yanıtladım.

Kâğıtlarımı düzenlerken kalabalığın dağılmasını bekledik.

"Herhangi bir özel savunmada bulunmadın, bu akıllıca mı?" diye sordu Hector. Peruğunu çıkarmış, sanki bitlenmiş gibi saçlarını kaşıyordu. Gerçi bu bile onu hor görmekten alıkoyamamıştı.

"Ayağına gelip kıçını ısırana kadar özel bir savunma yapıp yapmayacağını bilemezsin Hector, şaşkınlığın sürpriz değil yani. Dürüst olalım, suç ve ceza hukuku senin için gizemli bir alan, değil mi?"

Joe dışarı doğru çıkarken beni takip ediyordu. "Bu kadar kaba olmak zorunda mısın?"

"İlk olarak bu zenginliğim senden geliyor ve ikincisi, bu bir oyun, sadece oyun oynuyoruz."

Parlamento salonu avukatlar ve temsilcileriyle doluydu. Halktan izleyiciler kahve almak için alt kata inmişlerdi. Biz genelde St. Giles Katedrali'nin kafeye döndürülmüş bir mahzeni olan Lower Aisle'da içerdik kahvemizi fakat gerektiğinde duruşma için çağrıldığımızda orada olmak için etrafta da vakit geçirirdik. Salon boyunca bir uğultu yükseliyordu ve herkesin dilinde Kailash Coutts ve Brodie

McLennan isimleri vardı. İnsanlar küçük gruplar halinde etrafa dağılmışlardı.

"Hepsi dedikodu yapıyorlar," dedim kibirli bir tavırla.

"Nereden biliyorsun?" diye sordu şüpheli bir tonla konuşan Joe, yapay bir şekilde ciddi ifadelere bürünmüş yüzlerden etkilenmişti ve Joe'nun derinliklerinden çıkanlar karşısında şaşkındım.

"Çalışmıyorlar çünkü çalışıyor olsalardı odanın etrafında sinirli bir şekilde volta atarlardı. Benim hakkımda konuşuyorlar ve konuşulacak tek konu olunca ne konuştuklarının başkaları tarafından duyulmasının bir önemi olmaz." Başlar sürekli yalancı bir dikkatle aşağı yukarı sallanıyordu ve ardından omuzlarının üzerinden bana doğru bakıyorlardı. Hector McVie kalabalığın arasından bir kurtarıcı gibi belirmişti. Şişman bir adam için kendini iyi tutuyordu. Soluk, sarı saçları sık ve gösterişliydi ve pahalı bir beyefendi kremiyle taranmıştı.

"Rakibin yaşı için iyi görünüyor."

Hector'ın Joe'dan böyle bir övgü aldığı için bile kendini lanetlenmiş hissedeceğinden şüphem yoktu.

"Orta yaş bunalımları yaşıyor," diye yanıtladım Hector'a doğru başımı sallayarak.

"Yüz yirmi yaşına kadar yaşamayacaksa bunun için biraz yaşlı olduğunu söylerdim."

"Son günlerde Los Angeles'a saç ektirmeye gittiği dedikoduları dolaşıyor." Hector boş şöminenin yanında sürekli olarak cep saatini çıkarıp bakarken kafasını kaşımasını izledik.

"Brodie, seni bulmaya çalışıyordum." Jack Deans omzumdan tutmuş, beni kendisine doğru çekiyordu.

"O halde hâkime şaşmamalı," diye devam etti. Jack nefessiz kalmıştı ve endişeli bir tavırla sağa sola bakınıyordu. "Lord MacDonald geçenlerde İskoç Yüksek Mahkemesi'nde senatörlüğe seçildi." Jack'in nefesi biraz düzelir gibi olmuştu. "İlk iş olarak ne yaptığını biliyor musun?"

Yine cevaplamama izin verilmeyen bir soru sormuştu. Başımı iki yana salladım.

"Aydınlanma'ya bir konuşma yaptı ve istifa etti, ailesine bile söylemeden önce Aydınlanma'yı bilgilendirdi."

"Jack, hâkimin Aydınlanma Cemiyeti'nin bir üyesi olması şaşırtıcı bir şey değil. Tersini söyleseydin beni daha fazla şaşırtma şansın olabilirdi."

"Lord MacDonald *herhangi* bir hâkim değil. Kendini en çok ispat etmesi gereken hâkim, en yumuşak başlı olan o çünkü ilk iyiliğini yapmak zorunda. Kendine dikkat et Brodie çünkü Kailash'a davayı Hector McVie değil Lord MacDonald açmıştır."

Uyarısını yaptıktan sonra kahve almak için gözden kayboldu.

"Davayı şimdiden yaşıyor," dedim.

"Kim? Jack Deans mi?"

"Hayır, Hector McVie." Üzerinde bir şeyler yapabileceğim hasmıma odaklandım. "Belki de birilerine hizmet ediyordur. Yirmi beş yaşındaki yeni kız arkadaşı olabilir. Sanırım adamın dış görünüşündeki değişimin sebebi o, ne kadar para harcarsa harcasın sonuçta bir yağlı boya tablo değil."

"Bence onu hesaba katmamalısın, bak..." Joe, yanından geçtiği her sohbeti bıçak gibi kesen Bunny MacGregor'ın topuklarının sesini işaret ediyordu. Yürüdüğü her yerde ardında soğuk bir rüzgâr esiyor gibiydi. Hector McVie onu coşkuyla selamladı. Savcının kurbanın duluyla molada bir şeyler atıştırması uygun bir şey değildi. İngiltere'nin aksine bizim adalet sistemimiz çekişmeli değildi ve savcı, suçlanana karşı da görevini adil bir şekilde yapıyor görünmeliydi.

"Birbirlerine ne söylüyor olabilirler ki?" Joe'ya döndüm.

"Adamın yerinde olsaydım, kocasını öldüren kadını çivi gibi çakacağıma söz verirdim."

"Bu şekilde ifade edeceğini sanmıyorum fakat muhtemelen haklısın."

"Senin yanına gelmemesi şaşırtıcı, senin de aynı pisliğe çivi çakman gerekmiyor mu?"

"Pek sanmıyorum."

Mahkeme arasının öğle molasından da sonraya sarktığını anlamama yetecek kadar zaman geçmişti. Hâkimin mahkemenin yeniden toplanmasını duyurması standart bir prosedürdü fakat bunu engelleyecek bir şey olmuş olmalıydı. Hector ve Bunny'nin ardından kafeteryaya gittim fakat Joe'ya bir bakış atmam, gözetlemenin onun uzmanlık alanı olmadığını anlamama yetmişti.

"Nezarethaneye gidip Kailash'a bir bakacağım. İstersen gelebilirsin ya da bütün ana koridorların bir araya geldiği kavşakta bekleyebilirsin beni."

Joe ürpermişti. "Bir hapishane hücresine ancak kırmızı kar yağarsa giderim."

OTUZ DÖRT

Kailash'ın hücresi duvarın iç kısmında hazırlanmıştı ve demir parmaklıklar yerden tavana yükseliyordu. Varlığımı duyurmadan ona yaklaştım. Bir tablo gibiydi, dokunulmamış hapishane yemeği bir köşede duruyordu. Tahta sıraya aynı zamanda masa olarak da kullanabilmek için yan oturmuştu. Neden bu kadar dalgınlaştığını merak ederken sessizce yaklaşmaya çalıştım.

Hisleri bana göre çok kuvvetliydi ve dönüp bana bakmıştı. Ayağa kalkarken hareketlerini saklamak için bir şey yapmamıştı. Gardiyan bana doğru yürüdü ve hücrenin kapısını açtı. Benimle tokalaşmak için yaklaşan Kailash'ın elinde bir kart destesi vardı.

Beni parlak topuklularımdan üzerime mükemmel bir şekilde oturan takımıma kadar süzerek, "İyi görünüyorsun bugün. Geldiğin için teşekkür ederim," dedi ve onların hiçbirisini kendisi sağlamış gibi davranmadı.

Aslında nazik sözleri karşısında yüzüm kızarmıştı.

"Sanırım nasıl gittiğini söylemek için çok erken, öyle değil mi?" diye devam etti.

Başımı sallayarak onayladım.

"Hâkimin bakışları hoşuma gitmedi, uzlaşmayacak birisine benziyor."

"Bunu düşünecek bir hafta sonu olacak önümüzde, bu öğleden sonra başlamıyoruz. Jüri, hâkime yemin edecek ve ardından erteleme kararı verilecek."

"O halde endişelenecek bir şey yok, öyle mi?"

Sesi ısrarcıydı.

"Bu öğlen yok, sadece bir formalite."

Kolunu omzuma attı, tatlı ve zarif kokuyordu yine. Beni hafifçe tahta sıraya doğru yönlendirdi.

"Eğer endişelenecek bir şey yoksa neden sürekli bu kartı çekip duruyorum?"

Parmakları destenin içinde rastgele bir karta uzandı. Sanki onu kurtarabilirmiş gibi ışık hızıyla çekti kartı. Fakat öyle olmadı. Sol elindeki "Asılan Adam" adlı tarot kartını havada tuttu. Kartı elinden aldım, oldukça eski, elle boyanmış bir paketin parçasıydı. Oldukça zarif bir işçilik sergilenmişti.

"Annemden kaldılar, on sekizinci yüzyıl, İtalyan el yapımı. Bana verebildiği tek şey, bana bağışlayabildiği diğer şey ise Bernadette ismi oldu. Bunun bana daha fazla yardımcı olduğunu biliyorum."

Yeniden karta baktım. Sorun şu ki Kailash'ın korkularını görmezden gelemiyordum çünkü ben de kehanet ve işaretlere bakardım. Dava için yeniden mahkemeye çağrıldığımıza sevinmiştim. Kartı elimde tuttuğum esnada Kailash ve ben birbirimize baktık, ardından dokuz numaralı mahkeme salonunda yeniden buluştuk.

Jüri kendi kısmında oturuyordu. Kailash, gardiyanların arasına sıkışmıştı ve ben kendi yerime geçmiştim. Hepimiz Lord MacDonald'ı beklerken Joe bile olması gereken yerdeydi.

"Bir yerlerden talimat mı alıyor?" Joe'nun sesi yüksek çıkmıştı. Eskiden kiliseye gittiğimizde insanlar sesin kimden geldiğine dönüp bakarlardı.

"Çeneni kapat ya da kısık sesle konuş," diye tısladım.

"Fakat adamın burada değil."

"Salon!" diye bağırdı mübaşir ve hepimiz Lord MacDonald'ın girişi sırasında ayağa kalktık. Yerine geçerken herhangi bir özür ya da açıklamada bulunmamıştı hâkim. Saat 15.30'a yaklaşıyordu jüri yemini başladığı sırada ve Kailash'ın mahkemedeki ilk gününün neredeyse bitmek üzere olduğunu fark etmesiyle rahatladığı açıkça görülüyordu. Saat 16.20'de belgelerimi toparlamaya başlamıştım.

Hemen önümde bir ses bomba gibi patladı:

"Bay McVie, ilk şahidinizi çağırmak için hazır mısınız?"

Şaşkınlıktan dilim tutulmuş bir halde Hector'a baktım fakat o ve Lord MacDonald arasında anlayış dolu bir sessizlik meydana gelmişti. İskoçya'da açılış konuşmaları olmazdı. Savcı tanıklarını çağırır ve duruşmaya başlardı fakat gece geç saatlere kalınmazdı. O anda alarm zilleri çalıyordu, ilk tanık günün bu saatinde mi çağrılıyordu?

"Hazırım Lordum. Mahkeme, Roderick Buchanan'ı çağırıyor."

Mübaşir salondan çıkıp koridordan, "Roderick Buchanan, Roderick Buchanan," diye üst üste kasaba tellalı gibi bağırdı.

Aniden karşılaştığı araba farlarına bakıyormuş gibi şaşkınlıkla dolu gözlerini bir açıklama bekler şekilde bana çevirdi Kailash. Omuzlarımı silkerek herhangi bir şey söyleyemedim. Şu sinsi yaşlı kurt ani bir baskın yapmıştı ve o anda hiçbir şey söyleyemiyordum. Buna itiraz etmem, bir bilirkişi olmaya niyetim olmadığını beyan etmem demekti.

"Gerçeği ve yalnızca gerçeği söyleyeceğinize yemin ediyor musunuz?"

Evet derken Roddie'nin bir eli İncil'in bir kopyasının üzerinde duruyordu. O da benim kadar şaşkın ve endişeli görünüyordu.

"Adınız Roderick Dougal Buchanan mı?"

"Evet."

"653, India Caddesi, Edinburgh adresinde mi ikamet ediyorsunuz?"

"Evet."

Kalp atışlarım yavaşlamayı reddediyordu. Jack Deans'le göz göze geldiğimde benim tuzağa düşürüldüğümü anlamıştı. Dün gece bana gönderilen tanık listesi ve evraklar eksikti. Yeni listede ek bir isim daha vardı: Roddie. Ne söyleyeceği hakkında hiçbir fikrim yoktu fakat her ne söyleyecekse benim için kötü olacağı belliydi.

Korkudan ağzım kurumuştu ve sanki her bir ses daha yüksek bir perdeden yankılanıyor gibiydi. Joe'nun çılgınca bir zevkle Roddie'nin söylediği her şeyi not aldığını duyabiliyordum. Kendime biraz su doldurdum, suyum ılıktı ve pis kokuyordu. Bardağımdan Roddie'ye baktım. Hangi lanet oyunu oynuyordu? Karısıyla ilk telefon konuşmamdan itibaren şirketimizi o eski skandaldan uzak tutmak zorunda olduğumuzu konuşmuştuk ve şimdiyse meseleyi yeniden ortaya atmak için Roddie buradaydı. Tabii temizlemek için gelmeye zorlanmadıysa...

"Elli beş yaşındasınız, değil mi?" Hector'ın sesi sakin ve olaya hâkimdi.

"Evet," diye yanıtladı Roddie. Daha iyisini bilecek kadar yaşlı olduğunu haykırmak istiyordum. Hangi oyunu oynadığı ve ödüllerin ne olduğu hakkında hiçbir fikrim yoktu.

"Bay Buchanan, sanığı tanıyor musunuz?"

Roddie başını evet anlamında salladı, sesi ona ihanet mi ediyordu? Bunu ona kim yaptırıyorsa vidalarını iyice sıkmış olmalıydı. Bir an neredeyse onun için üzülecektim.

"Sanığı bize işaret etmenizde bir sakınca var mıdır?"

Roddie titreyerek parmağını kaldırıp işaret etti.

"Bay Buchanan'ın sanık Kailash Coutts'u işaret ettiğinin kayıtlara geçmesini talep ediyorum."

Bunun hep gereksiz bir hareket olduğunu düşünmüşümdür; elbette ki sanık, gardiyanların arasında, sanık kürsüsünde oturan kişi olacaktı, oraya başka kim oturabilirdi ki?

"Evet, Bay Buchanan, jüri üyelerine sanıkla nasıl tanıştığınızı anlatır mısınız?"

Roddie âdeta yalvarır gibi yüzüme baktı, göz kapaklarının altındaki gözleri seğiriyordu. Yanaklarından akan ter damlaları sakalında göl haline gelmişti. Buna daha fazla katlanamayacaktım.

"Bu sorunun konuyla ilgisizliğine itiraz ediyorum Lordum."

Roddie'nin dudaklarından âdeta fırlayan, bir süredir tuttuğu nefesi sessiz odada bariz bir şekilde duyulmuştu. Hector McVie ayaktaydı. Cübbesini düzeltip konuşurken doğruca yüzüme baktı. Kendimi toparlayıp ayağa kalktım. Müvekkilim, ünü aleyhinde konuşulması durumunda kaybedebilirdi ve bu onu daha az güvenilir bir tanık yapardı. Ayrıca basın Roddie'nin söylemek üzere olacağı şeylerin kokusunu alıp şüphelendiği takdirde şirketimizin işi biterdi.

"Lordum," diye söze başladı Hector. "Biraz esneklik talep ediyorum. Aradaki alaka kurulabilir."

Bir savcının mahkemeye yönelik ilk görevi, hâkimi yanlış yönlendirmemesiydi ve Hector McVie baroda bu anlamda kendini ispatlamış bir üne sahipti. Eğer alakayı kurabileceğini hâkime söylüyorsa buna müsaade edilirdi. Kararın Hector'ın lehinde olacağını hissedebiliyordum.

Ölmek üzere olan bir insanın son gayretini gösterir gibi ayağa fırladım.

"Lordum, kanıtı jüri ve basın olmadan, kayıt altında görebilir."

Lord MacDonald gülümsedi, ekmeklerine yağ sürdüğümü biliyordum. Jüri ve basın mahkeme salonundan çıkarken Roddie'nin gözle görülür bir biçimde rahatladığı belli oluyordu. Hâkim onlara dava hakkında kimseyle konuşmalarına izin verilmediğini söylemişti. O gün konuşan tanıklar ya da sunulan kanıtlara dair herhangi bir yorumda bulunma yetkileri olmadığı yönündeki aynı katı uyarılar gazetecilere de bildirilmişti. Bu mahkeme emrine uymamak, on binlerce sterlin ceza ödemek anlamına geliyordu. Benim için o anda önemli olan şirketimin korunması, yani benim de korunmam olmuştu.

Joe salondan çıkmak için ayağa kalktığı sırada onu geri çektim. Lord MacDonald şüpheli gözlerle ona bakıyordu. Son kişi de salondan çıkınca mübaşir kapıları kilitledi. Sessizliği ilk bozan Lord MacDonald olmuştu. Normal mahkeme çalışma saatini çoktan geçtiğimizi fark ettim ve cuma akşamı daha ne kadar orada kalacağımızı merak ettim. Hatta akşamın neler getireceğini de merak ediyordum, birilerinin itibarı paramparça olabilirdi.

Kailash mı? Roddie mi yoksa ben mi olacağım diye bahse girmek istemiyordum. Fakat en azından kendi durumumu kurtarabilecek kadar hayatta kalma içgüdüsüne sahiptim.

OTUZ BEŞ

"Bay McVie, hazırsanız devam edelim?" Lord MacDonald kalemini kaldırdı ve devam etmek için hevesli gibi başını aşağı yukarı salladı.

"Teşekkür ederim Lordum," diye kibarca yanıtladı Hector, birilerini arkasından bıçaklarken bile mahkeme konuşmaları her zaman nazikçe olurdu.

Hector boğazını temizleyip devam etti.

"Bay Buchanan, Bayan Coutts'la ilişkinizi mahkemeye anlatır mısınız?"

Roddie'nin hal ve hareketlerinden böyle bir şey yapmak istemediği belliydi, kim onu suçlayabilirdi ki?

"Evet," dedi Hector bıçağı biraz daha derine doğru saplar gibi. "Bayan Coutts'a bir hizmeti için ödeme yapmıştınız, değil mi?"

"Doğru."

Mahkemede utanç dolu öksürükler yankılandı.

"Elinizden gelen en iyi şekilde mahkemeye Bayan Coutts'un işini tanımlar mısınız?"

"Bayan Coutts profesyonel bir madamdır. Sadomazoşist bir kadın."

"Peki, Bayan Coutts'un işlerini yürüttüğü bir yeri var mı?"

"Şey," diye kekeledi Roddie. "Bazen mobil olabiliyordu, otellere gelmek gibi, diğer zamanlarda onun kulübünde buluşurduk."

"Peki, bu kulübün adı nedir Bay Buchanan?"

"Hellfire Kulübü."

Saat sanki özellikle daha bir gürültüyle ilerliyordu. Israrla cam panele çarparak dışarı çıkmaya çalışan bir arıya dikmiştim gözümü. Ne o arının ne de Roddie'nin kaçabileceği bir yer vardı, benim ne kadar ümidim kalmıştı? Mahkeme salonu sıcak ve havasızdı, aniden kendimi çok yorgun hissettim.

"Hellfire Kulübü demek, eşsiz bir yere benziyor," diye yorumda bulundu bir ahlak barometresi gibi davranmasına rağmen büyük ihtimalle kendisi de o kulüpte bulunmuş olan Hector. "Bayan Coutts ve personelinin orada özellikle sundukları bir hizmet var mıydı?"

Ona döndüm, *artık boşal da bitsin şu iş Hector*, diye düşündüm.

"Diğer kurumlar BDSM hizmeti sunuyor."

"Bu alanla ilgili olmayan bizler için ne olduğunu bize açıklar mısınız?" Hector sanki bu kısaltmanın ne anlama geldiğini hatırlayamamış gibi teatral bir tavırla notlarına baktı. "BDSM'nin yani?"

"BDSM, bağlayıp köleleştirme, disiplin ve sadomazoşizm anlamına geliyor sanırım," diye yanıtladı meseleyi açığa kavuşturmak isteyen Lord MacDonald. Hector ve ben kısa süreliğine birbirimize baktığımızda gülmemi bastırmayı başarmıştım. Gülseydim hâkim doğal olarak kızardı.

"Teşekkür ederim Lordum," dedi Hector hiçbir şey olmamış gibi. "Pekâlâ, Bay Buchanan, Edinburgh'da hizmet veren başka profesyonel sadomazoşist kadınlar var mı?"

"Ah, evet, kesinlikle var!" Roddie yeniden hayat bulmuş gibi başını canlılıkla aşağı yukarı sallıyordu.

"İtiraz ediyorum Lordum, meslektaşım mahkemeye soruları ile dava arasındaki alakayı kuracağına söz vermişti. Edinburgh'nın gece hayatının ahlak bozucu özelliklerini ortaya serme niyetinde değilse, bunun davayla ne tür bir ilgisi olduğunu anlayamıyorum," diye araya girdim.

"Lordum, mahkemeden birkaç dakika daha hoşgörü göstermesini rica ediyorum," Hector'ın sesi erdemli bir dilenci gibi çıkmıştı.

“Kabul edildi Bay McVie fakat acele edin. Bayan McLennan, itirazınız kayıt altına alındı.” Lord MacDonald endişeli bir tavırla saatine bakıyordu, aklından akşamki randevularının geçtiğine şüphe yoktu.

“Bay Buchanan, bu işi yapan başka profesyoneller olduğu halde neden Bayan Coutts’u seçtiniz?” Hector bu sözleri sanki ağzındaki acı bir tadı tükürür gibi söylemişti.

Roddie olduğu yerde huzursuzca kıpırdandı ve duyulması imkânsız bir şekilde mırıldanmaya başladı.

“Şahide yüksek sesle konuşmasını söyleyin, söylediği hiçbir kelimeyi duyamıyorum,” diye öfkeyle tısladı Lord MacDonald, anlattıklarını tekrar ederken Roddie’nin utancından yerin dibine geçtiğinin farkında değildi.

“Kailash başka hizmetler de sunuyordu, üstteki diğerlerinin sunmadığı türden hizmetler.”

“Üstteki mi? O da ne demek?” Lord MacDonald belli ki yorgundu ve her geçen dakika sinirleniyordu. Ayrıca S & M üzerine bilgisinin sınırlı olduğu da ortaya çıkmıştı.

“Pardon Lordum, üstteki, sekste dominant kişiye, alttaki ise köle rolünü oynayana denir,” diye ekledi Roddie.

“Buradan anladığım kadarıyla siz, alttaki oluyorsunuz, öyle mi?” Lord MacDonald yeni öğrendiği deyimi kullandığı için memnun görünüyordu.

Hâkimden sorgu iznini geri alan Hector, bir sonraki sorusunu sordu.

“Peki, sanık bu şehirde diğerlerinin reddettiği hangi hizmeti sunuyordu?”

“İtiraz ediyorum Lordum, tanık burada diğer hanımların bu hizmeti sunmadığını söyledi, reddettiklerini değil,” diye ekledim.

“Hım, reddettiler mi peki?” diye sordu gözleri merakla parlayan hâkim.

“Evet, reddettiler,” diye yanıtladı Roddie.

Kendi kendimi ayağımdan vurmuştum. En temel altın kural: Cevabını bilmediğin soruyu sorma.

"Diğer hanımlar neden reddettiler peki?" Hector benim farkında olmadan ettiğim yardım karşısında gülümsedi.

"Çok tehlikeli olduğu için istemediler. Bu pratik, eğer uygulayan kişi yeterli medikal bilgi ve ekipmana sahip değilse tavsiye edilmeyen türden bir şey."

"Peki, Bayan Coutts bu özelliklere sahip mi?" Hector yaşadığı anın tadını çıkararak salonda etrafına bakındı.

"Evet, Kailash şeye sahipti... Beyaz bir odaya..." Roddie öksürdü ve su bardağına uzandı. Bardağını indirmeden aceleyle konuşmuştu. "Sahte sağlık operasyonlarının uygulandığı bir odaya..."

"Bayan Coutts sizin için hangi sahte operasyonları uyguladı?" Hector üçüncü sınıf pembe dizilere taş çıkaracak derecede dramatik bir hareketle ürpermiş gibi yaptı.

"O, şey, testislerime şişmelerini sağlayacak bir tuz solisyonu enjekte etti."

Lord MacDonald bile oturduğu yerde rahatsız şekilde kıpırdanmıştı. Joe ve salondaki diğer erkeklerin bacaklarını ürpererek kıpırdattıklarını duyabiliyordum.

"Yani bu, Bayan Coutts'un anatomi ve psikoloji bilgisine sahip olduğu anlamına mı geliyor?"

"Ah, evet, vücudun damar yolları ve kan besleyen yerleriyle ilgili oldukça kapsamlı bilgilere sahip kendisi, operasyon sırasında buralara zarar vermesi tehlikeli olurdu," diye kendinden emin bir şekilde ekledi Roddie. Hepimiz Kailash'ın tuz solisyonunu testislere enjekte etmeyi kesinlikle bildiği konusunda tatmin olmuştuk fakat bir sonraki soruyu tahmin edebiliyordum.

"Yani Bayan Coutts, merhum Alistair MacGregor'ı öldürdüğünde şah damarını kesmenin ölümle sonuçlanacağını biliyordu. Dahası..."

"İtiraz ediyorum, tanık bir profesyonel değil ve Bayan Coutts'un olay esnasında neler bildiği hakkında konuşamaz." Ayağa kalkıp bağırarak konuşmuştum.

"Ayrıca insan bedenine dair böyle bir bilgisi olsaydı böyle bir kaza meydana geldiğinde merhumu kurtarması gerekirdi." Hector lafımın üzerine konuşmasına devam etti. Ben hâlâ ayakta durmaya devam ediyor, onu bastırmaya çalışıyordum fakat yapacağını yapmıştı.

"İtirazınız uygun bulundu Bayan McLennan." Lord MacDonald bana doğru başını sallayarak artık oturmam gerektiğini işaret etti.

"Pekâlâ, Lordum, son sorumu geri çekiyorum." Hector pişman değildi. Bilgi dışarı çıkmıştı artık. Mahkeme salonuna dönüp baktım, içerideki herkes aynı cemiyetin üyesiydi ve bu usulsüz bir duruşmaydı.

"Devam etmeden önce, bu operasyonun bir ismi var mı?"

"Top işkencesi deniyor." Roddie başını utançla iki yana sallıyordu.

"Peki, böyle bir şeyi, yani 'top işkencesi'ni yapan bir kadının şey olduğunu değerlendirmek..." Hector duraksayıp doğruca Kailash'ı işaret etti. "Böyle bir kadının genel anlamda erkeklerden ya da özellikle bir erkekten nefret ettiğini varsaymak mümkün müdür?"

"İtiraz ediyorum Lordum. Meslektaşım tanığı yönlendiriyor. Bay Buchanan bu konuda bir profesyonel değil ve sanığın ruh hali hakkında konuşamaz."

"İtirazınız kabul edildi. Bay McVie, sizden tanığın bilgi verebileceği konuların sınırlarında kalmanızı istemek zorundayım." Lord MacDonald, Hector McVie'yi azarlarken gülümsüyordu.

Zihnim durmadan dönüyordu.

Roddie neden konuşmayı kabul etmişti ki? Çünkü mahkeme bunu bir sır olarak tutacağım konusunda bana güvenebileceğini biliyor muydu? Hector'ın, Kailash'ın itibarını zedelemeye çalışmasını durduracağımı biliyorlardı. Bunu yaptığım takdirde ben bir bilirkişi olmazdım.

Jüri ve basın mensuplarını dışarı çıkaran bendim. Bu gizli mahkemeye ben sebep olmuştum. Farkında olmayarak Eilidh Buchanan'ın emrini sessizce yerine getirmiştim.

"Lordum, meslektaşımın sanığın cinayet için herhangi bir sebebi olmadığını işaret edeceğine şüphe yok, o yüzden otuz dört numaralı kanıtı mahkemeye sunmak istiyorum."

Elimdeki yeni kayıt listesine ve özellikle de son maddeye baktım.

Otuz dört numara... Bir Nokia cep telefonu...

Kalbim neredeyse duracaktı. Mübaşir, mavi ve gümüş rengi bir cep telefonunu Roddie'ye verdi. Telefonu tanımama rağmen o olmamasını umuyordum.

"Bu telefonun numarasını biliyor musunuz?" diye sordu Hector sorguladığı meslektaşıma üzerinde bir telefon numarasının yazdığı bir kartı kaldırıp göstererek.

"Evet," diye yanıtladı Roddie aklı karışmış bir biçimde.

"O halde kime ait olduğunu mahkemeye söyler misiniz?"

Hector'ın uzanan kolları bir kez daha kimsenin olmadığını unuttuğu salonun izleyici bölümünü işaret etmişti.

"Kailash'la randevularımı ayarlamak için kullandığım numara."

"Randevu mu?" diye tekrarladı Hector. "Ne kadar da romantik..." Benim itiraz edeceğimi ve Roddie'nin rahatsızlığını fark edip hızlıca devam etti.

"Ekranda bir mesaj olduğunu görebilirsiniz. Telefonda yazan mesajı ve sanık tarafından alındığı tarihi mahkemeye okur musunuz?"

Roddie gözlüklerini kabından çıkardı ve burnunun ucuna yerleştirdi. Bu hali, testis fiyaskosu olmasa, onu herkesin sevdiği bir büyükbaba gibi gösterirdi. Roddie boğazını temizleyip okumaya başladı.

"*Konuştuğumuz gibi buluşuyoruz. Alistair.* 16 Ağustos'ta alındı."

"Bu kısa mesaj, Alistair MacGregor'ın sanık tarafından öldürüldüğü gece alındı." Hector'ın sesi dalgalı ve yeterince dramatikti.

Kailash bana doğru dönüp suçlar gibi baktı. O telefonu en son gördüğünde Cornton Vale Hapishanesi'nde, benim elimdeydi. Bu durumda telefonu mahkemeye benim sunduğumu düşünecekti. Yanlış bir tahmindi çünkü o telefonu en son, ofisimdeki kilitli çekmeceme bırakmıştım.

Roddie benimle göz göze gelmemeye çalışıyordu. Telefonu oradan çalmış olmalıydı. Başka kim alabilirdi ki? Bu kanıta itiraz edemiyordum çünkü bu durumda mahkemeye o kanıtı benim vermiş olmam gerekirdi. Polis memurlarının adaletin tecelli etmesine engel olmak suçundan dört yıl hapisle yargılandıklarını biliyordum. Glasgow Joe beni ayağa kalkıp bir şeyler söylemem için dürtüyordu. Âdeta kıyıma uğruyordum. Kendi yaptığım şeyler bir bir üzerime geliyordu.

Aklıma birdenbire annemin en sevdiği sözlerden biri gelmişti: "Geceleri yaptıklarını şeytan görür." Bunu ergen hamileliğine karşı bir uyarı olarak söylediğini düşünmüştüm o zamanlar fakat gerçek anlamını şimdi anlıyordum.

"İtiraz ediyorum. Meslektaşımın bu mesajı gönderen kişinin Lord Arbuthnot olduğunu bilmesine imkân yok."

Merhumun gerçek adı yerine unvanını kullanıyordum. Belki küçük bir şeydi fakat bazen müvekkilleriniz özellikle de davalarında umut yoksa konuyu gereksiz yere uzatmanızı isterlerdi.

"İtirazınız kayda alındı Bayan McLennan." Lord MacDonald bana doğru bakıp cübbesinin beyaz saten kısmındaki tapınak haçına dokundu. 1812 yılında, Aydınlanma'nın üyesi olmayan bir hâkim yoktu. O zaman tapınaklarını onurlandırmak ve masonik geleneğin sembollerinin anlamını herkesin gözü önünde saklamak için cübbeler yeniden tasarlanmıştı.

"Pekâlâ, Bay Buchanan, size sanığın erkeklerden nefret edip etmediğine dair sorduğum soruya meslektaşım itiraz etti."

Roddie itirazı anladığını belirtir gibi başını aşağı yukarı salladı.

"Fakat yalnızca özellikle bir erkekten nefret edip etmediğini söyleyebilirsiniz..." diye aceleyle tamamladı.

Hemen ayağa fırladım.

"İtiraz ediyorum! Yalnızca söylenti."

Fakat Roddie'nin de rolünü iyi ezberlediği, şu sözleri bağırarak söylemesiyle ortaya çıkmıştı: "Kailash Coutts, Alistair MacGregor'dan nefret ettiğini ve bir gün onu öldüreceğini söylemişti."

"İtiraz ediyorum!" diye çığlık attım.

"Arsız bir yalancısın Roddie Buchanan." Kailash ayağa kalkmıştı ve gardiyanlar, Roddie'ye doğru atılmaya çalışan kadını tutmakta güçlük çekiyorlardı.

"Bu kadarı yeter! Susun!"

Lord MacDonald'ın yüzü kıpkırmızı olmuştu. Gardiyanlar Kailash'ı oturması için o kadar sert çekmişti ki yere düşmüştü ve kadınlardan birisi onu yerden kaldırmıştı. Kailash da Lord MacDonald gibi kıpkırmızı olmuştu ve onu ilk defa bu kadar dağılmış bir halde görüyordum.

Herkes yerlerine oturduğu sırada mahkeme salonuna fırtına sonrası sabahı gibi bir sakinlik çökmüştü.

"Lordum, savcılığın tanık sorgusu sona ermiştir," dedi cübbesini savurup oturan Hector.

"Bayan McLennan, saatin gecikmesi sebebiyle duruşma pazartesi gününe ertelenecek ve siz de isterseniz o zaman şahidi sorgulayabilirsiniz." Lord MacDonald bu defa Roddie'ye dönmüştü. "Kanıtlarınızı doğrudan sunduğunuz için teşekkür ederim, hâlâ mahkeme yemini altında olduğunuzu ve bu davada olanlarla ilgili kimseyle konuşmamanız gerektiğini biliyorsunuz."

Bu uyarı bundan daha basmakalıp bir şekilde yapılamazdı. Roddie tanık sandalyesinden indirilip dışarı çıkarıldı; zaten onun özel hayatıyla ilgili başkalarıyla konuşması olacak iş değildi.

"Salon!" diye bağırdı mübaşir. Salondakiler, Lord MacDonald mahkemeden çıkarken ayağa kalktı ve kâtip notlarını düzenlemeye başladı.

Arkadaşım ne durumda diye dönüp pencereye doğru baktım. Arı, bacaklarını kapalı pencereye doğru uzatmıştı.

Herkes gibi o da aşırı derecede yorgundu.

OTUZ ALTI

Bir parça kâğıt alıp ön sıranın etrafını dolaştım ve pencereye doğru yürüdüm. Arıyı kâğıdın üzerine alıp dışarı fırlattım. Kâtip bana bir kâğıt uzattığı sırada neredeyse ağlayacak gibiydim.

Akşam için ayrılmadan önce benimle parlamento salonunda buluş.

Hector

Kaybedecek bir şeyim olmadığını düşünerek salona yöneldim. Hector, Yüksek Mahkeme Başkanı Blair'in heykelinin yanında duruyordu. Ona yaklaştığımı görür görmez konuşmaya başladı.

"Ah bu adamlar," dedi ve mermer ayakkabılara hafifçe vurduğunda sesi duvarlarda yankılandı. "Kişiliklerinden daha fazlasıdırlar, onlar hukuku temsil ederler Brodie. Alistair MacGregor gibi bir adamın kusurları varsa İskoçya'da hukukun üstünlüğünde sorun var demektir. Bunun olmasına izin veremeyiz, değil mi?"

Salon boştu fakat orada yalnızmışız gibi hissetmiyordum. Geçmiş zamanların jürilerinin gözleri, kararmış kanvaslarından üzerime dikilmiş gibiydi. Hector sesini kısarak konuşma zahmetine bile girmemişti.

Koluma girdi ve fayans döşenmiş zeminde beraber volta atmaya başladık. Yürümemizin sebebi dışarıdan duyulma korkusu değildi, hayır, yalnızca bir alışkanlıktı. Hector belli ki yapacak işlerimiz olduğunu düşünmüştü ve biz böyle çalışırdık.

"Roddie kanıtı neden verdi?" diye sordum.

"Vermekte pek hevesli olmadığını söylemeliyim." Hector konuşmayı kesti ve Roddie Buchanan'ı ikna eden konuşmanın nasıl olabileceğini düşünerek güldü.

"Ah, eminim bizim münazara derneğimizi duymuşsundur Brodie. Kendine özgü hakları ve faydaları vardır fakat bazen herkesin iyiliği için birileri kendini feda eder, bugün kendini feda etme sırası Roddie Buchanan'daydı."

"Ona ne olacak?" Ona acımaktan çok meraktan sormuştum. Sunduğu kanıta dair dedikoduların sızacağını ve benim kurtarmak için savaştığım itibarını artık tamamen paramparça edeceğini biliyordum. Bu oyunda birçok şey itibara bağlıydı, onu hayatınla savunurdun. Yalnızca itibarınla bile gözdağı verip kazanabilirdin. Roddie bunun elinden kayıp gitmesine izin vermişti ve artık dört bir yandan gelecek saldırılara karşı savunmasızdı.

Roddie aynı şeyi düşmanlarının itibarını yıllarca paramparça edip kamuoyunun gözü önünde idam ederek yaptığı için bunu herkesten daha iyi biliyordu.

"Roddie ondan istenileni yaptı. Onunla ilgilenilecek. Belki bir yerlerde yargıçlık yapabilir ya da bir mahkemede kurul başkanı da olabilir."

"Kötü bir bedel değil, en azından emekliliği güzel."

"Roddie'yi bu kadar konuştuğumuz yeter, kendisini bir hiç için feda etmiş olmasını istemezsin."

Roddie Buchanan'la aramdaki ilişki hakkında ne kadar az şey biliyordu.

Homurdandım ve Hector bunu onunla anlaştığım şeklinde yorumladı.

"Kailash'ın suçunu itiraf etmesini istiyoruz Brodie," dedi Hector.

"Bunu yapmayacağını söylemiştim."

“Bana bu mahkemeye hazırlandığını da söylemiştin fakat neyle karşı karşıya olduğuna dair en ufak bir ipucun yoktu, değil mi?”

Bir süre sessizce yürüdük.

“Bak, senin işini zorlaştırmak için burada değilim Brodie. Suç teşkil edecek şekilde adam öldürmeyi ben olsam kabul ederdim.”

Bu da bir şey sayılırdı. En azından ömür boyu hapis seçeneği bir zorunluluk olmaktan çıkıyordu. Ceza ancak hâkimin takdirindeydi.

“Pekâlâ, Hector eğer bunu kabul ettirebilirsem Kailash’ın onun ölümündeki sorumluluğunun azaltıldığını mahkemenin kabul etmesini de isterim.”

Hector ilgilenmiş gibi görünüyordu.

“Hareketlerinin sorumluluğu nasıl azaltılmış olabilir?” diye sordu.

“Bilmiyorum, bir şeyler düşüneceğim.” Gerçekten de düşüneceğimi biliyordum. Sanığın suçlu bulunduğu ve mahkemeden merhamet istediği durumlarda hafifletici sebepler bulmakta harikaydım. Fakat bildiğim bir şey varsa o da kendimi bu mahkemenin insafına bırakmak istemediğimdi.

“Suç teşkil edecek şekilde adam öldürme seçeneğini ve savcılığın hafifletici sebepler bulma konusunda iş birliği yapacağını ona söyleyeceğim fakat dört yıldan fazla yatmayacağının anlaşılmasını istiyorum,” diye vurguladım.

“Yani iki yıla çıkacağı anlamına gelir bu, sence İskoçya’nın en büyük hâkiminin ölümünün bedeli bu mu?”

“Bak Hector, daha fazla pazarlık yok, ona sunacağım anlaşma böyle olacak. Hâlâ bir gerekçe sunmak zorunda olduğunu unutma ve Kailash, Lord Arbuthnot’un onun müşterilerinden birisi olmadığına yemin ediyor.”

“Yani onu tanıdığını inkâr etmiyor, yalnızca müşterisi değilmiş, öyle mi?”

"Onu tanıdığının bilinmesi bizim hukuk sistemimiz için iyi bir şey değil zaten, bu yüzden teklifimi üstlerine iletmeni tavsiye ediyorum."

"Gerek yok. Her konuda anlaşma yetkim var, mantıklı olması şartıyla tabii."

Elimi sıktı.

"Pazartesiden önce onu ikna edemeyebilirim," diye uyardım.

"Etsen iyi olur, yoksa Lord MacDonald basını çağıracak ve jüri de dönünce müvekkilin cinayetle suçlanacak, Roddie'ninkiyle birlikte senin kariyerin de yok olup gidecek. Müştereken ve müteselsilen sorumlusun, hatırladın mı? Benim yaşıma gelene dek yalnızca Roddie'nin borçlarını ödemek için çalışmak zorunda kalacaksın."

Hector'ın gidişini izledim. Maalesef piç kurusu haklıydı. Roddie İskoçya'nın en etkileyici sanat koleksiyonlarından birine sahipti. Resimler, çoğunlukla modern parçalar, şirketin parasıyla satın alınmıştı fakat Roddie hepsinin kendi adına olmasını garantiye alacak kadar kurnaz davranmıştı. Şirketin çektiği krediler, gelirinin karşısında hiçbir şeydi fakat bunlar bir gecede durduğu takdirde şirket uçurumdan yuvarlanırdı.

Aniden çok yorgun hissetmiştim. Kailash bir yana dursun, kendimi bile kurtaracak gücüm kaldı mı diye merak ediyordum. Joe'yla buluşacağım posta kutuma doğru ilerledim. Parlamento binasından tek başına ayrılmamı istemiyordu, bu antik duvarların içinde güvende olduğumu gerçekten düşünüyorsa Tanrı'nın sevdiği kuluydu.

Hector McVie ve Aydınlanma Cemiyeti beni en iyi seri katilin yapabileceğinden bile daha iyi doğramışlardı.

Açık posta kutuma yaslanan Joe'nun gözlerinden yorgunluğu belli oluyordu. Olaylardan yalnızca ben etkilenmemiştim.

"Brodie!" diye seslendi sanki onu görmemişim gibi. Havaya kaldırdığı koca elinde kahverengi bir paket vardı.

"Birileri sana kartvizitini bırakmış."

Kalbim duracak gibi olmuştu, o pakette her ne varsa kötü bir haberdi.

İki cepheli savaş devam ediyordu.

OTUZ YEDİ

Minik Bayan Muffet taburesine geçti,
lor peynirini yerken
bir örümcek geldi birden
ve onun yanına oturarak
Bayan Muffet'ı korkutup kaçırıverdi.

Yama, Glasgow Joe, Fishy, Jack ve ben mutfağımda oturuyorduk. Bu giderek bir alışkanlık haline geliyordu ve benim evimin hepimizin güvende hissettiği nadir yerlerden biri olduğunu anlamak için dâhi olmaya gerek yoktu. O hafta başında yaptığım çikolatalı kurabiyelerin yanında zengin aromalı kahveyi fincanlara koyup ikram etmiştim ve önümüzde bir masa oyunu duruyordu. Bir tür çocuk oyunu gibiydi. Pakette birçok katman vardı ve ilk katmanda bir çocuk tekerlemesi yazıyordu.

Glasgow Joe paketi kaldırdı.

"Bunun ne anlama geldiğini bilen var mı?"

Kâğıdı elinden aldım ve mutfağımda etrafımı saran, bir amaç için bir araya gelmiş topluluğa baktım. Tekerlemeler Joe, Jack, Yama ve Fishy'nin pek hâkim oldukları bir alan değildi.

"Her bir tekerlemenin politik bir anlamı ya da bazı tarihî olaylarla ilgisi olduğunu duymuştum."

Jack düşüncemi doğru bulmuştu.

"Doğru, mesela büyük salgınla ilgili bir tane vardı. Fakat şu örümcek şeyi ne anlama geliyor bilmiyorum."

Tekerlemeyi bir kez daha inceledim.

"Bayan Muffet, İskoçya kraliçesini temsil ediyor olmalı, örümcek ise John Knox. John, kraliçeyi İskoçya'dan kaçırtacak şekilde korkuttu ve kraliçe kendini başını vurduran kuzeni Kraliçe Elizabeth'in insafına bıraktı."

"Torbadaki cesetlerin boyunları vurulmuştu," diye ekledi Fishy.

"Belki de yorum yapmadan önce paketin geri kalanına bakmalıyız," dedi Yama. Bir kâğıt daha içeriğini saklayarak duruyordu. Joe tıpkı bir Noel çocuğu gibi kâğıdı heyecanla çekti.

"Biraz dikkat etmek lazım, bir şeyleri parçalayabilirsin," dedi Yama huysuz bir tavırla ve paketi Joe'nun elinden aldı.

"Bir gazete kupürü var. Eski bir hikâyeye benziyor." Yama, gözlüklerini takıp inceledi.

"Ah, Portobello'da boğulan bebekle ilgili..."

"İzin ver bir bakayım." Fishy kâğıdı Yama'nın elinden aldı.

"Bu haber zaten polis dosyasında var," dedi. "Gerçi bu kupür daha az yıpranmış, birilerinin gazetenin orijinal kopyasını alıp bunu kestiğini düşünüyorum. *Evening News*'i araştıracağım ve bunu kimin aldığına dair bir kayıtları var mı diye bakacağım." Fishy yapacağını söylediği şeyi not aldı, gazetenin satış departmanı akşamları kapalı olacağından bu iş sabahı bekleyecekti.

"Bu şeyi sana bırakan kişiler, sence albümün bizde olduğunu bilmiyorlar mı? Eğer öyleyse katil onlar değil." Joe'nun sesi yumuşak ve mantıklıydı.

"Hayır, bir süredir doğru soruyu sormadığıma dair içimde bir his var." Buz gibi Meksika biramdan içtim, şişenin içine sıkıştırdığım limon ağzımdaki minik bir kesiği yakıyordu. Dilimin ucu, düşünürken farkında olmadan dişlerimle açtığım kesiklerle doluydu.

"Yanıtları bulamıyorum çünkü doğru yöne bakmıyoruz. Bence bu bize bebeğin olayla ilgili bir önemi olduğunu hatırlatıyor. Hep kızları arıyoruz. Belki de buradaki bebek gerçek ipucudur." Mahkemedeki zor günden sonra yorulmuştum ve tek isteğim iştahla pizza yemek ve bira içmekti. Kailash'la sabah bir görüşmem vardı ve doğrusu bunu dört gözle beklediğim söylenemezdi.

"Kimse bu bebeğe dair bir şeyler bulabildi mi? Çünkü ben bulamadım." Fishy umut dolu gözlerle masaya şöyle bir göz gezdirdi.

"Orijinal raporu buldum fakat hiçbir şey söylemiyor, Porty plajında köpeğini gezdiren bir kadın tarafından karakola telefonla ihbar edilmiş. Araştırmış ve gerçekten de ümitsizce annesini arayan fakat başarısız olan bir bebek olduğunu görmüşler çünkü bebek bir süredir denizdeymiş." Fishy siyah polis not defterinde yazılanları monoton bir sesle okuyordu.

Pizza için kullanacağım unu ölçerken, bu beni mahkemeden sonra hep rahatlatan bir aktiviteydi, Yama korku içinde çığlık attı.

"Dikkat et! Her yer kanıt dolu burada!"

"Onları adli tıbba başvurmadan önce yakalayamazsak işim bitti demektir," dedim.

"Her ikisini de kullanabiliriz."

Yama, tekerlemenin yazdığı kâğıdı ve gazete kupürünü çoktan kanıt poşetlerine koymuştu bile. Bir sonraki katmanı açarken ellerine beyaz eldivenler geçirmişti. Maalesef bir şey yoktu, yalnızca ana kanıtı desteklemek için o katman yerleştirilmişti. Yama, otopsi yeteneğini kullanarak son katmanı dikkatlice açtı. Önümüze koydu. Sessizce, dehşete düşmüş bir şekilde baktık çünkü ne yapıldığını biliyorduk.

Ona dokunamazdım.

"Pekâlâ, şu piç kurusunun örümcekle neyi kastettiğini biliyoruz artık." Limon dilimiyle uğraşmadan bir bira daha açtım.

"Örümcek dediği..." diyerek şişemle işaret ettim, "bir Orta Çağ işkence aletiymiş. Demirden yapılmış, kıskaçları örümcek bacaklarını temsil ediyor."

Mutfakta dolanıp paslanmaz çelik ocakta kırmızı pizza sosunu karıştırmaya gittiğim sırada bütün gözler beni izliyordu.

"Kıskaçlar ateşte ısıtılırmış, ardından kadının göğsüne batırılıp göğsü yaralanana ya da kopana kadar çekilir veya döndürülürmüş."

Pizza hamuru sıcakta kabarıyordu. Parmaklarımı vıcık vıcık yığına daldırdım ve kabartıyı söndürdüm. Yanan taze insan eti görüntülerini zihnimden uzaklaştırmaya çalıştığım sırada hamur parmaklarıma yapışmıştı.

Fishy, Laura Liddell'ın acılarını resmeden fotoğraf albümünü açtı. Serinin ikinci fotoğrafı tam da örümcek isimli aletin yapabileceklerini canlandırıyordu.

"Bu piç kurusunu durdurmak zorundayız..." Joe sözlerini tamamlamamıştı fakat katilin aynı işkenceleri benim üzerimde kullanma fikrine bile dayanamadığını biliyordum. Ben de bu düşünceye hevesli değildim.

"Moses Tierney'yi bulmak ve bildiklerini bize anlatmasını istemek zorundayız," dedim. İştahım kapanmıştı, Kailash konusunda karşılaştığım zorluklar bununla kıyaslanamazdı bile.

"Moses mı?" diye sordu Yama. "Moses'tan ne istiyorsun?"

"Çocuk oydu," diye bağırdı Joe, "değil mi? Fotoğraftaki izleyen erkek çocuğu oydu. Sen..." Jack'e dönmüştü. "Onun nerede olduğunu biliyorsun, senin köstebeğin o, değil mi? Sana Fettes'teki baskını söyleyen de oydu? Oradan gerçekten neyin alındığını da söylemişti?

"Endişelenme Brodie, O piçi konuşturacağım. Onunla işim bittiğinde senin için şarkı bile söyleyecek." Joe hırlıyordu. Alkol almadığı için mutluydum çünkü alkol onu durgunlaştırırdı ve benim onun en sert haline ihtiyacım vardı.

"Joe, onun neler yaşadığını, gördüklerini hatırla. Senin yapacağın hiçbir şey 'şeytan'ın ona yaptığı kadar kötü olmayacak."

Kaskımı aldım ve ocağı söndürdüm, hepimizin iştahı kaçmıştı.

"Yama, o bebeğe dair herhangi bir otopsi raporu bulabilir misin diye bir bak. Fishy, sen de bu işkence aleti kullanılarak işlenen bir suç kaydı var mı diye araştır."

Jack Deans'e doğru döndüm ve yüzüne baktım.

"Sana gelince... bizi Moses'a götürmenin vakti geldi."

"Benim onu bulabileceğimi nereden biliyorsun?" diye sordu.

"Çünkü sana vermemiz gerekenden daha fazla şans tanıyoruz," diye yanıtladım. "Seni takip edeceğiz." Her ne kadar Joe için Moses'ın Jack'in köstebeği olduğunu bulmak uzun sürmediyse de kaynaklarını hâlâ gizlemeye çalıştığı için ona kızgındım. Korku dolu gözlere sahip o erkek çocuğunun fotoğrafını görür görmez aradığımız bilginin bunca zamandır Jack'in kucağında olduğunu fark etmiştik. Neler olduğunu ikimizin de anladığını belirtir gibi birbirimize baktık. Kim olduğunu kesinlikle biliyorduk. Caddedeki kükreme sesi camları yerinden oynatmıştı. Joe sabırsızdı, Harika'yı çoktan çalıştırmıştı bile. İşlerine başlamak için masadan kalkmış olan Fishy ve Yama ise gergindi. Yalnızca Jack işleri ağırdan alıyordu. Mutfak kapısından öfkeyle yüzüne baktım.

"Hemen kaldır kıçını!" Kibar olamayacak kadar gergin bir tavırla ona bağırdım. Neyi bilmem gerektiğini öğrenmeye kararlıydım ve artık bunun acısız ya da başımı belaya sokmadan olacağını düşünecek kadar saf değildim.

"Bu en iyi yöntem olmayabilir Brodie."

"Ne yapmamı istiyorsun Jack, oturup bana gelmesini mi beklemeliyim? Suçlu içeriden bilgi almıştı, benim bir sonraki kurban olduğumu biliyordu, başka neden o gün mahkemeye gelmiş olabilir ki?"

Motosiklet montuma kollarımı zorlanarak geçirdim. Sinirimi dışarı vurmam iyi bir fikir değildi.

"Biraz düşün Jack, sırada benim olduğumu bilmesinin tek bir yolu var. Çünkü katille hâlâ iletişim halinde. Moses beni katile götürebilir."

"Bence yanılıyorsun Brodie."

"Pekâlâ, Jack eğer yanılırsam her ikinize de bira ısmarlayacağım, oldu mu?" Sesimdeki alaycılık biraz gereksizdi fakat en azından Jack elinde araba anahtarlarıyla kapıya doğru ilerlerken gözyaşlarımı tutmama yardımcı olmuştu.

OTUZ SEKİZ

Bence Hillside Crescent, Edinburgh'nın en az ilgi gören, harika gayrimenkul bölgelerinden biriydi. Ne zaman oradan geçsem kum taşı binaların zarifliklerine hayranlık duyardım. Uzun ve dar pencerelerin önündeki ferforje balkonlar çekici bir güvenlik önlemi görevi görürdü. Moses'ın adresine yaklaşırken dorik sütunların gururlu nöbetçiler gibi ağırbaşlı bir şekilde, merdivenle çıkılan siyah kapının her iki yanında dikili durduklarını fark etmiştim.

Joe'nun sesi düşüncelerimle arama girmişti. "Suç dünyası bedel ödüyor hakikaten, bu müthiş yer zavallı Frank Pearson pisliğinin dairesinden çok daha güzel." Sesi merdivenleri çıktığımız sırada yankılanmıştı. En üstteki daireye ulaştığınızda Edinburgh'nın eski evlerinin ilk gökdelenler olduklarını fark ederdiniz ve asansörleri yoktu.

Ön kapı kusursuzca boyanmıştı ve üzerinde isim yazmıyordu. Defne yaprağı şeklindeki pirinç kapı tokmağı çalınmayı bekliyordu. Joe tokmağı üst üste çaldı. Benim kulaklarıma bile narkotik baskını gibi gelmişti sesi. İçeride kıpırdanan ayak seslerini duyabiliyordum ve kapı deliğinden bir gözün bize baktığını gördüm.

Sonunda bizi içeri almaya karar verdiler fakat kapının diğer tarafındaki türlü türlü kilitleri açmaları en az beş dakika sürmüştü. Sihirbaz Houdini bile olsa oradan çıkmakta zorlanırdı. Yalnızca bir tane kilidi açmamıştı. Joe tek bir tekmeyle içeri girebilirdi. Kapı hafifçe aralandı ve melek gibi bir yüz belirdi.

"Ne sikim istiyorsunuz?" diye ciyakladı.

"Önce terbiyeni takın yoksa kıçına yersin tekmeyi, şimdi kapıyı aç, Moses'la görüşmek istiyoruz." Joe en tehditkâr halindeydi.

"Ya burada yoksa?" diye yanıtladı korkusuz melek.

"O halde buraya getirsen iyi olur yoksa kapıyı kıracağım ve işim bitince senin de icabına bakacağım."

İçeriden bir emir geldi ve son zincir de açıldı.

"Onun kusuruna bakmayın fakat buralarda yabancıları pek hoş görmeyiz."

Moses bizi kapıda karşılamaya bizzat gelmişti. Siyah gece pantolonu ve kanatlı kolları olan beyaz gömleğiyle göz kamaştırıcı görünüyordu. Kollarını düğmelememiş ve dirseklerine kadar sıyırmıştı. Açıkta kalan bileklerinin kalınlığı karşısında şaşırmıştım.

Tıpkı evcilik oynayan bir çocuk gibi bizi koridordan oldukça şık bir misafir odasına aldı. Şık derken zevkli bir şekilde döşendiğini kastetmiyordum, sadece kendine özgü bir hali vardı. Kara Melekler'in dekorasyon tarzının özel bir adı olsaydı kesinlikle Vampir Şıklığı olurdu. Koridor kan kırmızısına boyanmıştı ve duvarlarda asılı, Napolyon dönemine ait süslü aynalar duvar şamdanlarındaki mumlarla aydınlanıyordu. Hatta bütün ev mumlarla aydınlatılıyor gibiydi.

Kalın, ahşap parkelerin üzerinde zebra desenli iki büyük kilim vardı ve beyaz çizgilerin üzeri ayakkabı izleriyle kaplanmıştı. Salona giren kapı devasa boyutlardaydı ve yerden tavana kadar yükselen uzun pencerelerden gelen ışık sayesinde içeriyi aydınlatmak için aslında muma bile ihtiyaç yoktu. Tuhaf tasarımlar göze çarpıyordu, duvarlarda iki metre arayla kadife yastıklarla desteklenmiş sıralar vardı. Bana sıraların ranzalar gibi istif edildiği, Roma'nın yer altı mezarlarını hatırlatmıştı.

"Biz burada toplantı için otururuz ve onlar yatakları iki katına çıkarırlar," diye açıkladı sıraları işaret eden Moses. "Doğru çocuklar kapıma geldiğinde onlara daima başlarını koyacakları bir yer veririm." Moses ben ona sormadan açıklıyordu.

"Modern bir Fagin gibi mi?" diye sordum.

"Evet, onun gibi bir şey."

Bana gülüyordu. Siyah gözlü, androjen çocuklar etrafa tünemişlerdi. İçlerinden birisi bana bir leş kargasıymışım gibi bakıyordu. Jack, Joe ve ben günahkâr bir üçlü gibi ortada duruyorduk.

"Sana konuşmak için geldik Moses, yani seninle," diye kendimi düzelttim.

"Şimdi mi aklınıza geldi? Neden bu kadar uzun sürdü?" Moses alaycıydı ve normalde gereksiz bir cesaret gösterisi yaptığını düşünebilirdim fakat gerçekten de aramamızı beklediğini düşünüyordum.

"Seni hayal kırıklığına uğrattığım için üzgünüm, nereden başlamak istersin?" Joe arkamda kaslarını gevşetiyordu, belli ki iyi polis kötü polis oynayacaktık ve bu durumda genelde iyi polisi oynamak bana düşerdi.

Moses ellerini çırptı ve bağırdı.

"Pekâlâ, sizi çılgınlar, çıkın, biraz sessizlik istiyorum."

Belli ki Roddie Buchanan'la aynı nezaket okuluna gitmişti. Moses bu defa Jack'e döndü.

"Onları getirmek için doğru zamanı kolladın, öyle mi? *Brodie*'yi getirmen biraz zaman aldı," diye vurguladı.

Jack onu duymazlıktan geldi ve hiç şüphesiz bizi buraya getirdiği için aralarındaki iş bağlantısı artık yok olmuştu, yani artık Moses'ın emirlerine uymak zorunda kalmayacaktı.

"O halde başlayalım," dedi yumruklarını teatral bir şekilde ovalayıp sözlerinin çift anlamının etkisini göstermesini bekleyen Joe. Moses onu duymazdan geldi ve mor kadifeden Fransız divanına uzandı.

"Oturun," diye işaret etti koluyla.

"Ayakta duracağız," diye hepimiz adına yanıtladı Joe.

Küçük bir tabure aldım ve Moses'ın baş ucuna doğru oturdum. Joe'ya, Moses'ın hayatta kalırken başına gelenlerden daha kötüsünü ona yaşatamayacağımızı anlatmaya çalışıyordum. Zaten başarısının sırrı da buydu. Neden korkardı Moses? Ölümden mi? Kim bilir kaç gece ölmek ve sonsuz, rüyasız bir uykunun rahatlığına kavuşmak için dua ettiğini düşündüm.

"Moses, neden burada olduğumuzu biliyorsun. Frank Pearson'ın dairesinde fotoğrafları buldum." Sesim yumuşak ve sakindi. Onu telaşlandırmamak için elimi teninin hemen üzerinde hareket ettiriyordum. Yanında olduğumu anlamasını istiyordum ve ardından avucumu nazikçe alnının üzerine yerleştirdim.

Hepimizin kendimize ait alanları olurdu. Kasabalarda yaşayan insanların bu alanları kırsalda yaşayanlarınkinden daha dardı. Bu alanın önemi, bizim nefes alacak alanımız olması ve birileri girdiğinde sanki saldırıya uğramış gibi hissedebilecek şekilde varlıklarını fark etmememizdi. Suç uzmanları birçok mahalle baskısının ve stresin sebeplerinden birinin de bu olduğuna inanırdı.

"Biraz kayar mısın Moses?" diye sordum, sesim onun kalp atış ritmiyle eşleşmişti.

"Ayaklarını birbirine yaklaştır, ellerini iki yanına bırak ve derin bir nefes al. Şimdi gözlerini kapat, kendini daha rahat hissedeceksin."

Moses benimle açıkça alay ediyordu fakat insan zihninin nasıl çalıştığına dair bu basit görevlerden habersiz bir şekilde hayatına devam etmişti. Herkes bu konuda uyarılmalıydı: eğer bir başkasının direktiflerini uygularsan ve beş ya da daha fazla basit isteği yerine getirirsen bilincin kapanırdı ve artık onların emirlerine otomatik olarak uyardın.

Psikologlar bu reaksiyona "klik-pırr" derdi, yani otomatik itaat tepkisi. İnsanlar aptal olduğundan değildi bu, beynimizin çok fazla bilgiyi işlediğinden ötürü kısa yolu aramak istemesinden kaynaklanırdı. İnsan ilişkilerimde bunu paha biçilmez bir şey olarak görürdüm. Hayatımın bambaşka bir döneminde, Los Angeles'ta öğrenmiştim bunları ve bir gün böyle bir durumda işe yarayacağı aklımın ucundan bile geçmezdi. Bana bunu öğreten hipnoz ustası bunu insanların yararına kullanmamı söylemişti. Ne diyebilirdim ki? Kusurluydum.

İşaretimi gören Jack Deans perdeleri kapatıp odayı karanlıklaştırdı ve o karanlık odada Moses'ı yeniden o cehenneme geri döndürmeye başladım. Bunun gerekli olduğunu biliyordum. Moses'ın yaşamasının tek yolu anılarını baskı altında tutmasıydı. Hayatta kaldığından emin olmak için beynin doğal bir güvenlik duvarı vardı. Moses da bilinçli olarak benim bildiklerimi biliyordu fakat bilinçaltınız asla uyumazdı, hayatınızda gördüğünüz bütün yüzler orada saklı kalırdı. Bilinçli zihin, bilinçaltının kapısındaki nöbetçiydi. Korunmaya ihtiyacın olduğunu düşünürse hipnoz olmana izin vermezdi, bu yüzden akıllı hipnozcular zihninizi sakinleştirirdi. Moses'ın bilinçli zihnini bunaltıp kapanmasını sağlamak için yumuşak bir sesle kulağına fısıldadım. Trans halini derinleştirmek için kolunu kaldırdım ve sertçe vücuduna doğru bıraktım. Kuvvetin yarattığı şok ve komutumla o güne kadar yaşadığının on bin katı derinlikte bir bilinçsizliğe göndermiş oldum.

"Moses, şimdi geçmişe dönüyoruz," dedim yumuşak fakat otoriteyi elden bırakmayan bir sesle. Ben ustaydım. Elinden tutup onu kol ve bacaklarının daha kısa olduğu, şimdiden daha genç olduğu bir zamana yönlendirdim. Üçüncü gözüne dokunarak yönettim:

"Şimdi altı yaşındasın, bana nerede olduğunu söyle."

O çocuğu hayatının en kötü dönemine götürüyordum, şimdi cehenneme dönüş zamanıydı.

OTUZ DOKUZ

Moses bana yanıt vermedi. Joe ve Jack eski çağlara ait bu manzara karşısında büyülenmiş bir halde, bilincini yitirmiş çocuğun etrafında dolanıyorlardı. Şamanlar, topluluk üyelerini tarih öncesinden beri hipnoz ederlerdi, ağızları açık halde olup biteni izleyen bir çift işe yaramazı umursamazlardı. Moses'ın alnına sertçe parmak uçlarımla vurdum. Gözleri, uyku halinde olduğu gibi göz kapaklarının altında kıpırdıyordu.

"Moses, bir odanın içinde misin yoksa dışarıda mısın?"

O haldeki insanları konuşmanıza alıştırmak için en basit sorularla başlamanız gerekirdi.

"Dışarıdayım," diye yanıtladı.

"Neredesin Moses? Ne yapıyorsun?"

"Burnumdan sümük akıyor. Yalamaya çalışıyorum, tuzlu ve kaygan ama aşırı fazla. Dilim üst dudağıma yayılıyor ve sümükten bir bıyık yapıyor. Başka bir gün olsa sorun değildi, hatta eğlenceli bile olabilirdi ama bugün en iyi halimle görünmek istiyorum çünkü hanımefendi beni almaya geliyor."

"Hanımefendi seni nereye götürüyor Moses?"

"Galiba beni yeni ailemle tanıştırmaya götürecek. Umarım Volvo'yla gelir. Volvo benim en sevdiğim araba çünkü anneler Volvo sürerler. Çocuklarını seven ve onları hayvanat bahçesine götüren anneler. En çok içinde köpek olanları severim ve çocuk hikâyeleri çalan kasetlileri. Hayvanat bahçelerini severim çünkü vahşi olsalar da seni yakalayamazlar, yani kükreyip hırlasalar da bir şey olmaz, güvendesin."

Moses konudan konuya atlıyordu fakat sadece altı yaşındaydı. İstediği şekil ve tempoda konuşmasına izin vermem önemliydi, özellikle de onu sürüklediğim korkunç anların farkındayken.

"Burnumdan sümük akmaya devam ediyor. Kolumu kaldırıp yağmurluğumun koluna sürüyorum. Sümüklü böcek gibi düz bir iz bırakıyor. Şortumla silmeye çalışıyorum, onları genelde okulda giyerim fakat hanımefendi için en iyi şekilde görünmeliyim. Burada tek başına duruyorum. Keşke gelse."

"Geliyor mu Moses? Hanımefendi geliyor mu?"

"Evet! Geliyor, işte geliyor! Belki bu hanımefendi yeni annem olur. Biraz yaşlı, büyükanne gibi değil ama yine de büyük. Sürdüğü araba Volvo değil. 'Çamurlu ayaklarını koltuklara sürme,' diyor. Zaten sürmüyordum. Uzun bir yola çıktığımızı söylüyor ama nereye götürdüğünü söylemiyor. Belki de sürpriz yapmak istiyor, belki de kocaman bir yeni aile beni bekliyor, belki de onların tamamlanması için aradığı kişi benim."

"Arabası nasıl Moses?"

"İçerisi bunaltıcı ve kuru ama en azından burnum artık akmıyor. Hanımefendinin radyosunda bir şarkı çalıyor, çalanın önemli birisi olduğunu söylüyor ama ne anlattığını anlamıyorum ve yüzündeki ifade ona *The Singing Kettle*'ı tercih edeceğimi söylememem gerektiğini düşündürüyor bana. Hanımefendiyi üzmek istemiyorum. Geldik mi diye soruyorum fakat hanımefendi bana sessiz olmamı ve geldiğimizde haber vereceğini söylüyor. Yeni ailem köyde yaşıyor olmalı çünkü Edinburgh'dan çıkıyoruz. Arkama yaslanıp gökyüzünde hareket eden bulutları izliyorum. Bir melek gibi hissediyorum ve uçabilmeyi diliyorum. Eğer uçabilseydim çoktan yeni annemin yanında olurdum. Eski annem öldü. Büyükanne onun meleklerle olduğunu ve cennette dayak olmadığı için orada mutlu olacağını söyledi. Fakat annemin bana dayak attığını hatırlamıyorum, bana güzel davrandığını hatırlıyorum ve aksi olduğu ya da para aradığı ve gecenin yarısında sokağa çıktığı ya da almak zorunda olduğunu söylediği ilaç yüzünden kanepenin üstünde sızdığı zamanları düşünmek istemiyorum. Annem meleklerin yanına gitmek zorunda kaldığında büyükannem beni almak istedi ama kemiklerini ağrıtan bir şeyi varmış."

Bu çocuğun anlatacak çok şeyi vardı. Dönüp Joe ve Jack'e baktım, Jack dikkatle çocuğun anlattıklarını dinliyordu fakat Joe gördüklerine güçlükle dayanabiliyordu. Başını önüne eğmişti ve gözünü yerde bir noktaya dikmiş, duruyordu.

"Belki yeni ailemde baba da vardır, babaları gerçekten severim, benim hiç olmadı. Artık otoyola dönüyoruz ve inekler var. Tarlalarda gerçek inekler var. Köprüleri görüyorum, belki bir teknemiz olur. Yeniden döndük ve otobana çıktık. Neredeyse geldik! Lastikler parlak granitleri eziyor ve bir kale görebiliyorum. Yeni ailem kalede yaşıyor! Küçük bir kale ama fark etmez. Nehir ve köprülere bakıyor."

Sorular sormaya devam ediyorum, sormak zorundaydım.

"Seni oraya götürdüğünde hanımefendi ne yapıyor Moses?"

"Beni sertçe arabadan çıkarıyor ama bir hata olmalı çünkü kolumu acıtıyor. Beni daha önce hiç incitmemişti, yani kazayla incitmiş olmalı. Ayaklarımı yere vurup spor ayakkabılarımın kırmızı ışıklarını yakmak istiyorum ama beni yanında sürüklemeye başlıyor. Çok acelesi olmalı çünkü vakti olsaydı ışıklı ayakkabılarım onun da hoşuna giderdi. Ön kapı dev gibi ve sanki içeridekileri yabancılardan korumak için korkunç görünüyor. Kapıda delikler var ve bu delikleri oklar mı açmış diye merak ediyorum. Sence orada kovboy ve Kızılderili oyunu oynar mıyım?"

"Bilmiyorum Moses. Sen ne düşünüyorsun? Orada seninle güzel oyunlar oynayacak birileri var mı?"

"Kapıyı bir kız açıyor, üzerinde okul üniforması var. Salak mıdır nedir? Bugün cumartesi, böyle giyinmesine gerek yok ki.

Yaşı çok büyük, belki on dörttür, saçlarını örmüş. İlk gördüğümde salak olduğunu düşünmekte haklıyım sanmıştım. Beyaz çoraplarının üzerinde bir dövme görüyorum. Kelebek dövmesi ve sevimli. Yeni ablam olacaksa sorun değil, salak olmasını umursamam, arkadaş canlısı fakat biraz üzgün görünüyor. Hanımefendi artık gitti ve kızla yalnız kaldım. Kız bana adını söyleyip gülümsüyor ve buraya ilk kez mi geldim diye soruyor. Başımı aşağı yukarı sallıyorum ve kız hafiften ağlamaya başlıyor, gözyaşları yanaklarından süzülüyor. Şimdi bana sarılıyor, temiz ve güzel kokuyor. Taş duvarlı bir koridorda yürüyoruz, kışın çıplak ayakla orada yürümek çok soğuk olmalı."

"Başka neler görüyorsun Moses?" diye soruyorum.

"Büyük, teneke adamlar ellerinde baltalarıyla duvarlarda dizililer ve üzgün bakışlı, yaşlı insanların resimleri asılı. Bana bakıyorlar ve başımı eğip kızı takip ediyorum. Kocaman bir kapının önünde duruyoruz ve beni beklemem için bir sandalyeye oturtuyor. Bana biraz naneli sakız veriyor ve anahtar deliğinden içeri bakmamamı söylüyor. Gelip başka birisinin beni alacağını ve beklememi söylüyor."

Moses'ın çenesi geviş getiren bir inek gibi oynamaya başlamıştı. Zaman makinesiyle yolculuk ediyor gibiydi. Moses o odaya girmeyi bekliyordu. Ne yaptığımı ve onu sürüklediğim şeyin olası sonuçlarını bilmiyormuş gibi davranamazdım fakat o anda devam etmemin sebebi konusunda ikna olmuştum. Bunun sonucuna göre hayatta kalabilirdim. Mükemmel birisi olmadığımı ve bencil bir insan olduğumu da kabul ediyordum.

"Moses, şimdi senden gidip o anahtar deliğinden içeriye bakmanı ve gördüklerini bana söylemeni istiyorum."

Başını iki yana doğru salladı.

"Moses." Sesim derin ve sert çıktı. "Kimse canını yakamaz, delikten bak. Yanındayım ve elini tutuyorum."

"Laura'ya bakmayacağıma söz verdim." Joe'yla göz göze geldik. İkimiz de gergindik ve aynı anda nefesimizi bırakmıştık. Gözlerimizi kırpmadan Moses'a baktık.

"Deliğe," diye acele ettirdim ve elini sıktım.

"Duvarların etrafında birçok kişi oturuyor. Beni oraya getiren hanımefendi gülüyor ve içki dağıtıyor. Küçücük bir delik ama kızı görebiliyorum, bir partiye benziyor, içki dağıtıyor, büyükannem gibiler çünkü hepsi yaşlılar. Dizlerim acıyor eğilmekten, yaşlı adamlardan birisi arkadaşımı yakalıyor ve kıyafetlerini çıkarıyor, onu çok kızdırıyorlar, edepsiz şeyler yaptırıyorlar, arkadaşım önlerinde poposuna dokunuyor."

Moses rahatsız olmuş gibi görünüyordu. Sanki yakalanmış gibi başını iki yana salladı. Joe ve Jack korkmuşlardı. Moses'ın nefesi hızlanıyordu ve görünür bir şekilde panikliyordu. Zihni ona gerçek ile hayal arasındaki farkı anlatamazdı. Yaşadıkları onun için gerçekti ve acısına üzülmemeliydim, biraz daha zorlamam lazımdı.

"Dövmeli arkadaşım orada ve bir kız daha var. Yaşlı adamların dizlerine oturuyorlar ve külotları yok. Yemin ederim külotları yerde. Adamlar onlara dokunuyor ve herkes bakıyor. Yeni aileme benzemiyorlar, çok fazla yaşlı var ve kötü şeyler yapıyorlar. Arkadaşım adamın poposuna dokunmaya başlıyor ve hâlâ ağlıyor fakat herkes onu görmezden geliyor. Kapı şimdi açılıyor ve hanımefendi benim için geliyor. Ondan nefret ediyorum."

"Bana odayı anlat Moses," diye onu sakinleştirmeye çalışarak devam ettim. Kalbi telaşlı bir şekilde çarpıyordu, yaşlı bir insan olsaydı kalp krizi geçirirdi. Dudaklarının üstünde ter damlaları birikmişti. Gömleğinin tenine yapıştığını görebiliyordum. Onu duşa götürüp sakinleştirebilirdim fakat bilmem gereken şeyler vardı. Sabırsızlığım yine mahvolma sebebim oluyordu.

"Odayı sevmedim. İçinde şeytanın resmi var ve bana bakıyor. Gözleri beni takip ediyor. Hanımefendi elimden tutuyor ve artık odadan çıkıyoruz, belki de beni büyükanneme geri götürür." Büyükannesini hatırlayınca vücudu görülür bir şekilde rahatlamıştı.

"Ne yapıyorsun Moses?" Bunu sormak zorundaydım çünkü elini elimden çekiyordu.

"Hanımefendiden kurtulmaya çalışıyorum."

"Ondan kaçabilir misin?"

"Hayır, çok güçlü. Beni alt katta bir yere götürüyor... bir... zindana. Şeytan orada yaşıyor ve büyük bir ateşi var, korkunç görünüyor ama dışarısı soğuk değilse neden ateş yanıyor ve orada ne yapıyor? Hoşuma gitmiyor. Sevmiyorum. Sevmiyorum."

Moses'ın nefesi hâlâ düzensizdi fakat etrafındaki şeyleri anlamaya çalışırken sakinleşiyordu. Odanın her bir köşesini dikkatle incelerken göz kapaklarının ardında gözlerinin sağa sola kıpırdadığını görebiliyordum.

"Bana odayı anlat Moses," diye acele ettirdim yeniden.

"Oda değil," dedi aksi bir tavırla. "Zindan dedim ya. Gerçek bir zindan çünkü karanlık ve içeride işkence yapıyorlar."

"Orada insanların canını neyle yakıyorlar Moses? İşkence yaptıklarını nereden biliyorsun?"

"İnsanlar, büyük insanlar değil, sadece çocuklar. Sadece büyük kız çocuklarına zarar veriyorlar, arkadaşım bana böyle söylüyor. 'Ağlama Moses, şeytan sadece büyük kızlara zarar verir canım, meleklere dua et,' diye bağırıyor."

"Şeytan ona ne yapıyor Moses?" diye sordum. İnsanlar trans halindeyken yaptıkları tanımlarla oynayamazdım, yani arkadaşının canını yakanın sadece bir insan olduğunu söyleyemezdim ona.

"Onu haça bağlıyor, İsa'nın haçı gibi değil. İskoç bayrağının üzerindeki gibi."

"Arkadaşının ismi ne Moses?" diye sordum gözümü Joe ve Jack'in üzerinden ayırmadan.

"Laura. Ona Laura diyorlar."

Gözlerimi kapatıp ben de Laura Liddell'ın St. Andrews haçına bağlı halini hayal ettim.

"Şimdi neler oluyor Moses?"

Neler gördüğüne inanamıyormuş gibi gözlerini iki defa sıktı.

"Söyle bana!" Burnuna gazeteyle vurulmuş köpek gibi bir etki yaratmak için alnına parmak uçlarımla vurdum, canını yakmamasına rağmen itaat etmesini sağlıyordu.

"Ateşin içinde bir çubuğu var ve ateşi karıştırıyor. Hanımefendi elinde bir fotoğraf makinesiyle arkada, şeytan çubuğu alevlerin arasından çıkarıyor ve üzerinde közler var. Çok sıcak, parıldıyorlar."

Moses derin derin iç çekti. Biraz ara vermesi lazımdı, sinir sistemi halsiz kalmıştı. Fakat acımamalıydım, bana söyleyebildiklerinden daha fazlasına ihtiyacım vardı.

"Devam et Moses."

Elini daha sert sıktım. Glasgow Joe çocuğun acısını görebiliyordu ve yeter artık der gibi sırtıma vurdu. Joe'nun akan gözyaşlarına rağmen Moses'ı bir kez daha dürttüm.

"Laura ağlıyor, onu rahat bırakması için yalvarıyor. Bana bakmamamı söylüyor fakat hanımefendi başımı tutup izletiyor, yani görmek zorundayım. Ondan nefret ediyorum. Ondan çok nefret ediyorum." Bunları fısıltıyla söylemişti. Sözlerini sessizlik takip etti. Moses şok içindeydi. Sıcak gözyaşları dökülüyordu.

"Laura'nın canını çok yakıyorlar, teni yandı ve büyükannemin pazar günü pişirdiği rosto gibi kokuyor. Laura konuşamıyor, beni onun önüne doğru itiyorlar. Onu ölü bir dana gibi doğruyorlar ve hanımefendi fotoğraflarını çekiyor," diye devam etti başını iki yana sallayarak.

"Zor olduğunu biliyorum Moses ama devam etmelisin."

"Yanlış kız. Anlamadığım şey yanlış kızın canını yakmaları." Başını iki yana sallamaya devam ediyordu. "Yanlış kızın canını yakıyorlar. Laura yaşayabilirdi. Yanlış kızı aldılar."

"Moses?" Kafasını tuttum.

"Moses!" dedim bu defa daha sertçe.

"Neden şeytanın yanlış kıza zarar verdiğini düşünüyorsun?"

Bir an durup sorumu düşündü ve cevap verdi:

"Çünkü ona Kailash deyip durdu ama onun ismi Kailash değil, Laura."

KIRK

Joe ve Jack'in tepkisini görmek için dönmedim. Kendi tepkimi ölçecek zamanım bile yoktu. Moses'la işime devam ettim. Başını ileri geri sallayarak ona beşe kadar sayacağımı ve beş dediğimde uyanacağını söyledim. Bir kumar oynayıp uyandığında olan biten her şeyi hatırlayacağını da ekledim. Ayrıca Moses'a hipnoz sonrası tavsiyesi vererek parmaklarımı şaklatıp ona uyumasını söylediğimde bundan daha derin bir uykuya dalacağını da söyledim. Bunu kabul ediyorsa sağ elinin işaret parmağını havaya kaldıracaktı. Sessiz beden anlaşmaları en etkilileri olurdu.

Yorgun ve bitkin Moses halsiz bir şekilde gözlerini açtı.

"Bana ne yaptın sen?"

"Nerede uyuyorsun Moses?"

Tökezleyerek ayağa kalktı ve beni çift kişilik bir yatağın olduğu genişçe bir odaya götürdü. Onu ittiğimde yatağa bebek gibi düştü. Parmağımı şaklattım ve uyumasını söyledim. Odadan çıktığım sırada merhametim gereği bilinçsizdi.

Eve dönüş yolunda Joe ve Jack beni soru bombardımanına tuttular. Cevap veremeyecek kadar yorgun olduğumdan yol boyunca onları duymazdan geldim, bu durum Jack'in kuşku dolu övgülerini ve Joe'nun uyarılarını duymadığım anlamına gelmiyordu.

"O delikanlının iyi olacağından emin misin? Her şeyi bir kez daha unutmasını söylemen gerekmez miydi? Derinlere gömüp bir daha aklına getirmemesini filan?"

Sorularına ihtiyacım yoktu, gürültülerine de. Sadece eve gidip uyumak ve uyandığımda yaşadıklarıma anlam vermeye çalışmak istiyordum.

Sonunda eve vardığımızda kendimi yatağa attım ve gürültülü bir şekilde uyumak için hipnoza ihtiyacım yoktu. Ölü gibi uyumaya niyetliydim. Bir süre öyle yapmış olmalıydım fakat her zaman olduğu gibi telefonum çalmış ve beni uyandırmıştı. Yine otomatik hareketlerle elim telefona uzandı.

"Brodie McLennan'la mı görüşüyorum?"

Gözlerimi sıkıca kapatıp biraz nemlenmesini bekledim fakat göz kapaklarım gözlerime âdeta yapışmıştı. Hayatım *Bugün Aslında Dündü* filmindeki gibi bir zaman döngüsüne kapılmıştı sanki. El yordamıyla bir kalem aradım ve doğru kişiyle konuştuklarını söyledim.

"Ben Memur Fulton. Bayan McLennan, Forth Road Köprüsü'nde genç bir adam siz gelmediğiniz takdirde aşağı atlamakla tehdit ediyor."

Memur Fulton'ın isim vermesine ihtiyacım yoktu.

"Moses'a geleceğimi söyleyin."

KIRK BİR

Firth of Forth üzerinde gökyüzünü turuncu ve pembe şeritler bölüyordu. Sanki kumaş boya deseni yapılırken bir şeyler yanlış gitmiş gibiydi. O günün zor bir gün olacağını söylemesi için bir çobana ihtiyacım yoktu.

Şafak vaktiydi ve Forth Road Köprüsü neredeyse bomboştu. Gelip geçen yolcular ya çok yorgunlardı ya da bir köşede köprünün kalın asma halatlarından birine tutunmuş olan Moses'ı fark etmeyecek kadar önlerine odaklanmışlardı.

Forth Road Köprüsü 1964 yılında inşa edilmişti ve kraliçe tarafından açılışı yapılmıştı. Golden Gate Köprüsü'nün küçük bir versiyonu olan bu köprü Forth Nehri üzerinden geçerek kuzeye doğru gidişi sağlıyordu. Tren yollarının en şaşalı günlerinde Victoria döneminde inşa edilmiş olan Forth Rail Köprüsü'ne paralel uzanıyordu. Yolcular için bir felaket olsa da intihar meraklılarının en sevdiği uğrak yerlerden biriydi.

Uzakta, kuzeyde tepeleri görebiliyordum. Sanki ufku aşıp her yeri görebilecekmişim gibi berrak bir gündü. Fakat gözlerimi Moses'a odaklar odaklamaz bütün bu düşünceler ve manzara hızlıca yok olup gitmişti. Onu bıraktığımda üzerinde olan kıyafetleriyleydi ve hafif bir rüzgârın etkisiyle yorgun ve sinirli bir şekilde sallanıyordu. Parmak boğumları gerginlikten kansız kalmıştı, durum aksini gösteriyor gibi olsa da iplere sıkı sıkı tutunmuştu. Yani yaşamak istiyordu.

Memur Fulton yaşlıca bir polisti, emekliliğine birkaç yıl kalmış gibiydi. Daha önce müzakere dersi aldığından şüphe duysam da durumu nasıl idare edeceğini biliyordu. İşlerin gidişatını kontrol edebilmek için meseleyi duyulmadan ele almıştı, yani bu prensip olarak hazırda bekleyen bir ambulans olmadığı anlamına geliyordu. Yalnızca üçümüz vardık ve koşullar görece makuldü. Çok aşağıda hızla akıp köprüyü ayakta tutan devasa direkleri döven mavi-gri nehri görebiliyordum. Nehir bence acıkmış gibi Moses'ı yutmayı bekliyordu ve onu inmesi için ikna edememem durumunda kimse onu kurtaramazdı.

Harika'nın egzozlarının kükremesini duyup bana dönmüştü. İnmeden önce elimi kaldırıp onu selamladım. Yalnız gelmiştim. Kendimi Joe'yu uyandırmama bahanesiyle rahatlatmıştım ama aslında, "Sana söylemiştim," diyeceğini bilmemdi onu çağırmamamın sebebi.

İri yarı, insanı rahatlatan bir tipe benzeyen Memur Fulton bana doğru geliyordu. Elinde sert, gri bir hapishane battaniyesi vardı.

"Uyandırdığım için özür dilerim fakat aramak zorundaydım. Adamı tanıyorum ve merkez benim halledebileceğimi düşündü. Benim bölgem bile değil, ben Muirhouse'danım ve burası Güney Queensferry."

Elimi uzatıp tokalaştım.

"Sorun değil, onu tanıyorum. Problem yok." Ani bir tabanca ateşi gibi sözlerim ağzımdan dökülüp kesilmişti. Herhangi bir sorumluluğum varmış ya da açıklama yapmam gerekiyormuş gibi hissetmek istemiyordum. Moses yıllardır bununla başa çıkıyordu, zihnine gömmüş olmasına rağmen. Ben ise vidaları gevşetmiş ve hassas dengesini bozmuştum, artık yıllardır içindeki iblislerle savaşan o çocuk hepsine bir son vermeye çalışıyordu.

"Moses, hemen aşağı iniyorsun!" diye bağırdım sesimi dağıtan rüzgâra karşı. Ne bulacağımı bilmiyordum fakat son beş saattir Memur Fulton'ın yumuşak bir şekilde olaya yaklaşmaya çalıştığını görebiliyordum.

"Defol git Brodie, bana söz verene kadar hiçbir yere inmiyorum." Sesi acı bir şekilde güçlüydü.

"Neyin sözünü vermemi istiyorsun Moses?" diye sordum. Memur Fulton bana tuhaf sorular sormadan önce onu çabucak indirmek için söyleyeceklerini kabul edecek kadar gergindim.

"Yeniden unutmamı sağlayacağına yemin etmeni ve o pislikleri bulacağına söz vermeni istiyorum."

Memur Fulton şüpheli gözlerle beni izliyordu fakat onunla sohbet edecek halim yoktu.

"Elimden gelen her şeyi yapacağım," diye ona seslendim fakat duyamayacağı şekilde, "Ama Kailash'ı göreceğim için bugün değil," diye fısıldayarak ekledim.

"Efendim?" diye sordu Memur Fulton.

"Onu güvende tutmak istiyorsan ikimize de bir iyilik yap ve onu nezarete tık. Elimden gelen en çabuk şekilde St. Leonard Polis Merkezi'ne geleceğim fakat yarın sabaha kadar gelemeyebilirim." Rüzgâr sözcüklerimi dağıtıyordu ve Memur Fulton beni yanlış duyduğuna ikna olmuş gibi gözlerini kırpmıştı.

"O çocuğu tutuklamamı mı istiyorsun?" Şüpheli gözlerle bana bakıyordu.

Başımı salladım. "Onu tutuklayıp güvende tutmanı istiyorum, eğer Royal Ed'e götürürsen oradan elini kolunu sallayarak çıkar ve başladığı işi bu defa bitirir."

"O çocuğun hapse değil, yardıma ihtiyacı var. Kodesten göreceği faydadan daha fazlasını Andrew Duncan Kliniği'nden görecektir. Ailesini tanıyorum. Onun için doğru olanı yapmak istiyorum." Memur Fulton inatçıydı.

"Onu güvende tutmak istiyorsan götüreceğin tek yer St. Leonard Polis Merkezi, sonrasında gelip onu senden alacağım ve ihtiyacı olan ilgiyi göstereceğim."

Belki de acemi şansıydı ve Moses'ın aşağı inmeye istekli olduğunu da hesaba katınca Memur Fulton'ın yaklaşmasına izin vermişti. İnce bacakları uzun süredir aynı pozisyonda durmaktan kaskatı olmuştu. Ona dikkatle yaklaştık, ben daha dikkatliydim çünkü vertigom vardı. Mıknatıs tarafından çekiliyormuş gibi köprünün ucuna yaklaşıyordum. Soğuk bir ter damlası kolumdan aktı ve hissettiğim baş dönmesi beni tehdit etti fakat yine de yürümeye devam ettim. Memur Fulton yapılı bedeninin elverdiği kadar zarif bir şekilde bariyere tırmandı, aslında tırmanış tarzını değerlendirecek bir konumda değildim. Ondan birkaç adım uzaktaydım ve yanlarına gittiğimde tırmanmak zorunda kalmamak için dua ediyordum. Gözlerim köprü ayaklarını sürekli döven nehrin sularına takılmıştı.

Usta bir balıkçı gibi battaniyeyi Moses'ın omuzlarına atan polis, onu bir bebeği kundaklar gibi sarmalayıp köprünün güvenli tarafına doğru çekti.

Yarı taşır, yarı iter bir şekilde onu arabaya götürdü. Moses, Fulton'ın karısının öğlen için hazırladığı kahveden içerken Fulton onu asayişi bozmakla suçlayıp haklarını okudu.

Moses'a onu tam anlamıyla nasıl koruyacağımı söyledim. Yapacağım şey geleceğini düzeltecek ve neden o piç kurularının onun ve kızların canını yaktıklarını ortaya çıkaracaktı. Sözcüklerin kendimi ifade etmem için yeterli olduğunu düşündüğüm sırada çoktan yola çıkmışlardı bile.

Polis arabasının uzaklaşmasını izlerken kalbimin derinliklerini suçluluk duygusu kaplamaya başlamıştı. Cornton Vale'e gitmek için saat henüz çok erkendi ve Joe'yla kahvaltı masasında yüzleşemezdim. Kendimi kötü hissettiğim zamanlar bu hisleri yok saymak için acayip şeyler yapardım. Bu da o anlardan biriydi. Hızlı araba sürmek, sert içki ve güzel bir yemek en güzel ilaçtı. Daha şafak sökmemiş olsa da yapmam gereken işler vardı ve onları halletmeye giderken yoldan birkaç tane çikolata aldım.

KIRK İKİ

Zaman uçup gidiverirdi. Evet, belki bazı insanlar için böyle olabilirdi fakat o sabah benim için öyle değildi.

Cornton Vale'e girmeme izin verilmesi için saatin on olmasını beklerken Harika'yı park ettiğim yerin önündeki kaldırıma oturdum. Deneme sürecindeki bir hapishane görevlisi çizikler içindeki motosiklet kaskımı tezgâhın üzerine koyduğum sırada şüpheli gözlerle beni izledi.

"Avukat ziyareti," diye cevapladım henüz sormadığı soruyu.

"Hangi şirket?" Sesinde inanmaz bir ton vardı.

Dönüp tecrübeli bir tanıdık var mı diye bakındım.

"Motorun ne durumda Mike?"

"Jilet gibi Brodie."

Yeni memura başını sallayıp avukat listesini pencere kafesine doğru itti.

"Kailash Coutts. Tutuklu, Salon D'de olmalı. Mike, Kailash'ı avukat ziyaretine getirebilir misin?"

Kilidi açılan ağır kapıların sesi hapishane duvarlarında yankılanmıştı. Avukat odasında oturup bekledim.

Kokusu, geldiğini işaret ediyordu. Hapishaneler genelde berbat kokardı. Erkek tutuklular kadınlardan daha kötü kokardı ve işin tuhafı bunun sebebi pislik değildi. Erkeklerin teninden ağır bir ümitsizlik kokusu yayılırdı. Korkunç bir şeydi fakat Kailash farklıydı.

Cinayet davasının ilk duruşmasındaki fiyaskoya rağmen duyguları zarif bir maskenin ardında saklıydı.

"Gelmişsin."

Sanki pazartesi sabahı olacak mahkemeden önce onu temsil etmekten vazgeçmemi bekliyormuş gibi ifade etmişti. Belki de seçeneklerim bu kadar kısıtlı olmasaydı bunu yapardım.

"Benden pek bir beklentin yok," diye yanıtladım.

"Daha ilk kez seni istediğimde elime ne geçeceğini biliyordum."

Bu sözü bir iltifat olarak değerlendirilebilirdi fakat daha fazla üzerine gitmemeye karar verdim. Masanın altındaki ucuz ahşaptan sandalyeyi çektiğim sırada bütün sinirlerimi zıplatan bir gıcırtı yankılandı. Dosyasını çantamdan çıkardım ve ağzıma bir kalem yerleştirip konuyu açmak için söylemek zorunda olduğum şeyleri düşündüm.

"Şu kalemi ağzından çıkar, embesil gibi görünüyorsun. Umarım bunu alışkanlık haline getirmemişsindir," diyerek beni azarladı.

Ağzımdan salya bulaşmış kalemi çıkarıp masanın üzerine bıraktım. Evet, kötü bir alışkanlığımdı bu fakat bugüne kadar Mary McLennan dışında hiç kimse bununla ilgili bir şey söylememişti. Davayla başlayarak ağzımdaki baklayı çıkarmaya karar verdim. Kailash benim onu temsil etmemi isterken karşılaşacağı şeyi biliyor olabilirdi fakat benim bir fikrim yoktu. Neyle karşı karşıya olduğumdan hâlâ emin değildim.

"Çarşamba günü sana karşı sunulan kanıt oldukça kötüydü," diye başladım.

"Yalancı bir piç kurusu o," diye yanıtladı Kailash.

"Ne olmuş yani? Kimse Roddie'nin ikili oynadığına inanmayacak. Ona tuzağı sen kurdun. Herkes onun testis operasyonu için sana para ödediğini düşünüyor. Tanrı aşkına, neden yaptın bunu?"

Kailash'ın o fotoğrafları reklam amaçlı kullandığına hiçbir zaman tam olarak inanmamıştım. Dedikodular doğruysa Kailash, Karun kadar zengindi ve böyle ucuz numaralara ihtiyacı yoktu.

"Roddie 'beyaz oda' meselesiyle ilgilenmemiş olabilir ama geri kalan her şeyin içinde. Benim onaylamadığım şeylerin."

Neredeyse boğulacaktım. "Senin bile onaylamadığın ne olabilir ki?"

"Benim isteklerimin bir önemi yok şimdi. Roddie'nin görüldüğü kadar iyi birisi olmadığını göstermek için bir şeyler yapmam gerekiyor diye düşünüyordum, istediğim zaman içlerinden seçtiğim herhangi birisini avucuma alabileceğimi görmeleri lazımdı."

Konuşmaya devam eden Kailash'ı asık suratla izledim.

"Roddie kırmızı şarap içiyordu. Kim olduğumu bilmiyordu. Rohypnol damlattım içkisine. Çok basitti; kırmızı şarap, güvenlik tedbiri olarak mavi renkli damlayı gizlemişti. Birkaç saniye sonra bilinci kapalıydı."

"Artık istediğin şeyi yapabilecektin, öyle mi?" Başımı iki yana sallarken aklıma benzer sözleri bizzat duyduğumu hatırladım ve kendi durumumla ilgili konuşurken ağzımdan nasıl çıktığını düşündüm.

"Hayat tarzım için özür dileyecek değilim."

"Paraya ihtiyacın olsa anlardım ama yok."

"Hiç Freud okudun mu?" diye sordu alaycı bir tavırla.

"Hiçbir jüri sana inanmayacak. İmzaladığın yeminli ifadede Roddie'nin yalnızca bir testisine enjekte etmeni istediğini söyledin. O halde neden gerçeği anlatmadın?"

Roddie ve onun fotoğrafını masanın üzerinden Kailash'a doğru ittim. Telaşsız bir tavırla alıp inceledi ve Roddie'ye yaptıklarına hiç pişman değilmiş gibi kurnaz bir gülümseme yüzüne yayıldı.

"Doğruyu söylediğimde bana sen bile inanmadın. Bundan paçayı kurtarabileceğimi biliyordum ve işe yaradı."

"Fakat bu defa kurtulamayacaksın. Hector McVie senden suç teşkil edecek şekilde adam öldürdüğünü kabul etmeni istiyor, onu buna ikna ettim." Rahatsızlığımı gizlemek için öksürdüm. "Bu şekilde sorumluluğun azaltılmış olacak." Cümlemi çabucak bitirmiştim fakat konuşmasına fırsat tanımamak için tekrar söze girdim.

"Hector ayrıca Lord MacDonald'ın seni dört yıla mahkûm etmesini garanti altına alabileceğini de söyledi, yani iki yıla çıkarsın, bence yüzyılın en iyi anlaşması bu."

Kailash ayağa kalktı. Sandalyesi gürültülü bir şekilde geriye doğru devrildi.

"Yüzyılın en iyi anlaşması mı?"

Sözlerimi anında geri iade etmişti.

Arkasını bana döndüğünde oradan ayrılacağını düşündüm. Fakat bunun yerine beyaz, ipek pantolonunu esmer poposunu gösterecek kadar indirdi. Kalça kasının üzerinde sertleşmiş tümöre benzeyen bir yara izi vardı.

"Bana bunun ne olduğunu söyleyebildiğin zaman konuşacağız," diye parmağını bana doğru işaret ederek bağırdı. "Öğrenmen gereken çok şey var Brodie."

Yara izine bakarken bayılacak gibi oldum. Hâlâ çok parlak ve yeni görünüyordu. Aradan geçen zaman o yarayı bakılabilir hale getirecek kadar iyileştirememişti. Kailash damgalanmıştı ve ona duymak zorunda hissettiğim merhametin tek sebebi ilk defa önümde bu kadar duygusal davranmasıydı. Fakat tıpkı müvekkilim gibi ben de profesyonel bir iş yapıyordum ve dehşete düşmek ya da merhamet göstermek işimin bir parçası değildi.

"Daha önce gördüm. Bu kadar belirgin değildi ama hakkında pek bir şey öğrenemedim."

Sesimdeki bir şeyler onu rahatlatmıştı. Pantolonunu yeniden yumuşak hareketlerle kaldırıp fermuarını çekti. Zihnimde hâlâ yarasının görüntüsü dönüp duruyordu.

"Bu bir damga. Tıpkı çiftlik damgaları gibi. Sembol en iyi kalite metalden yapıldı ve 760 derecede ısıtıldı. Damgalama çok nadir görülür, New York'ta herkeste dövme vardır fakat damgalanmış pek fazla insan bulamazsın. Onlar için dövmeleri bir sanat şeklidir fakat benimki öyle değil."

Konuşmak için ayağa kalktığında o yaranın Kailash'ı hâlâ yakmaya devam ettiğini görebiliyordum. Sesi derin geliyordu ve duygudan uzaktı.

"İz, üçüncü derece yanıktan meydana gelir, bu yüzden çok az kişi gönüllü olarak kendini damgalatır."

"Seninki ne zaman oldu?" diye sordum.

"Yedi yaşındaydım, iyileşemedi ve bu yüzden bu iz bedenimle birlikte genişledi."

"O sembolün anlamı ne? Önemli bir şey olduğunu düşünüyorum."

"Dersine çalışmadığına şaşırdım," diye yanıtladı Kailash.

"Çünkü benim gördüğüm..." Doğru sözcüğü bulmak için çabaladım. "Seninki kadar belirgin değildi."

"Çünkü çok daha eskiydi," diye yanıtladı Kailash, su altına dalmadan önce derin bir nefes alan yüzücüler gibi.

Sessizliğimi koruyup onu konuşmaya zorladım ama konuşmadı, ayağa kalktı ve yeniden pantolonunu indirdi, utanamayacak kadar büyülenerek yara izini inceledim.

"Beş köşeli yıldız... Masonik bir tapınak işareti. Bilinen ilk mason olan Sör Robert Moray, Edinburgh mason locası tutanaklarını imzalamak için bunu kullanırdı. Bunun kendi mason damgası olduğunu söylerdi." Bilgim karşısında etkilenmesini bekleseydim yine çok feci yanılırdım.

Kailash başını iki yana salladı.

"Yeniden bak," diye tısladı. Dönüp benimle göz göze geldi. "Hemen sonuç kısmına atlıyorsun, çok sabırsızsın Brodie." Bu eleştiriyi daha önce duymuştum fakat sabrın bir erdem olduğuna hâlâ inanmıyordum.

Baş ve işaret parmağımı sıcak, yumuşak tenine yerleştirerek yarasını esnettim ve saçma bir şekilde canını yakmaktan korktum. Daha yakından incelediğimde önceki tahminimdeki hataları görebilmiştim.

"Ters! Beş köşeli yıldız ters duruyor!" Keşfim karşısında heyecanlanmıştım.

"Ve..." Kailash elini havada sallayıp devam etmemi işaret etti.

"Ters duran beş köşeli yıldız, Baphomet'in işaretidir, keçi kafalı tanrı."

"Devam et," dedi Kailash sadece.

"Tapınak Şövalyeleri, Engizisyon tarafından Baphomet'e tapınmakla suçlandılar ve..." Bir sonraki saldırısından önce zaman kazanmak için ondan daha erken davranmıştım fakat hem beni hem de onu gereksiz ayrıntılarla uğraştıran bir şeyin olduğunu düşünüyordum.

"Baphomet eski Fransızca bir kelimedir ve kökeni Muhammed anlamına gelir."

"İlginçmiş Brodie ama ilgisi yok, o işareti en son nerede ve ne tür bir yaşam süren bir adamda gördüğünü düşün."

"Lord Arbuthnot olduğu açık ve o hukuk adamıydı." Omuz silktim.

"Hayır!!" Kailash'ın çığlığı odada yankılanmıştı. Sanki bir şimşek zihnime çarpıp sarsarak harekete geçirmişti.

"Eliphas Levi ve Aleister Crowley bunun ezoterik bir önemi olduğunu iddia etmişti. Bir nokta yukarıdaysa iyiliği, aşağı doğru bakıyorsa kötülüğü temsil ediyordu. O halde Alistair MacGregor bu sembolü seçtiyse ve 760 derecede teninin yanmasına izin verdiyse, sence nasıl bir adamdı?" Kailash benim karşımda dehşete düşmüştü fakat ona duymak istediği yanıtı vermekte gönülsüzdüm.

"Tanrı aşkına Brodie, o adamın giydiği üniformanın ötesine bak. Ölümünden bu yana keşfettiğin şeyleri düşün."

"Uyuşturucuyla mahvolmuş kalbi, umumi tuvalette eşcinsel ilişki yaşaması..."

"Doğru soruları sormuyorsun Brodie. Düşün, düşün. Sadece içgüdülerinin sana fısıldadığı soruyu sor."

Benim veya herhangi bir avukatın en büyük sorunu da buydu zaten. Üniversiteye hukuk öğrenmeye değil, zihninizi eğitmeye giderdiniz. Aldığım bütün eğitim bana cevabını bilmediğim soruları sormamamı aşılamıştı, böyle bir hazırlık kalbinle bağlantını keserdi ve zaten bu yüzden dünyada her dilde avukatlarla ilgili milyonlarca espri dönerdi. *Bir avukat ile bir vampir arasındaki fark nedir? Vampir yalnızca geceleri kan emer.*

O hapishanedeki odada oturup Kailash'ın değişken nefesini dinlerken hayatımın tehlikede olduğunu biliyordum. Saçma sapan bir direktif almıştım. Kendimi kurtarmak için bilmem gereken şey Kailash'a aldırmamak mıydı?

Bu çok basitti neticede.

Zihnimi açar açmaz yüzüme baktığını görmüştüm, muhtemelen hep oradaydı.

"Tanrım. Kailash... Ben neler olduğunu anlamaya çalışıyordum ama sen zaten bütün yanıtları biliyordun. Sen onları hep tanıyordun, biliyordun ama geri durdun.

"Kailash, kayıp kız sensin, değil mi?"

KIRK ÜÇ

Sözlerim gerçekten de sonunda anladığım şeylerin ifadesiydi fakat Kailash beni yeniden başından savmıştı.

"İltifatın için teşekkür ederim Brodie fakat ben o kız olabilmek için biraz yaşlı değil miyim?" Bu şekilde yine herkese yaptığı gibi gülümsedi ve benden saklanmaya devam etti.

"Bana bak, istediğin oyunu oynayabilirsin, belki de bütün bunlardan tuhaf bir zevk bile duyuyorsun ama beni de düşerken yanında götürme. Bunu yapma Kailash."

Ayağa kalktım ve küçücük odada volta atmaya başladım. Tempo tutturmam lazımdı. Kailash sessiz kalmaya devam ediyordu. Dökülmesini bekledim fakat çok zorlanıyordum ve Kailash çok sabırlıydı.

"Bütün bunların anahtarı sensin, Moses, kızlar... O terk edilen bebek bu işin neresinde?"

Masayı kavradığında parmaklarının oynak yerleri beyaza dönmüştü. Gösteri bitmiş miydi yoksa yeni mi başlıyordu?

"Yanıldığın nokta tam da orası Brodie McLennan. Anahtar o bebek, ben değilim."

"Lütfen söyle bana. Hiçbir şey anlamıyorum." Yalvarmaya hazırdım. Kailash'ın gözleri üzerimdeydi. Rahatsızlığımı hissederek elini buklelerim üzerinde gezdirip saçlarımı düzeltti. Yeniden hep müşterileri ihtiyaç duyduğunda hazır olan profesyonel Bayan Coutts mu olmuştu? Şimdi de benim üzerimde mi çalışıyordu?

"Brodie, Brodie, Brodie... Tek tek hecelememe gerek var mı? Kızlar hep vardı, hep hamileydi kızlar. Kızları hamile bıraktığında bebekleri alırsın. O kadar sık olmasa da bazen birileri ağdan kayıp düşer."

"Bilmece gibi konuşmayı bırak Kailash. O sen misin? Ağdan sen mi kurtuldun?"

"Bir anlamda evet. Bir zamanlar bana ait olan bir bebek vardı," dedi düz bir sesle.

"Babası kimdi?" diye sordum fakat aslında cevabı içten içe biliyordum.

"Babanın kim olduğunu biliyorsun. Bütün o kızların, ben de dâhil, bebeklerinin babasının kim olduğunu biliyorsun."

Bana söyletecekti ve o zaman cinayet suçlusu olduğunu söylemiş gibi olacaktı. Ben de delilleri gizleme ve diğer birçok şey için güme gidebilirdim.

"Tamam, Lord Arbuthnot'tu."

"Hayır," diye yanıtladı.

Nefesim kesilmişti.

Tamamen kaybolmuştum artık.

"Hayır," dedi yeniden. "O zamanlar 'Lord Arbuthnot' değildi, sadece yaşlı Alistair MacGregor'dı."

"Bana onun senin hiçbir zaman müşterin olmadığını söylemiştin," diye bağırdım ona. Yapabildiği tek şey daha fazla yalan söylemek miydi?

"Tanrı aşkına, bebeğim doğduğunda on üç yaşındaydım, gerçekten de şeytanın yaptıklarının bedelini ödediğini mi düşünüyorsun? Ben, Alistair MacGregor'ın kölesiydim ve onun işaretiyle damgalandım. Senin az önce görüp dokunduğun damga iziyle."

O halde yine yanlış soruyu sormuştum. Alistair MacGregor'la hiç yatmış mıydı diye sorsaydım bu yanıta çok daha kolay ulaşabilirdim. Fakat o zaman da yine inkâr ederdi. Yalnızca Alistair MacGregor'ın onunla seks yaptığını kabul etmişti şu ana kadar.

"Bebeği neden denize attın?" diye sordum her ne kadar on üç yaşındaki, sürekli acımasızca işkence edilip defalarca tecavüze uğrayan bir çocuğun neden böyle bir ilişkiden meydana gelen bir bebeği atmak istediğini anladığımı düşünmeme rağmen.

"Öyle bir şey yapmadım," dediğinde baştan ayağa ürperdiğimi hissettim. Her iki elini de sanki böyle bir şey yaptığını ima ettiğime kızmış vahşi bir kedi gibi masaya dayamış yüzüme bakıyordu.

"O ya da adamları yaptı, kanıttan kurtulmak için bebeği suya attılar."

"Onu suçlu bulacak çok daha fazla kanıt olmalıydı, değil mi?"

Bana doğru homurdanarak konuşuyordu. "Sen öyle zannet, otuz yıldır bir sürü çocuk şikâyet etti. Kimse onları dinlemedi, yalnız hareket etmiyordu. Yetki sahibi birçok güçlü erkeğin oluşturduğu bir grup vardı.

"Bebeğimi doğurduktan sonra ölüme terk edildim. Aşırı dozda eroin enjekte etmişlerdi. Beni de muhtemelen o torbadaki kızlar gibi bir yerlere atmaktı niyetleri."

"Sence onlar da hamile miydi?"

Başını olumlu anlamda salladı. "Bundan hiç şüphem yok. Buldukları vücut parçaları arasında rahim olmadığına bahse girerim."

Bunu Yama'ya sormak zorundaydım, bana bu bilgiyi vermemişti fakat bu defa beni kandıramayacaktı.

"Bu insanlara karşı kazanamazsın Brodie. Hukuk onların tarafında. Fakat suçumu itiraf etmeyeceğim, Alistair MacGregor benim eylemlerimin bir sonucu olarak yüceltilmeyecek."

"Bu söylediklerini ispat etmenin yalnızca bir yolu var Kailash."

Uzanıp saçından bir tel kopardım.

"DNA testi. Eğer o sana tecavüz ettiyse, onun bebeğine sahip olduysan ve bebek denize atıldıysa... Bütün bunlar ispatlanabilir. Bebeğin DNA'sını ve Alistair MacGregor'ın DNA'sını karşılaştıracağım, bu işlem onun baba olduğunu kanıtlayacaktır."

"DNA testini yıllar önce toprağa gömülmüş, ölü bir bebekle yapacaksın Brodie."

"Biliyorum ve bunun senin için rahatsız edici olduğunu da biliyorum, bebeği DNA örneği almak için mezarından çıkarmak zorunda kalacağız."

Omuzlarını silkerek iç çekti: "Bütün her şeyi bunun çözeceğini mi düşünüyorsun? Mezardan çıkarma işleminin onayını almaya çalışarak yalnızca zaman kaybedeceksin. Hiçbir zaman bu izni vermezler. Ne söyleyeceksin? Önsezi mi diyeceksin açıklama olarak? Merakını gidermek için uzun zamandır ölü halde yatan bir bebeğin mezarını kazıp kemiklerini çıkarma fikrinden mi bahsedeceksin?"

Hızlı düşünüp cevap vermek zorundaydım. "Biliyorum, bu izni asla alamayız, bu yüzden yasal kanallardan ilerleyemeyiz."

Fikrimi daha aklımda şekillenmeden anlamıştı.

"Yakalanırsan mezar soyguncusu olacaksın. Bir bebeğin kemiklerini çalacaksın. Bu kadar çok mu istiyorsun bu işin en dip noktasına kadar inmeyi? Bebek, her şeyin anahtarı fakat bedeli ne olacak?"

Sesi canlılığını yitirmişti.

Aklıma Burke ve Hare gelmişti, yakalanmadan bir süre kaçmayı başarmışlardı. Fakat karanlıktan istifade ederek yapmışlardı bunu, gece zifirî karanlık çökmesi çok uzun sürüyordu hâlâ ve ben aynı şeye girişsem görülürdüm.

"Yakalanırsam tutuklanırım, bugüne kadar bildiğim hayatım biter. Fakat hayatta olurum."

Birbirimize söyleyecek daha fazla şeyimiz yoktu. İkimiz de ima ettiğim şeyin ne anlama geldiğini ve benim bu yükü taşıyacağımı biliyorduk.

Cornton Vale'den ayrıldığımda önümdeki gecenin hayatımı öyle ya da böyle değiştireceğini biliyordum.

KIRK DÖRT

Yol boyunca sürekli esneyerek Cornton Vale'den Edinburgh'ya motosiklet sürdüm. Uykuya hasret kalmıştım, davanın ve bütün bu olup bitenlerin bir an önce bir sonuca ulaşmasını istemek için birçok sebebim vardı fakat hiçbirini şöyle uzanıp dinlenebilmek kadar çok istemiyordum. Gecenin bir yarısında telefonların çalmadığı bir yeri tercih ederdim.

Daireme geri döndüğümde olağan şüphelilerin hâlâ orada oldukları açıktı. Fishy'yi anlardım çünkü o da orada yaşıyordu fakat diğerlerinin gidecek evleri yok muydu? Bu iş bitince oradan taşınacağıma ve o Tanrı'nın cezalarının hiçbirisine adresimi vermeyeceğime yemin ettim. Fakat bu yalnızca daha yakın bir gelecek için yaptığım planları hatırlamamdan önce aklımdan geçen normal bir düşünce olarak kalmıştı. Tanrım, mezar soyma işini başarıyla yapabilirsem isterlerse hepsi kutlamak için odama gelebilirlerdi.

İçeri girer girmez Fishy hemen üzerime geldi.

"Nerede olduğundan haberim var," dedi suçlar gibi bir sesle.

Gözlerine baktım, hangi kısmını biliyordu? Joe'nun koca ağzı beni kurtarmaya yetişti.

"Evet, Memur Fulton aradı. Moses'ı tutuklattırman gerekli miydi gerçekten?" Joe düşmanca bakışlarını üzerime dikebilmek için Fishy'yi bir kenara itti.

"Onunla bununla uğraşamayacak kadar çok işimiz var," diye cevabı yapıştırdım. Mutfağa doğru yürürken ceketimi çıkarıyordum. Yama ve Jack kınayan gözlerle bana baktılar.

Sandalyeme oturduğum sırada Jack önüme mükemmel bir şekilde yapılmış altın rengi köpüğü üstünde, dumanı tüten bir fincan espresso koydu. Neyse ki o üzerime gelmemişti, en azından şimdilik.

Yama'nın önünde Lord Arbuthnot'un sırt ve kıç bölgesinin detaylarını içeren otopsi fotoğrafları duruyordu. Ters yıldızı işaret ettim.

"Şunu tekrar gösterir misin lütfen?" diye sordum. Düşüncelerimi toparlamaya ve Kailash'ı son ziyaretimden bu yana öğrendiklerimi sindirmeye ihtiyacım vardı. Stirling'den bir saat süren dönüşüm uykusuzluk yüzünden hayal gibi gelmişti. Çok fazla düşünüp analiz ya da plan yapamamıştım.

"Çocuklara bu izin önemini anlattım ve biz seninle bunun üzerinden geçmiştik," dedi evrak çantasının iç kısmına bir başka fotoğraf koyarken.

"Fakat bunu Laura Liddell'la ilişkilendirmeyi değerlendirmemiz lazım, sağ kıç yanağındaki ize bakın… ve şurada," deyip bakmamız için başka bir fotoğraf daha önümüze koydu.

"İkinci bedenin parçası 1985 yılında bulundu. Aynı iz görünüyor."

"Şimdi ise merhumun sırtına bakın."

Bu defa Lord Arbuthnot'un fotoğrafını işaret etti.

"Bu izler eski, sigara yanıklarıyla oluşmuş. Başlangıçta Lord Arbuthnot'un kül tablası rolünü oynadığı cinsel bir oyuna düşkün olduğu sonucuna varmıştım."

"Kendinin kül tablası olarak kullanılmasına izin veren birisi dominant olamazdı," diye tamamladım Yama'nın düşüncelerini.

"Kesinlikle!" Yama masanın etrafına göz gezdirdi.

"Ne tür bir üşütük böyle şeyler yapar ki?" Joe istemsizce ürpermişti. "İnsanların birbirlerine vurmalarını ya da dayak yemelerini anlıyorum ama bu tür bir sapıklık? Tanrım, öğreneceğim ne çok şey varmış." Joe'nun kullandığı bu deyimi en son nerede duyduğumu hatırladım, Kailash bana Cornton Vale'de aynı şeyi söylemişti.

"Hayal edemeyeceğin kadar çok insan böyle şeyler yapıyor," dedim.

"Hayal edemeyeceğimden fazlası olduğu kesin," diye yanıtladı Joe.

"Her neyse," dedi Yama. "Bu işi araştırıyordum ve bazı kişilerin değişkenlik gösterebildiklerini öğrendim, beraber oldukları kişiye göre dominant ya da köle olabiliyorlardı."

"Arbuthnot bir pedofildi. Yani zavallı çocuklara gelince dominant, sadist bir işkenceci fakat sıra kendine geldiğinde kurban mıydı?" dedim.

"Hayır, bunu kastetmiyordum," dedi Yama içerlenerek. "Sözlerimi çarpıtma Brodie. Partnerine bağlı olarak ne yapacağı konusunda cesaretlendirildiği ve alacağı role karar verdiği durumları kastediyorum."

Yine bir ölüm ekibi sonucuna geri dönmüştük. Bana yapılan saldırıların Lord Arbuthnot'un ölümünden sonra başlamasının anlamlı tek açıklaması buydu.

Mutfağımdaki birbirine uymayan bu insanlara bakarken daha ne kadarına katlanabileceklerini merak ediyordum, hepimiz iyice batmıştık. Onları daha derine çekebilir miydim?

KIRK BEŞ

"Beni bu işe bulaştırmana nasıl izin verdim bilmiyorum." dedi Seafield Mezarlığı'nı çevreleyen yüksek duvarları soluğu kesilerek tırmanan Joe.

"Tanrım, burası sekiz metre olmalı ve benim ağırlığımda çok fazla dağcı yoktur." Duvarda sağlam bir yere ayağını yerleştirmeyi denerken yüzünden terler boşalıyordu. Tam da bizim gibi mezar hırsızlarını caydıracak şekilde geçmesi zordu.

Jack Deans arabasında oturup polis telsizini dinliyordu, polisin dikkatini çekme ihtimalimize karşı bir erken uyarı sistemiydi. Joe'nun mezarlığa atlarken çıkardığı gümbürtü, birilerinin varlığımızı çok geçmeden fark edeceğini düşündürmüştü bana.

"Bunu yapmak istemiyorum Brodie, bu resmen saçmalık. İyice düşündün mü? O zavallı bebeğin kemikleriyle DNA testi yaptırarak ne bulmayı umuyorsun? Kailash'ın çocuğun annesi olup olmadığını mı? Arbuthnot'un babası olup olmadığını mı yoksa? Ne istediğini anlamıyorum Brodie, hiç anlamıyorum."

Joe aslında benim düşüncelerimi ifade ediyordu fakat etraftaki mezar taşlarına bakarken onlara katılmak istemediğimi biliyordum. Kargaşayı ve yasa dışılığı bu seçeneğe tercih ederdim.

"Kenara çekil o zaman, kendim yaparım," dedim beni yalnız bırakmayacağını bilerek.

Öne geçip eğilerek o kadar ağır adımlarla ilerledim ki baldırlarım âdeta çığlık atıyor ve patlamaya yüz tutmuş ciğerlerim de onlara ayak uyduruyordu. Doğal olarak mezara ilk ben vardım. Yaklaşık iki metre boyundaki melek heykeli, kaidesi üzerinden bana bakıyordu. Hareket ettiğim sırada gözleri beni izledi. Toprak ıslak ve yumuşaktı. Ellerimle kazmaya başladım. Kara toprak ellerime yapışıyor, tırnaklarımın arasına giriyordu. Elimde hissettiğim soğukluk ve nem kalbimi âdeta dondurmuştu. Mezar taşındaki sözleri biliyordum, karanlıkta olmamız fark etmezdi çünkü hafızama kazınmışlardı:

Unutma ey insanoğlu: Topraktan geldin
ve yine toprağa döneceksin.

Papaz külleri koluma koyar ve Paskalya öncesi perhizin ilk çarşambasında o sözleri dile getirdi.

"Henüz toprak olmak istemiyorum," diye mırıldandım meleğe.

"Toprağı mıncıklamayı bırakacak mısın artık?" dedi yanımdaki Joe ben kazmaya çalışırken. "Kenara çekil de işime bakayım."

Toprağı az da olsa aşındırmıştım fakat Joe'nun daha fazlasını nasıl yapacağını merak ediyordum. Daha gelişkin kasları olabilirdi fakat yanında herhangi bir alet getirmemişti.

"Tanrım. Joe," diye elimden geldiğince yüksek sesle fısıldadım. "Amma da yardımcı oldun, kürek nerede?"

"Lanet olsun!" dedi beni pek de memnun etmeyen yükseklikte bir sesle. "Gidip getirmem lazım. O kahrolası duvarın bir şekilde beni mahvedeceği kesindi. Eğer geri dönmezsem... Tanrım. Sence tutuklanmam ne kadar zaman alır?"

"Defol git Joe, küreği ne kadar çabuk alırsan o kadar çabuk bitiririz bu işi."

Arkasını dönüp uzaklaştığını gördüğüm anda en ufak bir cesaret kırıntısı bile kalmamıştı bende.

Karanlık ve soğuktu, üstelik bir bebeğin cesedini çıkarma niyetiyle mezarını kazmak üzereydim. Zihnimde görüntüler dolanıyordu, yaklaşık otuz yıldır orada yatan minik bir tabutu topraktan çıkarıp almak nasıl hissettirecekti? Ahşap çürümüş olmalıydı, muhtemelen pirinçten tutma yerleri de lekeliydi. Elim solucanlara değecek miydi? Ya kemirgenler? Kusacak mıydım?

Bunları düşünmeme izin verdiğim takdirde yapamayacağımı biliyordum.

Benim için bile aşması çok zor eşikler vardı ve bu da onlardan biriydi.

Nasıl o tabutun kapağını toprağa fırlatacaktım? İnce bir örtüyle sarılı iskelete ve kim bilir neler tarafından ısırılmış pembe oyuncak ayısına nasıl bakabilecektim? Eski gazete haberlerinden çok şey öğrenmiştim, Kailash ondan kurtulmayı başarmış olsaydı bile o bebek benim için hâlâ gerçekti.

Bir şeylerin kıpırdadığını duydum. Sesin yukarıdaki taş meleğin olduğu taraftan geldiğini düşünmüştüm. Zihnime düşünceler birbiri ardına hücum ediyordu, bu ölüler diyarında her şey canlanmış gibiydi.

Meleğin çığlığını duyduğumu zannettim.

Annemin bağırdığını duyduğumu düşündüm.

O bebek.

O bebek.

O bebek.

Ona öyle diyorlardı.

O bebek.

"Benim bebeğim," değil.

"Benim çocuğum," değil.

Soğuk bir kadındı fakat bu kadar çok mu soğuktu?

Devam ettirmem gereken sessizliğin bir önemi yoktu. Duyduğumu sandığım sesler daha az tehditkârdı.

"Joe! Joe!" diye bağırdım kapı ve duvara doğru koşarken.

Elimden geldiğince hızlı koşuyordum. Arkamda bıraktığım şeyden ziyade taşıdığım yükten ve bildiğim şeylerden kaçıyordum. Mezarlığın girişine ulaştığımda Joe güçlükle duvarı tırmanıyordu. Elimi eline uzattım ve duvara atladım, nasıl yere indiğimi bile anlamamıştım. Arabaya biner binmez yolcu kapısı daha kapanmadan Jack uzaklaşmaya başlamıştı.

Annemin bağırışları kulaklarımdaydı ve yeni doğmuş bir ruhun kesik kesik ağlamalarını duyduğumdan emindim.

Beni uzaklaştırdılar.

Son yaklaşıyordu.

KIRK ALTI

Keten nevresimin içindeki yumuşacık kaz tüyleri kafamı sarmalamıştı ve asla uyuyamayacağımı düşündüğüm zamanlarda bile birçok defa beni uyutabilen o yastık harcadığım her kuruşu sonuna kadar hak ediyordu.

Alarm çalmış olmalıydı fakat beni uyandıramamıştı. Eli kulağında ölüm tehdidine rağmen uyuma isteğim çok güçlüydü.

"Kalk bakalım seni tembel teneke, kahvaltın hazır ve profesör yolda." Joe tek seferde üzerimdeki yorganı çekti. Cenin pozisyonunda iyice kıvrılarak onu duymazdan gelmeye çalıştım fakat sözleri beni geçici koma halimden uyandırmıştı.

Yataktan fırlayıp tek ayağım üzerinde durarak çoraplarımı giymeye çalıştım. İkinci bacağımı kot pantolonuma geçirmeye çalışırken dengemi güçlendirmiştim. Dün gece giydiğim tişört sandalyenin üzerinden sarkıyordu fakat en son nerede giydiğimi ve ne yapmaya kalkıştığımı hatırlayınca vazgeçmiştim.

Bir adım daha atıp çekmeceden yeni bir tane çıkardım. Saçlarım bekleyebilirdi fakat o tişörtten kurtulmam bekleyemezdi. Kol mesafesinde ucundan tuttuğum tişörtü öylece mutfağa götürüp çöp kutusuna atana kadar durmadım.

Üzerine mavi çizgili bir kasap önlüğü geçirmiş olan Joe sosis kızartıyordu. Jack ve Fishy bütün gece ayaktaymış gibi bakarak masanın etrafına çoktan toplanmışlardı. Açlıktan ölüyordum. Uzanıp tereyağlı kızarmış ekmeklerden bir dilim aldığım sırada Joe elime vurdu.

"Hazır olana kadar bekle, hem uyandıktan sonra yüzünü yıkadın mı sen?"

Yarım dilim ekmeği elimde tutarak mutfak masanın arkasındaki duvara asılı aynaya baktım. Şakaklarımdan çeneme kadar çamur lekeleri uzanıyordu. Mezar çamuru. Düşüncelerimi onaylar gibi yavaşça ellerime baktım ve tırnaklarımın o bebeğin mezarının toprağıyla dolu olduğunu gördüm.

Masanın yanında durup çöp kutusunu hedef alarak ekmeği fırlattım fakat tutturamadım.

"Git de temizlen, ben hallederim," diye bağırdı Joe çoktan banyoya doğru yürümeye başladığım sırada.

Başımdan aşağı akan soğuk suyu dinlediğim sırada kapı zilinin boğuk sesini duydum. Parmaklarım aşırı derecede ovalanmaktan kanamıştı ve bacaklarım hâlâ ıslakken giyinmek çok zordu, kot pantolonum daha baldırlarıma ulaşamadan sıkışmıştı.

Yama'nın sesini koridordan duyabiliyordum. Fermuarımı çekip onu selamlamak için banyodan çıktım. Hepsi masanın etrafına toplanmışlardı. Yama minnettar bir tavırla pastırmalı sandviçini ve dumanı tüten bir fincan kahvesini alırken Glasgow Joe gözümün önünde giderek Delia Smith'e dönüşüyordu. Beni bekliyorlardı, mezarlıktan dönüşte aşırı bitkin olduğumdan ötürü bütün düşüncelerimden onlara bahsetmediğim için Jack ve Joe bile her şeyi bilmiyorlardı. Açık konuşmak gerekirse sinir krizinin eşiğine kadar gelmiştim ve beni ciddiye almaları için kendime gelmem gerekiyordu.

"Kailash'ın denizde bulunan bebeğin annesi olduğuna inanmıyorum," diye başladım.

"Bunun zaten ne önemi var ki?" diye sordu Yama. "Onun kaç kere hamile kaldığını bilmemize gerek yok, hem kim bilir kaç defa kürtaj yaptırmıştır," dediğinde Yama'nın dinî ahlak ve varsayımları karşısında kaşlarımı kaldırarak ona baktım. "Fakat seni nasıl güvende tutacağımızı bulmamız gerek."

"Ben de bunu söylemeye çalışıyorum," dedim başımı masaya yerleştirdiğim kolumun üzerine dayayarak. "Kailash hamileydi. Lord Arbuthnot bebeğin babasıydı, yıllardır ona tecavüz ediyordu. Fakat Kailash kanlı canlı bir çocuğu denize atamaz, kendi öz çocuğunu öldüremezdi."

"Kusura bakmayın ama," diye araya girdi Yama, "bence öldürme konusunda oldukça hünerli birisine benziyor."

"Kendi çocuğunu değil Yama," diyerek karşı çıktım. "Tecavüz mağdurları her zaman aynı sonuca varmaz. Bazıları onlara saldıran pisliklerden farklı olduklarını ispatlamak için kötülüğün içinden iyilik çıkarırlar."

"Peki, bu dediğin Kailash için geçerli mi?" diye sordu Yama kaşlarını kaldırarak. "Yani defalarca tecavüze uğradıktan sonra o bebeğin yeni ve mutlu bir hayatın işareti olduğuna mı inanmıştı? Hiç sanmıyorum."

"Kailash Coutts bir fahişe, Brodie," diye araya girdi Fishy. "Umursadığı tek şey kendisi. Yeterince hayat harcadı, bir hayat daha harcamak hesabında büyük bir fark yaratmazdı."

Göğsüme büyük bir ağırlık çöktüğünü hissettim ve nefes almakta zorlandım. Göğsüm acı dolu küçük patlamalarla inip kalktı.

Başımı yere daha da eğdiğim sırada Joe saçlarımı okşadı.

"Seni bu kadar emin yapan şey nedir canım?" diye sordu.

Konuşmak için hazırlanırken bile kendini aptal gibi hissediyordum.

"*O bebek*, diyordu sürekli, 'benim bebeğim' gibi aidiyet bildiren hiçbir şey söylemiyordu. Sanki bir mesafe koymayı deniyor gibiydi. Söylediklerine çok fazla bağlanamıyormuş gibiydi. Hayatım üzerine bahse girerim ki o, bebeğin annesi değil." Bunu söylerken irkilmiştim.

Hiçbir şey için hayatımın üzerine bahse girmek istememiştim fakat bu defa Kailash benimle oynamıyordu. Bu defa maskenin ardını görmüştüm. Neden bana inanmayacaklardı ki?

Masanın etrafındaki adamlara baktım, bir cevabım vardı. Bir anne değildim ama sınırın nerede başladığını bilirdim, bunu hayal edemezlerdi, kendini korumak için bu kadar ilkel bir şey düşünüp bulamazlardı.

"Damgayı gördüm Joe!" diye bağırdım tutunarak. "Damga, Kailash, Lord Arbuthnot ve Laura Liddell'ı birbirlerine bağlıyor." Gözyaşlarımı güçlükle tutuyordum. Annem öldüğünden beri ağlamamıştım ve erkeklerle dolu bir odada rekorumu bozmak istemiyordum.

"Kailash'ı görmem lazım. Cornton Vale'e gidip ona söyleyeceğim. Mahkemeyi bekleyecek kadar vaktim yok."

Joe ya da Jack beni durduramadan daireden fırladım, Kailash yüzünden yüzlerce kilometre yol sürmüştüm, normalde motor yolculuklarımdan zevk alırdım fakat bugün gök yarılmıştı sanki. Stirling otobanına bardaktan boşalırcasına yağmur yağıyordu. Motosiklet sürmek için tehlikeliydi, lastikler su birikintilerinden geçerken kayıyordu, birkaç defa kontrolümü kaybedeceğimden korkmuştum.

Tenime kadar ıslanmış ve şaka kaldıramayacak bir halde Cornton Vale Hapishanesi'ne girdim.

"İki gün üst üste buraya gelmekten daha iyi bir işin yok mu senin, yoksa sen de mi bir yatak istiyorsun?"

Deneme sürecindeki memurun beni tanıdık görüp espri yapma girişimine hırlayarak karşılık verdim. Sessizce beni odaya götürdü. Kailash'ın hücresinden getirilmesini aynı şekilde bekledim.

Sırtımı kapıya dayayıp Kailash'ın içeri gelişini dinledim.

"O bebek sana ait değil, öyle değil mi?"

"Ne?" diye sordu kendi kontrolünde olmayan bir konuşmaya doğruca girmenin rahatsızlığıyla.

"Bebeğin kime ait olduğunu bilmiyorum ama senin değil, belki de Lord Arbuthnot'un çocuğu bile değil."

Kailash'ın gözyaşları ve hafifçe inleyerek ağlamasıyla karşılaşacağımı beklemiyordum.

"Bana... Benim bebeğim olduğunu söyledi."

"Kim söyledi?" diye sordum.

"Lord MacGregor." Gözlerimdeki karışıklığı görebiliyordu.

"Babası mı söyledi? Alistair'ın babası mı?"

Kuşkulu bir ifadeyle başını iki yana sallamaya devam etti.

"Beni kurtardı, doğumdan sonra eve girip beni Newcastle'a götürdü ve tedavi ettirdi."

"Ne kadar da soyluca, senin dışında oğluna dair tecavüz ya da cinayet girişimi kanıtı yok," diyerek dudak büktüm.

"Ah, Brodie, o kadar da farklı değiliz öyle değil mi? Tam da düşündüğüm gibi. Yalnızca on üç yaşında olabilirdim fakat erkeklerin nasıl yalan söylediklerini, nasıl yollara başvurduklarını bilirdim. *Ona...* babalık yapan o adama nasıl güvenebilirdim? Beni çok uzağa götürdü ama kendimi kurtaran ben oldum. Güvenli evden kaçtım, böyle bir şeyin var olduğuna gerçekten inanmıyordum... Kaçmadan önce yaşlı adamın parasının bir kısmını yürüttüm ve beni Amsterdam'a giden bir feribota bırakan dost canlısı bir kamyon şoförü buldum. O kadar nazikti ki her yanı kan içinde on üç yaşında bir çocuğun neyden kaçtığını sormamıştı bile. Fedakârlığının karşılığını aldığında o çocuğun gözyaşlarını ve acısını görmezden geldiği için onu kim suçlayabilirdi ki? Yine bir adam olarak kendine hak gördüğü bir şeyi aldığı için kim suçlayabilirdi ki onu?

"Lord MacGregor bana bebeğimi arayacağına söz verdi, aylar sonra bana gazete kupürünü gönderdi. Nerede olduğumu nasıl öğrendiğini bilmiyordum fakat bizzat kendisi gelmediği için mutlu olmuştum. O zamanlar birkaç şey öğrenmiştim. Yeterli değildi ama Malcolm ile sana o gazete haberlerinden bazılarını anlarsın diye gönderdim."

"Malcolm mı? Malcolm zarfların üzerine ismini yazmadığı için katilin gönderdiğini zannettim."

"Evet, işte bizim Malcolm, bazen kendi iyiliği için biraz fazla casusluk yapıyor. Yani mezardaki bebeğin kime ait olduğu hakkında bir fikrin yok öyle mi?" diye sordu.

"Hayır, ama kimin bildiğine dair iyi bir fikrim var," diye yanıt verdim. "Lord MacGregor."

"Brodie, o bunların hepsini onaylayabilir. Sana yalan söylemiyorum. Oğlunun Heriot Sokağı'ndaki evinde ölmek üzereyken buldu beni. Benimle ilgilenen ebe hâlâ hayatta olabilir, doğum yaptığımı biliyordu."

"Bu hep Lord MacGregor'ın konuşacağını varsayacağımız anlamına geliyor. Kan, sudan daha yoğundur."

"Brodie, bu iş sana düşüyor. Ona gerçeği söyletmelisin. Zavallı bir anne, uzun zamandır ölmüş olan bebeğinin nerede yattığından habersiz."

Edinburgh'ya dönüş yolum boyunca Kailash'ın son sözleri zihnimde yankılanmıştı. Neredeyse kim olduğu belirsiz birisi için endişelenmesi Kailash'ın karakteri dışında bir davranış gibi görünüyordu fakat aslında Kailash Coutts'un göründüğü kadar kapalı bir kutu olmadığını keşfediyordum.

Lord MacGregor'ın nerede kaldığı hakkında en ufak bir fikrim bile yoktu fakat bilen bir adamı tanıyordum.

KIRK YEDİ

Jack arabayı sürmekte, Joe ise peşimize takılmakta ısrar etmişti. Ramsay Bahçeleri'ne park etmenin imkânsız olduğunu anlattım. Edinburgh Kalesi'nin hemen yanındaki bu yer, Edinburgh'nın en özel, ayrıcalıklı yerlerinden biriydi. 1892 yılında Edinburgh'nın New Town'ına tepki olarak inşa edilmişti. Yeni bölgenin sistematik çizgileri ve geometrik simetrisinin tam tersine eski bölge değişken ve daha tehlikeliydi, çıkmaz sokaklardan ve harabe binalardan oluşuyordu. Ramsay Bahçeleri'nin küçük kuleleri ve masallardan fırlamış gibi üçgen çatıları, aslında entelektüeller için inşa edilmiş bir grup uzun apartmanı taklit ediyordu. Burayı seviyordum.

Turistler Castle Tepesi etrafında dolanmaya devam ediyorlardı. O özel park yerlerinden birini bulabilir miyiz diye daireler çizerek etrafta dolaşmak istemiyordum.

"Beni burada bırak Joe, park ettiğinde gelip beni alırsın."

Assembly Hall'ün hemen yanındaki Ramsay Yolu'nda indim, Princes Caddesi'ne bakan bu yoldan karşıdaki Fife'ı görebilirdiniz. Bahçedeki bütün çiçekler açmıştı ve manzaradan etkilenmemek imkânsızdı. Yaşlı adamın Morgan Roadster'ını nereye park ettiğini merak ediyordum.

Merdivenleri siyah korkuluklara tutunmakla uğraşmadan çıkmaya başladım. Ne kadar hızlı hareket edersem o kadar kolay olurdu. Orada olmasını hem çok istiyordum hem de hiç istemiyordum. Parlak, siyah bir kapı karşıladı beni. Ağır ve yeni parlatılmış pirinç tokmağın sesi yankılandı. Göğsümde âdeta zıplayan kalbim neredeyse boğazımda atıyordu, ter içinde kalan avuçlarımı pantolonuma sürüp kendimi hazırladım.

Kapı çok ağırmış gibi yavaşça açıldı. Kapı aralığından bir burun uzandı ve o burnun Lord MacGregor'a ait olmadığını biliyordum, bunun için fazla beyaz ve kırışıksızdı. Bir göz kırpılmadan bana baktı ve siyaha boyalı tırnaklar kapıya tutundu.

Moses Tierney yeniden dünyaya dönmüştü.

Ayağımı boşluğa dayayıp açması için zorladım fakat zaten Moses'ın beni dışarıda tutma gibi bir gayreti yoktu. Hatta gelişimi bekliyorlardı.

"Burada ne yapıyorsun?" diye sordum asık bir suratla.

"İçeri gel, dışarıda durma." Lord MacGregor salonda bana doğru ilerliyordu. "Moses polis merkezinden beni aradı, benim gözetimimde serbest bırakmayı seve seve kabul ettiler."

"Sana gıcık oluyorum, hem de çok," diye tısladı Moses kulağıma doğru.

"Aynı şey benim için de geçerli," dedim. Önümden çekilmesi için onu göğsünden iterken parmaklarımın değdiği yerde kemiklerini hissettim. Aklıma başka kemiklerin görüntüsü gelir gibi olduysa da çabucak düşüncelerimi başka yöne çevirdim. Lord MacGregor'ı kabul odasına doğru takip ettiğim sırada Moses arkamdaydı ve her bir hareketini gergin bir şekilde hissediyordum.

"Harika," dedim pencereden milyon değerindeki kartpostalvari manzaraya bakarak. Solda kalan kaleden Princes Caddesi bahçelerini şekillendirmekten bitkin düşmüş eski North Gölü'ne kadar uzanıyordu.

Pencerenin önünde dikilen Lord MacGregor, Princes Caddesi ve Forth manzaramı kapatmıştı. Şöminede yanan ateşin çıtırtılarını duyabiliyordum. Yaşı gereği soğuktan etkilendiğini düşünüyordum fakat içerisi boğucu derecede sıcaktı.

Lord MacGregor dikildiği yerden sanki ilk kez görüyormuş gibi her bir detayı âdeta içerek beni izliyordu. Bana doğru yaklaşıp uzandı ve saçlarıma dokunup buklelerimin yaylanmasını izledi.

Dokunur dokunmaz geri çekildim. "Ne olu..."

"Üzgünüm," dedi kızarmış, sulu ve yaşlı gözleriyle. "Üzgünüm Brodie. Birçok şey için üzgünüm ama nereden başlasam?" Moses'a doğru baktı.

"Ah, Tanrı aşkına ona doğruyu söyle. Bunu hiç düşünmüş müydün? Lanet olası ailende çok fazla yalan var." Moses sözcükleri tükürür gibi söyledi.

"Ama nereden başlayacağım?" diye tekrar sordu Lord MacGregor.

Moses beceriksizce içki dolabına doğru yürüdü, Edinburgh Crystal kadehleri, yirmi beş yıllık Laphroaig'la dolarken elmas gibi parıldıyordu. Doldurduğu kadehi Lord MacGregor'a uzattı.

"Bana da bir tane ver," dedim Lord MacGregor'ın titreyen elini başımla işaret ederek. Moses tek kelime etmeden isteğimi yerine getirdi.

Odada volta atmaya başladım. Motosiklet botlarımın topukları gıcırdıyordu. Antika, koyu meşe parkeleri kirletmekten çekiniyordum. Fakat Lord MacGregor çok bitkin ve kendi düşüncelerine kapılmış görünüyordu.

Moses ona ceviz ağacından, kilitli, kakma işi bir kutu uzattı. Lord MacGregor gömleğinin altından altın bir zincir çıkardı. Ucundan bir anahtar sarkıyordu.

"Oğlumla ilgili geldiğini tahmin ediyorum?" Sesi henüz dökülmemiş yaşlarla çatallaşmıştı.

"Yıllardır kaçtığı şeyi bilmene rağmen o pisliği hâlâ oğlun olarak kabul etmene şaşırıyorum," diye yanıtladım.

"Seni bekliyordum," diye devam etti sanki sözlerimi hiç duymamış gibi.

"Sen de mi? Herkesin benim bir şeyleri öğrenmemi beklemesinden bıktım artık, neden lanet olası bildiklerini en baştan bana söylemedin?"

"Küfür etme burada, kötü söz sevmez." Moses, Lord MacGregor'a doğru başını sallayıp yaşlı adamın kişiliğine dair her şeyi biliyormuş gibi görünerek ilişkilerinin yakınlığını merak etmeme neden olurken ona baktım.

"Sorunun cevabına gelince canım, gerçeği yıllarca gizlediğinde... gün ışığına çıkarmak zordur."

"Gerçeği gizlemek mi? Yalan. Yalan söylemek demek istiyorsun, yıllardır yaşadığın bir yalan," dedim.

"Sanırım ikisini de kastediyorum," dedi ve eklem iltihaplı parmaklarını anahtar üzerinde gezdirdi. Öfkeli bir şekilde zincire asılıp anahtarı ve zinciri kopardı. Moses alçakgönüllü bir tavırla eğilip aldı. Kurnaz, usta bir hırsız gibi Moses bir anda kutuyu açtı. Düşünceli bir ifadeyle üst dudağını okşadı kutunun içine bakarken. Meraklı gözlerle şöyle bir bakınca eski kâğıtlarla dolu olduğunu gördüm.

"Kolay olmayacak ve çabuk gitmeyecek," dedi Moses ve Lord MacGregor'ın kemikli, yaşlı dizini cesaretlendirmek ister gibi okşadı.

"O haklı, ben yanıtlar için buradayım," dedim belgeleri karıştırmak için harekete geçerek. Konsantre olduğu sırada dili ince dudaklarına dokunuyordu. Onu vazgeçirme ihtimaline karşı tek kelime bile etmek istemiyordum. Bunun için gelmiştim, ümit ettiğim şey buydu: Kailash'ın seyahat belgeleri ya da durumuna dair doktor raporu. Kailash'ı serbest bıraktırmak ve hikâyesini doğrulamak için kullanabileceğim, bebeğine dair bir şeyler olmalıydı o kutuda.

"Brodie, tatlım, oturman lazım," dedi elinde belgeleri tutup duraksayarak.

"Ayakta duracağım, teşekkürler ve Moses..." dedim boş kadehimi ona uzatırken. "İkram edersen bir tane daha alırım."

"Etmeyeceğim. Duyacakların için berrak bir zihne ihtiyacın var," diye yanıtladı Moses.

Yaşlı adam bana iki tane eski beyanname uzattı. Rastgele okumaya ve oturmaya karar verdim.

30 Kasım 1976, Edinburgh

Tam ismim Jane Montgomery McIntyre ve 23 Belleuve Yolu, Edinburgh adresinde ikamet ediyorum. Bu vesileyle 29 Eylül 1976 tarihinde, Bay Alistair MacGregor tarafından lohusa bakımına gitmem istendikten sonra Heriot Sokağı'nda olduğumu onaylıyorum. Annenin adı Kailash Coutts ve yaşı tahminen on üç. Sabah saat 09.24'te iki buçuk kilo ağırlığında, sağlıklı bir kız çocuğu dünyaya getirdi.

Anneye ne olduğunu bilmiyorum.

Bebekle beraber oradan ayrıldım ve özel bir evlat edinme işlemi düzenledim. Bütün bu söylediklerimin doğru olduğuna dair Tanrı'ya yemin ederim.

Beyannamedeki imzaya baktım.

İfade Lothian & St. Clair ofisinde, iki şahit önünde imzalanmıştı. İlk imzayı tanıyamamıştım (Gregor MacGregor) fakat ikinci imzayı, Roderick Buchanan'ın imzasını görünce gözlerimin alev alev yandığını hissettim.

KIRK SEKİZ

Lord MacGregor beklenti dolu gözlerle bana baktı.

Sakinliğimi korudum.

"Eroin verildiğine dair hiçbir şey söylemiyor. Davayı daha ileri götürmeyecektir. Gerçekten bir faydası yok."

Yaşlı adam ve Moses birbirlerine baktılar.

"Gerçekçi ol Brodie, elbette şu McIntyre denen kadın yaptıklarının tamamını itiraf etmeyecekti. Sadece yeminli bir ifade, kendi başına imzaladığı bir ölüm fermanı değil." Moses sanki karşısında bir budala varmış gibi bana bakıyordu.

"Bakıyorum da kendine gelmişsin," diye cevabı yapıştırdım.

"Bu sözleşmenin değeri ikincisiyle birlikte okunduğunda anlaşılabilir." Lord MacGregor daha uyumluydu, gözleriyle ikinci belgeyi işaret etti.

"Teşekkür ederim," diye mırıldanırken bu belgelerin herhangi bir şey kanıtlayamayacak önemde oldukları korkusuyla, ikinci belgeyi ilgiyle okumaya başladım.

2 Aralık 1976, Edinburgh

Ben Mary McLennan, 42g King William Court'ta ikamet ediyorum, 4 Ekim tarihinde bir kız bebeği teslim aldığıma dair bu vesileyle resmî olarak yemin ediyorum.

Doğru, diye düşündüm, *benim doğum günüm o gün*. Kendi annemin tek çocuğunun doğduğunu hatırlaması pek de şaşırtıcı sayılmazdı. Fakat neden yeminli bir ifade imzalamıştı ki? Hem neden Lord MacGregor'daydı bu belge?

Bebek, Hemşire Jane McIntyre tarafından eve getirildi.

Kalbim buz gibi olmuştu.

Bebeğim iki kiloydu. Getirilmeden önce Potter sendromuna yakalandığını söylediler, yani iç organları ya eksikti ya da zarar görmüştü, yaşaması beklenmiyordu.

Hemşire McIntyre üzüntümü öğrendi ve bana lohusa bakımına gideceğini söyledi. Hastası zengin bir ailenin, bebeğine bakmayacak olan kızıymış. Hemşire McIntyre'a aileyi skandaldan kurtarmak için bebeği evlatlık verebileceği bir yer sorulmuş.

Masraflarını karşılamak için aile birikimimiz olan iki bin sterlini verdim. Hemşire bana bebeği kendi çocuğum olarak nüfusuma kaydettirmemin en iyisi olacağını tavsiye etti.

7 Ekim'de Brodie'yi himayeme aldım. Hemşire McIntyre düzgün bir hastane tedavisi için tatlı çocuğumu benden aldı. Sonradan Lord MacGregor'dan çocuğumu Forth'a bıraktığını öğrendim.

Lord MacGregor onu güvende tutabilmesinin tek yolu buymuş gibi benden sevgili torununa bakmaya devam etmemi istedi.

Tanrı şahidimdir ki işlediğim büyük günahı affettirmek için onu gerçek bir anneden bile daha fazla sevip ilgileneceğime söz veriyorum.

Şahit huzurunda imzalanmıştı bu ifade.

Lord MacGregor elimden tuttuğunda gözlerimden yaşlar süzülmeye başlamıştı.

"Kayıp kız sensin Brodie," dedi Moses ve sanki o anda herhangi bir şey beni rahatlatabilirmiş gibi sırtımı sıvazladı. "Artık seni bir anlamda rahatlatacak olan gerçekler ortaya çıktı."

Ona dönüp çığlığı bastım.

"Rahatlamak mı? Rahatlamak bunun neresinde Moses? Mary McLennan'ın annem olmamasında mı? Kailash Coutts'un on üç yaşındayken beni doğurmasında mı? Yoksa babamın bu yaşlı piçin sapık oğlu olmasında mı? Bu anne ve babanın çocuğu olarak ne tür bir canavar oluyorum ben? Rahatlık bunun neresinde?" Yapacak başka bir şey bulamadığım için ağlıyordum.

Lord MacGregor gözlerini başka bir yöne çevirmişti. Elinde bir mektup ve zarf tutuyordu. Ocak 1986 tarihli ilkini bana uzattı.

Sevgili Lord MacGregor,

Bu mektubu sizden özür dilemek için yazıyorum. Akciğer kanserine yakalandım ve yaza kadar yaşayacağımı zannetmiyorum.

Bildiğiniz üzere oğlunuz beni on yıl önce bir doğuma katılmam için ebe olarak işe aldı.

Bana kendisi ve karısının o bebeği evlat edinmeye niyetli olduklarını söylemişti. İşi kabul ettiğimde doğumu yapacak kızın ne kadar küçük yaşta olduğunu bilmiyordum.

Görevim evi temiz tutmak, bebeği doğurtmak ve güvenli bir yere götürmekti, eğer çocuk sağlıklı olursa oğlunuz alacak fakat değilse ondan kurtulma işi bana kalacaktı. Bana bebeğin annesini uyuşturmam için bir şırınga ve morfin bıraktı.

Oğlunuzu sevmemiş, karısından ise ondan bile daha fazla nefret etmiştim. Bu yüzden bebeği Mary McLennan'a verdim. Zaten bebeği ölecekti, sonunu hızlandırıyordum.

Ölmeden önce bu yükten kurtulmak istedim, umarım sizden daha yüceleri tarafından affedilirim.

Saygılarımla,

Jane McIntrye, SRN

"Yani Mary'nin bebeği hayatta mıydı? McIntyre mı onu boğdu?" diye sordum. Nedense o kıyıya vuran bebeğin ölü doğduğunu hayal etmiştim. Boş kadehimi Moses'a yenilemesi için uzattım, bu defa hayır bir seçenek değildi benim için.

Lord MacGregor'dan yanıt alamıyordum, bana gösterecek daha fazla şeyi vardı. Annemin bana yazdığı bir mektubu uzattı. Zarfı yırtarak açtım.

Sevgili Brodie,

Bu mektubu okuduğunda ben ölmüş olacağım, sana hiçbir zaman doğumuna dair gerçekleri söyleyecek cesaretim olmadı. Seni büyükbabanla tanıştıracak cesareti bulabilmeyi çok isterdim ama kendime bu konuda hak vermem gerekir çünkü babanın ve karısının buna nasıl tepki vereceği konusunda endişeleniyorduk.

Sana verebildiğimden daha iyi bir hayata layıktın ama büyükbaban seni kendi yöntemlerimle büyütmemin en iyisi olacağına karar verdi. Bu kadar çok şey başardığın için seninle gurur duyuyorum, keşke sana daha fazlasını sunabilseydim.

Büyükbaban Lord MacGregor bakım masrafların için yıllık bir miktar para vermek istedi fakat bunun beni annenden ziyade bakıcın gibi hissettireceğini düşündüğüm için reddettim.

Umarım beni affedebilirsin. Seni seveceğime söz verdim ve sözümü tuttum.

Seni kendim doğurmuş olsaydım ancak bu kadar sevebilirdim.

Kucak dolusu sevgiler,

Annen

KIRK DOKUZ

İki çift göz beklenti dolu ifadelerle bana bakıyordu fakat ne söyleyebilirdim ki?

Olduğum yerde elimde mektuplarla duruyordum ve Hemşire McIntyre'ın mektubunu yanlışlıkla düşürmüştüm. Elimden kayan mektup yerde sürüklendi ve Lord MacGregor'ın ayağının ucunda durdu. Mektubu alan adam yeniden kutuya yerleştirdi.

Hepsi bu muydu? Her şey yeniden kutusuna mı dönecekti? Keşke böyle olabilseydi.

Keşke o kutu hiç açılmasaydı.

Kailash, Lord Arbuthnot'u ya da daha kesin bir ifadeyle annem, babamı hiç öldürmeseydi.

Öyle bir anda bile yeni hayatımın, yeni kimliğimin Jerry Springer gösterisinden fırlamış gibi olduğunu fark ettim.

"O biliyor mu? Yani Kailash?"

Lord MacGregor'ın gözlerine dikmiştim gözlerimi. Gözyaşlarıyla boğulur gibi olan yaşlı adam bana cevap veremiyordu. Kollarına atılıp yuvasına geri dönen bir torun gibi onu teselli edeceğimi beklediğinden şüphe ediyordum. Aklıma en son gelecek şey buydu. Sonunda başını aşağı yukarı salladı ve Moses konuştu.

"Elbette biliyor, neden seni istediğini düşünüyorsun? Sana neden o yeni kıyafetleri aldı? Seni iyileştirmesi için Malcolm'ı gönderdi?"

"Bu güzel bir soru Moses, peki nereden biliyordu? Yaralandığımı nasıl öğrendi?"

"Çünkü son birkaç yıldır sana göz kulak olmamız için bana ve Kara Melekler'e para ödüyor."

"Sizi ofisime yakın sokaklarda, mahkemede görüyordum fakat benim dünyamda iyi müvekkiller olabileceğinizi düşünmüştüm. Benim için etrafta olduğunuz hiç aklıma gelmemişti, hiç böyle düşünmemiştim."

"Sadece istediğimiz zaman kendimizi gösteririz."

"Ne zaman öğrendi?" Annem öldükten sonra benimle neden iletişime geçmediğini merak etmekten alamıyordum kendimi. Annem… Mary McLennan benim için hâlâ annemdi.

"Roddie Buchanan biliyordu, Kailash'a söyledi ve seni mahvetmekle tehdit etti. Bu yüzden bize ulaştı. O zaman Roddie özür dilemek için aradı, bu sırrı tutması için yemin ettirdim. Onu aramam için yalvardı, ben Kailash'ın sözünü dinlediği birkaç kişiden birisiyim."

Lord MacGregor konuşmasını bitirmiş, viskisini yudumlarken büyülenmiş gibi beni inceliyordu.

"Kailash'a onu halka teşhir etmenin seni iflas ettirebileceğini söyledim, o zaman yeminli ifadeyi imzalamaya razı oldu fakat onu tamamen temize çıkarmak istemedi, ipleri elinde tutabilmenin her zaman önemli olduğunu biliyordu."

"O zaman neden Alistair MacGregor'ı öldürdü? Yani en son o adam Kailash'ı yirmi sekiz sene önce istismar etmemiş miydi? Neden şimdiye dek bekledi?"

"Tahmin edemiyor musun?" diye küçümser gibi sordu Moses. Boş gözlerle yüzüne baktım.

"Lanet fotoğraf yüzünden Brodie. Onu öldürmemizden bir hafta önce göndermişti," diye yanıt verdi Moses.

Yutkunmak çok zordu, dilim sanki iki katı büyümüş gibiydi. Güçlükle yutkunarak nefes aldım.

"Biz derken? Kimi kastediyorsun?" diye sordum.

Moses başını sallayarak etrafımda daireler çizmeye başladı. Kurt gibi gözleri bana doğru parıldıyordu.

"Sonunda doğru soruyu sordun Brodie. Seni güvende tutmak için öldürdük onu, hepimiz: Kailash, ben, Kara Melekler. Bize yaptıklarıyla yaşamak zorundaydık ama sen, senin korunman gerekiyordu. Kailash'ın küçük kızı bedeli ne olursa olsun korunmalıydı."

"Bunu ben istemedim," dedim suratımı asarak.

"Doğru, istemedin ama biz olmasak hayatta kalabilir miydin? Seni öldürmeseydi bile... bizim yaşamak zorunda kaldığımız anılarla yaşayabilir miydin?" Moses sorularında ısrarcıydı.

Ona baktım ve geçmişini yeniden yaşamasına sebep olduğumu hatırladım.

"Hayır," diye yanıtladım ve gerçek buydu.

Lord MacGregor araya girdi. "Ben çok yaşlıyım Brodie ama sen benim kanımdansın. Hoşuna gitsin ya da gitmesin. Biz MacGregorlar sorumluluklarımızdan kaçmayız. Sana birçok insan yardım etti. Fakat hâlâ yapılması gereken çok iş var ve artık ipleri eline alma sırası sende."

"Peki, onlara hayatımı borçlu olduğumu kabul ediyorum," dedim viskinin ve yorgunluğun etkisiyle kekeleyerek.

"O halde Kailash'ı kurtarmanın senin görevin olduğu konusunda bizimle aynı fikirdesin. Gerekli toplantıları ayarlayacağım."

"Ama ben, mahkemesi var," diye mırıldandım.

"Daha öğrenemedin mi kızım? Onu kurtarmanın tek yolu şantaj, eski ve onurlu bir aile geleneği."

Ciddi ve hüzünlüydü.

"Dediğim gibi toplantıları ben ayarlayacağım, tek şart yalnız gelmen."

"Elbette yalnız geleceğim."

Ailemle ilgili gerçeklerin bu dört duvarın dışına çıkmasını istemiyordum. Kapı zili çaldı. Jack Deans arabayı park ettiğinde bütün hayatım sonsuza dek değişmişti.

Geriye yalnızca hiçbir zaman cevabı verilemeyecek bir soru kalmıştı:

Kendi kanını nasıl temizleyebilirdin?

ELLİ

"Mezarlık mı? Dört saat boyunca iliklerime kadar donduğum eski arabanda bunun için mi tir tir titredim?"

Sıkı esen rüzgâr âdeta etlerimi kesmiş, sabrımı zorluyordu. Mide bulandırıcı bir şekilde rüzgârlı Highland yollarında yolculuk ederken şoförümden nefret etmeye başlamıştım. Lord MacGregor arabasının tavanını kapatmasına dair isteğimi reddetmişti. En azından artık üstü açık arabada yolculuk etmenin nasıl bir şey olduğu hakkında bir fikrim vardı. Yoldaki diğer arabalar alt edilmesi gereken hasımlar gibiydi. Arabanın yakıt deposunun testosteron ve adrenalinle doldurulduğu aklımdan geçmişti. İki konuda da eksiktim.

"Sabırsızlanma Brodie, kızım, gözlerini aç ve manzaranın tadını çıkar."

"Bu manzarayı daha önce gördüm. Neden onlarla burada buluşmamız gerekiyor? Parlamento binası ya da Old College daha uygun bir yer olmaz mıydı?"

Kara tahtaya sürtülen tırnakları andıran sesimdeki ciyaklama benim bile sinirimi bozuyordu. Fakat haklı olduğum bir nokta vardı. Kilmartin köyü, İskoçya'nın batı kıyısının kırsalında yer alıyordu. Uzaktı ve oraya ulaşmak yorucuydu. Üstelik hâlâ neden orada buluşmak zorunda olduğumuzu ya da kime şantaj yapacağımı bile bilmiyordum.

"Her zaman böyle değildi," dedi Lord MacGregor. "Bir zamanlar denizden kolayca ulaşılabilen önemli bir merkezdi. Lordlar burada buluşmanın daha uygun ve güvenli olacağını düşündüler.

Senin onlarla burada buluşmanı istedim, sana yardım edebilirler. Burada buluşmak istediler, burası onlar için önemli bir yer. Ben onları izlemeye gideceğim, sen de söyleyeceklerini düşün."

Bitkin bir şekilde, mezarlığa uzanan basamaklarda nöbet tutmaya çıkıp beni esrarengiz lordlar ve onlara söyleyeceğim daha da esrarengiz şeylerle baş başa bıraktı. Onu ikinci derecede kıymetli bir taşın arasından gördüğümü hissettim. Güneş tepelerin ardında batarken gökyüzü kırmızı ve turuncunun yumuşak tonlarıyla ışıldıyordu.

Alaca karanlık olarak bilinen akşamın bu vakti, dünyanın sessizleşip uyumaya hazırlandığı gizli bir süreçti. Yalnız kalınca her türlü hava şartlarına maruz kalmış düz taşlar arasında gezinmeye başladım. Bazı taşlar o kadar eskiydi ki toprağa derinden tutunmuşlardı ve etraflarını yabani otlar sarmalamıştı. Diğerleri ise açıkça belirgindi ve daha modern mezar taşları ve aile kabristanlarında kime ait oldukları belirtilmişti.

Bir baykuş öttü. Nefesim ve kalp atışlarım haricindeki tek ses oydu. Üzerindeki yumuşacık kadife gibi yosunu hissederek elimi on yedinci yüzyıla ait benekli bir kum taşı üzerinde gezdirdim ve o taşın yeni taşlardan bile daha sağlam olduğunu fark ettim. Jamie Sinclair çimenlerin altında uzanıyor ve anıtı onun bir farmason olduğunu dünyaya ilan ediyordu, kuru kafa ve çapraz kemiklerin olduğu masonik aletler gösteriyordu.

Lord MacGregor arkadaşlarını beklerken sinirli bir şekilde volta atıyordu. Daha eski ve düz taşlar beni çağırıyordu, bazıları zamanla iyice düzleşmişlerdi. Merhumun kılıcının oyulduğu taş hariç diğerlerinin kime ait oldukları bilinmiyordu. Kafam karışmıştı, bildiğim kadarıyla Orta Çağ'da soy ve klan sadakati ölümde, yaşamda olduğundan daha fazla önemliydi ve neden seksen savaşçının kimlikleri gizlenerek gömüldüğünü anlayamıyordum.

Bu şövalyeler belli ki zenginlerdi çünkü kılıçları Orta Çağ'da oldukça pahalıydı. Ayrıca İskoçya'da kullanılan geleneksel kılıçlardan değillerdi. İskoçların mezar taşlarında iki ağızlı, daha uzun ve daha ağır, hantal kılıçlar gösteriliyordu.

Bu durumu açıklığa kavuşturmak için yeni büyükbabama baktım fakat yoktu, muhtemelen bölgede cep telefonunun sinyali çekmediği için yolun karşısındaki bara telefon etmeye gitmişti. Orada tamamen tek başına kaldığımı aniden fark ettiğimde her bir hücremin ağrıdığını hissettim.

Kilmartin etrafındaki tepeler ıssız ve ilkeldi, içimde beliren kötü hislerden kurtulmak için büyük bir ciddiyetle mezarları incelemeye başladım. Buraya gömülmüş savaşçılar kimlerdi? Kilmartin'i çevreleyen arazi Campbell klanına aitti. Sör Neil Campbell, Robert Bruce'un kayınbiraderiydi fakat arazinin büyük bir kısmı MacDonaldlara aitti.

Belki de bu durum hislerimi açıklıyordu. MacDonaldlar ve Campbelllar yüzyıllardır birbirlerinden nefret ederlerdi. Highland'in MacDonaldlar tarafından hâkim olunan bazı yerlerinde köpeklerin girişini yasaklar gibi "Campbelllar Giremez" şeklinde tabelalar olurdu.

İskoçya'nın taşı ve toprağından geçmiş anıları yansıtır gibi tuhaf bir enerji yayılırdı. Bunu anlamak için "Ağlayan Vadi" olarak da bilinen Glencoe boyunca yolculuk etmeniz bile yeterdi. Kayalıklar bile uykularında Campbelllar tarafından katledilen MacDonaldların gözyaşlarıyla çınlamaya devam ederdi.

Büyükbabama dair bir işaret yoktu hâlâ. Ona güvenmek zorundaydım, buluşmayı burada ayarlamak için sebepleri olmalıydı, tahminimce antik dönem savaşçıları ve gizlilik bu sebepler arasındaydı.

Bir mezar taşının üzerine oturup okulda kalabalık sınıflarda bize anlatılan tarih derslerini hatırlamak için zihnimi zorladım. Gözümü kırpmadan kılıcın şekline bakarken kot pantolonuma sızan mezarın soğukluğunun farkında değildim.

Bir bıçağın ucu şah damarıma batmış, minik bir kan baloncuğunun yüzeye çıkıp akmasına sebep olmuştu. Kanım bedenime hızla pompalanırken bıçağın ağzının inip kalktığını neredeyse hissetmiştim. Kim olduğunu bilmediğim bir katil başımı hızla yana doğru çektiği için kim olduğunu göremiyordum. Ayaklarımın etrafına dökülen bir avuç saçım dikenli tellere takılmış bir koyunun yünleri gibi görünüyordu.

Yüzüm yere doğru inmeye zorlanırken mezar taşı yanağımı çizmişti. İçine gömülü minik çakıl ve likenler yüzünden oluşan yaramın tazeliği canımı yakıyordu.

"Kaderine razı mı oluyorsun? Yoksa dövüşmek mi istiyorsun? Bir başka deyişle, annen gibi bir kuzu musun yoksa baban gibi bir aslan mı?"

Arkamdan konuşan bir kadının kültürlü sesi mezar boyunca yankılanmıştı. Gözlerimi canımı acıtana kadar kısarak yuvarlak köşeleri görmeye çalıştım. Kaburgalarıma âdeta çarparak atan kalbim yüzünden kendi düşüncelerimi bile duyamıyordum.

Korkumun kokusu keskindi ve kokuşmuş sirke gibi ekşiydi. Taze akşam havasıyla karışarak beni âdeta boğuyordu. Baldırlarımdaki sıcaklığı hissedince altımı ıslattığım korkusuyla panikledim. Durumu değerlendirmeye çabalarken kim olduğunu görebilmek için başımı çevirmeye çalıştığımda saçımın çekilmesiyle birlikte duyduğum acıyı saç köklerimde tek tek hissettim.

Hızlı bir şekilde göz ucuyla bakınca sıcaklığın yanan bir meşaleden geldiğini gördüm. Garip bir şekilde kendimi utanç verici bir duruma düşürmediğim için rahatlamıştım.

Sertçe ayağa kaldırılıp daha fazla mezar taşına ev sahipliği yapan mezarlığın iç kısmındaki harabeye doğru sürüklendim. Hermes marka ipek bir şal gözlerime bağlanmıştı. Channel No.5 parfümü sinmişti şala. Sert kenevir ipi bileklerimi aşındırıp yakarken ellerim, yerinden çıkarılmış ve dik bir şekilde duvara yaslanmış düz bir taşa bağlanmıştı. Gözlerim bağlanmadan önce taşın üstünde eşit uzunlukta, işkence için kullanılamayacak bir haç gördüm: Tapınak Şövalyeleri'nin haçı.

Çatısı olmayan harabe şaşırtıcı derecede sıcaktı. Rüzgâr burnuma yanan odun kokusunu getirdi. Görmememe rağmen içinde yoğun bir ateş yanan bir mangal olduğu belliydi.

Yumuşak, ağır işlerde kullanılmamış bir çift erkek eli gömleğimi üzerimden çekip yırtarak çıkardı. Bıçağı sütyenimi keserken ellerindeki teri hissettim. Sütyenim açıldı ve üzerimden çıkarıldığında göğüslerim serbest kaldı.

İşine devam eden adamın suratı benimkine yakındı. Nefesindeki Rennies ve pahalı viski kokusunu alabiliyordum. Boyu benden uzundu ve beni daha önce de öyle görmüş olan o adam karşısında yarı çıplak bir halde durmaktan utanmıyordum.

"Bunu neden yapıyorsun?" diye sordum. "Neden Fishy?"

ELLİ BİR

Konuşurken titriyordum ve her ne kadar öyle olmadığını bilsem de yanılıyor olmam için dua ediyordum.

"Beni görmesine gerek olmadığını söylemiştin, her şeyi kendin halledeceğine söz vermiştin." İki yaşında bir çocuk gibi monoton bir şekilde arkadaşıyla konuşurken beni tutan elleri gevşemişti.

"Seni görüp görmemesinin bu geceden sonra bir önemi olmayacak."

Fishy, kadının söylediklerine dikkatle kulak verdi.

"Ne bok yemeye böyle bir şey yapıyorsun?" diye bağırdım.

Sert ve ağır bir el suratıma indi ve kulaklarımı çınlatıp göz bandımın düşmesine sebep oldu.

"Bir hanımefendinin huzurundasın, kullandığın dile dikkat et."

"Söyle bana pislik! Neden?" Birilerinin duyma ihtimalini ümit ederek bağırıyordum.

"Onlar her zaman haksız değiller Brodie," diye yüzüme karşı hırlarken minik tükürükleri suratıma geliyordu.

"Ne dediğini anlamıyorum. Her zaman kimler haksız değil?"

"Elbette neden bahsettiğimi anlamazsın... İnsanların övdüğü kadar zeki ve parlak olduğunu hiçbir zaman düşünmemiştim. Önünü birilerinin açtığı ve bunca zaman birilerinin yardımını aldığın şimdi daha iyi anlaşılıyor. Yine de beni daha önceden keşfetmeni beklemiştim."

"Keşfetmek mi? Tanrım, Fishy? Ne demeye çalışıyorsun?"

"Düşün biraz. Zavallı eski dostun Fishy'nin başına gelenleri bir düşün. O çılgın polislerin onun hayatını ne kadar korkunç bir hale getirdiklerini düşün."

Jetonum düşmüştü. "O çocuk pornosu sitesindeki detaylar? Demek gerçekten sendin. Sana aslında tuzak kurulmadı, öyle değil mi? Seni aptal piç kurusu, bu pislik için kendi kredi kartını kullandın." Daha cümlemi yeni bitirmiştim ki karnıma vurduğu yumrukla nefesim kesildi.

"Sana fotoğraf albümünü kim gönderdi Fishy? Nereden buldun onu?"

"Ben gönderdim."

Bayan Bunny Arbuthnot, kendini gösterdi.

"Eğlensin ve öğrensin diye. Senin aksine Richard'ın imkânları vardı." Manikürlü parmaklarıyla Fishy'nin yüzünü okşadı. İşaret parmağını yanağına sokup kanattı. Karşı çıkmadığını görünce Fishy'den medet ummanın bir anlamı olmadığını anladım.

"Ama fotoğrafları gönderdiğinde kocan hâlâ hayattaydı."

Kadının yüzü sertleşmiş, duyguları buz gibi bir maskenin ardında donuklaşmıştı.

"Kailash'ın döndüğünü biliyordu. Hep o orospuyla bozmuştu kafasını. Benim yerimi başkasına vermek gibi saçma düşünceleri vardı, bu yüzden alternatif bir dosta ihtiyacım oldu."

Fishy'nin kasıklarını okşadığını görünce midem ağzıma gelmişti, maalesef Fishy sertleşmiş gibi görünüyordu.

"Bütün pedofiller sana göre aynı mı? Sence birisini öbürüyle değiştirebilir misin? Bana sadece sebebini söyle, lütfen açıkla bana, neden, neden ölmeliyim?" Başımı iki yana çevirerek onu hissetmeye çalıştım fakat bunu başardığımda kalbim korkudan âdeta durmuştu. Isıtılmış kıskaçlar sol göğsümün tam üstünde duruyordu.

İplerin burada kimin elinde olduğunu biliyordum ve aynı zamanda Bunny MacGregor'ın davranışlarını açıklamadan beni öldürme fikrinden nefret edeceğini de biliyordum. Onunla paylaşmadığım ya da büyük planının bir parçası olmadığımda beni öldürmekten duyacağı haz azalırdı.

Fishy ellerimi çözüp bu defa kıpırdamamı sağlayacak şekilde yeniden bağlarken yerimden oynamadım. Buna cesaret edemedim çünkü "örümcek", meme ucumun birkaç santim ötesinde parıldıyordu.

"O sikik şeyi bana sen mi gönderdin?" diye bağırdım.

Fishy ağzıma vurduğunda kafam taş duvara çarpıp sekti.

"Kapa çeneni Brodie! Hanımefendinin önünde küfürlü konuşmaman konusunda seni uyardım. Onu sana ben gönderdim ve bu sabah da odandan aldım."

"Bulunduğun yerin öneminin farkında mısın sen?"

Tek eliyle kulağımdan tutan Bunny MacGregor beni yeniden mezarlığa çıkardı.

"Şu taşlara bak, bu adamların neler yaptıkları hakkında bir fikrin var mı?"

Kulağımı sertçe bükünce cevap vermek zorunda kaldım. "Hayır." Beni bıraktığında yüzümün bir tarafı kırbaçlanmış gibiydi.

"Bannockburn Savaşı ne zaman olmuştu?" diye sordu kaçık bir tarih öğretmeni gibi kulağımı bükerek. Bannockburn Savaşı muhtemelen Britanya topraklarında meydana gelmiş en büyük savaştı. Düşman, İskoçların üç katıydı ve İskoçlar son anda zaferi kazanıp bağımsızlıklarını güvence altına almışlardı. İskoçya, krallık babadan oğula geçene kadar 289 yıl boyunca bağımsız kalmıştı. İlkokula gitmiş her İskoç çocuğu bunu bilirdi ve bütün bu yaşadıklarımın ortasında bile okulda öğrendiğim tarih dersleri karşıma çıkmıştı.

"Bannockburn Savaşı 24 Haziran 1314'te oldu," diye kekeledim.

"St. John Günü, bu adamlar için çok önemli bir gün."

Bunny MacGregor beni yeniden sürüklerken iki büklüm olmaktan ciğerlerim ezilmişti. Beni eğip kafamı yassı bir taşa vurdu. Saçlarımdan bir sonraki mezara sürükleyip yeniden konuşurken nefes nefese kalmıştı.

"Bu adam..." Beni sertçe kaburgalarımdan tekmelediğinde ayakkabısının sivri ucunun kaburga kemiklerimin arasındaki deriyi yırttığından korkmuştum. "...Bannockburn'de İskoç birlikleriyle savaş alanına daldı. Düşman yorulmuştu, İngiliz askerleri bir grup Tapınak Şövalyesi'nin İskoçya'nın özgürlüğü için savaştıklarını görünce alandan kaçtılar."

Bunny MacGregor'ın gözleri konuşurken coşkuyla yanıyordu.

"Tapınak Şövalyeleri en etkili ve zengin kuvvetlerdi..."

"O kadar güçlü olsalardı yok edilmezlerdi," diye tıslayarak araya girdim. Ağzımın kenarından kanlar sızıyordu. Göğsüme inen aynı sivri ayakkabı bu defa çeneme inip beni geri itmişti.

"13 Ekim 1307'de Papa V. Clement'in şövalyeleri tutuklama emri çıkardığı doğruydu fakat bazı şövalyeler bunu duyup kaçtılar."

Bunny MacGregor etrafımda çember çizerken ben yerde uzanmış, yanmış çam kütüklerinin tatlı kokusunu içime çekerken yüzüme yapışmış nemli çimleri silemiyor ve yaralarımın giderek artan sızısını hissediyordum.

"Elbette ki Papa, IV. Philippe'in emrindeydi. İşkencelerden kaçan şövalyelerin İskoçya haricinde gidecekleri bir yer yoktu."

"Neden?" diye sordum ümitsizce zaman kazanmaya çalışırken.

"Seni cahil köylü! Reformdan önce Papa'nın fetvası, ülkenin kanunlarını geçersiz kıldı, bu yüzden VIII. Henry, Anne Boleyn'le evlenebilmek için Papa'nın iznini istemek zorunda kaldı. Henry, Papa'nın emirlerine uymayı reddedince de aforoz edildi."

Göz kürelerim betondan yapılmış gibi göz kapaklarımı açık tutmak zorlaşıyordu. Gözlerime dolan kanları temizlemek için birkaç kez üst üste kırptım ve Bunny MacGregor'ı görmeye çalıştım. Ava gitmiş gibi giyinen kadının üzerinde yeşilin iç karartıcı bir tonunda kapitone bir ceket vardı ve Hermès şalının mücevher benzeri renkleri cebinden güzelce taşıyordu. Oldukça ince yapılı olan Bunny harcadığı güce rağmen hâlâ zarif görünüyordu ve sıkıca toplanmış beyaz saçları kıpırdamaya korkar gibiydi. Ben bilinmezliğin orta yerinde, yarı çıplak bir halde, bir mezarlıkta yerde yatarken işkencecim bana dünya tarihi dersi veriyordu. Kırılmış dişimden bir parçayı çimlerin üzerine tükürdüm.

"Elbette burası şimdi bir anlam ifade etmiyor ama o zamanlar denizle kolayca ulaşılabiliyordu ve Tapınak Şövalyeleri harika denizcilerdi."

"Amerika'yı keşfettiler," dedi Fishy ve Bayan MacGregor lütfeder gibi ona doğru başını sallayarak onayladı. Ayakkabısına tükürmeye çalıştım fakat yalnızca kan öksürebilmiştim.

"Elbette, Fishy haklı. Kolomb, Sör Henry Sinclair'in tapınak haritasını kullanmıştı, bu da Rosslyn Şapeli'nin Kolomb'un Amerika'yı keşfinden yüzyıl önce inşa edildiğinin kanıtıdır. Süslü taşlar ve duvar süsleri, o topraklara yabancı olan mısır koçanı ve diğer sebzeleri gösterir."

Sanırım birkaç saniye kendimden geçmiş olmalıydım, kadının suratımda patlayan eli kemikli ve soğuktu.

"Kendilerini korumak için bu savaşçı keşişler bekâret yeminlerinden vazgeçmek zorunda kalmışlardı, mezar taşlarında büyük klanlarla evlilikler yaptıklarını gördün mü? Bilgelik ve zenginliklerini bozulmamış halde İskoç kökenlerinden korudular.

"Robert Bruce öldüğünde kalbinin Kudüs'e gömülmesini istedi, güvenilir soylular bu dileğini yerine getirmek için kutsal topraklara doğru yollara düştüler. 25 Mart 1330'da Tebas de Ardales Savaşı'nda İskoç öncü atlı birliğinin etrafı kuşatıldı. Bruce'un kalbini boynunda taşıyan Lord Douglas çıkarıp savaşın orta yerine fırlatırken şöyle bağırdı:

"Hep önde gelen cesur yürek,
"Yeniden ileri gidecek ve ben
"Seni izleyecek ya da öleceğim.

"Birisi hariç hepsi öldü ve kurtulan o tek kişi kalbi alıp Melrose Manastır'ına gömdü. On dokuzuncu yüzyılda Robert Bruce'un bedeni toprağın altından çıkarıldı ve bacak kemiklerinin kafatasının altında çapraz durduğunu söylediler, Tapınak Şövalyeleri'nin işareti şeklinde."

Fishy eğilip yüzüme doğru fısıldadı.

"Bu küçük ülkeyi yönetmelerinde şaşılacak bir şey var mı? Onlar dünyayı yönetiyorlar! Amerika'nın başkan adayları George Bush ve John Kerry'nin ikisi de Kuru Kafa ve Kemikler Cemiyeti'ne mensup, şimdi bağlantıları anlamaya başlıyor musun?"

Bunny MacGregor eğildi ve bıçağı bir kez daha boynuma dayadı.

"Yavaşça ayağa kalk," diye tısladı.

Söylenileni yaptım.

"Fakat bütün bunların benimle ya da diğer kızlarla ne ilgisi olduğunu anlamıyorum."

Gözlerimi Bunny'ye diktiğimden onun gelişini görmemiştim.

"Bırak gitsin Bunny, onun yerine beni al." Lord MacGregor elleri havada, ayakta dikiliyordu.

"Diğerleri nerede?" diye çığlık attım olanları anlamaya başladığım sırada. Kadının bütün gücüyle çeneme indirdiği tekmeyi ya beyin sarsıntısı geçirdiğimden ya da artık acıya dayanabildiğimden çok az hissetmiştim. Hissizliğim daha ziyade sonraki sözlerinin beni Tanrı'yla yüzleşmeye zorlaması yüzündendi.

"Seni aptal... Derler ya armut dibine düşer diye."

Bunny MacGregor kayınpederine döndü.

"Yaptıklarını sen ona anlat."

Lord MacGregor yüzüme bakamıyordu ve kimsenin gelmeyeceğini anlamıştım. Bunny diğerlerini aradan çıkarmış ve onların yerine gölgesinde Fishy'yle birlikte kendisi gelmişti.

"Beni al," diye bir kez daha yalvardı Lord MacGregor.

"Seni öldürmek neyi değiştirecek, senin hayatın zaten bitmedi mi?"

"Ama sen yıllarca benden nefret ettin, mezarıma gülerken duyacağın hazzı hayal et."

"Senin mezarının üstünde zaten kahkahalar atacağım ve soyunun benim elimde son bulduğunu bilerek yaşamaya devam etmek zorunda olmandan daha büyük bir zevk duyacağım."

"Neden ölmem gerekiyor?" diye sordum.

Tuhaf bir şekilde bunun doğru soru olduğunu hissediyordum, babamın sormamı beklediği soru.

"Tapınak Şövalyeleri, Kudüs Tapınağı'nda parşömen tomarları buldular. Bu parşömenler, İsa'nın Mecdelli Meryem'le evlendiğini ve bir çocuğu olduğunu söylüyordu. İsa çarmıha gerildikten sonra Mecdelli Meryem ve kızı korunacakları Fransa'da yaşamaya gittiler. İsa'nın kanı Merovenj hanedanında akmaya devam ediyor, bu kan bağını devam ettiren aileler arasında St. Clair ya da şimdi bilinen adlarıyla Sinclair ailesi bulunuyor."

Lord MacGregor duraksadı ve oğlunun dul eşine baktı.

"Tarih, Tapınak Şövalyeleri'nin Kutsal Kâse'yi koruduklarını anlatır ve Kutsal Kâse dedikleri bir ayin kadehi ya da fincanıdır. Eski dilde rahme *kadeh şeklinde gonca* dendiğine inanırız, Kutsal Kâse Mecdelli Meryem'in rahmidir. Asil Kan, İsa ve Mecdelli Meryem'den gelen kan bağına sahip ailelerin soylu kanına verilen isimdir.

"Kocam bedeninde Asil Kan'ı taşıyordu, annesi bir Sinclair'di. O hamile kızların bu kutsal kana saygısızlık etmelerine izin veremezdim, Kutsal Kâse'yi korumak için rahimlerinin kesilip bedenlerinden çıkarılması gerekliydi."

Yüz ifadesi, Tanrı'nın sözlerini ileten bir bağnaz gibi içtendi.

"Ölmen gerek çünkü menfursun, bir fahişenin çocuğu mu bu kanı taşıyacak? Düşünülemez bile." Bıçağı çenemin altına dayayıp etime batırdı. Bıçağı aşağı yukarı oynatarak boynumu kesiyor, benimle oyun oynuyordu.

Bunny geriye doğru düşerken bıçağının ucu çeneme çentik atmıştı.

Beni çözmeden önce Joe'nun fırlattığı taş, Bunny'nin kafasına çarpıp onu yere düşürmüştü.

O kaçık, yaşlı pisliği gördüğüme ömrümde hiç bu kadar sevinmemiştim.

ELLİ İKİ

"Neden bu kadar uzun sürdü?" diye bağırdım Joe'ya. Yırtık gömleğimi üzerime geçirmeye çalıştığım sırada, kolları parmak uçlarımı yarım metre geçen ceketini bana verdi.

Lord MacGregor, mezar taşının üzerine düşen bıçağı aldı. Otuz santimetrelik ucu olan bir tören hançeriydi ve yirmi dört ayar altından kakma işi sapı, baharda tomurcuklanmış yaprakları andırıyordu.

"Büyük bir savaşçı ya da kralın ölümünü işaretlemek için muhtemelen törensel bir cinayet işlemek istedi, bu eski bir gelenektir, kendisi için çarpıttığı bir gelenek."

"Fishy nerede?" diye sordum.

"Haydi, gel, göstereceğim." Bayan Arbuthnot'u bir patates çuvalı gibi sırtına vurdu ve omzunun üzerinden sarkıttı. Lord MacGregor'a tutunarak Joe'nun arkasından pikabına doğru onu takip ettim. Joe açılabilir tavanı kaldırdı ve içeride eli kolu ve ağzı bağlanmış Fishy'yi gördüm. Joe kaba bir hareketle Bayan Arbuthnot'u Fishy'nin önüne fırlattı. Hançeri bana verip yaşlı kadının şah damarını parmağıyla işaret etti.

"Burada tut bıçağı."

Sesindeki sertlik ve duygusuzluk bir cam bardağı çatlatacak cinstendi.

Joe yolcu kapısını açtı ve torpido gözünden bir kamera çıkardı.

"Gülümseyin," dedi Joe, Bunny MacGregor ona dönene kadar dürterek. "Bunu ölmek üzere olan bir arkadaşımıza borçluyuz, belki de adalet karşılığını ancak böyle bulabilir." Düşkünler evinde yatan Duncan'ı ve diğer kurbanlarını düşününce fena halde aklım çelinmişti. Beyaz flaşı göz sinirlerimi rahatsız ederken konuştuğum sırada gözyaşlarım akmaya başlamıştı.

"Mahkemenin ona yumuşak davranmayacağına söz ver," dedim yüzümü Lord MacGregor'ın kulağına dayayarak, şimdi Lord MacGregor önde, Joe'nun yanında oturuyordu.

"Bu davada sorun şu ki toplumumuz kadınları, özellikle de yaşlı kadınları seri katil olarak görmüyor. Oysa kadın seri katil oranı yüzde on ila on altı arasında değişiyor. Birçoğu zayıf ve dermansız insanları yem olarak kullanan bakıcılar, silah olarak ilk seçenekleri Bunny'de de olduğu gibi zehir. Bu yüzden eroin kullandı. Kızlara eroin verip uyuşturdu ve onlara işkence etti. Bunny'nin onları parçalara ayırırken yaptığı işkencelerden değil, aşırı dozdan ölüyorlardı." Nefesimi toparlamak için duraksadım ve zihnimde akan o zavallı kızların görüntülerinden kurtulmaya çalıştım.

"Tanrım. Joe, aradaki bağlantıları nasıl oldu da göremedim? Bir pedofilin ölmüş de cennete gitmiş gibi düşünmesine yetecek kadar kaynakla besleyip Fishy'yi devre dışı bıraktı. O kızları öldürdü ve sonunda Roddie'nin yardımıyla benim peşime düştü. Kailash neler olup bittiğini öğrenince Moses onunla iletişime geçti ve Kailash, Amsterdam'dan geri döndü. Bu süre zarfında Bunny MacGregor, Fishy aracılığıyla beni izliyordu, kocası öldüğünde onu ziyaret eden oydu, bana çarpıp yolun dışına fırlatan ve birilerinin cep telefonu numarasını ele geçirdiğini söyleyip bütün bu tehdit teorilerini sürdüren de yine Fishy'ydi."

"Brodie?" Lord MacGregor araya girmişti. "Onun mahkemeye çıkarılma ya da hapse gönderilme ihtimali yok. Böyle bir skandala izin veremeyiz."

"Yani elini kolunu sallayarak gezmesine izin mi verilecek?" diye sordum.

"Hayır, çünkü Bunny hayatta olduğu ve özgür olduğu sürece hayatın tehlikede olacak. Yirmi dört saat izleneceği, özel, güvenlikli bir hastaneye yerleştirilecek."

"Öldürdüğü ve istismar ettiği çocukların karşısında pek de adaletli bir seçenek sayılmaz!" diye bağırdım.

Parmağıyla kulağını tıkayan Lord MacGregor yanıt verdi:

"Adalet yalnızca yerine getirilmekle kalmamalı, yerine getirildiğine şahit olunmalıdır," diye bana bakarak oğlundan alıntı yaptı.

Halk, Yüksek Mahkeme Başkanı Broxden Lordu Arbuthnot'un bir pedofil ve özgürlüğü ile ününü korumak için öldürmekten vazgeçmeyen bir katil olduğunu öğrense ne olurdu?

Bu soru zihnimde kızgın bir deniz gibi dalgalanıyordu.

Sonunda konuşabilmiştim: "Sanırım gerçeklerin ortaya çıkması işler için iyi olmazdı."

"Bu yetersiz bir ifade tatlım... Bu yüzden Aydınlanma Cemiyeti başlarda beni desteklemedi, dürüst olmak gerekirse iddialara inandıklarını düşünmüyorum ve onun en kötü aşırılıklarını kontrol altında tutabileceklerini düşünüyorlardı."

"O halde yanıldılar," dedim, "ve onların hataları yüzünden çocuklar öldü."

"Brodie, onları suçlayabileceğini sanmıyorum, kötü olan organizasyon değil. Baştan ayağa çürümüş tek bir kişi vardı, senin baban ve benim oğlum."

"Yani babamın günahlarının acısını ben mi çekeceğim?"

Konuşmaya devam ettiğim sırada bu düşünceyle ürpermiştim. "İncil'de babanın günahlarının üçüncü ve dördüncü nesle kadar ödeneceği söylenir. Yani doğmamış çocuklarım da bunun acısını mı çekecek?"

"Aptal olma kızım, İncil orada frengiden bahsediyordu. Şimdi biraz uyu."

Arka taraftaki vurma sesi durmuştu.

"Fishy'yi ne yapacağız?" diye sordum.

"Onun için endişelenme. Meslektaşlarının da diyeceği gibi uzunca bir süre ortalarda olmayacak. Sinyal çeker çekmez emniyet müdürüyle iletişime geçmeyi düşünüyorum."

"Onu neyle suçlayacaksın?"

"Suçlama çoktan yapıldı zaten," diye yanıtladı Lord MacGregor.

"Onu hiç sevmedim. Fakat dürüst konuşmak gerekirse içinden bir canavar çıkmasını da beklemiyordum." Joe inanamıyormuş gibi başını iki yana sallıyordu.

"İnsan hep bir günahı işleyene kadar diğerlerinde onu göremeyeceğini söyler fakat bu sefer bu hakikaten doğruydu."

Fishy'nin dost canlısı bir hâkimin önüne çıkarılacağını ve kefaret seçeneğinin reddedilip suçunu itiraf etmeye zorlanacağını ve ardından çok uzun bir süre mahkûm edileceğini biliyordum fakat aslında kim olduğuna ve kiminle yaşadığıma hâlâ inanamıyordum. Ben bir avukattım. Mantıklı ve akıllı bir insan sayılırdım. Bir kadındım. Nasıl anlayamamıştım? Böyle birisiyle kolayca arkadaş olup yıllarca dostluğumu devam ettirmek ve hiçbir şeyden şüphelenmemek benim eksikliğim miydi? Belki de hayatımın uzunca bir kısmını sapığının birisiyle geçirdiğim düşüncesinden ziyade kendi hatalarıma odaklanmam daha iyi olurdu.

"Şimdi uyu, bagajla ben ilgilenirim, yarın yine önlerine çıkmak zorundasın." Uyuyamayacağıma ikna olmuştum fakat arabanın içi sıcacık ve rahattı, üstelik çok yorgundum. Joe beni eve taşırken bile uyanmamıştım.

Ölü gibi uyumuştum.

ELLİ ÜÇ

Cumartesi sabahının erken saatleri akşama doğru akarken beni uykumdan kaldıracak hiçbir şey yoktu. Joe'nun kanepemde uyukladığını biliyordum ve canlı bir kâbusa dönüşen bunca olayın ortasında varlığı bana kendimi güvende hissettiriyordu.

Ne zaman tuvalete doğru tökezleyerek gitsem ya da rahatlamak için yatağımda dönsem hemen ayaklanıyordu. Cumartesi akşamı geç saatlerde Malcolm'ın benim için bıraktığı reçetesiz ilaçlardan almıştım ve huzur dolu bir rahatlama dalgası bedenimi baştan ayağa sarmıştı. Olanlara dair görüntüler aklıma geliyordu, nasıl gelmeyeceklerdi ki? Fakat tarihimi, soyumu açıklığa kavuşturma işi bekleyebilirdi.

Pazar gününe doğru Joe'nun yanı hariç her yerde olmayı istermişim gibi davranmaktan artık vazgeçmiştim. Tabaklar dolusu tereyağlı ekmek ve kâseler dolusu çorbanın takip ettiği çay ve kahveler taşımıştı bana. Tam anlamıyla iyi değildim ve bir daha yüzde yüz iyi olur muyum bilmiyordum fakat hayattaydım.

Kollarına uzandığımda Joe alnımı okşadı ve pazar günü devam ederken birçok kez ağladım. Pazartesi günü şafağının ışıkları oturma odamın ahşap panjurlarından sızarken önümdeki günün her şeyi sonsuza dek değiştireceğini bilerek doğruldum. Uyurken yeni dünyamın diğer kısımlarında neler olduğunu çok az düşündüm, büyükbabam ya da annemin neler yaptıkları hakkında hiçbir fikrim yoktu (normalde çok masum olan bu aile sıfatları ne kadar da kafa karıştırıcıydı benim için) fakat onların iki gün boyunca dinlendiklerinden şüpheliydim. Bildiğim tek şey, Nobile Officium talebimin geri çevrilmeyeceğiydi.

Mahkeme zırhımı giyindim ve makyajımı normalden biraz daha fazla yaptım. Joe'yu ardımda bırakıp dairemden ayrıldım ve Royal Mile'a gidip kafamı dağıtmak için yürüdüm. Sonunda kendimi hazır hissettiğimde bir taksi durdurdum ve taksicinin yol çalışmaları ve Edinburgh'nın hali üzerine sohbetini elimden geldiğince yok sayarak sonunda onca şeyin yaşandığı yere vardım.

Beni bekliyorlardı.

Basamakları çarmıha gerilen İsa'nın Via Dolorosa'yı tırmanışı gibi ağır ağır, annemin hayatını savunmamın yükünü bilerek tırmandım. Ağır ve oyuklu, eğri basamakları tırmanırken ayaklarımın altından Hindistan cevizi kabuğu gibi sesler çıkıyordu.

Joe'nun benden önce orada oluşuna şaşırmamam gerekirdi. Kendi bindiği taksiye daha hızlı gitmesi için rüşvet verdiğinden hiç şüphem yoktu. Merdivenlerin dibinde bir sandalyede oturuyordu ve benim yürüdüğümü gördüğü andan itibaren gözlerini kırpmamıştı. Başka bir şeye ihtiyacımız yoktu, birbirimizi çok iyi tanıyorduk. Her zaman benim yanımdaydı ve o anda ben de her zaman onun yanında olmayı planlıyordum.

Gittiğim oda onun yukarısında, WS Kütüphanesi'nin üst katındaydı. Basamakların yüksek bir tavanı vardı fakat gösterişsizdi, yalnızca binanın sırlarını paylaşanın görebileceği bir parçasıydı. En üste çıktığımda nefesimi toplamak için durdum. Karaya vurmuş bir balık gibi bir işe yarayacağını düşünerek açgözlü bir şekilde havayı içime çektim. Yan tarafım sanki dikenli tele sarılmıştı ve bana bir şeyler anlatmak ister gibi vücudumun kalan kısımlarından daha fazla acıyordu.

Ağırlığımı sırayla bir ayağımdan diğerine geçirerek düşüncelerimi toparladım.

Duvarlar en az otuz santimetre kalınlığındaydı, beyaz kapı ise eski ve ağırdı. Odanın içinde İskoçya'nın en büyük hukuk beyinleri beni bekliyorlardı. Onları parçalayacak güce sahip olduğum için endişe içinde olmalarını ümit ediyordum. Bunu yapmayı istiyordum fakat Demokles'in kılıcı gibiydi, bu şekilde davranmam halinde bir intihar bombacısı gibi hareket edebilirdim. Garanti edebileceğim bir şey varsa o da mesajın dışarı çıkmayacağı gerçeğiydi.

Büyükbabama İskoç hukukunun en eski mahkemesi olan ve nadiren başvurulan Nobile Officium'u toplamasını söyledim. Kökenleri Roma Hukuku'na dayanıyordu ve Nobile Officium'u toplantıya çağırmak için üç bölümden oluşan bir testin uygulanması gerekirdi.

Birincisi, adli bir hata ya da bunun olma ihtimali olmalıydı. İkincisi, koşullar hiç görülmemiş veya oldukça sıra dışı olmalıydı. Üçüncüsü, müdahale yasamaya engel olmamalıydı.

Kapıyı bir kez tıklattıktan sonra çağırmalarını beklemeden içeri daldım. Boyanmaya ya da en azından tozunun alınmasına ihtiyaç duyan, hiçbir çekiciliği olmayan bir odaya girmiştim. Arka tarafta neredeyse tavana kadar uzanan, ceviz ağacından bir kütüphane vardı ve çalışanların o merdivenleri nasıl sürekli tırmandıklarını düşünerek duraksadım. Kitaplığın yarısından itibaren üst kısmı camdı ve deri ciltli ilk baskı kitapların başlıkları doğal olarak altınla işlenmişti.

Üç yaşlı adam, kabuklarından çıkmış üç kaplumbağa gibi aşınmış el dokuma kilimin üzerinde yürüyüşümü izliyorlardı. Hâkimler George döneminin kanatlı, uzun pencerelerine arkaları dönük halde, meşe ağacından düz bir masanın etrafında oturuyorlardı.

Ortada oturan yeni Yüksek Mahkeme Başkanı'nın kancalı burnu ve çıkıntılı elmacık kemikleri onu büyük büyükbabasına daha çok benzetiyordu. Atasının yağlı boya tablosunu duvarlarda gördüğüm için o olduğunu anlamıştım ve tablodaki gözler de sandalyeme doğru ilerleyişimi izliyordu.

İnsanların gerçekten de izlediği, büyük büyükbabamın duvarın birinde asılı duran portresi yüzünden ilk kez soyumun daha saygın oluşunun bir anlamda tartışmaya açılabileceğini anlamıştım.

Saat sabahın yedisiydi ve binada yalnızdık. Hukuk lordlarının üzerlerinde yargıç cübbeleri yoktu. Ismarlama dikilmiş takım elbiseleri iç karartıcıydı. Şüpheli gözlerle beni izlemeye devam ederken duygularını belli etmiyorlardı.

Üzücü bir görüntüydü.

Camdaki yansımam bir anlığına gözüme çarptı. Yüzüm yara ve şişlikler içindeydi. Malcolm bu defa Joe'nun çağırması üzerine gelmiş fakat sülüklerini uygulayabilecek zaman bulamamıştı. Fakat yine de nazikçe saçlarımı yıkamıştı ve kızıl buklelerim lavaboya dökülürken duyduğu dehşeti gizlemeyi başaramamıştı. Bugünkü saç modelim onun her zamanki standartlarında değildi ve hatta kafamda bozuk para büyüklüğünde oluşan kellikleri gizlemeye çalışırken oldukça sıra dışı bir model yapmıştı.

"Bayan MacGregor?"

Yeni Yüksek Mahkeme Başkanı bana babamın soy ismiyle seslenmişti. Hata yapmadığını, konuşulmamış bir gerçeği dile getirdiğini biliyordum. Bu basit ifadeyle Yüksek Mahkeme Başkanı bana hukuki olarak bir meslektaşı ve on üç yaşında bir kızın çocuğu olduğumu bildiğini gösteriyordu.

Arkamdan yaklaşan büyükbabam sağ tarafıma gelip yanımda durdu.

"Bayan MacGregor?" diye tekrarladı Yüksek Mahkeme Başkanı. "Meseleyle ilgili bilgilendirildik," dedi büyükbabama doğru başını sallayarak. "Davanın ilk fırsatta mahkemede olağan şekilde devam etmesine karar verdik. Bu dava dokuz numaralı mahkeme salonunda her zamanki şekilde görülecek."

Boğazını temizledi. Karar verilmişti ve konuşmama izin verme niyetleri yoktu.

Ne konuştuklarını duyurmadan mırıldanarak, tek sıra halinde odadan çıktılar. Hissettiğim adrenalin, koku alma duyumu güçlendirmiş, arkalarından bıraktıkları Havana purosu ve hoş tıraş kolonyalarının kokusuyla dolmuştu oda.

Dayanamayıp arkasından bağırdım.

"Lordum, bu davadaki gerçekler yargıyı parçalayabilir."

Yüksek Mahkeme Başkanı döndü ve sararmış bir yüzle bana baktı. İskoç Yüksek Mahkemesi yüzyıllardır ayaktaydı ve nice savaşlardan zarar görmeden kurtulmayı başarmıştı.

"Bayan MacGregor, kararımızı verdik."

Bu sözle birlikte yaşlı adamların sonuncusu da odadan çıktı ve kapı suratıma kapandı.

Büyükbabamın dirseğinden tuttum ve onu merdivenlere doğru yönlendirirken avuçlarımdaki soğuk terler ipek takımına bulaştı. Gözümün önünde yaşlanmış, hissettiği gerginlikle yüzünün rengi atmıştı. Parlamento salonuna doğru inerken onu rahatlatabilecek hiçbir şey aklıma gelmiyordu. Oğlunun cinsel sapkınlıklarının kamuoyuyla paylaşılması durumunda bundan ikimiz de kurtulamayabilirdik. İşte bu, insanların ağzına konuşulacak bir konu verirdi.

Yaklaştığımızı gören Joe konuşmak için ağzını açtıysa da yüzlerimizdeki ifade onu susturmuştu.

"Bu davaya karşı çıkarsam Kailash cinayetle suçlanacak. Lord Arbuthnot'un itibarı zedelense ne olacak ki? Benimki de mahvolmuş olacak. Onlarla birlikte baro tarafından kınanacağım. Bunun kimseye bir faydası olmaz."

Babamın ismini söylemeye katlanamıyordum, en azından rüyalarıma dadandığı saatler hariç tanımadığım birisiydi.

Joe'yla konuşarak salonda volta attım. Büyükbabam gözden kaybolmuştu çünkü mahkeme öncesi beraber görülmemiz uygun olmazdı.

Kailash'ı görmeye henüz gitmemiştim. Bir hapishane hücresinde yaşanacak anne-kız kavuşmasına hazır değildim. Belki de hayatı mahvolurken bunun kabullenmesi daha zor bir şey olup olmayacağını merak ediyordum. Konuşmamız için bir başlangıç noktası olurdu en azından yoksa onu hayal kırıklığına uğratırdım. Hem gözümün önünde olacakların büyüklüğünü değerlendirmeye de hazır değildim. Mesele yalnızca Kailash'a nasıl yaklaşacağımı bilmek değildi, aynı zamanda Mary için de bir kez daha yas tutmak zorundaydım. Şimdi ikisi hakkında ne düşünmeliydim? Gerçek annem ve beni evlatlık alan annem... Fakat gerçekte evlat edinme söz konusu değildi çünkü Kailash bana hiç annelik yapmamıştı. Biyolojik annem hamile kalmaya kendisi karar vermemiş, bir bebek istememişti ve ebeveynlerimle ilgili gerçekleri bir gün tiksinmeden düşünebilecek miydim diye merak ediyordum. Kailash'ın hayatı bensiz nasıl olurdu? Ona neler yapmıştım? O şimdi benim için neler yapacaktı? Önümdeki resmî meselelerle düşüncelerimden sıyrıldım.

"Kailash Coutts'un davası dokuz numaralı mahkeme salonunda başlıyor." Mübaşir bizi çağırıyordu. Cübbemi üzerime geçirdim, Joe da kâğıtlarını toparladı.

"Bol şanslar," dedi.

"Şansım olsa iyi olurdu, en azından hastaneye çekip gidebilirdim. Tanrım. Joe, bu defa alabileceğim tüm yardıma ihtiyacım var."

Hector McVie ve beraberindekiler çoktan ön sıralarda toplanmışlardı. Hector ciddi görünüyordu. Fakültedeki kimse bu davanın kanıtları için can atmıyordu. Yan kapılardan biri açıldı ve Kailash içeri girdi.

Sükûneti, yüzündeki ifadeyi bozabilecek her bir çizgiyi düzleştirmişti ve o anda kendi adaletini kendisinin sağladığını biliyordum. Alistair MacGregor'ın, kollarında ölmesinden başka hiçbir şey onun ruhunu dizginleyemezdi. Bunun bedelini her şekilde ödemeye hazırdı. Lord MacDonald'ın o unutulmuş çocukların adına hak ettiği cezayı vermeyeceğini biliyordu fakat kendisi vermişti.

"Gözlerini senden almış," diye kulağıma fısıldamıştı daha içmeden ağlamaklı olan Joe.

"Çeneni kapatacak mısın? Hem bence *gözlerini ondan almışsın* demen daha doğru olurdu." Başımı çevirip yeniden Kailash'a baktığımda gülümsediğini gördüm ve bunun doğru olduğunu anladım.

Saçları babamın gençliğindeki saçları gibi kömür siyahıydı. Kızıl saçların bir kuşak atlaması sık görülen bir şeydi.

"Salon!" diye seslendi mübaşir, artık görmezden gelinen ve ihmal edilenler için savaşmaya hazırdım.

Lord MacDonald yavaş adımlarla kürsüye çıkarken cübbesi sessizliğin ortasında hışırdıyordu. Nefesini tutup onu izleyen yüzlerce göz, oturmasını bekledi. Salona girip yerlerine yerleşen jüri, sandalyelerinin uçlarına oturdu. Konudan haberdar olan insanlar, cuma günü mahkemede sunulan kanıtı duymak için aşırı derecede sabırsızlanıyordu.

Roddie'ye baktım. Bakışlarımla karşılaştığında gönülsüzce de olsa saygı duyduğunu gösteren bir parıltı oluştu gözlerinde. Bir performans öncesi heyecana kapılan bir çocuk gibi ellerini birleştirmişti ve deli gibi korkuyordu. Kaşlarının üstünde ter damlacıkları belirmişti.

Lord MacDonald bir kalem aldı ve gözlerini savcılık makamına çevirdi.

"Bay McVie." Sesi İskoç aksanının bütün izlerini gizlemek ister gibi kısık ve kibar çıkmıştı. Başını aşağı yukarı sallayarak meslektaşıma başlamasını işaret etti.

Hector tereddüt ederek ayağa kalktı. Uzun tırnaklı bir kadın midemin ortasına elini daldırıp iç organlarımı sıkıyormuş gibi karnım düğümlenmişti.

Hector bir kez daha boğazını temizledi. Salon susmuştu.

"Lordum… Mahkemeye sunulan yeni kanıtı da göz önünde bulundurarak makamımız, sanığın suçlu olmadığına dair ifadesini kabul etmiştir."

Gözlerim yuvalarından fırlayacaktı neredeyse. Lord MacDonald şaşırmış gibi görünmüyordu. Muhabirler haberi yetiştirmek üzere yerlerinden fırlarken salonun halka açık bölümleri boşalıyordu.

Hâkim, tokmağını indirip salonda düzeni sağladı.

Sesi savaşı kaybetmiş gibiydi ve yeniden bağırdığında salondan ayrılmak üzere olan birkaç kişi yerlerine döndüler.

"Jürideki hanımefendi ve beyefendiler, yardımlarınız için teşekkür ederim, jüri görevlerinizden azledildiniz."

"Salon!" diye bağırdı mübaşir.

Salonda geri kalanlar ayağa kalkarken Lord MacDonald kürsüden ayrıldı. Giderken tutucu bir tavırla bana doğru gülümsedi. Dişleri yamru yumru ve sarıydı. Bu yakınlık hoşuma gitmemişti.

Lord MacDonald oradan çıkar çıkmaz kürsümün üzerinden atlayıp sanık kürsüsüne doğru yöneldim.

Yüzümü Kailash'ın saçlarına gömerken kollarını bana doladığını hissettim. Gül yağı kokusu beni sarmalamıştı, iyileştirici güçlerini çağırır gibi nefesime dolan kokuyla huzur buldum.

Sıcacık gözyaşları yanağımı ıslatmıştı. Kailash yüzümü avuçlarının arasında tutarak beni kendinden uzaklaştırdı ve yüzüme baktı.

Sevgiyle kenetlenen gözlerle birbirimize baktık. Yeniden.

"Nihayet," diye fısıldadı gözlerimin içine bakar gibi. Joe da yanımıza gelip kocaman kollarını ikimize birden sararak aramıza katıldığında bile beni bırakmadı Kailash. Joe sevgisini göstermeye hevesli bir ayı gibi bizi bırakmıyordu.

Kailash aynı şeyi tekrarlayıp durdu.

"Nihayet, nihayet," dedi beni kollarının arasında sarsarken.

ELLİ DÖRT

Polis hücresinden eşyalarını alırken Kailash'a eşlik ettik. Koridorlarda tuhaf bir üçlü oluşturuyorduk. İnsanlar gizli gizli bir avukat, devasa bir avukat asistanı ve sadomazoşist bir kadına bön bön bakıyorlardı. Seyirciler geçen çarşamba günü, onlar salon dışındayken benim harika bir iş çıkardığımı düşünüyorlardı.

"Bak, dışarıda bok yığınının etrafına üşüşmüş sinekler gibi bolca gazeteci olacak," diye her zamanki edebî üslubuyla uyardı beni Joe.

"Biraz makyaj yap ve şu şalının boynunu iyice kapattığından emin ol. Gazeteciler için herhangi bir spekülasyona yer bırakmamalıyız." Kailash yine ipleri eline aldı ve patlayan flaşların ortasına ilk kendisi daldı. Televizyon ekipleri bana on beş dakikalık ün fırsatı sunmak için bekliyorlardı.

Öne doğru ilerlediğim sırada biri beni kenara doğru çekti. Lord MacGregor önüme çıkmıştı.

Ailem, torunum ve kendi adıma...

Beni bağrına bastığı sırada kollarında hissettiğim kuvvet, yaşlı adamın yaşını maskeliyordu. "Gülümse," diye fısıldadı kulağıma. Sesindeki yumuşak tona rağmen bunun bir emir olduğundan şüphem yoktu.

Torunum ve kendi adıma...

R harflerini dilinde baskın bir şekilde döndürerek ve çıkan sesten memnun bir şekilde tekrarladı.

Adalet bir kez daha yerini bulduğu için ne kadar mutlu olduğumuzu belirtmek isteriz. Oğlum, Brodie'nin babası, bir kahraman olarak öldü, kendi canını tehlikeye atarak Bayan Coutts'un hayatını kurtarmak için çabaladı...

Sulanmış gözlerini kaliteli mendiliyle kurularken öksürdü. Basına gözyaşlarının devamının geleceğini göstermek ister gibi mendilini parmaklarının arasında sıkıca tuttu ve titreyerek konuşmasına devam etti.

O, bu ülkenin uzun hukuk tarihinin yalnızca en iyi yüksek mahkeme başkalarından biri değildi, aynı zamanda bir oğul, bir baba ve gurur duyulacak bir adamdı.

"Bayan Coutts'a saldıran gençlere ne olacak?" diye gazetecilerin arasından ağzı kulaklarına vararak sordu Jack Deans. Jack Deans'in hemen yanındaki Moses bastonunu kaldırarak bizi selamladı. Lord MacGregor her ikisine de aldırmadı. Bu sırrı bilen herkes Moses'ın elini kolunu sallayarak dolaşmaya devam edeceğini biliyordu, onun kanıtı güvenli bir yerdeydi.

Torunumun Bayan Coutts'u temsil etme isteğine şahit olduğumuzda kin gütmedik.

Peşi sıra patlayan flaşlar göz sinirlerimi perişan etmişti.

Daha fazla soru sormayın lütfen, aile olarak yasımızı tutmak için yalnız başımıza buradan ayrılmak istiyoruz.

Lord MacGregor bana torunum dediği anda kalbim kısa bir süreliğine durur gibi olmuştu.

Kamuoyunun önünde aramızdaki kan bağını ilan ederek ilgiyi üzerime çekmişti. Güncellenmiş kişisel tarihime göre ben Mary McLennan ve Alistair MacGregor'ın ilişkisinin ürünüydüm.

Elbette ki aile benim yetiştirilme sürecime her zaman dâhil olmuştu, bu yüzden hukuku seçmiştim ve yine bu yüzden okulumun müdürü büyükbabamdı. Miras kalan kan bağımın beni nereye sürükleyeceğini bilmiyordum, uçurumun kıyısında dikilirken bunu öğrenmekten aynı zamanda korkuyordum. Kailash kolumu hafifçe sıktı ve beni Royal Mile'dan uzaklaştırdı. Parke taşlı caddede bir başımıza ve özgürce yürüdük. Onu belediye binalarının önünde durdurdum. Lavender arkamızda başını iki yana sallıyordu.

"Tek bir şey soracağım sadece... Neden o mezarı kazdırdın bana?" Sesimdeki öfkeyi bastırmakta güçlük çekiyordum.

Yüzümün önüne gelen saçlarımı düzeltip konuştu.

"Tatlım... O gece polis merkezinde ya da başka bir zamanda sana her şeyi anlatsaydım bana inanır mıydın?"

İçten içe doğruyu söylediğini biliyordum, hayatımı üzerine kurduğum temeller, daha gerçek mirasımı kabul etme girişiminde bile bulunamadan parçalanmak zorunda kalmıştı.

"Doğuştan gelen haklarını reddetme Brodie. Bu adamların hepsi kötü değil fakat sadece tek bir şey için varlar: güce çıkan basamaklar.

"Bu, senin doğuştan hakkın. Bu, senin mirasın.

"Artık hayatının başladığı yerde soyunun seni nereye götüreceğini gör fakat ne zaman istersen arkanda olacağımı da her zaman bil."

Kalbim yoğun duygularla dolduysa da aklım bana tek bir şey söylüyordu:

Bütün bunlar yalnızca başlangıçsa İsa yardımcım olsun...

TEŞEKKÜRLER

Linda'dan:
Jenny Brown Associates'ten Jenny Brown'a (namıdiğer Dünyanın En Sevecen Yayın Temsilcisine) yardımları, desteği ve bol bol kahve ikram ettiği için kucak dolusu sevgiler. Avon'daki ekibe, özellikle de Maxine Hitchcock ve Keshini Naidoo'ya bir o kadar teşekkür ve sevgi gönderiyorum. Glasgow Joe ve Jack Deans'e olan hayranlıkları ve tuhaf meyve suları ile diyetlerle alakalı önemli tartışmalarımız da benim için çok değerli.

Maria'dan:
Avon'dan Maxine Hitchcock ile Keshini Naidoo'ya ve yayın temsilcim Jenny Brown'a teşekkürler. Aynı zamanda İskoçya'nın hukuk camiasına da teşekkür ederim, zira onlar olmadan bu kitap ortaya çıkamazdı.

YAZARLAR HAKKINDA

Grace Monroe, Linda Watson-Brown ve Maria Thomson'ın mahlasıdır.

Maria Thomson, 1960'ta Edinburgh'da doğdu ve yirmili yaşlarında hukuk eğitimi aldı. İş hayatına başladıktan kısa süre sonra Edinburgh'daki bir rakip hukuk şirketinde müstakbel eşi David'le tanıştı. Şimdilerde dört çocuğu olan Maria ve David, İskoçya'daki Kingussie kasabasında yaşıyor. Maria yıllar önce mesleğini yapmayı bıraktı ve o zamandan beri hipnoterapi uzmanı, sahne hipnotizmacısı, badminton koçu ve doğurganlık uzmanı gibi birçok farklı işle meşguldü. Kingussie'ye taşınmasının ardından Maria'nın, hayatına yepyeni bir sayfa açma fırsatı oldu: yazarlık.

Linda Watson-Brown, on yıl boyunca İskoçya'daki üniversitelerde siyaset alanında öğretim görevlisi olarak çalıştıktan sonra *The Scotsman*'da köşe yazıları yazarak gazetecilik kariyerine başladı. *Daily Mail, Big Issue, Daily Record, Sunday Herald* ve *Independent* gibi birçok gazetede düzenli olarak yazıları yayımlandı. Aynı zamanda hayalet yazar olarak kitap yazdı ve 2006'da yayımlanan ilk kitabı *The Step Child* kısa sürede *Sunday Times* çoksatanlar arasına girdi. Şimdilerde kitabın senaryolaştırılması üzerinde çalışıyor, hayalet ve kurgu yazarlığına da devam ediyor. Hayat arkadaşı Paul ve üç çocuğuyla beraber bu yıl İskoçya'nın kuzeydoğu kıyısına taşınmayı planlıyor.

Maria ve Linda 2003'te tanıştılar ve sıkı dost oldular. Kısa süre sonra yetenek ve deneyimlerini birleştirip birlikte kitap yazmaya karar verdiler. *Şeytanın Kızı*, Brodie McLennan karakterini ön plana çıkaran serinin ilk kitabıdır.